源氏物語の平安京

加納重文

青簡舎

源氏物語の平安京　目次

目　次

凡例

1　参考文献は章末に、典拠は、本文中に示しました。

2　引用資料は、おおむね日本古典文学大系本に拠っています。
和歌については、おおむね新編国歌大観番号を示しています。他の場合は注記しています。

3　コラムは急遽追加した踏査報告なので、形式・内容は本章とやや異なっています。

第1章　朱雀院と冷泉院

朱雀院と冷泉院は、共に知られた後院であるが、歴史上に同名の天皇が存在し、『源氏物語』では、その呼称を持つ天皇が登場人物として描写されているようなので、作品の把握にあたって、やや微妙な問題を提示しているように見える。この問題の決着をつけておきたい。

一　『源氏物語』の朱雀院と冷泉院

まず、『源氏物語』の二人の登場人物の描写から見ていく。朱雀院についての、最初の記述は次のものである。

一の御子は、右大臣の女御の御腹にて、よせおもく「うたがひなき儲けの君」と、世にもてかしづき聞ゆれど、この御にほひには、ならび給ふべくもあらざりければ、おほかたのやむごとなき御思ひにて、この君をば、わたくし物におぼゝしかしづき給ふこと限りなし。

（『源氏物語』桐壺）

第一皇子としての親王名は存しているはずだが、明示はされない。春宮になり、また帝位についても、朱雀帝という名は出て来ない。

帝・春宮の、御才かしこく、勝れおはします。かゝる方に、やむごとなき人多くものし給ふころなるに、（同・花宴）

帝は、院の御遺言違へず、あはれに思したれど、若うおはしますうちにも、御心、なよびたる方に過ぎて、強きところ、おはしまさぬなるべし。（同・賢木）

などと記述されるだけである。実は、天皇の尊号、どのように呼称するかという問題は、在位中には生じない。唯一の至尊なので、他と区別する手段は、必要ない。在位中の天皇は、今上天皇だけで十分なのである。『今鏡』に、次のような記述がある。

鳥羽殿はこの法皇の造らせ給へれば、さやうにもや申さむと人思へりしかども、白河にもかたがた御所ども侍りしかば、白河の院とぞ定め参らせられ侍りける。（『今鏡』第二）

鳥羽殿を造って離宮とされたのは白河院なので、崩御の後には鳥羽院の尊号を奉るという話もあったのだけれど、結局、白河を御所とされた縁で、白河院と追尊することになったという記事である。『源氏物語』の問題に適用すれば、朱雀院も、崩御前に「朱雀院」であったとは考えられないということである。崩御前でも、たとえば宇多上皇が、居所から「亭子院」と呼ばれたということはあるが、上皇身分でもあるその時現在の便宜呼称に過ぎないということである。

朱雀院という呼称を、地名の場合も区別せず、煩を厭わずあげてみる。

①神無月に、朱雀院の行幸あるべし。（『源氏物語』若紫）

②二月の廿日あまり、朱雀院に行幸あり。（同・乙女）

③かの昔のかむの君を、朱雀院のきさきの、せちにとりこめ給ひし折などおぼし出づれど、さしあたりたることなればにや、これは、世づかずぞ、あはれなりける。（同・真木柱）

④薫衣香（くのえかう）の法のすぐれたるは、前の朱雀院のをうつさせ給ひて、公忠の朝臣のことに選びつかうまつれりし、百歩（ひゃくぶ）の方など思ひえて、世に似ずなまめかしきをとり集めたる、（同・梅枝）

⑤神無月の廿日あまりのほどに、六条院に行幸あり。紅葉のさかりにて、興あるべきたびの行幸なるに、朱雀院にも御せうそこありて、院さへ、わたりおはしますべければ、（同・藤裏葉）

⑥宇陀の法師のかはらぬ声も、朱雀院は、いとめづらしく、あはれにきこし召す。（同・藤裏葉）

⑦朱雀院の御門、ありし御幸ののち、その頃ほひより、例ならず悩みわたらせ給ふ。（同・若菜上）

⑧年も暮れぬ。朱雀院には、御心ち、なほおこたるさまにもおはしまさねば、よろづあわたゞしくおぼし立ちて、御裳着のこと、おぼし急ぐさま、来しかた・行く先ありがたげなるまで、いつくしくのゝしる。（同・若菜上）

①②が、邸宅としての朱雀院であることは、疑問が無い。③の「朱雀院のきさき」は微妙である。桐壺帝の第一皇子

の母である弘徽殿女御（右大臣女）を指していることは明瞭なのであるが、この后は、現在、邸宅としての朱雀院に居住していることが分かっている。「朱雀院を邸としておられるきさき」と理解すれば、場所の意味になる。「朱雀院のきさき」という呼称が、「朱雀院御母である桐壺帝后」という意味になるとするのは苦しい。④の「前の朱雀院」は、源公忠と対比して呼んでいるので、これは人名と理解出来るし、明瞭に実在の朱雀院を指している。ということは、物語の朱雀院は「後の朱雀院」とも呼ばれる存在としてあるということで、朱雀院を後院とする上皇の認識にとどまっている。⑤は、今上帝に対する朱雀院と受け取るのが自然だし、⑥も和琴の名器の音を「あはれにきこし召す」のだから、人物表現である。その意味では、⑦⑧も朱雀院の発病と出家を語る記述であり、これも人物呼称であることが明瞭である。「朱雀院のとりわきておぼし使はせ給ひしかば」（若菜下）など、この後は、明瞭な人物呼称が珍しくなく記述される。

この時に注意されるのは、この上皇が、退位以来朱雀院を後院として住み続けていることである。出家前でも、病悩のさなかであるが、女三宮の裳着を朱雀院の柏殿で催すべく準備を進めている。宇多院も、洛中に後院を営んでいた時は、居邸によって、亭子院とか六条院とか呼ばれた。『源氏物語』の現在では、④は、上皇は朱雀院だけなので、「院」だけで朱雀院を指すことが出来たけれど、光源氏が准太上天皇となって六条院と呼ばれるようになってからは、朱雀院の呼称は必要な意味を持った。⑧例以後も、源氏の六条院、前帝の朱雀院が、普通に並んで記述される。朱雀院が西山の御寺に入られた後は、多分、宇多院の例におなじく、それなりの通称を得られたと思うが、物語の記述にない。崩御後の諡号は、朱雀院であったようである。後に「故朱雀院」といった呼称がある（宿木）。

次に、冷泉院の場合を考えてみる。先のように、まず物語中の記述を見る。

①二月の十余日の程に、男御子生まれ給ひぬれば、なごりなく、内裏にも、みや人も、喜び聞え給ふ。（『源氏物語』紅葉賀）

②七月にぞ、后、ゐ給ふめりし。源氏の君、宰相になり給ひぬ。帝、おり居させ給はんの御心づかひ近うなりて、「この若宮を、坊に」と思ひ聞えさせ給ふに、御後見し給ふべき人おはせず。（同・紅葉賀）

③入道の宮は、春宮の御事をゆゝしう思しゝに、大将も、かくさすらへ給ひぬるを、いみじう思しなげかる。（同・須磨）

④明くる年の二月に、春宮の御元服の事あり。十一になり給へど、程より大きにおとなしう清らにて、たゞ、源氏の大納言の御顔、二つにうつしたらんやうに見え給ふ。（同・澪標）

⑤当代の、かく、位にかなひ給ひぬることを、「思ひのごと、嬉し」とおぼす。…うちの、かくておはしますを、あらはに人の知ることならねど、「相人のこと空しからず」と、御心のうちに思しけり。（同・澪標）

⑥うへは、夢のやうに、いみじき事を聞かせ給ひて、色いろにおぼし乱れさせ給ふ。故院の御ためも後めたく、おとゞの、かく、たゞ人にて世に仕へ給ふも、あはれにかたじけなかりける事、かたがた思し悩みて、日たくるまでいでさせ給はねば、（同・薄雲）

⑦はかなくて、年月も重なりて、内裏の帝、御位につかせ給ひて、十八年にならせ給ひぬ。…日ごろ、いと重く悩ませたまふ事ありて、にはかにおりゐさせ給ひぬ。（同・若菜上）

⑧六条院は、おりゐ給ひぬる冷泉院の、御嗣おはしまさぬを、飽かず御心の内におぼす。（同・若菜下）

⑨二条院にわたしたてまつり給ひつ。院の内、ゆすり満ちて、思ひなげく人多かり。冷泉院も、きこしめし嘆く。（同・若菜下）

①から③までは、特段の問題もない。②で藤壺が中宮に、御子が春宮に、光源氏が後見になった。④で、春宮の元服が語られた。成人した春宮は、光源氏に瓜二つである。同じ月のうちに、即位のことがあった。光源氏は桐壺巻の高麗の相人の言葉を「空しからず」と思い出した（⑤）。帝の方は、出生の内情をほの聞いて、葛藤されている（⑥）。このあたりまでは、当面の呼称の問題としては、特に述べるべきものはない。

在位十八年の後に、譲位された（⑦）。在位の間は今上帝で十分なので、冷泉院という呼称が生じるのは、この後。光源氏が、冷泉院の後嗣のいないことを無念に思っているという若菜下の記述は突然だけれど、ここに呼称が明示された。これが人物呼称であることは明瞭だけれど、この呼称は、上皇御所が冷泉院であることを、それとなく語った記述と理解して十分であろう。⑨は、紫上が急病になり、彼女が自らの邸と思う二条院に移ったという記事である。「きこしめし嘆く」のは、むろん人としての冷泉院である。朱雀院がそうであったように、脱屣（だっし）後の冷泉帝は、冷泉院を後院として、冷泉院と便宜尊称されていた。

六条院の御末に、朱雀院の宮の御腹に生まれ給へりし君、冷泉院に御子のやうにおぼしかしづく四位の侍従、その頃十四五ばかりにて、（『源氏物語』竹河）

の用例は注意される。六条院・朱雀院・冷泉院の三人ともに、人物呼称として十分である。と言うより、三人の上皇が存在するのだから、それを区別するのに、その居所を人物呼称として利用せざるを得ない。ただし、光源氏がこの時点ですでに薨去しているのであれば、彼が最終的に六条院という院号を呼称される人物になったことは、ここで確認される。

二　後院としての朱雀院と冷泉院

『源氏物語』の二人の上皇である朱雀院と冷泉院の呼称が、遜位後に居所とされた邸第名による通称であったことは、ほぼ認めてよい。問題は、御所そのものの性格にある。少し物語を離れて、後院としての両院について、確認することをしてみたい。記述は、おおむね太田静六氏の著書に拠っている（文献1）。

朱雀院の初見は、承和三年（八三六）五月廿五日である。

以平城京内空閑地二百三十町、奉充太皇太后朱雀院、
（『続日本後記』同日）

これによれば、嵯峨院后であった橘嘉智子所有の第であったようである。その後、やや荒廃の状況であったが、宇多帝が修復に努め、寛平九年（八九七）に譲位、翌年、朱雀院に遷御された。中宮温子も入り、宇多院は、居所から朱雀太上皇とも尊称された。上皇が、昌泰二年（八九九）に出家された後は、仁和寺と朱雀院を併用されていたが、その後、京内に亭子院を造営し、朱雀院の方は、醍醐帝後院に予定された。

朱雀帝は在位中は殆ど用いられることがなく、天慶九年（九四六）に村上帝に譲位された後に、修造成った朱雀院に、母后穏子とともに遷られた。五年後の天暦四年（九五〇）に、穏子居住の柏梁殿が焼失し、母后は二条院に避難された。翌年、朱雀院も二条院に遷御して、再び母子同第となり、朱雀院に還御されることはなかった。朱雀院は、翌天暦六年（九五二）に病悩を発して出家、仁和寺に遷った後に崩御された。母后も一年半ほど後に、崩御された。

帝は、朱雀院に長く居されたため、諡号も朱雀院とされた。

その後の朱雀院は、村上帝が離宮として用いられることがあったが、冷泉帝の御世は、在位期間が短かくて利用されることなく、内裏が火災にあった時などに、冷泉上皇あるいは関白兼通の、臨時の居第となる程度のものであった。平安末期においても存続は知られるが、歴史の舞台になるようなことはなかった。場所については、その呼称からも、朱雀大路に面した所在が推測されるが、『拾芥抄』には、次のように記述されている。

朱雀院　累代後院、或号四条後院、三条北、朱雀西四丁、四条北、西坊城東　（巻中・第十九）

三条北は三条南、西坊城は皇嘉門の誤り。四条北・朱雀西に所在の計八町に及ぶ広大な邸第である。これは、宇多院再建の最も盛時の規模のものである。

冷泉院は、嵯峨上皇が、盛唐時の長安城外の離宮興慶宮を範として造営されたもので、嵯峨院の後院であるとともに、仁明・文徳帝などの後院としても利用されたものである。初見は、次の記述である。

幸冷然院、令文人賦詩賜侍臣禄、有差、　（『日本紀略』弘仁七年八月廿四日）

嵯峨上皇は、在位中は冷然院を神泉苑・嵯峨院とともに離宮として利用されたが、譲位に先立って冷然院に遷御され、この第を仙洞とされた。承和元年（八三四）に、嵯峨野の離宮・嵯峨院に移られ、八年ほどの後にこの離宮で崩御された。嵯峨院の崩後、檀林皇后とも通称された太皇太后橘嘉智子は冷然院に還御され、仁明帝とは母子であったため、天皇も頻繁に冷然院に通われ、冷然院は、再び華やかな遊宴の場となった。ところが、嘉祥三年（八五〇）に、天皇と太皇太后が相次いで崩御という出来事があり、初期冷然院の時代は終わった。この時期から村上帝の天徳四年（九六〇）の内裏火災まで、冷然院は、三度天皇の臨時御所になっており、太田氏は、これを里内裏の嚆矢とされている。

平安中期までの冷然院を、太田氏は四期に分けておられる。第一期は、嵯峨帝による創建から、清和帝の時の最初の罹災までの約六十年ほど。檀林皇后の崩御までは先に述べた。その後、文徳帝は、治世の後半はこの院で過ごされ、この院で崩ぜられた。清和帝の貞観十七年（八七五）に焼亡に遭った。邸内の新池の湧泉・細流と釣台などが存する景勝の邸であった。第二期は、陽成帝の時の再建から、村上帝の天暦三年（九四九）の焼失までのおよそ七十年。陽成帝は在位中はほとんど臨幸なく、譲位後にも初めは陽成院を御所とし、後半になって冷然院を御所とされた。崩御も同院である（『日本紀略』天暦三年九月廿九日）。陽成崩後に、再度の焼失に遭う。

第三期冷然院は、円融帝の天禄元年（九七〇）の焼亡まで、十余年。天暦八年（九五四）の再建の際に、度々の火災を忌避する意味で、冷然を冷泉と改めた（『河海抄』巻十三）。この時期、村上・冷泉帝が利用され、冷泉院においては仙洞御所にもなった。第四期冷泉院は、再建された時点が明確でないが、後一条帝の長和五年に焼失するまで。その後も、再建された冷泉院は史料に見得るが、藤原摂関家の権勢増大とともに、天皇家離宮である冷泉院の影は薄くなっていった。鎌倉時代になって、存続だけは辿れる程度の状態であった。

冷泉院の所在位置については、『拾芥抄』は次のように示している。

冷泉院　大炊御門南堀川西、嵯峨天皇御宇、此院累代後院、弘仁亭本名冷然院云々、　（巻中・第十九）

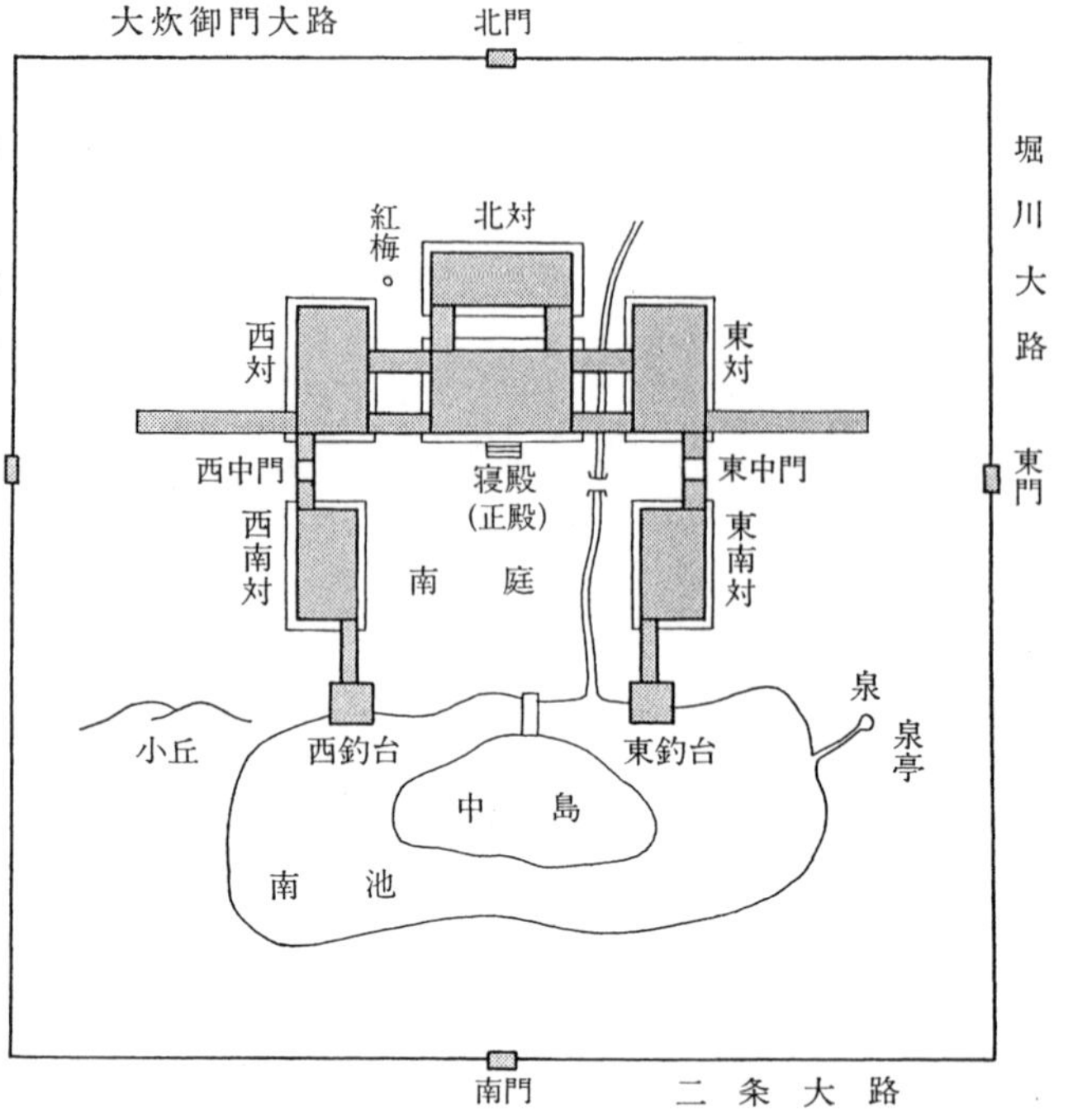

冷泉院推定復原図（文献１）

二条北大宮東の四町の邸宅で、先の朱雀院と同じく、京内ではひときわ広壮を誇る規模である。第三期冷泉院の規模は、太田氏の推定復原図によれば上図のようである。

述べたところを要約する。朱雀院は、嵯峨院の洛中離宮として営まれたが、その後は衰亡、宇多帝の時に、本格的な後院として再建された。宇多院の後は、朱雀院が母后とともに居住されたが、火災の後は二条院に遷御された。以後、天皇離宮として皇統に伝えられたが、平安末期までの命脈を見る程度である。冷泉院も、嵯峨帝の洛中離宮として始まり、度々の焼亡に遭いながらもその度に再建されて、細々ながら天皇後院としての命脈を保ち続けた。朱雀院では朱雀上皇、冷泉院では、冷泉上皇が諡号されているから、後院として比較的長期に利用されたということはあるが、仙洞御所としてさほど厳密に結びつくというものではない。結論的には、特定の天皇後院ではなく、皇室附属の京内離宮の性格が、基本であったものである（文献2）。

三　物語の時代

物語中に登場する朱雀院・冷泉院が、呼称としては、歴史上にも実在人物として存在するので、問題が複雑になる。偶然に同じ名前というだけでなく、物語は、史実に重ねて語っているのではないかと思われる性格もある。そこら辺のことを、整理しておきたい。

桐壺帝の御世

①このごろ、あけくれ御覧ずる長恨歌の御絵、亭子院の書かせ給ひて、伊勢・貫之に詠ませ給へる、やまとことの葉をも唐土の歌をも、たゞそのすぢをぞ、枕ごとにせさせ給ふ。　（『源氏物語』桐壺）

※宇多の帝（桐壺）・藤原時平（夕顔。なにがしの大臣）・聖徳太子（若紫）

朱雀帝の御世

②「この頃の上手にすめる千枝・常則などを召して、作り絵仕うまつらせばや」　（同・須磨）

※行平中納言（須磨）・嵯峨帝（明石）・繁子内親王（明石。女五の宮）

冷泉帝の御世

③延喜の、御手づから事の心書かせ給へるに、又わが御世の事もかゝせ給へる巻に、かの斎宮のくだり給ひし日の

大極殿の儀式、御心にしみておぼしければ、　　　　　（同・絵合）

④昔、母君の御祖父中務の宮ときこえけるが、領じ給ひける所、大井川のわたりにありけるを、　　　　（同・松風）

※公茂（絵合）・藤原良房（乙女）・源公忠（梅枝）・嵯峨帝（梅枝）・醍醐帝（梅枝）

今上帝の御世

※陽成院（横笛）・貫之（総角）

『源氏物語』の物語の時代は、天皇の治世として言えば、四代にわたる。一応、その四代に分けて、記述される歴史的人物をあげてみた。『源氏物語』が、表面的には歴史物語の風を装っているとすれば、物語の時代は、その人物たちよりは後の時代ということになる。少なくとも読者はそう受け取るし、物語もそれを意図して記述していると思う。ただし、四代に分けて整理するほどの厳密が必要であったかどうか。

物語の時代は、記述された歴史上人物たちよりも後である。登場している歴史上の人物は、帝王だけに注意しても、嵯峨・陽成・宇多・醍醐という人名が記述されている。史実は、この後に、朱雀・村上・冷泉・円融と続く。物語は、桐壺・朱雀・冷泉・今上と続く。桐壺帝の御世には醍醐帝の記述は無く、名前が出て来たのは冷泉帝の御世の時であった。非公式だけれども、光源氏の准太上天皇も、この皇統譜の中に入れ得るとしたら、『源氏物語』の帝王系譜は、次のようになり、見事に、史実に比照し得る。

物語の系譜　　桐壺帝─朱雀帝─（光源氏）─冷泉帝─今上

史実の系譜　　醍醐帝─朱雀帝─村上帝─冷泉帝─円融帝

これほどに際立った対比を、まったく無思慮の偶然の所産とは、物語の読者には到底思えなかったことだろう。『源氏物語』の物語手法として、古くから〝准拠〟という言葉が使用されてきたが、物語の骨組みそのものが、醍醐から円融辺までの朝廷史を准拠としていると感じるように、確かに書かれている。その意図の存在は否定出来ないように思う。

四　物語と史実

『源氏物語』の物語手法の意図は否定出来ないとして、小稿の課題である朱雀院と冷泉院の記述に関して、その意図はどのように作品の形になっているか、その辺のことを知りたい。物語の記述と史実との重なりあるいは懸隔、そのことに注意してみる。

朱雀院

	《史実》	《物語》
○父帝	醍醐帝第十一皇子	桐壺帝第一皇子
○母后	藤原穏子（関白基経女）	弘徽殿女御（右大臣女）
○東宮	三歳	？
○即位	八歳	廿四歳
○外戚	摂政・藤原忠平（外舅）	右大臣

○譲位	廿四歳（在位十七年）	三十二歳（在位八年）
○後院	朱雀院・仁和寺	朱雀院・西山
○出家	三十歳	四十二、三歳
○崩御	三十歳	七十五歳
冷泉院		
○父帝	村上帝第二皇子	桐壺帝第十四皇子
○母后	藤原安子（右大臣師輔女）	藤壺女御（先帝第四皇女）
○東宮	一歳	？
○即位	十八歳	十一歳
○外戚	関白・藤原実頼（外舅）	
○譲位	廿歳（在位三年）	廿九歳（在位十八年）
○後院	冷泉院・朱雀院・鴨院・南院	冷泉院
○崩御	六十二歳	

こまごまとした説明は、不要かと思う。対照表をチラと見ていただけるだけで、その懸隔が明瞭である。説明は不要と言ったけれど、少しだけ述べる。たとえば、史上の朱雀院は、醍醐帝十一皇子で、八歳で即位、三十歳で出家、同年に崩御された。物語では、桐壺第一皇子として嘱望され、廿四歳で即位、四十二、三歳の頃に出家、その後七十五歳頃までの長寿を保って薨じた人物になっている。十七年に対して物語では八年とした在位期間、出家と同年の崩

御を、物語ではるかに三十年余も引き下げたのは、物語の都合による改変である。冷泉院についても、史実は村上帝第二皇子であったものを朱雀帝末弟とし、在位僅かに三年であったものを十八年とするなど、物語の事情に応じた変更をしている。特に、同じ桐壺帝皇子とした設定は、史実と真っ向から対立しており、平安中期の人々にとって、近代史に属する歴史と物語の世界との懸隔は、読み始められるとすぐに気付かれるような事柄であったと思われる。先に〝准拠〟という問題に少し触れたが、どのように史実を背景にするかと同時に、どのように史実を離れるかというのも、准拠の態度である。史実における邸宅と人名呼称の関係は、物語にそのまま取り入れられており、その限りでは物語の作為は無い。作為無く取り入れれば、物語中で朱雀院・冷泉院を長く院御所とした上皇が朱雀院・冷泉院の呼称を得るのは当然であり、それを現実の朱雀院・冷泉院に重ね合わせて読もうとするのは読者の勝手であるが、少なくも作者の感覚とは離れている。

五　まとめ

『源氏物語』に語られる朱雀院・冷泉院の記述をたどってみると、物語を語るにあたって、作者がこの近代史の枠組みを利用した意識は、否定出来ない。朱雀院の人物像として、朱雀院・西山と居所を移した設定は、実在の朱雀院の行動を背景にして、女三宮降嫁という物語構想に利用している面は否定出来ない。それでは物語は実在の人物像を限りなく追求しているかと言うと、そもそも語り始めた時点から、これは史実の朱雀院ではない、史実の冷泉院ではあり得ないと、すぐ思わせる語り方をしている。どちらの態度も意図的である。虚構であることを前面に出して、けれども実在の呼称を語りに使う効果はきっちり利用している。『源氏物語』の朱雀院・冷泉院とは、このようなものではなかろうか。朱雀院・冷泉院は間違いなく皇室離宮としてのそれであり、それを後院として居住されている上皇が朱雀院・冷泉院であるという原則も守られている。しかし、そこに実在した人物を重ね合わせて読むのは明瞭に読者の恣意である、そのように結論できると思う。先述したように、実在人物を背景にする微妙な陰影もたしかにあるけれど、本筋としてこの結論は動かないと思う。フィクションとも言えず、ノンフィクションとも言えない史実の巧妙な活用は認めてもよい。『源氏物語』は、近代小説と違うそのような語りの手法に拠っている。それなら、桐壺帝・光源氏でも、同じ方法を何故使わないの?と聞かれたら、少々まどろっこい説明は出来るつもりでいるが、正直、少し困った質問でもある。

参考文献

1　太田静六『寝殿造の研究』（吉川弘文館、昭62）
2　所京子『平安朝「所・後院・俗別当」の研究』（勉誠出版、平16）

コラム①　千本通

本章の課題にかこつけて、千本通（朱雀大路）の踏査を、このコラムの内容にする。地下鉄「二条城前」駅から地上に出たとたんに、傘を電車の中に置き忘れたことに気付いた。街路は小雨であった。すぐ前の幅広の道路（押小路）を、二条城外堀に接する北側歩道に渡る。「神泉苑東線」と刻る石標がある。南北の通りを言えば「大宮通」なので、東線は当然である。渡ってきたばかりの道の向こう側に、神泉苑跡の樹木が塀越しに見える。千本通に西行すべきところだが、本章課題にも関連して、冷泉院跡を先に訪ねる。冷泉院跡は、現在はほとんどが二条城内に取り込まれている。この城の北外掘にある立札のほかは、二町四方の後院を説明する痕跡は何もない。とりあえず、冷泉院の西南角の著明な辻「あははの辻」の位置をおおよそ確認しておきたい。そう考えて、堀川通に面した二条城の城門をくぐる。天候は悪いのに、修学旅行の生徒が多い。城内見学が目的でないので、北側庭園を迂回する。数種の桜花が、それぞれの色合いで雨に濡れていた。二条城もやみくもに造城してはいないようで、[※1]地図で確認すると、本丸の東壕に接する南北道が、丁度大宮通に重なっている。二条大宮辻は、本丸に入る橋の南辺がだいたい相当す

1. 二条大宮辻（二条城内）

2．島原西門跡（住吉神社）

3．羅城門跡

るようだ。懐古する気持でひとしきり佇んだ（写真1、北側から見る）。

再度城を出て、南掘外の歩道を西行する。二条城西外掘に接する道の標識を見ると「美福通」の名称で、思わず平安の空気を感じる。この道をわずかに北行したところで二条西大路が始発するが、この辺がほぼ消滅状態であることは後にも述べる（コラム⑰）。今日は、朱雀高校南塀に添って歩いてみた。細い路地を通って千本通に達する地点は、鉄扉で通行不能になっている。不可解さに義憤を感じる。少し気持を慰めようと、迂回して千本通に出たところで、昼食のラーメンにする。帽子もジャンバーも濡れて重い。「電車に傘を…」とこぼしたら、店員がこっそり忘れ物の傘を融通してくれた。

さて、食後に再出発、時計を見て、歩数計も確かめた。千本通を三条まで来て、角に「従是西北奨学院」の石標を見る。地図で見ると、これは「従東北」ではないかと思うが、私の刻字の読み間違いか？　この地点から、四条大宮に向かって直線の斜行路が走る。通常のバスの運行はつねにこちらの道なので、どうしてこんな斜行路を？　とは思っていた。今日は、その不審とは別に、この地点から南に千本通（朱雀大路跡）をひたすら南に下る。なにか、気持がワクワクしてくる。三条から四条は、南北四町を占めた朱雀院が、道の西側に存在していたはずである。そのつもりで注意して歩いたが、特に何も見なかった。目測ほぼ4メートルほどの小路であるが、本来は二十八丈（約84メートル）の大路である。後に地図で確認すると、朱雀院の御所

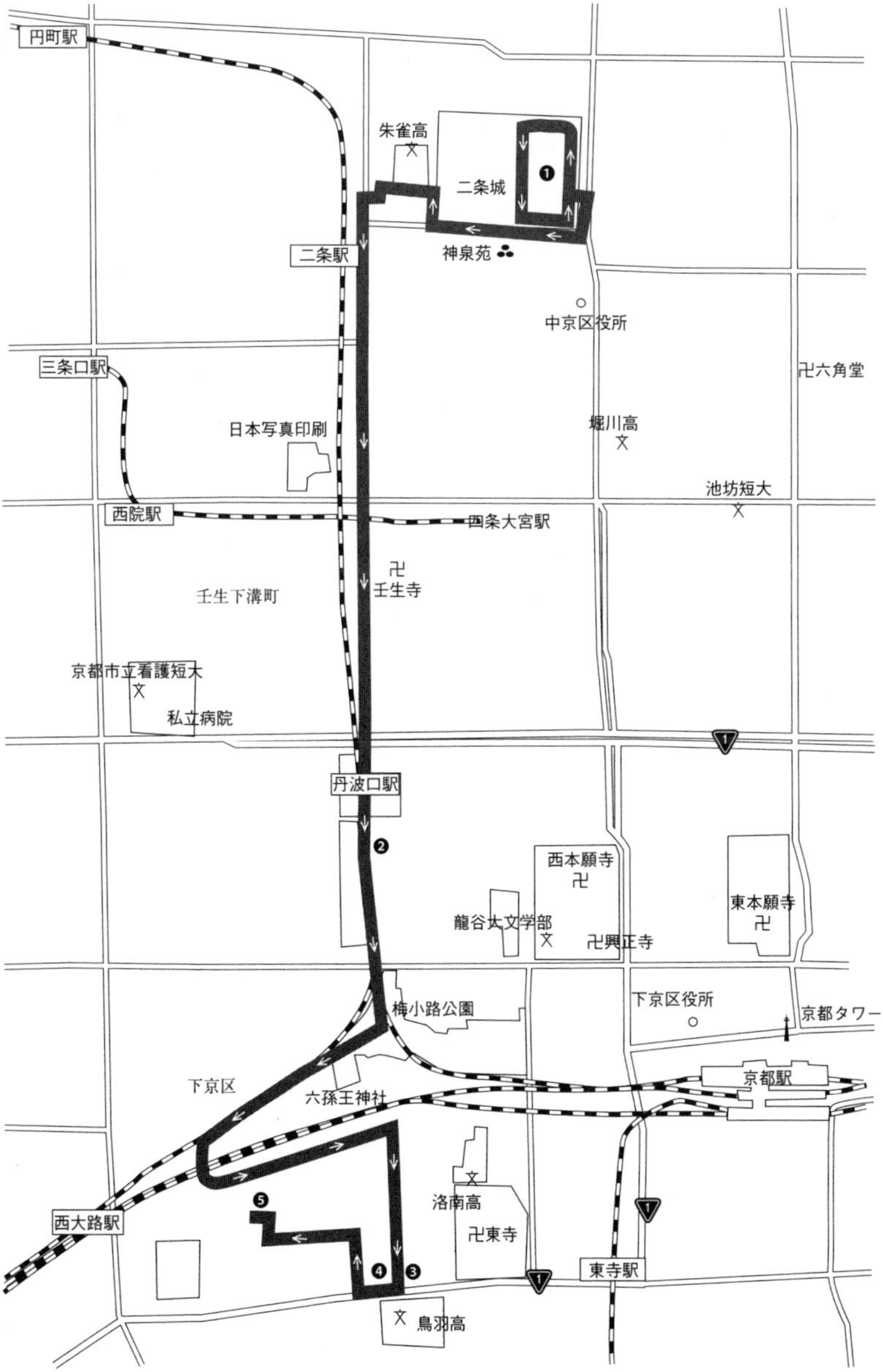
円町駅
朱雀高
二条城
二条駅
神泉苑
中京区役所
卍六角堂
三条口駅
日本写真印刷
堀川高
池坊短大
西院駅
四条大宮駅
卍
壬生寺
壬生下溝町
京都市立看護短大
私立病院
丹波口駅
西本願寺
卍
東本願寺
卍
龍谷大文学部
卍興正寺
梅小路公園
下京区役所
京都タワー
下京区
京都駅
六孫王神社
洛南高
卍東寺
西大路駅
東寺駅
鳥羽高

千本通（二条大宮～西寺跡）

4. 矢取池蔵

5. 西寺跡

内を歩いていたはずであるが、めぼしいものは無い。四条通に出れば、西方のさる会社の敷地内に「朱雀院跡」の石標があるようだが、インターネットでも簡単に見れるし、わざわざ写真を撮りには行かなかった。

　四条通を過ぎると、すぐに嵐電のガードをくぐり、少し進むと、角に「壬生寺跡」の石標がある。平安には関係無いとは思いながら小路の東を見ると、寺門が南側に見える。昔の愛着（新選組）もやみ難く、つい門前にまで足を運んだ。寺域には高層のビルが建っている。「寺がマンションか」とやや興ざめして見ていたら、屋上に有料老人ホームとの大きな表示があり、少し許せる気持になる。屯所跡などを見てみたい誘惑になんとか耐えて、さらに南に向かう。松原通辻（旧五条朱雀）の西南は、光徳公園という広い公園になっている。ひたすらに南下。車で喧噪な五条通を渡ると、JR丹波口駅がある。東側は、中央卸売市場。ひたすらJR線路に沿って進む。道の東側にふと目にとまったのが島原に因縁の小社で、この地が島原西口であったという。平安に無縁の故地だが、勘弁してもらって一枚だけ記念に撮らせてもらう（写真2）。七条を過ぎたところで、決定的に阻まれた。梅小路公園のすぐ南を東西に走るJR電車・新幹線の軌道を越えて行く道が無い。公園脇で訊いたおじさんに、東であれば公園を抜けて大宮通、西であれば線路に沿って御前通まで行くしかないと教えられる。にわかに重くなった足を引きずりながら、あえて西行の道を選ぶ。御前道で、車の排気ガスを吸い込みながら、やっと線路の南側に出た。ここからまた線路に沿って、東に千本通まで戻る。途中、蓮華寺東の墓地に、「都城六勇士の墓」などの立札を見て、なんとなく興味をそそられて墓地に入ってみたが、よく分からない。それよりも、墓地について訊くことがあれば「西寺」に問い合わせるようにとの立札の方が気になった。西寺は現存しているのだろうか。

それから間もなく、道がJRの線路から離れかけようとする地点から南下する通りが千本通である。丁度一条（約500メートル）で、九条通に達する。ここに存在したのが、平安京の正門たる羅城門であり、小さな公園に石標が立っている（写真3）。九条通に面しても小堂があるが（写真4）、地図を見ると、現在の九条通は、この二町ほど東の東寺西小路（壬生通）辺から、やや西南にフレている。最近、羅城門跡辺の発掘調査が行われたが、特に注意される発見が無かったようであるが、この辺の考慮が必要であったかな？　と、素人感覚では思う。ひたすら千本を下ってきて、時計を見ると、ちょうど二時間。紹介するようなロクな写真も無いので、思い付いて少し西の「西寺跡」まで行って、写真を一枚追加した（写真5）。小山中央の石標に西寺跡と刻されている。手前の雨の砂道で、私の足許は靴下まで濡れ通った。

※地図は、『平安京提要』付図「平安京条坊復元図」・『京都源氏物語地図』第1図（京内）・街の達人『京都大津便利情報地図』（昭文社）・国土地理院発行「二万五千分の一地形図」・「ゼンリン電子地図帳」（ゼンリン）・「グーグルマップ地図検索」をもっぱら利用しました。

第2章　伏見

本章は、私の思考の放浪の稿である。今割愛したら、二度と私見を述べることも無いだろうと思うと、哀惜の思いを消し得ない。想像をめぐらした、とりとめない記述であるが、小休憩のつもりでお付き合い願えれば、感謝する。

一　和泉式部日記の記述

気になってならない記述があった。少し長いが、引用する。

このごろは四十五日の忌たがへせさせ給ふとて、御いとこの三位の家におはします。れいならぬ所にさへあれば、みぐるしと聞ゆれど、しゐてゐておはしまして、御車ながら人も見ぬ車宿にひきたてて入らせ給ひぬれば、おそろしく思ふ。人しづまりてぞおはしまして、御車に奉りて、よろづの事をの給はせ契る。心えぬとのゐのをのこどもぞめぐり歩く。れいの右近の尉、この童とぞ近くさぶらふ。あはれにものゝおぼさるゝまゝに、をろかに過ぎにし方さへくやしうおぼさるゝもあながちなり。明けぬればやがてゐておはしまして、人のおきぬさきにといそぎ帰らせ給ひて、つとめて、

ねぬる夜のねざめの夢に慣らひてぞふしみの里をけさはおきける

御かへし、

その夜より我が身のうへは知られねばすゞろにあらぬ旅ねをぞすると聞ゆ。かばかりねんごろにかたじけなき御心ざしを、みずしらず心こはきさまにもてなすべき、こと〴〵はさしもあらずなどおもへば、参りなんとおもひたつ。

（『和泉式部日記』）

長保五年（一〇〇三）十月頃のことである。和泉式部の愛人である敦道親王は、四十五日の忌違えで、「御いとこの三位の家」に移っていた。「四十五日の忌違へ」は、大将軍・金神などの年単位の方忌で、その方角が禁忌に触れる場合、居所を別に移して忌みを避ける方法を言う。家屋の修造などに関わる場合が普通で、この場合、敦道親王は、自邸である東三条南院を離れて、別の場所で過ごしておられたらしい。和泉式部の家に来られた宮は、愛着の余り、式部をその方違所にともなって、愛情の一夜を過ごしたというものである。この一夜の後に、宮の思いを知った式部は、以前から誘われていた宮邸入りを、決心することになる。

その意味でも注目される「四十五日の忌違へ」なのであるが、残念なことに、その場所がはっきりしない。敦道親王の母超子（兼家女）の弟道兼の息兼隆邸を宛てる説があり（文献1、2）、私も、兼隆邸が大炊御門南・東洞院東に所在した史料を見得たので、想定される和泉式部家とも遠くないということもあって、一応賛成意見を述べておいたが（文献3）、釈然としない気持も残っていた。兼隆邸に関する史料が、廿年ほど後のものであることと、「ふしみの

里をけさはおきける」が単なる修辞表現かどうか、断言できない感情もあったからである。実際に、この「ふしみ」を洛南の「伏見」と解釈する注釈書も多く（文献4）、私の大炊御門・東洞院説は、それらに対する修正提案のつもりであったのだが、決め手に欠ける側面も否めない。この時期の伏見は、山荘地域の性格もまだ未開発で、高貴の親王の四十五日間という長期の忌違えが出来る場所とは到底思えない。これだけは、絶対に間違っていない。なお、参考になるかどうか自信はないけれど、帥宮の兄弾正宮為尊親王が「石井」なる場所に方違えで渡っていたらしい史料がある（『権記』長保四年三月十七日）。「石井」とは中御門・東洞院辺に所在の源重信所縁の場所である（『拾芥抄』中）。同母の兄の行動はなにか関連ありそうな推測をさせるので、とりあえず紹介した。

「ふしみ」を地名とせず、男女共寝の普通表現と解釈する立場もある。いや、その立場の方が有力であろう。

「今は」とて、この伏見を荒らし果てんもいみじう心細ければ、嘆かれ給ふこと尽きせぬを、（『源氏物語』早蕨）

といった表現だが、表現は普通表現でも、敦道親王が忌違えをしている場所を「ふしみ」と表現しているということなので、そこはどこかという問題は、依然として残る。

二　放浪の「ふしみ」

京内かあるいはごく近郊に、「ふしみ」と呼ばれる地名があるはずだ。いつかそれを見つけると思いながら、時日のみ際限なく経過した。「伏見」なる地名には、ずいぶんと注意を払ったつもりだが、これといった資料に出合えなかった。おおむねは、

伏見にて、帰雁を、　　源師賢朝臣
ふるさととあはれいづくをさだめてか秋こし雁のけふかへるらむ
（『経信集』二八）

橘俊綱の朝臣の伏見の家に桂をほりうゑさせ給ひけるによめる　　賀茂成助
瑞垣の桂をうつす宿なれば月みむことぞ久しかるべき
（『千載集』巻十・六三二）

伏見の山里にてあそびどもをあるじのをこしたりけるを、あそびなどかうてはなどいひけるついでに、　　六郎大夫孝清
あそびをだにもせぬあそびかな
（『散木奇歌集』第十・一六二一）

などのように、別荘地としての洛南の伏見が普通である。とりわけ、伏見修理大夫と呼ばれた橘俊綱の伏見山荘が著名で、地名としての伏見は、俊綱の専売特許と言っても良い状態である。

行く春にふしみの里とつげてしかあはまくほしみ立ちやとまると　（『信明集』三一）

昔、申しなれたりし人の世のがれて後、伏見にすみ侍りしを、尋ねてまかりて、

庭の草ふかかりしを分け入り侍りしに、虫のこゑあはれにて、

分けて入る袖にあはれをかけよとて露けき庭に虫さへぞ鳴く　（『西行法師家集』五一三）

物いひわたりし女の伏見里にかくれてすむよしきゝてまかりて

たつねしを、猶かくれしかは、

尋ねつゝ伏見にきつるかひもなし身をうち山のながめのみして　（『隆信集』六四八）

これらの用例も、桃山丘陵西麓と明示してはいないが、さりとて、他のどのような場所の伏見かも示していない。判明したら、洛南の伏見である可能性が高い。というより、ほとんど確実である。

溺れる者は藁（わら）をも摑（つか）むの譬（たと）えで、南北朝時代の北朝、伏見・後伏見帝の呼称は、居住の御所に拠るものであろうかと考えたりしたら、これは後嵯峨上皇の後院である伏見殿が、後深草院から伏見・後伏見院と伝えられた北朝持明院統の仙洞というものであった。淵源を辿れば橘俊綱の伏見山荘に至り、白河・後白河と皇室御領となって伝えられたものであった。京中の小字一覧を虫眼鏡で探しまわっても、ついに「伏見」なる地名は見出し得ず、途方に暮れた。伏見は、敦道親王が四十五日に渡って忌み違えを行うような場所ではあり得ない。遠距離ということもあるが、場合によれば皇統を嗣ごうという立場の親王が、長期に渡ってこのような洛外に籠っているなどということは、考えられない。二条大路を数百メートル東行する和泉式部の家に通うのもままならない身分の敦道親王である（文献5）。万一、そのような状況があったとしたら、式部の日記の記述にうかがえるものがまったく無いということもあり得ない。

そのようなことを考えていたら、次のような資料が目に止まった。

敦道のみこのもとに、前大納言公任の白川の家にまかりて、又の日、
みこの遣しける使につけて申し侍りける　　和泉式部
折る人のそれなるからにあじけなく見し我宿の花のかぞする
（『新古今集』巻十六・一四五八）

敦道親王は、公任の白川山荘に滞在することがあったらしい。公任の白川山荘は小白川とも呼ばれ（『小右記』長和二年二月四日）、現在の粟田口近辺に所在していた。『新古今集』の記述のみでは今少し分かりにくいが、『公任集』には、この前後の連作がある。

師の宮花見にしら川におはして、
われが名は花ぬす人とたたばたてただ一枝はをりてかへらん
とありければ、
山里のぬしにしらせよをる人は花をも名をもをしまざりけり
また宮より
しられぬぞかひなかりけるあかざりし花にかへてし名をばをしまず
かへし
人しれぬ心のほどを知りぬれば花のあたりに春はすまはん

花をも名をもときこえたまへりけるおほん返りにつけて、
　みちさだめのきこえける
をる人のそれなるからにあじけなくみし山里の花のかぞする
　返し
しるらめやその山ざとの花のかのなべての袖にうつりやはする
　またきこえける
しらせじと空に霞みのへだてしを尋ねて花の色もみてしを
　返し
今さらに霞とぢたるしら川の関をしひては尋ぬべしやは
（『公任集』二九〜三六）

これらによっても、全貌解明とは言いにくいが、確かなところだけをまとめてみると、
○帥宮が公任の白川山荘を訪ね、その華やかな美しさに感嘆していること
○山荘の主である公任と、桜花をめぐって和歌の応答をしていること
○帥宮の歌に、同行しているらしい和泉式部が歌を添えていること
これらのことを、確認できる。和泉式部を「みちさだのめ」と認めているし、最後の「今さらに」の歌では、公任が、陸奥守橘道貞との関係に触れているらしいことも、推測出来る。注釈書は、「二人は明らかに同じ屋敷に住んでいた」としている（文献6）。

本題に戻って、私が藁をも掴む気持で思ったのが、「帥宮の四十五日忌違え」の場所は、もしかしたら公任のこの

白河山荘ではなかったかという推測である。一連の応答歌を見るかぎりでは、敦道親王が単に通りすがりに公任山荘の桜花が目に入ったというものでなく、少なくもある期間この山荘に滞在しているといった状態であるらしいことは推測出来るが、四十五日という長期のそれまでは、推測できる手がかりがない。実は、四十五日方忌には、ただ一日の滞在でこれを解消する便法もあるのだけれど（文献3）、今は考慮の外にしておきたい。敦道親王は、長保五年の四十五日忌違えにあたって、東三条院南院の居所から、和泉式部の家も通り越して、東山山麓小白川の公任山荘に方違えをされ、和泉式部をこの山荘に迎えたりもすることがあった。そのような仮説を一応立ててみる。

三　御いとこの三位

さて、その仮説の検証の問題である。まずは、「御いとこの三位」が明らかにされなければならない。敦道親王の御母は、兼家女の超子である。超子は、冷泉帝の後宮に入り、居貞（三条）・為尊・敦道の三皇子を生んだが、天元五年（九八二）に頓死した。敦道親王から見て「いとこ」と言うかぎりは、母超子の兄弟である道隆・道綱・道兼・道長といった人たちの子弟を指すかと思われる。手許の『広辞苑』でも「いとこ」は「父または母の兄弟・姉妹の子」としている。この範囲では、道隆男の隆家と道兼男の兼隆が該当する。ただし、隆家は権中納言でもあるので、ただの「三位」とは言わないだろう。去年三位に叙したばかりの兼隆説が出る所以である。大炊御門南・東洞院東所在の兼隆邸が、いよいよ有力になる。和泉の家は、三条坊門高倉近辺とも言われているので（文献5）、その点も都合が良い。

と考えると、問題は一応決着としてもよいのであるが、和泉周辺に新たな空間を想像させる小白川山荘説も捨て難いので、今少しこの説に執着してみたい。公任は、系譜的には次のようになる。

┌実頼──頼忠──公任
└師輔──兼家──超子──敦道親王

敦道親王にとっては、公任は曾祖父の孫ということになる。これが「いとこ」と認められるかどうか、私は自信が無いが、和泉式部の認識では「いとこ」の内にあったと、あえて強弁してみる。

次に、「三位」の問題であるが、公任は、この時、正三位・中納言で、皇后宮大夫・左衛門督を兼ねていた（『公卿補任』長保五年）。ただし、翌寛弘元年には「自去九月不仕」と記述があり、翌々年の補任には、「去年十一月以後不出仕。七月廿一日重上表、請停中納言」という注記がある。事柄の背景は、官途にかかわる公任の感情と推測されるけれど、この時期、公任は朝廷不出仕の状況であり、官職相当の任務を果たさない状態であった。それで、ただ「三位」とのみ記した。こう説明するのも、これまた強弁に類するものであろうか。

『公任集』に記述される連歌の内容を見ると、これは、明瞭に桜花の季節の歌である。日記の、長保五年十月頃には、不相応である。節気をどのように早く想定しても、立春にさえも無理である。『公任集』に書かれた白川山荘をめぐる師宮との応答を、日記の「四十五日の忌違え」と重ね合わせて理解することは、どうにも無理のようである。ただし、白河山荘をめぐってこれらのやりとりがあり、それも宿泊も伴うようなものであったということは、敦道親王が長期にわたって他所に滞在するようなことはあり得る。それくらいの想像はさせると思う。

四　「忌違へ」のところ

結局、思考は、スタート地点に戻ってしまった。兼隆説と公任説とを比べてみれば、兼隆説の方が穏当かと思われる。ただし、敦道親王が滞在した兼隆邸は、大炊御門・東洞院に限定して考える必要は無いかと思われる。兼隆の父道兼は、知られるように、粟田に山荘を持ち、もっぱらここに居住して粟田殿・粟田関白などの通称も得ている。

粟田の右おとどの弁に侍りしとき、念仏し侍りし、世尊慧灯明といふことを
よめとはべりしかば、夏のことに侍り、
ななへなるうづきのかげもくらからず夏の夜ふかき法のひかりに　　（『能宣集』三〇一）
粟田の右大殿、夜深くかへらせたまひて、日かげを給はせたりしかば、
御返りきこえさせし、
つつめどもうきに人めのをしければあけば日影のまばゆからまし　　（『馬内侍集』一四〇）

道兼が、僅か七日の関白で薨じた後に、長子である兼隆が粟田山荘を伝領していたと想像するのは、ごく自然な推理であろうと思う。この時代の貴族は、身分の高下を問わず、複数の便宜の家を持つのが普通だった（文献７）。「かやうの方違所と思ひて、小さき家設けたり」（『源氏物語』東屋）ということもあり、都合に応じて貸借することも頻繁であった。兼隆が、冷泉院皇子の依頼に、父が居住していた山荘を、好意をもって提供したであろうということは、

十分に可能性を推測出来る。

同様に、公任の白河山荘の桜花にひかれた親王が、方違所として公任に依頼することがあれば、彼も喜んで応じるだろう。この場合は、和泉式部という女流歌人も加わって、ひとしきり優雅な、郊外の社交空間であった可能性もある。それらはすべて推測の域を出ないけれど、洛南の伏見のような荒唐無稽な推測ではない。洛南伏見説を否定するのに、先には、帥宮の高貴の立場と所在の遠距離を理由としてあげた。実は、長保五年癸卯および寛弘元年甲辰の大将軍方忌の方位は北であり、洛南の伏見に至るのでは、まったく方違行為にならない。『和泉式部日記』の四十五日忌違えの場所が、兼隆か公任の山荘であったとすれば、和泉式部の人生を語る一つの視点を得る気がする。小白河は、ほとんど粟田口に同所である。公任山荘は、道兼の粟田殿であったかも知れないというのは、私のひそかな想像であるが、これも言わない方が良かったかも知れない。ともあれ、『和泉式部日記』のこの「ふしみ」のことを考えていると、頭の中に〝誰かリルを知らないか〞などという戦争直後の歌謡曲の歌詞が浮かんで仕方なかった。この慢性病からの治癒を期待して一章を立てた。海容をお願いする次第である。

参考文献

1 吉田幸一「和泉式部日記における矛盾解明への一試論」(「国語と国文学」四十巻三号、昭38)。
2 山中裕『和泉式部』(吉川弘文館、昭59)
3 加納重文『平安文学の環境』(和泉書院、平20)
4 藤岡忠美注訳『和泉式部日記』(小学館、平6)など。
5 増田繁夫『冥き途 評伝和泉式部』(世界思想社、昭62)
6 伊井春樹・津本信博・新藤協三『公任集全釈』(風間書房、平1)
7 加納重文『平安京住所録』(望稜舎、平21)

コラム②　伏見道

本章の課題とは直接関係無いが、基経や俊綱が通った伏見への道を、こじつけてコラムの内容にする。この伏見道が現在の本町通に相当するというのが、私の見解である。南都に向かう大和大路がこの本町通に重なるという見解も無い訳でない。というより、通説はむしろそうなのかも知れない。私が京の古道歩きで先達としている、増田潔先生の著書も[※1]、その立場のようである。この書は、今後も頻繁に登場するので、今後、「師書」と略称する。了解されたい。さて師書は、いわゆる「法性路大路」は鴨川東岸近くを南北に走る大道で、その東を併走するいわゆる「大和大宮路」が、現在の本町通に相当するとの説明を冒頭にされている。ここで認識が分かれるのだけれど、そのことにはまた別に触れるとして、とりあえず師書の踏査に従いながら、私も歩いてみることにする。

1. 宝樹寺

師書は、五条橋口から始発する。私見では、河原路（13章）の始点である。薫を光源氏亡き後の六条院に居住として、六条坊門小路（現・五条通）から、私は師に合流する。京阪・清水五条駅を降りて、川端通から三筋目の本町通である。わずかに進行したところで、左からの細い道が馬町通。七条通手前の左側は、豊国神社前の広い参道。勤務していた頃は、京都駅からこの参道を通り、神社脇の抜け道をも

3. 法性寺

2. 滝尾神社

っぱら利用した。西に一筋目の通りが、レベルがさらに低くなっているのを視認しながら七条通を渡る。本来の水流のあった辺である。一路南下し、JRの線路がかかる陸橋を渡る。何人かのおじさんがたむろしていると思ったら、それぞれカメラを持って、電車の撮影の適地になっているらしい。さらに二町ほど進むと、左手からの坂道。泉涌寺道である。少し先の右側宝樹寺の門前に常盤薬師の石碑（写真1）。平治の乱で破れた義朝の妾常盤が、折柄の雪をしのいだという松が寺内にあると説明板にある。常盤が連れていた三人のうちの末子が後の義経になる。宝樹寺の斜め向かいに、滝尾神社（写真2）。神社の所在は「大和大路南詰」（『拾遺都名所図会』）で、「一橋東路傍」（『山州名跡志』）とされている。法性寺大路の始点たる一橋の地で、鴨川東岸道でもあった大和大路が、この辺で合流したものらしい。時計を見ると、三十分ほど経過していた。

さらに一町ほどで、右にJR東福寺駅の改札。またその先、東山通が九条通になって鴨川を渡る直前のガード下に、「伏水街道二橋」の石標がある。私の大和大路の想定路は、ここから東南方に現在の東福寺の域内を通り、稲荷・深草をを経て木幡山に向かう。このルートについては別章に述べることなので、ここでは、ひたすら本町通（伏見道）を南下する。間もなく、道の左に法性寺なる小祀（写真3）がある。これも説明板によると、旧社名の煙滅を惜しんで近時に建てられたものである。ただし、本町通に西面する形は合っている。平安時代は、法性寺西門が法性寺

5. 桓武帝陵入口

4. 藤森神社

大路に、東門が大和大路に向いて存していたと、私は推定している。道の左方に視界が開けると、稲荷山の稜線（稲荷参詣道）がきれいに見える。稲荷社鳥居前で、約一時間経過。ＪＲ稲荷駅のすぐ南で線路を渡る。東方一町ばかりを併走している大和大路は、だんだん離間して行く。高速道路をくぐった先、大岩街道と交差する直違橋辺で、急に交通頻繁になる。緑の空間を見つけて立ち寄る。藤森神社（写真4）である。時計を見ると約一時間半。昼食休憩のために、食堂に入る。

この本町通（法性寺大路・伏見道）は、ひたすら京・伏見の往還の道である。奈良街道の通じていない頃の伏見は、巨椋池を前面にした景勝の伏見山を中心にして、橘俊綱の伏見山荘から白河・後嵯峨・後深草院の伏見殿の流れが代表するような、遊興閑雅の地で、頻繁な往来を常とするような道ではなかった。従って、この本町通を進行していけば、たとえば俊綱の山荘辺などに自然に達するかと思うのであるが、その伏見山荘の所在辺が必ずしも明瞭でない。一説として伝えられる、現・乃木神社からその南辺ということであれば、どこかで東方に向かう経路を見つけなければならない。その辺が不明なので、本町通が府道24号線に合流した少し先で、本町通南行は一応保留し、師書が指摘する伏見北坂・南坂の踏査に課題を切りかえた。

水野左近東町、桃山中学のところで左折する。東行すれば、五郎太町から伏見桃山城運動公園北側を木幡関跡を経て六地蔵に降りる伏見北坂（師説）のルートで

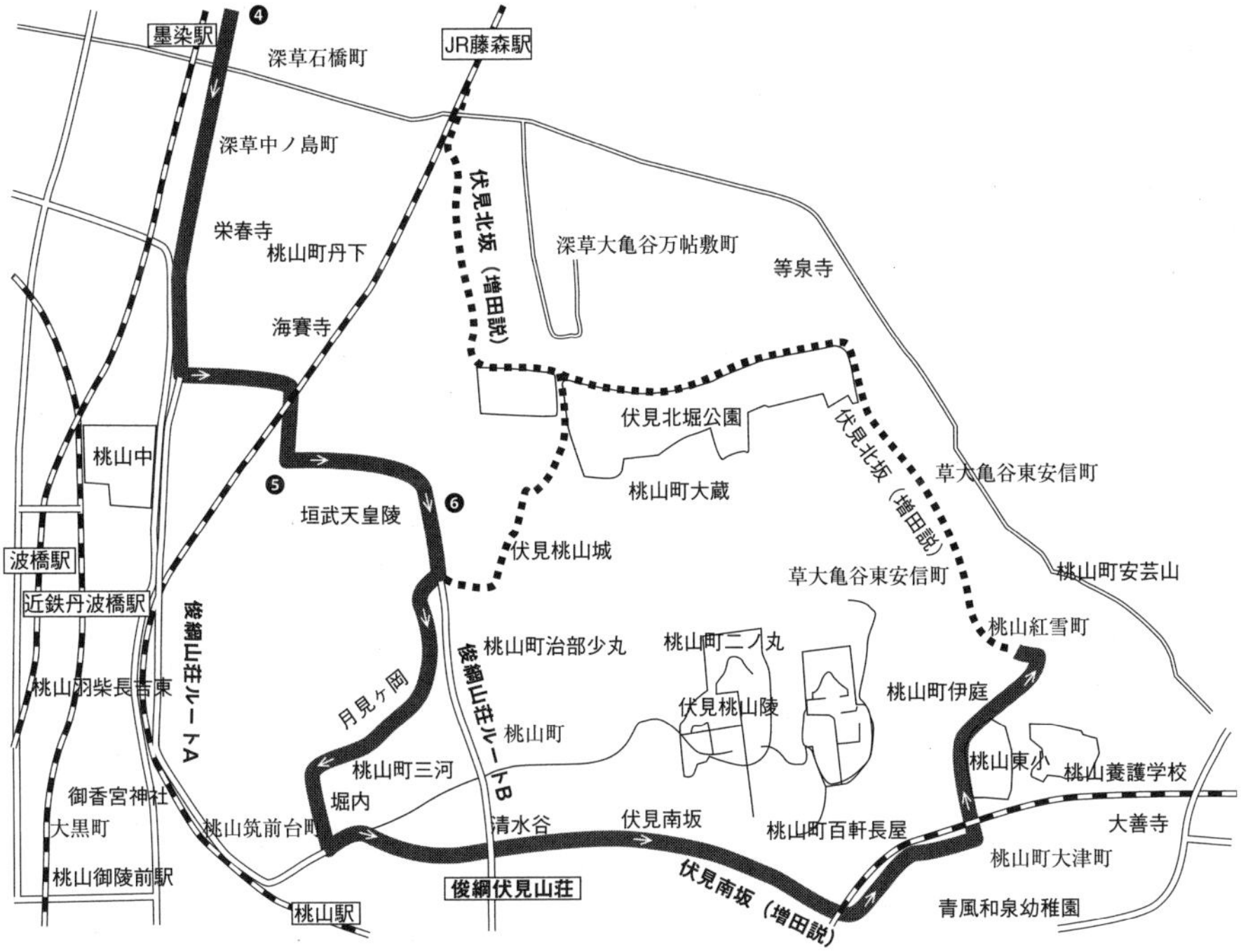

伏見道推測図（墨染～伏見山）
※①■が私の歩行コース。■■■が増田氏推定のコース。
②俊綱山荘へはルートA、伏見山越はルートBが自然か。

6. 桓武帝柏原陵

ある。師書は、その途中の清涼院辺から桃山城域を通る伏見南坂の経路を示している。疲労もたまってきたのでその部分は後に確認することとして、JR踏切の直前で右折して伊達街道に入り、柏原（桓武）陵を経て（写真5・6）桃山城から出てくるところで、師の踏査に合流する。合流地点からそのまま林間を南に下れば、乃木神社に至る直進ルートである。後から考えると、この道をたどるべきであったようだ。とりあえず今は、師の後を追う。師書の付図によれば、南西に向かう坂道辺が、「月見ヶ岡」ということである。確かにレベルもかなり高いので、眺望のスケールは大きい。それに、交通便利とも思えない高台なのに、妙に豪邸が建ち並んでいる。建ちかけの家の前で見た住宅地名が「秀吉台」とあったのには、驚嘆した。坂道を下ってさらに左折、大手筋の延長ルートに入ってさらに東行する。師書には、「仙谷渓」「清水谷」などと注記するが、自動車道が林間を通っているだけで、迷いようが無い。乃木神社前から、ほぼ直線で柏原陵辺に向かう林間の道がある。この道をたどるべきであったとは、先述した。俊綱の伏見山荘までの伏見道としては、一応この時点で終了としても良いのであるが、師も示す伏見北坂南坂の二コースの関連で木幡関あたりまではたどることにする。

東方に下って行く道がJR線をくぐったところで左折、線路に沿って進行する。このまま進行すれば、大善寺門前に達するはずであるが、新町から左に折れて線路を越え、桃山東小の西側の坂道を登る。小学校の塀際にいたおじさん（教員かな?）が、疲労困憊気味のおじいさんが気になったのか、「こんにちは」と声をかけてくれた。登り切ったあたりが、師書に「関山」と注する山頂付近で、同じく「木幡関跡」と注記してもいる。前の坂道は、先日も彷徨を重ねた見覚えのある住宅街の中である。今日は滅多なことでは退散しないつもりで、「京都府遺跡地図」まで用意してきたが、それらしい痕跡もなにも発見できない。道の向かいにバイクを止めていた郵便配達のお兄さんに訊いたら、自分の持っている地図の方が詳しいからと言って、取り出して一緒に探してくれたが、新興住宅地の家屋ばかりで、それらしい痕跡は皆無。ただし、私たちが会話していた横は、樹木が何本も残った空閑地で、ささやかには気持を慰めてくれた。癪なので、「ここか」と場所の見当をつけた住宅を勝手に撮影したが、これは表に出せない。未練がましくその一角を一廻りして、再度さきほどの小学校横の道を下った。

師説では、南都への道は、稲荷社―石峰寺―宝塔寺（極楽寺）―霞谷―十二帝陵―善福寺（嘉祥寺）―仁明陵―谷口町―筆ケ坂―久宝町―竹之下町―西福寺―墨染―五郎太町清涼院経路の由である。清涼院から東行して木幡関を経るのが伏見北坂で、清涼院からまっすぐ南に月見ケ岡を通る道を伏見南坂とし、この両道が「桃山町新町で木幡関道と合流して六地蔵へと続いていった」と説明されている。この辺、コラム⑭付図で確認いただければ幸いである。このコラムは、今の段階で問題点を解明提示することを目的としていないので、これ以上の記述は避けるが、南都への経路としてこの伏見北坂を指摘するのであれば、本町通をひたすら南下した上で、たとえば私が辿ったような、最上町辺から東行とかいうようなルートにでもしないと不自然ではないかという気はしている。『源平盛衰記』で義経が京に攻め入った道は、渋谷越・滑石越のほかは、木幡山を越えて深草に入る道と伏見尾山・月見岡を越えて来る道しか記述していない（巻三十五）。『中右記』（嘉承元年十二月十六日）の記す「伏見北坂」は木幡山越道に同じではないかと、私は推測している（コラム⑭）。伏見南坂は、御香宮・伏見山荘（橘俊綱）・伏見殿（後白河以下の後院）辺に向かうルート以外には、考えようが無いかと思う。

※1　増田潔『京の古道を歩く』（光村推古書院、平18）

第3章　月の輪

「月の輪」という地名は、平安京郊外に三箇所の所見がある。この「月の輪」が平安文学で話題にのぼったのは、清少納言が晩年に住んだ場所かと推定されるところがあり、これが明らかになれば、彼女の後半生の状況を推測する多少の手がかりとなるという理由によってである。個人的にはほぼ予測し得たという気もするので、この議論に、私も参加してみたい。

一　月の輪山荘

議論の発端となった資料は、次の記述である。

せい少納言がつきのわにかへりすむ比
ありつつも雲まにすめる月のをはいくよながめて行帰るらん
（『公任集』五三九）

用例は、新編国歌大観本の本文に拠っているが、「月のをは」は明らかに「月の輪を」とすべきであろう。ある時点で、清少納言が月の輪に帰って住むことがあった。「帰り住む」というのだから、以前にも住むことがあった。この記述を、清少納言の晩年の居所として論証されたのは角田文衞氏であった（文献１）。氏は、この「月の輪」を、月輪関白と呼称された藤原兼実に縁故の地、現在、東福寺・泉涌寺・市立月輪中学校などが占めている泉涌寺山内町・東林町辺と想定された。知られているように、泉涌寺域のすぐ北、今熊野観音堂の北隣山上に、中宮定子の陵墓が存在している。清少納言がこの地で晩年を過ごしたとすると、二十四歳の若さで逝去した中宮を追慕しながら隠棲していたというのは、心情的にも納得し易い場所であるかとは思われる。

現在、〝鳥の音は……〟という、公任と交わした詠歌を彫刻する歌碑が、泉涌寺域のわりと目立つ場所に建てられている。実を言うと、私が東北に所在する大学から、京都の古代学協会・平安博物館に職を得て転勤してきた年（早いもので、もう三十五年ほども経つ）、その秋に催された歌碑除幕式が、博物館での最初の仕事のようなものであった。清少納言晩年の隠棲地であるとの角田館長の見解には、それまで考えることが無かったので、私は賛成も反対もない状態でいた。ところがその後、この場所については、葛野郡月輪寺説が萩谷朴氏によって提示された（文献２）。葛野郡であれば父親の元輔の桂家にも遠くない。そんなものかと思っていたら、さらにその後、後藤祥子氏によって、愛宕郡月林寺の可能性が指摘された（文献３）。月輪が月林と表記される可能性も、遠慮気味に述べられた。私は、この説を支持したいと考えている。松尾の法輪寺は法林寺と記述される例も頻繁であるし、月輪と月林の違いは、さほど気にとめる必要は無い。必要が無いどころか、

小野宮の太政大臣の月輪寺桜花侍る所にて、二首

山ざくらちよのはるはるけふよりはいろさきまされ君がみにこば
ほころぶるかすみのまよりちる花は山たかみふるゆきかとぞみる

（『能宣集』一一一）

のように、月輪と明示されてもいる。

二　別業の場所

平安時代の貴族は、おおむね複数の居住家屋を持っている。家族構成そのものが大家族構成であるし、男女の従者も含めた一族従者の居住空間ということもあるし、私的な日常生活で、物忌・方違えや病気療養など、複数の移動可能場所を準備しておく必要があった。現代の感覚でいう別荘とでも言える固定的な別邸（別業・山荘）の所在地域については、後章の課題とするところであるが、その資料の一部を利用したい。整理し得たところを紹介すると、次のようである。

別業所在地と所有者　※順不同。

栗田　清和帝（栗田院）・藤原基経（円覚寺）・藤原兼輔・藤原在衡（栗田山荘）・藤原道兼

宇治　源融・藤原寛子・源重信・藤原道長・藤原頼通（平等院）

小野　南淵年名・ゆきとし・藤原文範・藤原輔親・源俊頼・大江淑光（西坂本）・大納言（音羽）・多治比国章

（音羽）・権中納言（音羽）・源俊頼（音羽）・藤原棟世（月輪）・顕信（大原）

桂　清和帝（桂殿）・藤原継縄（葛野川）・伊勢・清原元輔・藤原孝清・藤原道長・源経長・藤原家経・藤原俊忠・藤原実頼・源経信・藤原顕季・兵衛督（泉亭）・藤原通俊・源師賢（梅津）

白河　藤原忠平・藤原氏宗・藤原公任（小白河）・藤原済時（小白河）・藤原彰子（白河殿）・藤原成房（白川寺）・藤原師尹・藤原義懐（白川寺）・藤原頼通（白川第）・俊覚・白河帝（白河御所）・藤原得子（押小路白河）・藤原長実・源俊頼・証観・俊恵（花林苑）・侍従・章玄（三条南白川西）

山科　藤原頼忠

久我　藤原顕季（樋爪、なぎさの院）・源頼実（長岡）・源頼仲（長岡）・源通親・源通光・源雅通・後鳥羽（水無瀬）

鳥羽　滋野貞主（慈恩院）・菅原道真（吉祥院）・藤原季綱・白河帝・鳥羽帝（鳥羽殿）・後白河（鳥羽殿）

双岡　清原夏野・源常・清原瀧雄・藤原為忠（常磐）・藤原為業・寂超・堀河（仁和寺）

伏見　藤原冬嗣（深草）・橘俊綱・源俊頼・藤原忠通（法性寺）・康資王母（法性寺）・藤原重経（法性寺南）

嵯峨　嵯峨帝（嵯峨院、大覚寺）・源融（栖霞観）・西行（小倉）・中納言局（小倉山）

田上　藤原道長・藤原頼通・源俊頼

疎漏な調査なので、洩れるところも多いと思うが、傾向は確認出来る。固定的な別邸の所在地となる場所は、風光明媚とは言わなくても情趣のある閑静地、交通至便と言わなくても常住の居住地から遠からず近からざる地域。現代人の感覚と違うところは無い。二つの条件のもとで、都の西郊では桂、東郊では小野・白河・粟田といった東山山麓が主な別荘地域となっていることが、明瞭である。嵯峨野・大井辺は、平安中期ではむしろ遊宴の地といった雰囲気である。田上は、瀬田河畔でかなりの南。これらの別業地域の分析については後章に述べるが、本章の課題に関連して注意されるのは、「月の輪」の候補になっている愛宕山頂近くの月輪寺も、伏見方面に属する法性寺北の泉涌寺山頂付近も、別業地域の感覚には無理と思われる点である。別業地域としては、葛野郡の「月の輪」、比叡山西麓で、広くは西坂本あるいは小野と通称されるこの地域が、断然有利な条件を満たしている。

三　清少納言の月の輪

後藤氏が、葛野郡の月輪寺を「聖の住む地であり厭世遁世の場には格好であるが、清少納言のような宮廷女流の籠もる場所とは思えない」とされたことには、まったく賛成である。恥ずかしながら、最近になって初めてこの議論に触れたのであるが、愛宕山頂近くの月輪寺は、山岳修験者の居住ならともかく、市井の俗人が長期滞在するような環境ではあり得ない。しかも『公任集』では、清少納言が「帰り住む」と言っている。その地点が、普通の住環境とし得る地域から大きくは離れない場所であることも示している。とすれば、京内のどこかか、せいぜい近郊の別業地域に限られる。受領身分程度の貴族が、平安京東郊の中川辺に、適当な邸宅を持っていたらしいことは、『蜻蛉日記』『源氏物語』などでも知られるところであるが、それに近い住環境の場所と思われる。先に、坂本・小野を至当とした所以である。

くどいようだが、「月の輪」で議論された資料を、あらためて並べてみる。

清慎公月林寺にまかりけるに後れてまうできてよみ侍りける　藤原後生

①昔わがをりし桂のかひもなしつきの林のめしにいらねば　（『拾遺集』第八・四七二）

②たがためかあすはのこらん山桜こぼれてにほへ今日のかたみに
をのの宮の大臣、月林寺にさくらの花見にまかり侍りしに　（『元輔集』九）

③おもなれて水だにみなむ年へたる橋をはじめてけふわたるとも
かつらなる人のいへに、せうえうしにかれこれいきて、まへなるくれはしにおりゐて、みな人はひさしくみたるこころばへによめば、はじめていきたる人にて　（『輔親集』八七）

④さきのひにかつらのやどを見しゆゑはけふ月のわにくべきなりけり
さるべきわざして、又ひとびとこむといひしを、かつらへはいかで、やましろのかみの月のをといふ所にこれかれいきて、かつらをあらためてここにきたるこころばへをよむに　（『輔親集』八八）

⑤藤の花盛となれば庭の面におもひもかけぬ浪ぞ立ちける
月輪といふ所にまかりて、元輔・恵慶などゝ共に、庭の藤の花をもて遊びてよみ侍りける　大中臣能宣朝臣　（『後拾遺集』第二・一五二）

⑥月の夜にあらたまるともしらずしてかつらはまだや君を待つらん
かつらなる所にまゐらんとすと人にいひ侍りし、そこにはまからで月のをといふ所にまかり帰りて　（『元輔集』二〇三）

⑦ありつつも雪まにすめる月のをはいくよながめて行帰るらん
せい少納言がつきのわにかへりすむ比　（『公任集』五三九）
元輔がむかしすみけるいへのかたはらに、清少納言住みしころ雪のいみじくふり

て、へだてのかきもなくたふれて見わたされしに
⑧跡もなく雪ふるさとのあれたるをいづれむかしのかきねとかみる
（『赤染衛門集』一五八）

①②は、西坂本に所在の月輪寺についてのものである。寛平頃には霊巖寺に代わって御燈に奉仕した。慶滋保胤の主催する勧学会の場所となったりしているから、由緒のある古寺と言ってよい。観桜の名所にもなっていたようで、①②はその例であろうか。④の「山城守」が藤原棟世であることは、三田村雅子氏が論証された（文献４）。清少納言の夫であった人である。この人物が、この「月の輪」に山荘を所有していたことが分かる。さらに、③⑤⑥はすべてこの場面の関連歌で、前日に桂辺で逍遙した能宣・元輔・恵慶・輔親らが、翌日も桂へと約束したのに、違えて「月の輪」に赴いたらしいという事情も分かってくる。元輔は、「行くと言ったのに来ないので、桂では待っているだろう」と⑥の詠歌で言っている。

桂には能宣の別荘がある。前日に桂で歌会を催し、翌日は、元輔の月輪で再度歌会に興じたことは、輔親の談話として経信が挿話を記述している（『袋草子』巻上）。⑥で元輔が「まかり帰りて」と表現しているということも、元輔の家が「月の輪」に所在していることを推測させる。元輔に「月の輪」の家があり、元輔女の清少納言の夫である棟世にも「月の輪」の家がある。どちらも別荘としての家である。両者をあえて別所とするのはむしろ不自然ではなかろうか。⑦⑧は、ほとんど同じ状況の詠歌である。清少納言が「かへりすむ」家は、父親の元輔の別荘の敷地内で、それは夫である棟世と暮らした家であろう。赤染衛門の別荘の隣地である。棟世との間の女児、まだ幼かった小馬命婦が走り回ったりして育った場所ではないか、多分に想像の部分が加わるが、そのような推測をしている。

四　まとめ

清少納言の住家についての小文を書いた時に（文献5）、後藤氏の見解が穏当だろうという感触を述べたまま、気になっていた。ある機会に「京大絵図」という古地図の写真を見ていると、下鴨社南の鴨川左岸に、東方から流れ込む水流が描かれ、それに「月輪川」と記してあるのに気付いた。河川の名は、まず例外なく所在地の地名から取られている。この水流に沿って、「月の輪」と呼ばれる地があったことは、間違いない。古寺「月輪寺」の命名も、それによるものであろう。別の目的で平安貴族の別業地域の資料を取っていて、小野から白河・粟田と続く比叡山西麓が、平安中級貴族の別業区域となっていることを知り、清少納言が晩年に帰り住んだ「月の輪」家は、この地以外には考えにくいと思った。隣家が、赤染衛門家（これも多分別荘）であるような郊外の住家である。現在、修学院離宮南に月輪寺町という町名がある。これがどれだけ根拠のあるものか知らないが、雲母坂登り口近くの音羽川岸に近く、格好の所在とも思う。現在の京都で言えば、嵯峨嵐山辺あるいは洛東南禅寺辺の別荘風の屋敷と言うと富裕に過ぎるので、比叡山頂に至る中腹に所在の比叡平団地くらいの雰囲気であろうかと、勝手な推測をしている。

京都盆地の西方、葛野郡の月輪寺は、縁起によれば、愛宕山第一峯たる千手観音菩薩の持物である宝鏡を堀り出した故事によって、鎌倉山月輪寺と称したそうである。「月輪」は郷名でも里名でもない。京都盆地の東南、紀伊郡の月輪については、早い時期の「月の輪」の使用例が見つからない。「〇〇関白」「〇〇大臣」「〇〇殿」といった別称の〇〇の部分が地名であるかぎり、その地名を確認することが難事であるという場合を寡聞にして知らない。この「月の輪」は、九条兼実の別称である月輪殿が地名に転化した可能性の方が強い。『山城名勝志』に、「或記云、月輪殿ハ三位範季卿奉行作之」（巻十六）という記述がある。藤原範季は兼実の家司であった人物である。法性寺殿の新造御堂を月輪殿と命名したので、そこから邸宅名そして地名の月輪が定着したように思われる（『明月記』建仁二年二月廿八日・承元元年五月廿三日・寛喜二年四月六日ナド）。それなら、なにを根拠としての「月輪」の呼称なのであろうか。その辺については、只今のところ私に手持ちの情報が無い。平凡社版『京都市の地名』では、兼実は、出家して円証と号しこの地に住したと解説している。月輪は、仏像の光背のことだとか、悟りの心だとかの説明がある。そのような仏教的要素からの呼称ではないかと想像している。知識のある方がおられたら、教示いただければ幸いである。

参考文献

1　角田文衞「清少納言の生涯」（『枕草子講座』一巻・有精堂、昭50。『王朝の明暗』東京堂出版、昭52）
2　萩谷朴「清少納言の晩年と月の輪」（「日本文学研究」二十号、昭56）
3　後藤祥子「清少納言の居宅」（「国文目白」二十七号、昭62）
4　三田村雅子「月の輪山荘私考」（「並木の里」第六号、昭47）
5　加納重文「枕草子の邸宅」（倉田実編『王朝文学と建築・庭園』竹林舎、平19。『平安文学の環境』和泉書院、平20）

コラム③　雲母坂道

　雲の合間を見て出かける。始発は京阪出町柳駅から。師書の一乗寺道・雲母坂の章を、そのまま後を従いて歩く。出町柳駅から東北方への斜行道、それをひたすらたどる。光福寺・養正小の横を抜け、すぐ右手に叡電「元田中駅」を見ながら、線路を渡る。東大路通に鋭角に達する。帰宅して地図で確認すると、東大路到達地点は同じだが、師のたどったのは、少し西に平行する道のようで、そちらの方が正しいようだ。東大路を通過しても、斜行道は明瞭に延長線上にある。高野中学の塀の途中から東行するのであるが、ここでどの道か迷う。師説は、北大路通一筋南のようであるが、この道は叡電を越えられない。やむなくそれより一筋南で踏み切りを渡り、疎水分流を梅ノ木橋で渡って東行、白川通に出る。ここまで四十分、まだなにもしてない気分で、引け目を感じながら、角の王将で昼食にした。

1. 高樋の跡

　昼食後、一筋北の師説の道を右折、雲母坂道に達した。角のソバ屋の前の石標に「高樋（たかどて）の跡」の刻示があり（写真1）、注意を引かれた。ほとんど一本道を北上する。500メートルほどで左に下りかけた角に「一乗寺下り松」と記念碑がある。平安に関係ないけど、折角だから一枚（写真2）。少し進んで、雲母坂お茶所と店

3. 石標「みぎきらら道・ひだり大原道」

2. 一乗寺下り松

先に石標がある「穂野出」で、庭の道標を撮る。「みぎきらら道 ひだり大原道」と読める（写真3）。もとは、音羽川辺の修学院に分岐する地蔵辺にあったものではないだろうか。この店前の路傍には、「権中納言敦忠山荘跡」との石碑もあった。少し北上すると、曼殊院との分岐道に至る。雲母坂道は、多分そのまま進んで音羽川に至り、川岸を東行して雲母坂に至るものであろうと思うが、本コラムの課題は、「月の輪」の所在の確認である。右側の曼殊院への道に入る。しきりに水音がすると思ったら、路傍の溝が暗渠になっていて清冽な音を立てているのであった。

　曼殊院に来た訳ではないと弁解しながら、せっかく来たのだからと、坂道を登っていく。登るにつれて、静閑の雰囲気が強くなる。眺望が開けてふり返ると、前方

4. 月輪寺跡辺から

5. 雲母坂

6. 水飲峠

7. 音羽川

の松ヶ崎、右方の横山の山蔭が間近に望める（写真4）。音羽川の川霧も含めて、夕霧の小野の空気濃厚である。曼殊院門前を北に向かう。山間の道が北に続いているなら、音羽川岸に出るはずだとの見当は当たった。雲母坂越えに入る僅か手前の、音羽川左岸である。ジョギングをする男性一人とすれ違ったほかは、人の姿はまったく無い。師は、ここから雲母坂（写真5）を越えて、『太平記』の戦場になった水飲峠（写真6）から、赤山禅院への下り道をたどっている。ここまでやれば、かなり健脚向きのコースになる。今回は、以前に探訪した時の写真で代用する。

　岸の柵に寄りかかって、川の上流・下流を撮っていると（写真7）、一天にわかにかき曇り、夕立のような雨が降り始めた。〝なにか悪いことした？〟心中抗議しながら、急ぎ足で川岸をくだりかけていて、「月の輪」探訪という今回のコラムの目的を思い出した。雨の中なので地図も開きにくいが、近隣なので簡単に分かるだろうという見込みもまったく外れ、やっと出合ったおばさんに訊いても、まったく要領を得ない。諦めて白川通に下った。下りかけに、一乗寺川（ホントは月輪川では？と内心思いながら）の窮屈な川岸をわざとたどったのが、せめてもの抵抗である。帰宅途中の電車の中で確認してみたら、曼殊院にほとんど近接して「月輪寺町」という地名があった。「がつりんじ」だそうである。むろん月林寺に同じ。叡山西麓の古寺であり、勧学会がここで催された。平安の文化村と言ってもよい。曼殊院も、月林寺の故地を多く利用したものであろう。清少納言・赤染衛門・紫式部、

修学院離宮
修学院
離宮
雲母坂・大原　分岐
卍法華山道入寺
音羽川
林丘寺
至　雲母坂・水飲
❺ ❻
修学院石掛町
❼
修学院登り内町
修学院狭間町
鷺森神社
月輪寺跡辺
❹
曼殊院門跡
白川通
一乗寺稲荷町
一乗寺葉山
一乗寺竹ノ内町
一乗寺堀ノ内町
西浦畑児童公園
穂野出
林丘寺宮墓
西園寺
❸
❷
稲名寺
一乗寺下り松
詩仙堂丈山寺
金福寺
出町柳より
❶

雲母坂道・月輪寺近辺

平安女流の精神空間であったと言って、大きくは間違っていないと思う。

第4章　中川 ―付・「紫式部の居宅」説―

平安京東京極東に中川と呼ばれる空閑地があった。その空閑地は、鴨川の水流は自然に西南の方向に向かうので、東京極大路と鴨川岸との間の距離は、南に向かうほどに短くなる傾向を持ったのもまた当然である。六条以南になると、鴨川の流域が平安京の条坊を浸食するほどになる。このあたりのことは、後章で触れる。南部に比べると、比較的広い空間地になっていた北部東郊、京極大路に近い距離を平行して南北に走る水流があった。東の大川に対して、その水流は、中川と呼ばれ、水流が走るこの地域も中川と総称されるようになった。本章の課題は、この中川についての検証である。なお、この地域に関して、角田文衞氏は紫式部が生まれ育った空間だとする意見を述べられた（文献1）。この提言に対して、何らかの判定を行うことは学界の責任でもあると考え、私見を章末に付記することとした。

一　平安人士の中川

まずは、中川をめぐる作品の記述から、紹介していきたい。管見に入ったものを、時系列で並べていくと、次のようである。

①　中川の水絶えはてにける跡をみて
中川の水絶えにけり末の世は秋をも待たでかれやしにける
（『安法法師集』一〇七）

②我がすむところにあらせんといふことを、我たのむ人さだめて、今日明日、ひろはた、なかゞはのほどにわたりぬべし。
（道綱母転居、『蜻蛉日記』巻下・二九一）

③八月廿よ日よりふりそめにし雨、この月もやまずふりくらがりて、この中川も大川もひとつにゆきあひぬべくみゆれば、いまや流るゝとさへおぼゆ。世中いとあはれなり。門の早稲田もいまだ刈りあつめず、たまさかなる雨間には、やい米ぞわづかにしたる。
（『蜻蛉日記』巻下）

④　知れる人中川隔ててありけるに七月七日の夜
七夕の雲路はしらず中川をはやうち渡れかさゝぎの橋
（『為頼集』五一）

⑤　宣耀殿の宰相の君の里にいきたるに、ひとあるけしきなればかへるとて、
なかがはにせりあらひける女して
なかがはにすすぐたぜりのねたきことあらはれてこそあるべかりけれ
（『実方集』一八三）

⑥粟田殿四月つごもりにほかへ渡らせ給ふ。それは出雲前司相如といひける人の…家なり。中川に左大臣殿近き所なりけり。（道兼移御、『栄花物語』巻四）
⑦伊勢斎王済子女王、自中川家禊東河家、入左兵衛府、（『日本紀略』寛和元年九月二日）
⑧一条殿は凶しかるべし、ほかに渡らせ給べう陰陽師の申ければ、吉方とて、中川に某阿闍梨といふ人の車宿りに渡らせ給ひて、生れ給にたり。（道綱室御産、『栄花物語』巻七）
⑨大との丶上、一条殿の尼上をば、観音寺といふ所にこそは斂（おさ）め給しか。それをこの頃とかくし奉らせ給ひて後は忌ませ給へば、おはしまし通はねば、木幡僧都の中川の家に渡らせ給ひておはします。（道長室倫子の移御、『栄花物語』巻十六）
⑩この尼たち、暗くなりぬれば、家々には行かで、中川辺りに家ある尼君の許に泊りぬ。（法成寺御堂参詣の尼達、『栄花物語』巻十八）
⑪内大臣殿の若君をば、宮の僧都といふ人の坊にぞおはしければ、和泉「昔恋しければ、見奉らん。渡し給へ」とあからさまにありければ、僧都「たゞこの中川におはして、見奉り給へ」とありければ、和泉、
恋ひて泣く涙にかげは見えぬるを中河までもなにか渡らんとぞいひやりける。（小式部内侍の遺児、『栄花物語』巻二七一）
⑫雨脚滂沱之時、中川汎溢、仮橋之事可用意由、可給宣旨於山城国之事、仰景理朝臣、（『小右記』長和二年四月十九日）
⑬中川水今日八日引入、従晦日掘水路引入也、（『小右記』万寿四年九月八日）
⑭川水突壊艮垣入寺中、亦入自東門・北門、亦中川水入自西門、（『小右記』長元元年九月三日）

⑮定基僧都中川住所車宿屋去夜焼亡、以良静師送消息、（『小右記』長元四年七月六日）
⑯則康至新薬寺辺遇無縁聖人、忽剃首帰道住中川辺、年二十九、（『台記』久安六年六月廿四日）
⑰右大将家小池被入京極川、其水絶、（京極川、『明月記』寛喜三年正月廿八日）
⑱京極川辺凶事、稲荷坂墓所詣前世宿報也、（京極川、『明月記』天福元年九月廿二日）
⑲今夜典侍除素服云々、送車於東門外京極川辺除云々、（京極川、『明月記』文暦元年九月十一日）

疎漏な調査なので、綿密に調べれば、さらにデータは増すかと思うが、だいたいの傾向は把握できるので、これらの分析から始めたい。まず言えるかと思うのは、住環境としての新しさである。道綱母の記述に注意すれば、門近くに早稲田を見るような新興住宅地で、鴨川本流なども眺望のうちにある田園地帯の印象が鮮明である。近時の都市近郊の変貌の様を思い浮かべれば、想像は容易かと思う。なお、安法法師の詠（①）から、中川の流水は、すでにこの時点で「絶えはて」ていたと推測するのは疑問である。これは、渇水も不思議ではない秋の季節も待たずに流水を途絶えた状態を言っている。流水が常時豊かではない状態は語るけれども、それ以上のものでない。安法法師とは、源融の曾孫らしいので（『和歌大辞典』）、道綱母とさほど時代を離れない時期の人物かと思う。また、角田文衞氏が「十一世紀の後半には殆ど水が絶えていた」資料とされた式部命婦の歌（『後拾遺集』巻十六・九六七）は、単に恋人との仲が絶えたことを嘆く比喩で、中川の流水とは関係無い。この後も用例が続くように、中川の流れは、東京極大路東にほぼ平行した流れとして続いている。

このような新興居住地の住人は、どのような階層の人たちであろうか。整理してみれば、次のようである。

皇族　⑦

高級貴族　⑭⑰

中下層貴族とその家族　②③⑥⑲

宮仕女性　④⑤

僧・尼　①⑧⑨⑩⑪⑮⑯

皇族とは伊勢斎王済子女王のことで、嫡流の貴顕の立場ではない。高級貴族の⑭は藤原道長のことで、用例は、一帯が洪水に見舞われた長元九年の秋、中川御堂（『左経記』寛仁四年二月十五日）とも呼ばれた法成寺に、中川から溢れた水が西門から流入した記述である。知られるように、道長の本邸は東京極西の京内にあり、隣地に造営した御堂である。⑰は定家邸西の小路の流水が溢れた記述で、京極川が一条北・室町末東の実氏邸近くにあったことを語る。鎌倉初めには、中川は京極川と呼ばれている。中下層貴族とした②③は道綱母の記述で、彼女の父親である倫寧のような受領層程度の住地でもある。⑥は出雲前司、⑲は民部卿（後堀川院女房、定家女）の除服の記述。京極川が定家家の東門外を流れていたことも分かる。④為頼の「知れる人」がどのような素性の女性かは分からないが、⑤の宣耀殿の宰相局と似たようなものであろう。中川の住人として普通なのが、僧・尼といった立場の人たちらしい。安法法師（①）・某阿闍梨（⑧）・深覚僧都（⑧）・たけくまの尼ホカ（⑩）・永円僧都（⑪）・定基僧都（⑮）・則康（⑯）など。⑯の則康は、出家遁世して中川に住んだという話である。これらを見れば、中川が、平安期を通じてどのような階層の居住空間であったか、だいたいの印象は感得されたかと思う。

一部記述が重なるが、⑫⑬⑭例を具体的に見てみたい。⑫は、洪水で中川の水が溢れたので、仮橋の用意をするように山城国府に宣旨を下したところ、山城介有道が親の服喪中なので所役に従えないと申文を提出して来たので、外記に触れるようにと再度命を下したという記事である。これらの指示に当たったのは左大臣道長で、実資は関知しなかった事柄であったと言っている。⑬はよく知られた記事で、実資が、中川の水を自邸に引いたというものである。その水路は、中御門大路末から西に、高倉を南に折れて春日を西、東洞院大路を南流させて大炊御門大路で西に、実資の邸内に引き込んでいる。経路に当たる万里・富小路には辻橋を作り、富小路東町に十字橋を架けたと言っている。富小路東町の十字橋の意味は、今少し判然としない。この架橋を、「行人の煩」を思って、京職に命じず私費で急遽行ったと言っているが、引水自体が私的な事柄なので、勝手な理屈という気がする。実資の引水は初めてのことでなく、四年前の治安三年（一〇二三）に、最初の引水工事を行っている（『小右記』治安三年十月廿四日）。この時は、南流していた富小路の古流が、春日辻辺が微高で水流を途絶えたため、中御門大路から西流するように新路を開いている。取水をさらに東の中川まで延ばしたというのが、万寿の改修工事であったらしい（文献２）。中川がその程度の水流を持っていたことが、この時点で確認できる。⑭は、先述の通り、洪水時に中川の流水が法成寺西門から流入したとの記事である。この時は、昨日からの大風で宮中諸門も転倒するなどの被害があったが、法成寺も、堤を突き破った鴨川からの流水が法成寺東門から流入して「寺中如海」のような状態で、寺中の塔も傾いた。流水は、東門・北門からも入り、中川の水も氾濫して西門から流れ込んだことは、先に述べた。翌日・翌々日も、宮中殿舎・諸門の転倒、法成寺の塔も多く傾き、西京では紙屋川の水が堀河に流れ入り、多くの家屋を流れ損したなどの記述で埋められている。以上、中川関連の状況を、三例ほど具体的に見てみた。

二　初期の中川

東京極大路に沿って流れていたと思われる中川と、中川を含む平安京東郊の状況について、特にその初期について、早くに岸元史明氏の報告があった（文献2）。いまだにそれを超えるような記述は現れていないようである。私には知識も意見も無いので、岸元氏の把握を紹介する形でこの時期の状況を述べておきたい。

平安京造営にあたって、高野川と合流するように賀茂川大改修がなされたとするのが以前の通説で、岸元氏もその前提に拠られている。現在ではその見方はほぼ否定されているようだけれど、それらの認識と関係無く、西南方向にやや傾斜する山城盆地を流れる鴨川の水流が西方に向かう傾向を持つのは自然の理で、流水が流れ込むことを防御するための堤が、特に意を用いて構築されたであろうことは、推測も容易である。堤といっても、現代のように水流を狭隘に閉じこめるようなものでない。古代における川堤は、洪水などの自然災害にも有効に役割を果たせるように、水流の両側にも相当の河原空間を持たせて存在している。堤内の河原のなかを、いくつかの水流が平行したり分流したり、そういった姿が河川の平常のそれである。したがって、現在でも多少は見られるように、河原が、畑地に耕作されたり家畜の放牧場になったりする状況が、古代では普通の状態であった。

夫、積土、築堤、尤為避水。堤絶河決、其害難防。而今有聞、細民之愚昧於遠慮、或公請空閑之明験、或私遂地利之膏腴、開発田疇、穿渠引水、霑潤之漸及壊堤。

（太政官符・貞観十三年閏八月十四日）

貞観十三年（八七一）というと清和帝の治世であるが、すでに、鴨河堤東西の空閑地を公請して私有化したり、勝手に田地を開発して引水のために堤を壊すような状況が生じていたらしい。土地私有化や営田・放牧もそれなりの問題であろうが、堤の破壊によって平安京の防災に危機的状況を作るとなると、現状を放置することは出来ない。この一帯の水陸田の私有田を厳禁する処置が取られた。一片の禁令で状況一変するものかどうか覚束ない気もするが、岸元氏は「貞観十三年八月十四日より一部の公田を除いていっさいの田地はなくなり、ふたたび草地が出来、従来通り牧地としてのみ利用されることになった」と述べられている。その堤は、鴨河西岸においては当然途切れることなく作られていただろうが、北部は、平安中期では、下賀茂社・河合社西の賀茂川両岸に、南東に向かって高野川に合流するまで、百七十丈（約５００メートル）の距離を測って存在していたと、説明しておられる。流水としての中川は、幅五尺程度の「左京北辺溝」のようなものであったと、足利健亮氏は推定されている（文献６）。

平安中期にかかろうとする頃の具体的な状況は、道綱母の記述（③）に活写された通りである。都市近郊の耕作地・放牧地が、都市の居住環境の変化とともに、住宅地に変貌していく過程は、むしろ現代の我々の方が推測が容易であり、実感がある。岸元氏は、

防河事、近年絶無修復。貴賤之輩、悉占居宅於鴨水之東、各築堤防於東岸。如此之間、京洛殆為魚鼈之害歟。

（『本朝世紀』康治元年六月十八日）

を引き、

京の東川原は牧地、南が牧地で墓所を兼ねていたのである。鴨川の堤はその後しだいに改修されなくなり、国が費用も出さなくなると同時に坊河使なども任命さえしなくなった。早くから京の西は無人化し、左京にばかり人口は集中したのだし、そのはけ口が鴨河原に現れ、鴨河原はもっぱら住居化して行き、それでも土地不足なので鴨川を越えて東部へ進出していた。鴨川の東西は住居でにぎやかになり大いに栄えたが、東部に移った人々は水の害を改めて考え出し、住民の力だけで今までなかった所に堤をつくり出した。（文献２・一三一頁）

と説明された。

ところで、その鴨川堤以西の地域であるが、営田が禁じられる理由は、取水のために堤を破壊することが最大の理由なのだから、その危惧が無ければ、厳禁する理由は絶対でない。先の貞観官符から二十年ほど後に、次のような布令が出されている。

諸家幷百姓墾田、多在堤西、皆用中河水。今加実検、須聴開墾。何者、件田以堤西中河水、灌漑之。不可為堤防之害。（太政官符・寛平八年四月十三日）

ここで「中川」の名称が初めて登場する。鴨河堤以西の地域は中川の水で灌漑しているため、取水のために堤を破壊する懸念は無い。この地域については、「須聴開墾」としている。その「中河」とは、どのような河であったのだろうか。岸元氏の見解は、東京極大路東側に作られていた巾四尺（約１・３３メートル）の溝を河道として、北の賀茂川から直接取水して南に流した水路であるとされている。要するに、京極東・堤西の空閑地を営田ほかの目的に使用出来るようにとの目的で作られた人工水路であるという。裏松固禅の結論した、東京極大路の東に存する東京極外畔路（十二丈）の西溝（一丈）を中川とする見解を（文献3）、まったく想定の誤りとしている。私としては、残念ながら是非を判定する能力が無い。先のような用途で作られた人工河川だとすると、この地域は間もなく住居地に変貌するが、中川が水を枯らすことなく流水を存していたのはどういう理由であろうかとか、この川も結局は上流で賀茂川から取水しているのであれば、堤の決壊につながる要素もあるのではないかとかいったことは気になるが、意見を述べられるほどの手がかりを持たない。

三　中川の邸宅

東京極大路東の小流、中川の所在によって、鴨川堤までの一帯を中川と通称する。この地域が住宅地化しても、主な住人は僧尼・中下層貴族とその子女といった階層であったことは、先に述べた。その範疇でない階層は皆無という訳ではない。この地に所在した邸宅・寺社といったものをまとめておきたい。

まず著明な**法興院**。兼家が、二条大路末の洛東に造営して、その晩年の邸宅となったことは、よく知られている。

かくて大殿、十五の宮の住ませ給ひし二条院をいみじう造らせ給て、もとより世におもしろき所を、御心のゆく限り造りみがゝせ給へば、いとゞしう目も及ばぬまでめでたきを御覧ずるまゝに、御心もいとゞいみじうおぼされて、夜を晝に急がせ給。

（『栄花物語』巻三）

この殿、法興院におはしますことをぞ、心よからぬところぞと人はうけ申さざりしかど、いみじう興ぜさせ給て、きゝもいれでわたらせたまひて、ほどなくうせさせおはしましにき。御厩の馬に御随身のせて粟田口へつかはしゝが、あらはにはるばるとみゆるなど、おかしきことにおほせられて、月のあかき夜は、下格子もせでながめさせ給けるに、

（『大鏡』巻四）

前例によれば、もとは醍醐帝第十五皇子盛明親王の居所（別邸か？）とされていたところで、もとより興趣に恵まれた環境らしい。永延二年（九八八）末の頃に新造された（『扶桑略記』永延二月十月廿七日）。その興趣も、鴨川を超えてはるばると東山山麓に至る眺望を内容とするもののようだ。間もなく兼家が薨じて法興院として供養した時には、「其処為体、不異仙窟」とも表現されている（『扶桑略記』正暦二年七月）。所在地は、次のように明示がある。

法興院（二条北・京極東、本号東二条）焼亡

（『帝王編年記』巻十九）

二条末は鴨川堤まで二町程度と思われるが、京極大路すぐ東なのか、堤に近い一町なのか、明瞭でない。東方の眺望を称賛する雰囲気からは、流水に近い辺が推測されるが、後に、東朱雀中御門辺の小屋が火事となり、強い北風のために「余炎已及法興院」という記述があるのを見ると（『中右記』嘉保二年三月十九日）、東朱雀大路は法成寺南大門から正南に下る道なので（後章）、この推定はほぼ妥当と思われる。最近の『京都市の地名』（平凡社、一九七九）も、近世の地誌が伝える二条河原の法雲院辺から、平安時代の瓦や焼けた地層が発見されて、この地を故地とする見方が有力と述べている。この寺域の南に所在したと言われる積善寺南大門の小字が押小路河原に存在するらしい（『山城名

勝志』巻三）のは、さらに有力な徴証である。

この地域に存して、最も知られたのが**法成寺**である。これが、中河御堂と通称されたことも、先述した。

御堂供養、治安二年七月十四日と定めさせ給へれば、よろづを静心なく、夜を晝におぼし営ませ給ふ。（中略）東の大門に立ちて東の方を見れば、水の面の間もなく筏をさして、多くの榑・材木を持て運び、おほかた御寺の内をばさらにもいはず、院の廻まで、世の中の上下立ちこみたり。

（『栄花物語』巻十七）

用例は、法成寺金堂供養のさまを描写したものであるが、実のところ、法成寺という寺名も、この金堂供養に合わせて決まったものであった。この法成寺については、杉山信三氏が卓越した報告をされているので（文献4）、その紹介といった形になるが、一応の記述をしておきたい。生来の普請好きであった道長は、慈徳寺・浄妙寺・法性寺五大堂と相次いで建造し、続いて、一条院・円教寺・法興院さらに自邸土御門殿の修造に努めた。土御門殿の修造で注意されることは、あらたに「堂」と呼ばれる建物が新造された点で、これが、自邸のすぐ東隣に九体阿弥陀堂を造営するという発想の起点になっている。折しもこの時期、長い期間に渡って病悩に苦しみ、寛仁三年（一〇一九）三月廿一日に出家入道の身になって、常住念仏の場としての阿弥陀堂を発願した。翌四年三月廿二日に供養を見た。本尊の阿弥陀仏は東向きに池の西にあり、後の平等院を髣髴させる。無量寿院と名付けられた御堂は、翌四年三月廿二日に供養を見た。御堂供養の後も十斎堂・三昧堂・西北院と造営が続き、ついに、先の用例の金堂・五大堂に至った。道長の御堂建立は、「無量寿院という住房を目的としたものから、法成寺として、精舎の形をととのえるために金堂をたてる」という状況に至ったと、杉山氏は説明しておられる。その後の薬師堂を初めとする諸堂供養と修造などについては、同氏の著書を参看されたい。法成寺の寺域と諸堂の配置などについても、ついでに同氏の挿図を拝借したい。同氏によれば、東西二町・南北三町。北は正親町小路に至っている。東は、現在の京都府立医大病院のほぼ中央を南北に走る線になっている。鴨川堤も往時はほぼこの線に沿って存したものであろう。

無量寿院の造営された一帯は、中川と通称されていた。道綱母によれば、「ひろはた、なかゞはのほど」と呼ばれているから、広幡も近隣の地名である。広幡中納言と呼ばれた源庶明の邸宅や、広幡寺と通称された**祇陀林寺**が所在した地名という（『平安時代史事典』角川書店、平6）。この辺の事情は、『続古事談』（第四）の記述に詳しい。源庶明（九〇三～五五）は宇多帝皇子斉世親王の男である。その邸が村上帝後宮に入った庶明女の更衣計子（広幡御息所）から顕光に伝わってその別邸になっていたが、河原院が河水の氾濫で礼拝する丈六釈迦仏も水没しそうになったので、同院の仁康上人に寄進して寺地となし、以後、広幡寺・広幡院、さらに後には祇陀林寺と呼ばれて存続した模様である。仁康が天台座主良源の弟子であった関係からか、天台との縁が深かった。万寿元年（一〇二四）四月廿一日に、天台座主院源が比叡山にあった舎利を法興院から祇陀林寺に渡した時は、群衆が見物する殷賑（いんしん）の行事になった（『栄花物語』巻廿二、『今昔物語集』巻十二ノ九）。延暦寺衆僧が下山した時には、往々、洛中の宿舎に利用された（『京都市の地名』）。所在地は、

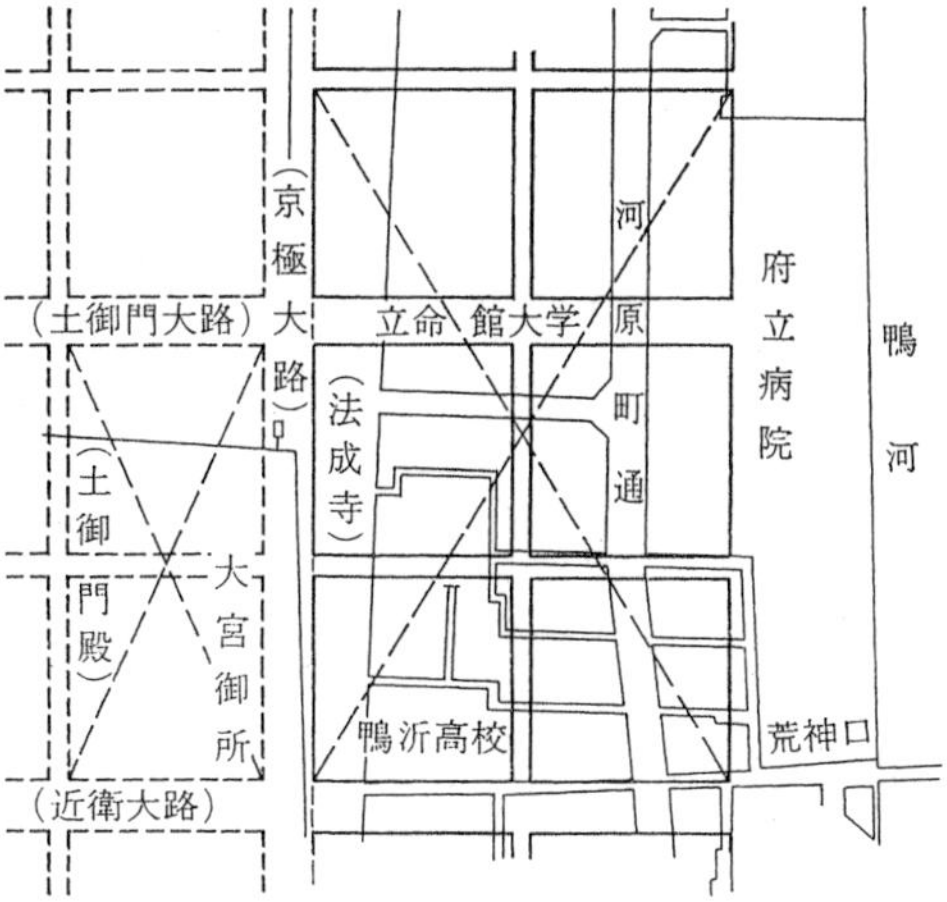

法成寺跡位置図（文献４）

祇陀林寺幷初斎院卜定所 中御門南京極西 焼亡、（『百錬抄』治承三年（一一七九）三月廿六日）

の記事から、中御門京極、現在で説明すれば、寺町通を丸太町一筋上る（春日北通）辺に所在したと思われ、「寺町御門より南東の松蔭町・新烏丸町の西の地域」と推定されている（『京都市の地名』）。割注の「京極西」は「初斎院卜定所」についてのものである。

ぎだりんに五月に水まさりて、「流れぬべし。釈迦仏よかはに渡したてまつらん」と聖のいひしに、

濁りなき横川の水に君すまばこなたの岸はいかゞ渡らん（『赤染衛門集』五一四）

を見ても、鴨川流水に遠くない雰囲気が感じられる。冷泉京極の藤原定家邸の近辺には、祇陀林地蔵なるものが所在した（『明月記』建仁二年五月廿九日）。冷泉は、中御門より三町南の小路である。祇陀林をだいたい広幡の別称と見て良いのであれば、平安京東北郊は、中御門末あたりを境にして、北部を中川、南部を広幡と称していたという説明も可能かと思う。七日関白と呼ばれた道兼が薨去直前に滞在していた邸（出雲前司高丘相如の家）は、「中川に左大臣近き所なりけり」と記されていた。左大臣道長の京極殿は、京極西に、土御門から近衛までの南北二町を占めていた。道長家の東隣（後の法成寺の地）でないとしたら、近衛から中御門まで二町のうちの京極東に所在していたことになる。『中古京師内外地図』も、この四町に「広幡」「左大臣顕光卿広幡亭」「祇陀林寺」などと比定していた。

京極寺と呼ばれる社寺もあった。『山城名勝志』所引の「諸社根元記」には、三条京極に所在と記す由である。『中

古京師内外地図』には、三条北・京極西に「京極寺八幡祠」という記入がある。『平安時代史事典』では、京極東・三条末北としている。状況的には、私もこの説に拠りたい気持は強い。史料が欲しい。寺伝では宝亀五年（七七四）の創建としているようだが、『今昔物語集』では賀陽親王（桓武第七皇子）の開基と伝えている（巻廿四第二）。いずれにせよ、平安建都以後は京内の造寺は認められなかったらしいから、京域に早くから存した古寺である。『今昔物語集』の挿話は、寺の前の河原に寺領の田があり、もっぱら賀茂川から取水していたので、旱魃の時に焼土のようになった状況を背景にしたものである。日吉の末社であり、天台僧徒が神輿をかついで集結したなどのことが伝えられる（『玉葉』嘉応元年十二月廿三日ナド）。祭礼も殷賑で、我々の知識の案外な盲点になっている。

四　中川のその後

中川は、『明月記』では「京極川」として示されていた。定家の日記にはすべて京極川として出ている。用例⑲によれば、定家の一条京極家の東門外を南に流れていた。東京極東の流水である中川の上流ということである。用例⑰によれば、右大将実氏の邸内小池に引水する流れでもあったようである。その流水が絶えたので、鴨禰宜に命じて「俄堀流」したと言い、その流れが一度霖雨にあえば、氾濫して「晋陽三畔」のような状態になったと言っている。この新水路は、定家家西小路の北方にある。定家邸の所在については、『角川日本地名大辞典』では、「京極末路（出雲路）の東、北小路の南に位置し」と結論している。『京町鑑』に「東上善寺町南へ行一丁」の定家辻子を、定家居住の旧地としている。右大将実氏邸とは、その父公経から伝領した今出川殿のことであろう。今出川殿は、一条北・

室町末東・烏丸末西（『角川日本地名大辞典』）だそうなので、東京極大路よりは一町ほど西になる。この邸は、もとは一条能保の所有した一条室町殿が淵源で、その西殿（一条町小路北西）を故地とし、公経による新邸建築は嘉禄二年（一二二六）のことで、以後今出川殿が通用の称となったそうである（文献５）。

ところで、今出川の称は、現在、京都御苑北側を東西に通る幹線道路として知られているが、『山城名勝志』には、「按古記、今出川ハ一条東洞院辺ト見ユ。従北流南、此川今ハナシ。今云今出川通ハ横大路ノ名也」という注記がある。もとの今出川は、南北に流れる流水であったらしい。『中古京師内外地図』の説明によると、「雲カ畑ノ中津川」を源流とする流水で、相国寺の西側を南流するものであったそうである。相国寺西路は東洞院か烏丸か説明がわかれるが、一応、東洞院と判定しておきたい。平安京左京内には、富小路川・東洞院川・烏丸川・室町川・町口川・西洞院川などを見ることが出来るが（『九条家本延喜式』付載・左京図）、この水流は、本来はそのまま東洞院川となって京内を南下する流れであったのだろう。ところが、理由は分からないが、東洞院から一条大路を東に、京極大路東を南流する中川に繋ぐ水路が設けられた。この水路は、定家家西小路を水没させる理由になった水路ではない。それは、定家家北側の北小路（現在の今出川通）を、実氏邸に向かって西に流れる新水路であった。あらためて考えてみるに、東洞院川の上流が十分な水量を保っていたなら、実氏邸に引水するには、東洞院川から引くのが最も自然である。それなのに、東方の京極川（ひいては賀茂川）の流水を利用する水路を作ったということは、従来の東洞院川が、平常時には枯渇に近い状態であったことを推測させる。東方から実氏邸への池水となった流水は、東洞院川の旧路を利用して流れたが、実氏邸南の一条大路を東流して、もとの京極川に戻るという水流になったのではなかろうか。先述もしたように、そのまま京内を東洞院川として流れる方が自然だが、平時には流水の用を足す役目を満足に果たさず、雨期になれば洪水の危険が大きい川水の不便をむしろ敬遠した、そう考えておきたい。あるいは、一条東洞院の地点で、なんらかの調整が果たされていた、そういう可能性もある。南北の流水の称であった今出川が、東西の大路名になったことの不思議議が、解決された気はする。

上水道・下水道が完備されない都市では、流水が、その機能を果たしていたという指摘がある。もっともな説明に見えるが、常時相応の水量の要件が満たされない水流は、停滞して、都市の塵芥や汚物の集積場となり、流れない水溜りは、病気の伝染源ともなりかねない。西洞院から東の京域を流れていた水流は、京極東の中川を除いて、戦国時代までには消滅してしまったというのは（文献2）、当然の結果と私は推測する。中川については、資料的に確認できるものを持たないが、『中古京師内外地図』では、左京東部には、有栖川と小川を一条で合流した堀川と、東洞院末の今出川とする水流が、北小路（現在の今出川）と一条とで分岐しながら、再度一条京極で合流して南下する水流として明瞭に示されている。近世期の洛中洛外図や大絵図の類で探しても、残念ながら、京極川と思われる水流の書き入れはなかなか見つからなかった。中世になっても近代になってもしきりに中川・京極川を探してみたが、考えてみればこの水流は、名称を変えていた。『京都の歴史3』（学藝書林、昭43）では、相国寺西を南下して今出川を東に、東京極外を南流して二条末で鴨川に流入する近世の流水「今出川」をつねに図示している。ただしこれは、前記の『中昔京師地図』を参照しての作図ということなので今少し説得力に欠けるが、『上杉本洛中洛外図』には一条通を東西に流れる水流が見えるので、とりあえず存在確認とする。

近代になって、角田氏による、

明治二十八年、京都市には、全国諸大都市に魁けて市内電車が開通した。この時、市電の寺町線を敷設するため、今出川通の方から本禅寺や廬山寺などの門前を通って寺町通を北から南へかけて流れていた中河は埋められ、暗渠とされた。

という説明がある（文献1）。これが事実であれば、有力な検証材料になると、私は思考している。というのは、市販の地図で十分であるが、この辺の道路図をよく見ていただければ、東京極大路に重なると言われている寺町通が、二条から北に上るにつれて東に振れて行き、今出川通辺ではおよそ半町（約６０メートル）ほども東になっているという事実がある。古代学協会が作成した『平安京提要』付図によれば、東京極大路は、現在の京都御苑東築垣内側辺にほぼ正確に重なっている。ということは、東京極大路とは別の南北道が、北に行くほど多少離間しながら存在していたということを認識しなければならないが、そのような事実は無い。であれば、小流が暗渠化されたという現在の寺町通がかつての中川（京極川）の流域の跡と認められるということではなかろうか。というような想像をしていたら、「寺町通北より東側に溝川あり。京極川といふ。是を中川といふよし、八雲御抄に出たり」という記述をたまたま見得た（『京町鑑』縦町「常磐木町」の項）。また、『山城名跡巡行志』（第一）は、中河とか京極川は亡くなったとしながら、「自鴨川樋口流経相国寺入皇城、下流京極下至五条入鴨川」という「御溝水」の存在を記している。角田氏の指摘された暗渠になった中川とは、この溝川のことではなかったろうか。平安の中川は、近代に至るまでにまったく消滅した訳でなく、現在の二条以北の寺町通にその痕跡をとどめている。そのように言えないだろうか。一応、そのように結論しておきたい。

五　おわりに

本章の課題である「中川」は、『源氏物語』と紫式部の両方の関心から選ばれた。『源氏物語』からの関心というの

は、よく知られた記述、

紀の守にて親しくつかうまつる人の、中河のわたりなる家なん、この頃水せき入れて、涼しき陰に侍る。

（『源氏物語』帚木）

で、中川が物語の舞台として登場していることにおいてである。先に観察したように、受領層の家といい、また方違所の設定といい、先に観察した平安中期までの中川の環境に、よく相応している。中川が物語の場面として登場するのはこれだけでない。紫式部からの関心といえば、無論、角田氏によって提唱された紫式部邸の所在にかかわってのものである。角田氏は、紫式部が、堤中納言と通称された曾祖父兼輔家を自邸として育ったと述べられた。その考証の過程については次に付記するので、ここではこれ以上は述べないが、受領層に近い身分である為時邸が存在したとして、自然な環境にあると言って不自然でない。どちらの視点から見ても、中川は注意するに足る地理的環境を持っている。とりあえず歴史地理的な立場で、「中川」の地を厳密に把握することが肝要である。その意図を持って記述につとめたつもりであるが、隔靴掻痒（かっかそうよう）の思いをのみ残して一応の終息とするのが残念である。

参考文献

1　角田文衞「紫式部の居宅」（『紫式部とその時代』角川書店、昭41）
2　岸元史明『平安京地誌』（講談社、昭49）
3　裏松固禅『大内裏図考証』（故実叢書）明治図書出版株式会社、昭27）
4　杉山信三『院家建築の研究』（吉川弘文館、昭56）

5　川上貢『日本中世住宅の研究』（中央公論美術出版、平14）
6　足利健亮『考証・日本古代の空間』（大明堂、平7）

付　角田文衞「紫式部の居宅」説について

一　「紫式部の居宅」説の内容と問題点

角田氏の所説は、すこぶる広範に及び、容易には全貌を把握し難いかも知れない。まず、末節の部分は支障のないかぎり切り捨てて論証過程を紹介する。次のようである。

1　紫式部は、宣孝との結婚後も、育ってきた自宅で暮らしていた。
根拠『紫式部集』七一・七二・四二・四三番歌（私家集大成本による。以下同じ）
2　紫式部の曾祖父にあたる藤原兼輔の邸宅が、京極大路と賀茂堤の間に存していた。
根拠『兼輔集』二五番歌、『貫之集』七三〇番歌、平季長奏状（太政官符・寛平八年四月十三日）。
3　章明親王（醍醐皇子、母兼輔女桑子）邸は、一条大路末・京極大路東に所在した。
根拠『政事要略』巻六十九、『日本紀略』寛和元年九月二日、
4　為頼（兼輔孫・雅正子。紫式部伯父）の邸宅は中河にあり、兼輔の堤邸と同所である。

根拠　『為頼集』五一番歌、『栄花物語』（巻四）、

5　紫式部邸は、正親町末南の京極大路東に所在していた。

根拠　『河海抄』（巻二）、『今鏡』（第一）、『康平記』康平四年七月廿一日、

角田氏の紫式部邸想定説の骨格は以上のようなものである。考証論文の鉄則は、考証の根拠となる事柄に関しては、仮説を許されないことである。結論は仮説であるが、それが（理想を言えば）100パーセントの確率として認められた時に通説となり、次の考証の根拠となることが許される。これが考証のルールである。従って、ここに整理した角田説は、五項の前提が事実として承認されることが議論の出発点になるし、ここで疑問が生じるようでは、次の段階の議論そのものが無意味として拒否される。厳密過ぎる言い方であろうが、このルールだけは肝に銘じていただきたい。

この場合、どうであろうか。実を言うと、前提のうちの5の条件は他と質的な内容が異なる。これは紫式部邸所在地に対する直接的な証言であり、他は間接的な証言である。直接証拠と間接証拠と言っても良い。間接証拠は傍証とも呼ばれる。5の直接証拠が認められるなら、事件における現行犯逮捕に等しく、真実は間接証拠を必要とせず解決される。5の直接証拠の内容は、『河海抄』が記述する「正親町以南、京極西頬」の記述である。この記述に疑問の余地が無ければ、他の論証はいっさい必要が無いことになるのであるが、角田氏がこれを間接証拠の位置にとどめたのは、この発言が紫式部が生存した時代から三世紀半も経過した時点でのそれであることと、今一つ、「京極西頬」には染殿・清和院といった邸宅の所在が知られていて、記述の信憑性に問題があると角田氏自身が判断されたためである。後者について言えば、ある時期その地点に特定の邸宅名が知られるとしても、即座にこれを『河海抄』の記述が本来は「京極東頬」であるべきであった誤記と判定するのは、本末転倒の認識かと思われる。『河海抄』の記述価

値を自ら低くするものであるが、誤記としてもこの記述が存することが、傍証としての価値を有すると判断されたということであろう。

根拠の２・３・４によって、兼輔・章明親王・為頼という、やや遠くはあるが紫式部有縁の人物の邸宅が、正親町末南・京極東に所在していることを指摘されている。先述の通り、この部分が、根拠の検証とともに承認されなければ、それぞれの条件は次に進む議論の前提にならない。その点はどうであろうか。結論的に言うと、私は何とも言いにくい。従来の考証論文批判の多くが、こういう一部論拠の不成立を証明して、結論の疑問を述べるものであった。その態度は間違っていないし、考証論文たるものは、前提となる証拠部分が否定されるようなことは本来あってはならないことなのである。ただ、現実的には根拠の一部否定だけが議論の焦点になると、本体の部分が致命傷を負わず（本当は負っているのだけれど）、学界にも一般にも無用の混乱を与え続け、百年河清を待つような状態になって無益である。従って不本意ながら、この部分についての発言は控えたい。ただし、３の部分で、源雅正（章明親王男）の別邸が伊勢や貫之の隣家であることは、彼が晩年に堤邸に住んだこととの説明とは何の関係も無い記述のように思われる。４の『栄花物語』の記述も、為頼が兼輔邸を伝領したことの説明にどれほどなっているのであろうか。私の誤解かも知れないが、考証論文としては、無駄あるいは迂遠に過ぎると評さざるを得ない。考証論文は明快さが命である。私の能力不足に起因するとしても、そう思われる部分が存することは欠点である。１から５までの前提と根拠に関して、疑問あるいは不明瞭として述べるべき部分は私でさえも指摘できる。けれど、今は、この部分は目を瞑って先に進みたい。

１から５の前提を、すでに証明された事実と認定するとして、この考証論文は、どのような構造になっているであろうか。確認されたことは（本当に確認されているかどうかは、今は問題にしない）、

a　紫式部が為時邸でその人生を過ごしたこと
b　兼輔・雅正・為頼が、正親町末南・京極末に居宅を持っていたこと

という二つの事実である。「紫式部の居宅が、正親町末南・京極末に所在していた」という結論のためには、為時邸が正親町末南・京極末に存在していたことの証明が誰の目にも必要である。兼輔・雅正・為頼の居住地がここであったからということが理由になるであろうか。「その邸宅の位置は、為頼のそれと一致するから」と言うためには、「同母の兄弟は同じ敷地内に住む」という証明が前提になる。「当時の貴族においては、兄弟ないし親族が同じ屋敷に住むのは珍しいことではなかった」というのは、可能性の一つを絶対視したもので、考証のルール違反になる。『河海抄』の記述を証拠とされるのであれば、『河海抄』の誤記を認めたうえで、誤記であることの証明が必要である。「そこには染殿・清和院といった邸宅が存しているから」というのが理由なのであれば、「平安中期においてもそうであったこと」「染殿・清和院が存していたら、他の邸宅がその一町に共存することは出来ないこと」が証明の課題になる。角田論文において中核的な部分であるが、結果は画竜点睛を欠くと評さざるを得ないものになっている。角田氏の論理で最も問題とされるところはその部分であるが、他にも、「為時邸の所在はただ一箇所である」ことの証明が必要である。平安貴族の居宅は、単一であることは必ずしも普通のことでない。角田文衞氏の紫式部居宅説は、考証論文としては、肝心の部分において述べたような不備があるというのが、私の結論である。

二　居宅比定地のその後

角田氏は、紫式部の居宅の確定にともなって、所在地の現在に至るまでの状況を報告されている。独壇場とも言うべき独自の価値部分であると、私も認識はしている。ここで述べられている内容も、紹介しておきたい。あわせて私

見も添える。

1　現在の京都御苑東側の築垣が、東京極大路の東側垣の上に築かれていること。
※東京極大路外側の溝は考えられるが、「垣」とは不審。中河が京極大路東の水路であることは知られているので、「築垣の西側基底に接して北南に流れていた」とは不審。

2　天正十九年（一五九一）に豊臣秀吉が築いた御土居は「古の賀茂川堤を利用して築かれたもの」である。
※御土居の一部は、現在も、盧山寺墓地東側に、河原町通との境として存在している。この御土居が賀茂川堤で、堤のすぐ東に水流があったとすると、京極大路との間は、約２００メートル。この間に中川も存したし、方二町（２４０メートル）と言われる法成寺も存したということになる。

3　寺町通（＝京極大路）は、現在の鴨沂高等学校の辺から真北に進まず、やや東に振れつつ北上する。
※ご指摘の通りである。京都御苑東側築垣が京極大路東端に重なるのであれば、現在の寺町通が北東に振れていく不自然が説明できる。角田氏は、明治廿八年に京都市内電車が敷設された時に、寺町通を南北に流れていた中川が暗渠化されたことを述べられている。角田氏の紹介された、明治に暗渠になった中川が、平安時代からの中川そのものでないかというのが私の推測である。その流水の痕跡と考えれば、寺町通の不自然な振れの意味が理解出来ると思うのであるがどうであろうか。『山州名跡志』（巻十七）の記述も、「今ノ京極諸寺門前ノ流レ」が、俗説に「中川」と言われていることを紹介したもので、平安時代の中河と違うことを言っているものではない。

4　天正十九年（一五九一）頃に、秀吉の命によって盧山寺が移建され、東端の御土居は紫式部邸のそれに重なる。

※賀茂川堤と御土居を同じく見ることの疑問は、先に述べた。賀茂川堤と特に関係なく、紫式部邸がここに存していたのであれば、廬山寺敷地がそれに重なることにはなる。廬山寺が紫式部邸遺跡という訳ではない。占地を偶然にする縁というものである。言うまでもないことであるが、念のため。

三　式部居宅説の判定と評価

一において、角田氏の論証構造を紹介し、二では、氏が論証された現地の状況についての、紹介と私見を述べた。二は、角田氏にとっては論証が完了した後の補足説明のようなものであるが、一の論証構造において、考証ははたして完結していたのであろうか。

堤中納言兼輔縁故の章明親王・藤原為頼が、正親町末南・東京極東辺に居宅を有していたらしいことは、一応認めることとする。紫式部が、父為時邸に終始住み続けていたということも、一応認める。「一応」としたのは、根拠とされた史料から、１００（パーセント）疑問無く各条件が認められるとするには、異論を持つ方もいるであろうと推測するからである。しかし、為時邸がこの姻戚空間の中に存在したことの説明に必要な史料が存しない。「親族が同じ屋敷に住むのは珍しいことではない」というのは、単なる想像に過ぎない。この部分を欠如することが、考証論文として致命的な欠陥となると思う。さらに、堤中納言の「堤」が表現する地域が、「東京極大路と賀茂川の中間を占め、従って賀茂川の堤のもとにあった」という推測が、『貫之集』（巻七）の「兼輔のかも河のほとりにて」から導かれるとしたら、他の可能性を意図的に無視したものと評さざるを得ない。「かも河のほとり」は、普通に理解すればそれこそ「堤」と言われる部分ではなかろうか。紫式部が生まれ育った家に住み続けたという前提も、家集などから見て、推測の可能性は高いとは思われるものの、証明された事柄ではない。為時の家が、京内に一つだけしかないと考えるのも、可能性としては少ない方のものである（拙編『平安京住所録』望稜舎、平21。参考）。躊躇はしながらも、やはり明言せざるを得ないとすれば、紫式部の居宅についての角田論文は、考えられる可能性の多くに目を瞑り、仮説を根拠にしてはいけないという考証論文のルールをいくつもの箇所で犯している、そう評しない訳にいかない。その理由で、結論は保留と判定されるべきものかと判断する。

その最終的判定とは別に、思考の道を跡づけてくれた、類い稀な先駆的研究であったことも述べておきたい。そもそも考証的研究というものは、１００パーセントの確率として証明されなければ、意味が無い。私の院生の頃の経験であるが、小西甚一教授が考証学を年間テーマとして講義された時、最後に、自分の研究分野で考証学理論を実際に応用してみることを学生の課題とされた。私は、偶然に、角田文衞氏の論文「紫式部の本名」を取りあげてみた。角田論文の趣旨は、「紫式部の本名は藤原香子である」というものであるが、研究価値として言えば、本名が香子であることが分かったからといって、紫式部論あるいは『源氏物語』論に、さほど大きく影響するものは無い。分かるなら、分からないよりは良い、と言った程度の問題である。１００パーセント確実な報告としてなされたものであれば、紫式部の実像を把握する有力な徴証になるので確かな価値評価はされるけれど、仮説として提示されるほどのことなら、次なる考証の前提に出来ないという意味で、ほとんど論文としての価値が無い。角田氏の「紫式部の本名」は、「中宮女房は公的な官職を持つ」「紫式部の官職は内侍である」という、二つの証明されていない認識（仮説）を前提としている点で、考証としてのルール違反を犯しているというのが、私の整理の結論であった。ただその過程で、紫式部の立場が、「官女」それも「内侍」という高級官女であるかどうかは、作家としての紫式部を把握する重要な視点であることに気付くことがあった。

同じことが、「紫式部の居宅」についても言える。紫式部居住の邸宅がどこに所在するかということは、作家論にも作品論にも、さほど決定的な意味を持つことでない。ただし、それが１００パーセントの事実として提示されたものであれば、その場所に育った作家の生活環境として、作家論・作品論に有益な前提を提示してくれる。それ自体が仮説として示される程度のことであれば、その仮説は、どのようにも利用しかねるという意味で無価値に近い。角田氏の「紫式部の居宅」が、考証論文としてのルールを外しているので、結論は保留と判定せざるを得ないと先述した。従って、角田説の結論自体は、学界が責任を持って公表するということも出来ないし、価値ある所見として存在することも出来ない。けれど、先の本名問題に同じく、紫式部が生きた時代の地理的生活環境の把握の必要性という研究価値を提唱したという意味はあると思う。平安貴族の世界は、血縁が同時にしばしば地縁でもあるという前提的な認識は、作家環境論の立場からも、新たな有効な視座たり得る。後章（11章）にも述べるが、平安貴族は、日常居住空間のほかに、別業・墓域・遊宴といった異空間や、現代の文化人村といった種類の地域も出現させていた。

角田氏は、紫式部居住の地域が、「中川」と通称される場所であったことを、述べておられる。この地理空間は、道綱母が失意の晩年の居所としたように、高級貴族の晴の生活舞台に似合いの場所ではないが、貧窮の貴族が都の片隅に住むという落魄の地でもない。自然の景趣に心を癒されるといった側面も、無いでもない。現在で言えば、森や小川も見える郊外の新興住宅地といった場所である。紫式部が、『源氏物語』のなかでしきりに中川を物語の舞台にしていることを、角田氏は指摘されている。光源氏が空蟬に出会った紀伊守邸然り、姉の麗景殿女御と住んでいた花散里邸然り、花散里邸に向かう途中の「たゞ一目見し宿り」また然り。末摘花の「木立繁く、森の様なる」家を見出たのも、花散里の中川に向かう途中だったし、落葉宮や浮舟の小野は、中川を東に延長した地理空間と言ってもよい。物語における中川の親近性を、作家の居住空間から述べるのは、確かに考えられる可能性である。作家が作品に虚構世界を構成する時、その実体験が大きく寄与するところがあるだろうとは、ごく自然に推測できる。ことさらに未知の空間を舞台に設定することもないだろうとも推測できる。角田氏は、自らの実証が完結したことを前提にして記述されるので、違和感を覚えられないのであろうが、考証が完結しているかどうかは、本人が認定するものではなく、公平な評価が可能な第三者によってなされるものであろうと思う。その意味で、角田説の提示に真摯に機敏に対応すべきであるのに、学界が、その任務を果たしていないとも思う。

感想として言うと、角田氏の提示された結論には、私は、どちらかと言うと好意を持っている。理由の一は、角田氏が示された、物語の地理の「中川」との親近性である。理由の二は、これも氏が指摘された、為頼の居宅が「中川」であることの意味である。歌人として知られた伯父為頼は、紫式部を考える時に、稀薄ならざる何かがあると気付かせられたのは、角田論文においてである。為頼は、摂津国守の経験もしている。作家の実体験と作品の世界は、濃厚な関係がある。そういう（多分、常識的な）視点から、「中川」と「為頼」が、紫式部と『源氏物語』を解くキイワードになり得るという感触も持っている。にもかかわらず、角田氏の示された紫式部邸所在地についての提言は、考証論文としての不備あるいはルール違反（仮説を根拠にすること）の理由によって、現段階としては審議の対象にならないと判定せざるを得ない。頗る残念である。いつの日か、この溝を埋めてくれる才能の出現することを、期待したい。菲才の私には不能、残念である。

コラム④　今出川

本章のコラムとしては、なんとかして中川の痕跡でも見つけて、些細な報告でもしたいと思うのだが、平安時代でも渇水することの多かった水流が、それなりの痕跡を残しているとも思えないしと、コラム設定をしながら、内心は当惑していた。しかし、案ずるより生むが易しということも案外ある。そのようにも、今は思っている。

平安時代の中川について、明快な説明をされたのは、本章でも紹介した岸元史明氏である。※1 氏はまず、賀茂川から水路を引いて東京極外を南北に流れる水流を示された。また『山城名勝志』によって、東洞院大路末を南下する流れが、一条大路に至って東に向きを変え、京極大路の東で中川に合流したため、中川・京極川などと呼ばれた水流が、流水の状況はそのままに名前だけ変わって、今出川と呼ばれるようになったのだと説明された。いうなれば、今出川は、上流では東洞院川を、下流では中川（京極川）の河道を利用してつなぎ、一本の川として今出川が生まれたというのである。東洞院川の流水を利用するようになって賀茂川からの取水の必要が無くなり、その川筋も消失したのだと説明された。その説明を図示されたものは、『中古京師内外地図』で図示するものとほとんど相似で、岸元氏の推論も、多分にこの地図の示唆によってなされたものであろうかと、推測している。『京都の歴史』第1巻別添地図でも、そのように水路を示している。

それにしても、現実になんらかの水流の痕跡でも見つけられなければ、どういう見解も示しにくいと思っていた。

1. 御所築地と御溝水

2. 東京極大路跡

明治以後になっても、寺町通にあった水流が暗渠となって途絶えたとの説明が、角田氏によってなされた記憶があるが、[※2]ただ人づての伝聞では仕方がないと諦めかけていたら、思いがけず、大正四年に作成された「大典記念 京都市街地図」なるものを見たところ、寺町通に水流こそ無いものの、寺町末の北からの水流は今出川に至って突然に断絶していて、暗渠化されたことがほぼ明瞭に確認できた。そしてその上は、電車の軌道になって、二条通では東に鴨川の二条橋を渡っている。電車の軌道そのものが、中川の流れを明示している。実は、「今は暗渠になってしまっているが、今出川の流れが、寺町で曲がって南流する。それが中川の流れである」[※3]、「二条通りから寺町を北へ曲がってチンチン電車もまだ走っていた」[※4]といった記述も目にはしていた。しかし、これだけ明確に流水の変化の形を見ようとは思っていなかった。というより、単に学者としての私の怠惰だけのせいであった。これだけの偶然があれば、これを平安から続いていた流水の痕跡として良いのではあるまいか。しかもこの地図には、高倉小路末から南への水流が、京都御苑の「今出川門」に到達して後に、流れを失っている状態も記入している。おそらく、東行する流れが寺町まで暗渠化されたものであろう。

三日ほど台風余波の風雨が続いた後の晴れ間を待って、出かけた。今日の課題は、百年ほど前に作成された地図の流水の確認である。なんとか痕跡でも認めたいという淡い希望を持って出かけた。京都御所内の駐車場に車を留める。コースは、御苑内の一条大路跡を東行して、寺町今出川から北上するつもりであるが、御苑内には一条大路跡の痕跡も無い。駐車場のある中立売御門辺から御所東築地に沿いながら約一町北行して右折する。記念的な大路くらいは残して欲しいと心中呟きながら、築地横の溝が西流しているのを認め（写真1）、万一北方からの暗渠の水流か?とあらぬ想像をして、見易いためにと溝の築地側に飛び移ってみたとたんに、火災報知器のような警報が鳴りひびいた。なんとも無粋なこと。御苑を横断して東京極大路に出るまでも、案外の時間を要した。御苑東北の石薬師御門はすでに北辺、武者小路京極とでも言うか。写真は、門前の京極大路跡（通りの名は?）を南から撮ったもの（写真2）。そのまま北上して今出川通に達して右折（信号が無いため）、寺町通を向う側に渡る。

寺町今出川の角に、目立つ石標が立つ（写真3）。写真の東面には、鴨社・比叡山・吉田・黒谷・真如堂・坂本城への距離が刻してある。西・北・南面も同様で、この地点が近世期の洛北交通の拠点となっていたことが分かる。寺町通は、その後は一路北へ、一町ほどで西北方に方位を変える。この方位は、東側の賀茂川流水に平行しており、その流水に関連しての変化であることが明らかである。それにしても寺の多い通である。ちなみに南からあげてみると、本満寺・佛陀寺・十念寺・阿弥陀寺・大歓喜寺・西園寺・天寧寺門前を経て、上善寺にぶつかる。コラムの意図とは関係ないが、読者サービスで天寧寺門前からの写真を一枚（写真4）。なるほど額縁寺の通称に負けない風景である。片平博文氏が大原道の始点と指摘する阿弥陀寺には、ことさら注意した（コラム⑲、参考）。織田家縁故の寺として知られるこの寺は、門前の説明板によれば、もとは今出川大宮に所在していて、天正十五年（一五八七）にこの地に遷ったものだそうである（写真5）。門前の説

3. 寺町今出川石標

4. 天寧寺門前

5. 阿弥陀寺説明板

6. 御霊社西鳥居

明を見ると、どの寺も同様な記録をしていて、秀吉によって、天正年間に強制移住させられた経緯が明らかである。洛北・北山にあるはずの西園寺にも驚いたし、上善寺の故地が「朱雀北小路」とあったのにも、注意させられた（第6章に関連）。しかしなにより注意されるのは、東京極とも違う京東郊に大寺を並べて要衝の大路にした地理的状況が、北郊からの流水であった点である。百年ほど前の地図に確認される寺町通の水流は、寺ができたために、そのなんらかの利便で流水が通されたのではない。流水に沿って、大寺が次々と造営されたのである。地方の社寺でよく見かける門前の小流と石橋、子供の頃の記憶場面が忽然として浮かんできた。阿弥陀寺近くの食堂で昼食をとっていると、地図を広げてしきりに思案している老人に、「なにをしはってるんですか」と食堂のおばさんがを声をかけてくれた。食堂を出た後、「この辺、昔は、道の傍に流れがあったはずですが、ご記憶は？」と訊いてみるんだったかなと、私は、少し悔いた。

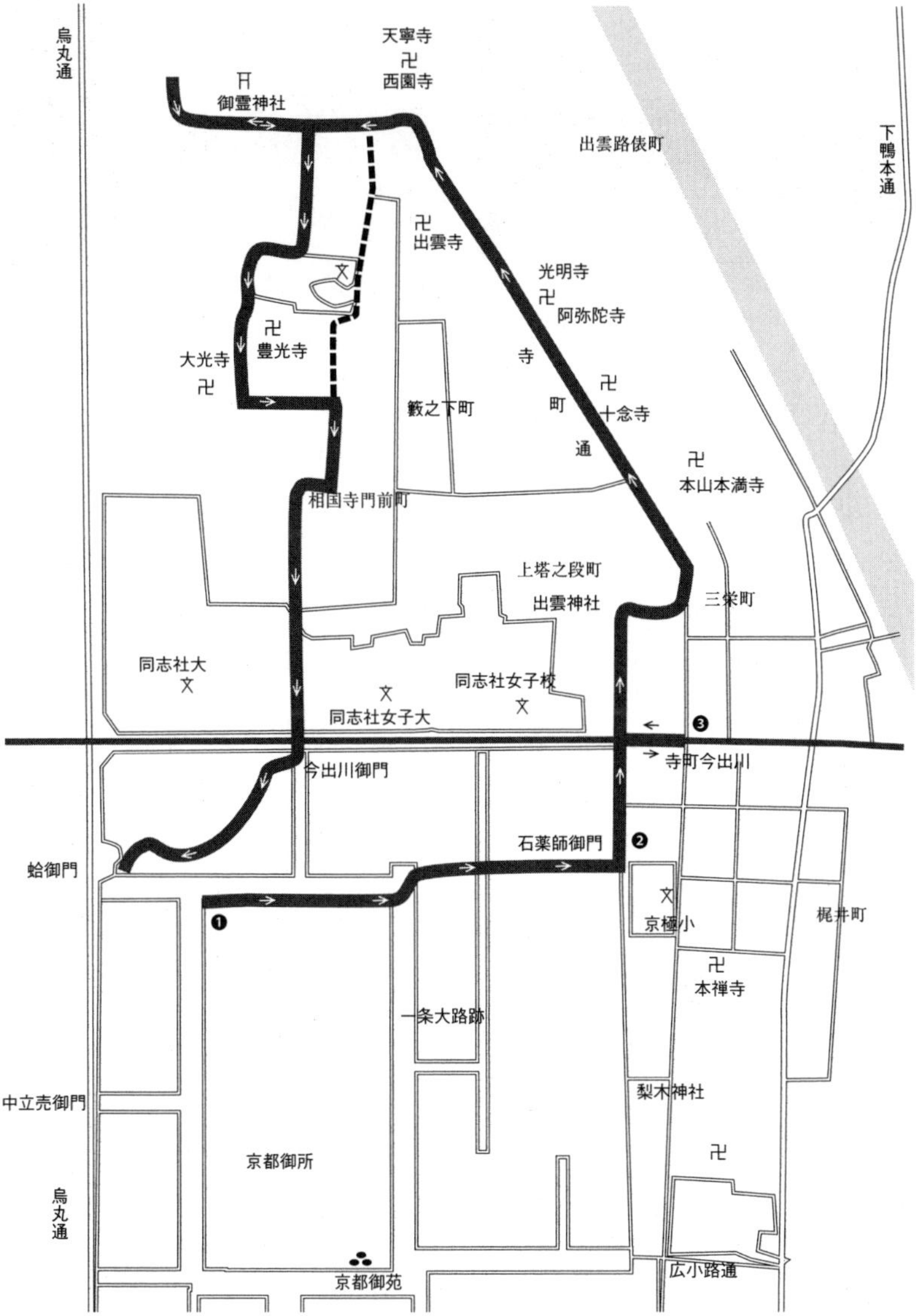

今出川（寺町末と東洞院末）

7. 相国寺域内

8. 正面、今出川門（左右、同志社）

上善寺門前の東西道が「鞍馬口通」にあたる。その一町半ほど手前を左に折れる。地図の水路も西に向かい、御霊神社の石柵に沿うように、西側の道を北上している。御霊神社は別に上出雲神社とも呼ばれている。この辺は、コラム⑲の関心内容でもある。南鳥居から入り、西鳥居をでて写真を撮る（写真6）。門前の南北道は、はるかに北に通じているのが分かる。地図でも畑地か山林かの間を、道と一緒に水路が通じているのが明瞭である。厳密に言えば、水源に至るまでたどっていくべきであるが、今日は、この水路が御霊神社半町ほど東から分流南下する経路を、地図の通りにたどりたいと思う。南に折れた道は、間もなくどこかの学舎の塀にぶつかった（帰宅して見たら、京産大付属高）。もう下校時なのであろうか、高校生たちの姿を見る老人の感傷、表現し難い。水路が通ったはずの街路は、ほぼそのままの形で相国寺の境内を通過する（写真7）。この水路が、いわゆる「東洞院川」になるものであろうと推測するが、東洞院大路末よりも半町程度は東に思える。相国寺南門を出たら、今度は両側が同志社大学の敷地で、つきあたりに今出川通南の御苑「今出川門」が見える（写真8）。東洞院川の水流は、一条大路に至るまでに半町ほど西に寄って、都の水流になっていたのであろうか。今出川門から入り、右手のこんもりした森の小道を、そのようなことを考えながら歩いた。この森の一帯は、近衛家の屋敷跡だそうである。流水は、近衛家の庭池にも引かれていたであろうか。

なお、「今出川」について最初にオヤと思ったのは、次の室町殿御幸の経路に記

されている、（『明月記』寛喜元年十一月十日）

一条西、今出川北、無遮小路西、室町北門、留車、

の「今出川北」を目にした時だった。東西道である今出川通を「どうして北に」という単純な疑問であるが、無論これは、私の無知だけのことであり、中川の流路に関連して岸元氏の著書によって教えられた。「新しくできた」という意味の川の名が、通り名となり、さらに方位の異なる一部を取って、知られた東西路として定着する。なんとも興味深い。高橋康夫氏※5・鋤柄敏夫氏※6などの教示に謝したい。ただし、鋤柄氏が今出川通を烏丸通にしておられるらしいのは、どういう理由であろうか。本コラムの関心に、少し時間をいただいて検証を加え、後に再度の報告ができればと願っている。

※1　岸元史明『平安京地誌』（講談社、昭49）
2　角田文衞「紫式部の居宅」（『紫式部とその時代』角川書店、昭41）
3　相馬　大『京の古道』（サンブライト出版、昭55）
4　松本章男『京の裏道』（平凡社、昭58）
5　高橋康夫『京都中世都市史研究』（思文閣出版、昭58）
6　鋤柄敏夫『中世京都の軌跡』（雄山閣、平20）

第5章　北山

章題の「北山」は、『源氏物語』若紫の北山を意識したものである。角田文衞氏の北山大雲寺説を中心に、物語の記述が示す問題を考えてみたい。

一　北山大雲寺説

若紫巻冒頭の「北山になむ、なにがし寺といふところに」の記述から、物語設定の場面について、多くの推測説が提出された。「なにがし寺」と朧化した表現が、逆に、当時の人には周知の場所であるらしいと思わせたからである。物語が描写する具体的な条件に叶う場所はどこだろうか。その視点から、さまざま意見が述べられたが、その立場で見るかぎりにおいては、角田文衞氏が提出された北山大雲寺説が最も有力として、通説として認められている（文献1）。その紹介から始めたい。氏の想定の方法は、物語が記述する場面の条件を一々検証して、その条件を満足する場所を見つけ出すというものである。氏は、次の十二条件を、提出されている（私に少し簡略化した）。

1　北山の、やや山に入ったところ。
2　暁に京を出て、日が高くなろうとする頃に、加持を受けられる距離。
3　寺の前まで牛車で行ける。
4　僧都が二年あまり籠っているほどの格式のある寺。
5　法華三昧堂・阿弥陀堂などがあるので、天台系寺院。
6　僧坊が散在しているので、多数の僧侶がいる寺院。
7　僧都の坊の庭には遺水があり、近隣に興趣のある瀧などが所在している。
8　僧都の坊の坂上に、験者として知られた聖の庵がある。
9　坊の西方に所在の庵から下ると、僧都の坊は山路に西面して所在。
10　背後の山から、平安京を遠望出来る。
11　近辺に、山桜が多い。
12　描写の精細から見て、紫式部も参詣した経験のある寺。

このうち、特に条件12を満足する寺院として、修学院・普門寺・大雲寺を候補として挙げられたが、前二者は、それぞれ条件1、条件8・9に抵触するとして抹消、残った大雲寺が、すべての条件を満足するとして、紫式部が「なにがし寺」に想定した寺は大雲寺と結論されたものであった。実を言うと、『源氏物語』の邸宅の所在の考究などに、当時の伝承や紫式部との因縁などを重視して、物語の記述に対する感覚がやや稀薄であるところが氏の考証の短所であると認識していたけれど、この「なにがし寺」の考証にあたっては、物語の描写を前面に出して帰納しようとされているところ、反証を許さないと言っても良いほどの緻密さがあると、評価しても良いかと思われる。

だが、それにしても、悲しいかな、学者の性。たとえば十二の条件の一々が、本当に厳密に満足されているかどうか、自分で疑念を解消しなければ、本当には納得出来ない。私も、何度となく大雲寺を訪ねた。その度に、納得したような、まだ良く分からないような気持で帰ってくるのであるが、この小稿の刊行以前に、今度は「裏山に登って」といったあたり、しっかり確認してこようとは考えている。それとはまた別に、こういった地名考証の態度に、根本的に疑義を持つ立場もあるようである。これらについては、後に触れたい。

その以前に、気になることを少し考えてみたい。まず、北山を房とする僧都の問題。僧都と言えば、僧正に次ぐ高官の僧侶で、そちこちにいくらでもいるという存在ではない。村上天皇の天慶九年（九四六）には、

今年無僧正、大僧正一人（平源。興福別当。）　少僧都四人（正二。権二。）　律師十一人之内（正三。権八人。）　　（『僧綱補任抄出』上）

といった状態である。康保三年（九六六）には、僧正一人・僧都五人（大1、少2、権少2）・律師八人で、永観元年（九八三）には、僧正三人（大1、正1、権1）・僧都五人（大1、権大1、少1、権少2）・律師八人（正3、権5）といったところである。僧都の員数は、せいぜい五人にもならない程度。生存さえしていれば前僧都といった立場があるのかどうか、そこら辺の知識が無いが、それを入れたとしてもさほど膨大な数にはならないだろうと予想して文献にあたってみた（文献2）。予想は大狂い、七十二人もの該当者がいた。

そのうちの、天台系の僧侶の特徴は、例えば、永圓が致平親王男、永慶が斉信男、斉祇が道綱男、良圓が実資男と

いったように、高級貴族の子弟が目立っている。現在の課題に関連することとしては、角田氏が注目された文範の縁者が、子の明肇、孫の長守・文慶と、三人の名が見えることがある。それぞれの住寺は、順に、普門寺・千手院・大雲寺である。千手院は延暦寺内の子院かと思われるが、師の観修は長谷に住んでおり、長守も小野辺に縁が深い。角田氏が触れられた普門寺の所在も近辺で、後に公任が隠棲した長谷もこの辺。ついでに、大雲寺も遠くない。けれど、文範が紫式部の母方の曾祖父にあたるので、彼女も幼時から曾祖父に親しみ、大雲寺に参詣もしたであろうと想像するほどの勇気は、私は持ちにくい。

ともあれ、角田氏が、物語記述からこれほどに具体的な場面を検証し、これが岩倉・大雲寺の地理状況に重なると指摘されているのであれば、まずは私も現地に立って、符合のほどを体験してみたいと早くから念願していた。「峯たかく、深き岩の中」近くから「こゝかしこの僧房」をみおろしたり、その裏山から「はるかに霞みわたる」京の方を遠望する、その実地体験をしてみたいと願望していた。などと言いながら、先日も何度目かの大雲寺訪問をしたが、岩倉実相院の裏手の道は、昨夜来の雨で足をとられそうで、今回も断念した。ただ、千年の時を隔ててはいるけれど、現地の状況は、つづら折りの坂道を上から見下ろすという状態にも思えなかった。山上までも達しないで言うのも無責任であるが、山上からの京方面は、前方の上賀茂の山系が障碍になるし、それ以前に、眺望が開ける山上と、それに続く道がありそうに思えなかった。というより、現実に符合するかどうかを確認しようとする作業そのものに、やや懐疑的な心情が少しずつ強くなったということの方が大きい。

二　「なにがし寺」議論の本質

「北山のなにがし寺」を、『河海抄』（巻七）の言う「准拠なき事一事もなき也」の感覚に従って、作者紫式部の脳裏にあった場所を、当時の人々は容易に認識したとの前提で、その場所がどこかという議論が盛んになされてきた。簡単に整理すると、

①志賀寺説（『紫明抄』第二）
②鞍馬寺説（『河海抄』第三）
③貴船神社説（長谷章久）
④霊巖寺説（田中重久・大井重二郎・谷岡治男・永井義憲）
⑤大雲寺説（角田文衞）
⑥大内山仁和寺説（淵江文也）
⑦神明寺説（今西祐一郎）

と相次いだ。各説の内容を簡略ながらでも説明しなければ理解しにくいかも知れないが、紙白の余裕も無いので、ご容赦願いたい（拙著・文献3を参考いただければ幸甚）。

『源氏物語』の記述と具体的に照応するという意味では、やはり角田文衞氏の大雲寺説が、考証最も緻密であり、

なるほどと思わせる要素は他を超越している。けれども、各種の文献から「北山」の用例を拾った谷岡治男氏は、北山と呼称し得るのは紫野～船岡～金閣寺～鷹峯の地域に限るとされ、永井義憲氏も大雲寺背後の山から京を遠望出来ないという理由で、角田説に反対された。淵江文也氏も、狭義の北山認識の立場で、角田説が該当しないことを主張された。これらの諸説は、角田説も含めて、物語の「なにがし寺」に相当する場所がどこかに存在することを絶対条件としているところが共通している。

角田氏は、おそらく反論されるであろう。大雲寺を含む地域が、「北山」という漠然とした呼称で示されることはあると。私も、気をつけていたつもりだが、大雲寺辺を含む場合の用例は、すぐには示しにくい。しかし、

宰相来云、昨向按察第対面、今日可向北山事又無指語、（『小右記』万寿二年十二月十九日）

は、公任籠居の長谷を明瞭に北山と表現しており、大雲寺近辺は北山にならないとは断言もしにくい。けれど、大雲寺域を呼ぶなら、普通には、北山でなく岩倉であった。

雑人説、通具卿今夜石蔵葬送、（『明月記』安貞元年九月四日）

寺地を岩倉でなく、殊更に北山と呼んで示す場合は少ない。大雲寺と寺名を明瞭に呼ぶ場合はある（『権記』長保元年九月廿一日）。

北山と呼ぶ地域は、漠然とした北方所在の山でない場合は、諸説が述べるように、霊巌寺を指すことが普通のよう

である。

御息所御修法始、今日北山始供御燈明　　（『貞信公記』延喜廿年三月廿三日）

詣北山寺、奉御明一萬燈、今年未詣吉方寺、仍今日詣也、　　（『権記』寛弘六年五月廿九日）

後者では、霊巌寺を北山寺という通称で呼んでいる。『権記』では、霊巌寺と実名で示す場合も何回かあり（『権記』長保元年十二月九日、同二年正月十一日、六月廿八日、七月十六日ナド）、同じ日記で、岩倉と北山を書き分けているのは、無視できない徴証であろう。従って、平安中期の人々が、「北山」と言われてすぐに思い浮かべるのは、霊巌寺域ではないかとの推測の方が蓋然性は高いと思われる。平安京から遠望すると、すぐ近くの船岡山はまだ北郊の感覚であろうが、仁和寺・竜安寺・金閣寺を山麓に持つ大北山（衣笠山・大文字山）は、北山という言葉が自然と出て来そうな雰囲気ではある。霊巌寺は、そのすぐ奥に鷹峯から連なった山系辺（釈迦谷山）に所在した古寺である。地理的には、鞍馬は勿論、大雲寺よりも都には近い。

角田氏は、遺憾ながら泉下に赴かれたけれど、もし反論なさる機会があれば、霊巌寺の状況が、どれだけ『源氏物語』の描写と重なり合えるのかと、仰るだろう。このあたり、私も近いうちに最終的に実地検証して来たいと思っているが、どれだけ似つかわしい状況であると報告したところで、どちらがより重なる要素が強いかについては、多分水掛け論になって決着困難だろうと先が読める。「北山」で都人が咄嗟に思い浮かべるのが霊巌寺辺であったとしても、その「北山」の場面描写にあたっては、紫式部が親しく参詣したこともある大雲寺を脳裏に浮かべながら記述したのだと、角田氏の立場で主張する折衷的な解決案が無いこともないが、多分、そんなことは毛頭お考えにならないであろう。『源氏物語』の「北山のなにがし寺」の想定は、一般の方が納得されているほど、通説に落ち着いたという状況ではない。学者の立場からは、それは言っておかなければならないことだと思う。

三　明月記の北山

平安中期の「北山」は、これを特定の地点に結びつけるなら、やはり霊巖寺の名をあげざるを得ないだろうということを前節で述べた。中世になって、「北山」と「なにがし寺」とを結びつけた発言が生まれた（文献4）。同じことなら、物語と同じ時代の証言で欲しかったと思うけれど、それは無理な注文。中世になって生じた証言とは、よく知られた『増鏡』という作品に記された一文である。

故公経の太政大臣、そのかみ夢見給へる事ありて、源氏中将わらはやみまじなひし北山のほとりに、世に知らずゆゝしき御堂を建てて、名をば西園寺といふめり。（『増鏡』第五）

藤原公経が建てた御堂・西園寺が、光源氏がわらは病の治療に来た北山のほとりに所在していると言う。西園寺が山麓に位置している山が、光源氏の物語に出てくる「北山」だと言う。正直なところ、そんなことはあり得ない。あらためて言うまでもないが、『源氏物語』は虚構の作品である。虚構の作品が、虚構の舞台を北山に設定しただけで、光源氏が病気治療に北山に来たなどということはあり得ない。中学校の修学旅行で雲仙に行った時、「真知子石」なるものがあって、真知子さんはともかく、あの岸恵子さんのお尻のぬくもりを想像し、ニキビ面の中学生はなんとなくドキドキしたものだが、そんな記憶を思い出した。『増鏡』作者の感情移入以外のものでないが、それにしても、鎌倉初期の貴族の感覚として、北山に病気治療にという物語の記述に接した時、その「北山」は西園寺が立地する近辺が自然に浮かぶものであったことは注意して良い。

ここで私は、ひとまず『源氏物語』を離れて、「北山」と記述する時の一人の貴族の感覚を観察してみたい。その貴族とは、誰もが知る藤原定家という歌人である。彼の日記『明月記』には、かなりの頻度で「北山」が記述される時期がある。それは、初期ではない。初期の「北山」は、

良久女房為見松茸入北山云々、（『明月記』正治元年九月廿六日）

文義自北山求出送雪、夜半許所留置、（同・元久元年十一月廿九日）

のように、松茸を探したり雪を求めたりといった、漠然とした北方の山である。それが、

巳時許中将相共向北山、見勝地景趣、禮新仏尊容、毎事以今案被営作、（同・嘉禄元年正月十四日）

となると、特定の地点を指しての呼称となる。為家と一緒に「北山」の勝地を遊覧、新仏も拝したと言っている。この「北山」は、藤原公経の御堂から始まる西園寺を指している。西園寺とは、公経が、家領の尾張国松枝庄と交換で仲資王から得た領地に建てた御堂の呼称で、元仁元年（一二二四）に供養を見たものである（『百錬抄』元仁元年十二

月二日)。用例は、それから一ヶ月半ほど後のもの。この御堂辺の情景は、「四十五尺曝布瀧碧、瑠璃池水、又泉石之清澄、実無比類」と、定家は感嘆している。その後、公経の別業なども含めて北山殿と呼ばれた寺地は衣笠山東山麓で、現在の金閣寺域にほぼ相当する。

北山殿は、この後、『明月記』に頻繁に登場する。前太政大臣公経はここを専らの居第とし、一条室町殿と交互に使用しながら住んでいた模様である。九条家・西園寺家に臣従する為家は、もっぱら北山殿への参仕に努めている(『明月記』嘉禄元年二月十八日、四月廿三日、十一月廿八日、嘉禄二年五月六日ナド)。定家も、北山殿に参り、権大納言実氏(公経男)に、為家の蔵人頭所望の希望を述べたりした(同・十月七日)。嘉禄二年六月十四日、行幸に供奉せず北山に参向したのは為家のことだが、安貞元年八月七日の公経室家の薨去前後には、定家も連日のように北山殿に候している。

『源氏物語』の北山と関係あることかどうか分からない。定家の「北山」は、別業が所在するほどの比較的近郊の感覚のようである。「源氏見ざる歌読みは遺憾のことなり」とした俊成の息で、『源氏物語』の世界を詠歌に取り込み、また数度の書写もした定家にして(『明月記』嘉禄元年二月十六日ナド)、「北山」は現実の生活のものであって、一度も物語と結び付いた感情で記述されることが無い。それが不思議である。孝標女が宇治川岸で浮舟を思い、『増鏡』作者が「北山」で若紫の物語を想起するような感性が、皆無であった。定家にとっての「物語の北山」は、もっと山奥の景趣だったのか、定家という人はそういう感傷には遠い人であったということなのか、分からない。今少し奥に入ったらという条件であれば、霊巖寺の位置もそれに叶う。霊巖寺辺であったら、定家も「源氏の君のわらは病に」と思ったのだろうか。どうも、そう思った形跡も無い(『明月記』寛喜三年八月廿七日)。分からないだらけであるが、『源氏物語』から二世紀程後の、『源氏物語』にも深くかかわったはずの一貴族における「北山」の一面は、このようなものであった。

四　准拠としての北山

『源氏物語』若紫の「北山」を准拠論として見る時、最も考証を尽くしているのは、角田文衞・大雲寺説と今西裕一郎・神明寺説だろうと思う。前者は、状況としての北山を考証し、後者は事柄としての北山参詣を考証した（文献4）。前者の内容については述べてきたので再度の紹介は略すが、後者については、若干説明をしておきたい。この論文は、前半において、北山の呼称が示す地域は、霊巌寺・施無畏寺・観隆寺・法音寺などが所在する大北山近辺に限られることを述べ、後半では、『異本紫明抄』が引く『宇治大納言物語』記事から、閑院流の始祖公季が公経の山荘北山殿辺に所在する神明寺の持経者のもとに治療に来た史実を、物語の准拠として取用したという意見である。

「准拠」という言葉を使う時に、いちばん必要なことは、「北山」と言い、「わらは病の験者」と言った時に、当時の読者が咄嗟に思い浮かべる事柄があるということである。角田氏の大雲寺説は、考証を聞いていけば、なるほど重なるところがありそうと思うかも知れないけれど、そういう説明抜きに、当時の読者がすぐ想像しただろうか。その辺が不明瞭であるところが難点である。咄嗟に想像できないとしたら、かなり致命的な欠陥になる。今西氏の神明寺説は、ご本人が「典拠の存在は、若紫巻の読者にも容易に知れた」と言われているので、それを信用するしかないけれど、本当かな？　という気持は残る。

『源氏物語』の准拠論のもう一つの問題は、当時の読者がほとんど瞬間的に思い浮かべるけれども、物語の叙述に接していると、それとは全く別の虚構の記述であることが分かるという構造になっているということである。最後まで准拠と同じでは、単なるノンフィクションになってしまう。『源氏物語』で「なにがし」と表現される他の三例は、「なにがしの大臣」は忠平、「なにがしの院」は河原院、「なにがしの僧都」は源信と、当時の読者だけでなく現代の読者でさえ咄嗟に想像する。この場合、物語の記述を追っていくと、最初の想像とはまったく別に創作されたものという性格にすぐ気付いて、虚構された価値に出合うという仕組みになっているであろうか。「大雲寺だ！」と思ったらそうではなかったという構図になっているだろうか。「神明寺！」と思ったらそうではなかったという構図になっているだろうか。「なにがしの」という表現さえなければこんなことを考えなくて良いのに、作者も、複雑なことをしてくれたものである。

「北山のなにがし寺」と言った時、普通に推測するのは、「北山」と示しているのだから、大北山周辺を当時の読者がイメージすると推測するのが自然と思う。そして、当時の読者が、自分の経験した北山の情景と物語のそれとが重ならないと感じるのは、むしろ准拠の法則には叶っている。霊巖寺の曝布と奇岩という状況も、必ずしも必要でない。問題は、「史実離れをどこから始めるか」なので、物語と現実の状況が、似ていることも似ていないことも、それが決定的な意味を持つことはない。となると、現実の場所を比定する作業はほとんど困難になるし、作業そのものも必須のものでもなくなる。

実を言うと、私は、それがいちばん正当な認識だと思っている。物語の描写に近いかなと思われる場所は、当時の読者でも、現代の読者でも、そのように感じる場所はあるかも知れない。けれど、それは物語中の場面ではない。物語の場面はあくまで物語の場面なので、「峯たかく深き岩の中」と言われたら、その場面を自力で想像すれば良いし、裏山に登って都の方を見ると「はるかに霞みわたりて」と書いてあるのなら、そういう場面を極力思い浮かべれば良い。それだけのことではないかと思う。その時に、想像する手がかりになる材料をどれだけ持っているかで、場面の鮮明さが違ってくる、そういうことはある。この小稿が世に出るまでには、再度、大雲寺と霊巌寺の現地体験はしてきたいと思っているけれど、それは、自分の想像の絵に、どれだけか実感の肉付けが出来れば嬉しいと思うだけのものである。無論、物語の記述そのものと確信する場面が眼前に現れたら、感激には違いないけれど…。

比較的最近に、岩切雅彦氏が、同様な意見表明をされている（文献5）。その点では意を強くすると言いたいのであるが、氏の論証には疑問を感じるところがある。氏は、諸説を綿密に検討され、結論として、角田氏の設定された十一の条件の「全てに適合する地点は無かった」とするのは良いとして、だから「北山のなにがし寺」は、「作者があらゆる場所の部分的要素を結びつけて創り出した架空の場所」とするのは論理の飛躍があるかと思う。「全てに適合する地点が無い」のは、「現在提出されている候補以外には無い」という前提のもとで言えることで、どこにも『源氏物語』の記述に重なる場所がないと確認された時点で、はじめて作者の表現が現在の形になっている場面の実体を推測するというのが、思考の道筋だと思う。尤も、私自身は、そういう場所があるとは、内心思っていない。文学作品の場面表現などというものは、すべてには適合しないが部分的には合うというのが普通のありかたで、作者は「あらゆる場所の部分的要素を結びつけて」物語の舞台を作りあげたとする説明は、ほとんど新味のない結論と評さざるを得ない。私が副業的にしている松本清張の小説には、彼の青少年時代に体験した場面が、複数の作品に繰り返し出てくるということがある。作家が記述する作品の風景というものは、そんなものであろう。

物語が描写する風景が、岩倉大雲寺のそれに酷似していて、平安中期の読者が「北山」と聞いて思い浮かべるのが「大北山」であるというのが絶対的に正しいのであれば、作者紫式部は、舞台を「大北山」に設定して、彼女の原風景の一つである大雲寺のそれによって、『源氏物語』の描写をしたとするのが、いちばん穏当な解釈かと思う。けれど、大雲寺の状況が彼女の原風景であったかどうかは、角田氏の、藤原文範が紫式部の母方の曾祖父で…といった説明にもかかわらず、確かに証明されたと断言できる状況ではない。紫式部が越前に下る湖上の小舟での風雨と雷鳴の経験が、光源氏が須磨から明石に移る際の波濤に翻弄される描写に関係するところがあったのではないかという推測なら、そうかもとは思うけれど、紫式部と大雲寺の親近の関係そのものが推測に過ぎない時点では、今述べた折衷案も、自信を持って提案するという訳にはいかないだろう。小野は、彼女の母方の縁戚の故地であることは確かのようだし、式部が親近の感情を持っていたと思われる道綱母が法華八講を普門寺で催したり（『枕草子』三〇八段・三一七）、原風景の可能性は薄くは無いと思うけれど、断言するまでには、検証はまだ不十分である。

ということは、『源氏物語』の「北山のなにがし寺」の想定は、彼女の原体験とか当時の読者の「北山」感覚とかが鮮明に確認された時点で、あらためて認知すれば良いことで、今は前提事実の確認の方が、学者としては取り組むべき課題ではないかということである。物語が叙述する「北山のなにがし寺」を、そのまま受け入れておいて、『源氏物語』の作品研究が先に進まないということではない。不確かな知識を前提にして、有益か無益か分からない議論を展開することの方が、はるかに研究の障碍になる。一般愛好者の方が、岩倉大雲寺に感傷の雰囲気を持たれることは一向に構わない。それで、物語への感動を深くしていただけるなら、事実としては間違っていたとしても、それはそれで一向に構わない。学者であっても、そういう感傷の気持を持つことは非難されないが、学者は、それが誤っていることか、あるいは、正しいか誤っているかが確認されていないことか、それくらいの判別は前提として持っていなければならない。それがプロというものである。

『源氏物語』の「北山のなにがし寺」については、物語が表現した舞台を、そのまま素直に豊かに受けとめれば良い。物語が「なにがし寺」と言っているのだから、それ以上の詮索は今のところ無用ではないか、そのように思っている。学者は、その背後の事情について、懸命な確認作業は続けるけれど、学界としての責任ある認知がされない段階では、一般の方は自由に奔放に想像をめぐらして鑑賞されれば良い。現状、まだその段階かと思う。私がそう思うのは、定家が「北山」にいくら近づいても、そこに『源氏物語』を感覚する感情に無縁であることを思ったためである。『増鏡』と定家と、どちらが本当の感覚なのか、いまだに分からない。なお、角田・今西両説は、確実に、懸命な確認努力の一つであったことだけは述べて、蕪雑（ぶざつ）な論断のお詫びとしたい。

参考文献

1　角田文衞「北山のなにがし寺」（『紫式部伝』法蔵館、平19）
2　槙野廣造編『平安人名辞典—長保二年—』（高科書店、平5）。
3　加納重文『源氏物語の舞台を訪ねて』（宮帯出版社、平23）
4　今西祐一郎「若紫の背景」（『国語国文』五十三巻五号、昭59）
5　岩切雅彦「源氏物語における北山の位置について」（『中央大学　大学院年報』十九号、平2）

コラム⑤　北山陵

本章は「なにがし寺」の北山であったが、このコラムでは桐壺帝関連の北山とする。京都駅から延々一時間、いい加減くたびれて「鳴滝本町」のバス停で降りた。近くなのでついでにと『蜻蛉日記』を思い出したのだが、福王子から周山方面でなければならなかった。北方に見当を付けて歩く。バス通りに出て間もなく、芭蕉句碑もある鳴滝は、いつも白い飛沫と水音を立てていた（写真１）。道綱母が籠った「西山の御寺」は、バス通り北の山蔭に所在したらしいが、今は影も形も無い。寺というものは、地域住民の信仰として出来たわけではないので、あっという間に消滅する。

1．鳴滝

バス通りを、福王子の方に引き返す。今日の目的は、北山陵の探訪である。といっても、『源氏物語』で朱雀院が晩年に隠棲した「西山の御寺」は、すぐ近隣の仁和寺のにおい紛々だし、平安の都人にとっては、この辺、北山の感覚ではないらしい。平安前期のうちで北山陵と称せる陵墓は、極端に少ない。ほとんど皆無である。にもかかわらず、これから訪ねようとする村上天皇陵は、北山陵と言い難い雰囲気がある。福王子の五叉路に引き返し、村上帝陵に向かう道に入る。途次、円融帝後村上陵がある（写真２）。この辺、地名が「村上」らしい。いや、

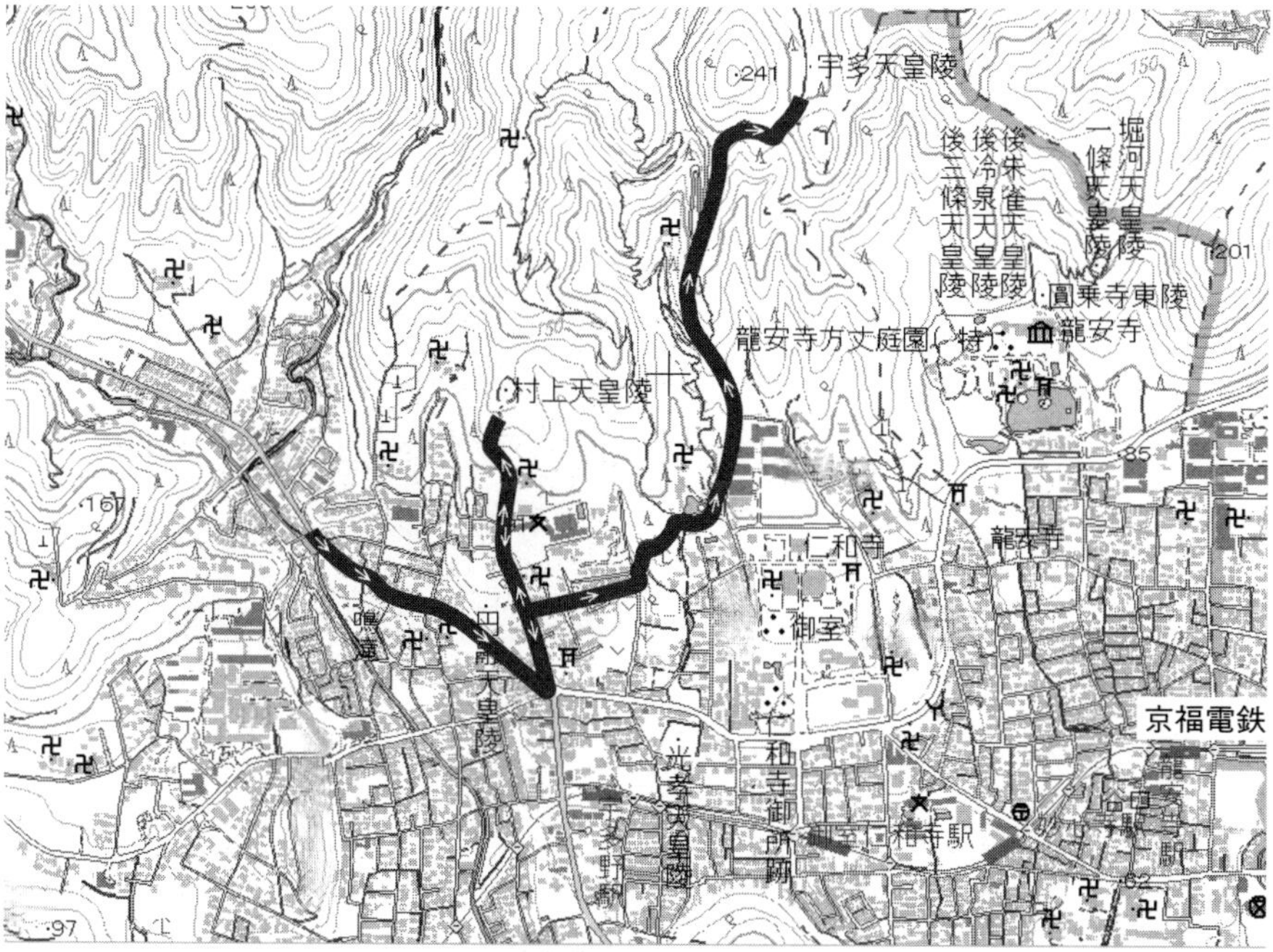

北山陵（鳴滝～宇多陵）　〔電子国土ポータルより〕

村上帝の陵墓が存在するので、「村上」になったのか。それなら本来の「村上」はどこなのか。とりとめない思索に頭を悩ましている間に、村上帝陵の入口に達した（写真３）。この山陵は、墓に達するまでに、相応の距離がある。天暦の治の帝にふさわしいと思うかどうか。樹間に見えてきた陵墓は、どことなく神聖な涼感のなかにあった（写真４）。陵前の石段に腰を下ろして、しばし閑静を楽しむ。

再度、福王子交差点方面に向かうが、先程の円融帝陵前辺を左折する。そのまま直進すると、小堂が小道に沿って配置された、八十八箇所廻りに突き当たる。その林間を抜けていくが、なかなか雰囲気は悪くない（写真５）。途中の堂から小池の横を抜けていくと、宇多天皇御陵参道の石標が立っている。以前に訪ねたのは、いつのことだったろうか。記憶がいささかおぼろげになったところで、出会ったおじさんに、御陵までの道のりを訊く。「三十分くらい

2. 円融帝後村上陵

3. 村上帝陵入口

4. 村上帝陵

5. 八十八箇所詣

6. 宇多陵参道 1

かなぁ」と答えながら、「近道もあるけど、ややこしいから」と言葉を濁した。意味は、後になってほぼ理解する。宇多山陵への道、はるばる「参道」と案内するなら、それなりに道らしくしてくれよと言いたくなる山道であった。急坂の石段（写真6）に続いて、これが道かと思う、岩肌むきだしの山道（写真7）。しかし、森閑とした山中に所在する山陵は、村上帝陵よりも穏やかに神々しく見えた（写真8）。静寂を楽しみながら、待ちかねた栄養補給をする。鳴滝から、一時間半ほどであろうか。この陵横から朱山頂に背後から達し、一条・堀川帝陵前で京都盆地をはるかに望み、龍安寺に下りて行く道があるが、今日はたどらない。さきほどの「むきだし山道」を忌避して、陵前を北方に「なだらかに」下りていくつもりで、北側の下

7. 宇多陵参道 2

8. 宇多帝大内山陵

り道を選ぶことにしたが、これは記憶にない大誤算。かろうじて下りることはできたが、後に続くことはお薦めしない。

冒頭に述べたように、村上・宇多陵ともに、北山陵ではない。しかし、都を離れる前に父桐壺帝の陵に詣でる光源氏の叙述場面に接して、当時の読者が、これらの山陵などを想起したであろうことは、ほぼ間違いない。その他には、相当させるようなものが存在しないことも大きな要素であるが、それ以上に、朱雀弟で、冷泉父という架空の設定が、光源氏に村上帝を重ね合わせさせた効果の方が大きいかと思う。例の、『源氏物語』のイメージ作戦である。研究史的には〝准拠の手法〟などともいう。下鴨社の森を望見しながら、北山陵に詣でた源氏の心情を鮮明に感受して欲しいとはいわないが、都人が北山陵に抱いた感覚が、いささかは身近になったかと思う山行であった。

コラム⑥　大原御幸の道

三月下旬に近い日に、岩倉・長谷辺の踏査をした。カルチャーの「続 源氏物語の舞台を訪ねて」では、正編で訪ねる機会を逸した岩倉・大雲寺辺訪問の意図であるが、一月の寒波襲来で予定を入れ替えたのに、この三月も戻り寒波とかで、湖西の自宅を出た時は、比良から吹き下ろす颪と雪が、視界を遮るほどの状況であった。こうなればと覚悟を決めて、白河院の小野雪見御幸の再現だと、無理にでも気持を鼓舞したが、電車が逢坂山を越えたら京都は青空、拍子抜けしたが、これには後日談がある。

駅前から地下鉄で国際会館駅まで、そこからタクシーに分乗して岩倉・実相院へ。寺域に存した大雲寺を、角田文衞氏は「北山なにがし寺」の故地と考証された。※1 大雲寺も現存しているが、かつては数多の堂宇を誇った壮大な寺院であった面影は、まったく無い。本章で紹介したように、「大雲寺＝北山なにがし寺」は、古注以来まったく述べられることが無かったのに、角田説が提唱されるとともに、一般にはほとんど自明の事柄として受けとめられている。その根拠が、物語の記述と現地の地理状況の酷似ということであった。病院の敷地内かと遠慮しながら、実相院裏山登り口辺の滝口まで進むと、物語の故地と推定された説明板がある。裏山の頂上から「京の方」が見えるかというのが、現地の状況の一つのポイントであるが、裏山に登らされるのかと恐々の（生徒さんの）雰囲気も伝わってくるので、気持だけ登ったあたりでの現地説明でお茶を濁す。実を言うと、私も、数日前に下見をして、細い谷川道を途中まではなんとかたどったが（写真1）、道らしい痕跡も見失って戻って来た経験をしていた。物語の記述と酷似しているかにも検証の余地があるが、酷似すること自体もさほど絶対的な価値でないという心証にもなっていた。

大雲寺にかこつけて、私の関心はむしろ長谷（ながたに）の公任山荘にあった。公任は、中宮彰子所生の皇子の産養の場面で、紫式部に「紫やさぶらふ」と呼びかけた人だから、まるきりカコツケタ訳でもないかなと、これは、内心の勝手な弁解。公任の長谷山荘の所在地は、これも角田先生の考証だが、小野皇太后藤原歓子御所に重なるという。※2 白河院雪見御幸の舞台であり、後白河院が建礼門院を大原寂光院に訪ねた大原御幸の道筋にも「叡覧あって」と記されている。朗詠谷とも称される現地で簡単な説明のあと、その御幸路をたどりたいとひそかに魂胆していた。洛北のこの地は、さすがに雪見御幸の地だけあって、なんとなく雲行きが怪しい。危なっかしく思って引き止める一行になんとか納得して貰って山道を進みかけたとたんに、空も見えないほどの降雪になった。やむなく断念して、一行とともに国際会館駅までのタクシーに乗ったが、後の体験からふりかえってみると、これは正解であった。

1．大雲寺山頂へ？

大原御幸の道について、師書は、小町寺の所在する市原から静原・江文峠を経る道の散策を報告しているが、現在の大原街道によらず、鞍馬街道から迂回する道筋がどうも釈然としない。長谷の皇太后御所も、とても「叡覧」などはできない。とつおいつ思案しながら国土地理院の地図をながめていると、朗詠谷からそのまま山道を進み、寒谷峠から江文峠を経て寂光院に降りて行く道があるではないか。「これこそ」と胸が高鳴る感情を覚えたその道を、やっと踏査する機会が来たと雀躍していたのに大雪に阻まれた無念さを、十日後に晴らそうとして出かけた。上長谷のバ

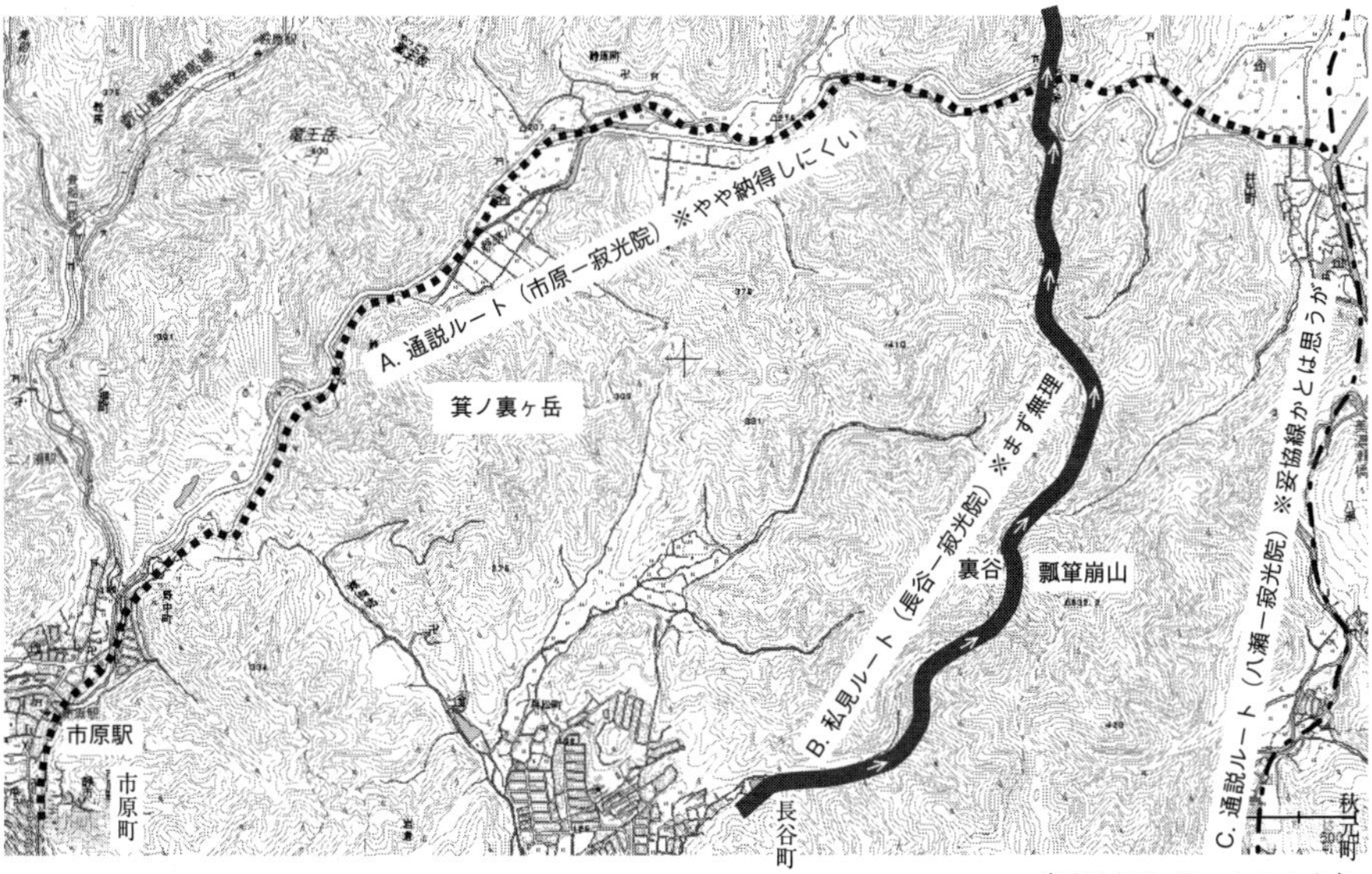

〔電子国土ポータルより〕

大原御幸の道

2. 朗詠谷（左、石標）

3. 寒谷峠板標

ス停で時計を見ると十一時十分。朗詠谷石碑（写真２）から長谷川上流の小流添いをひたすら進む。次第に石ころの多い坂道になる。汗だくになって閉口しかけた頃、軽トラが道をふさいでいて目を疑う。やがて小川から離れて山腹をよじ登る道になる。この急傾斜、アゴを出しかけていたら、山腹で弁当している老人に出合う。さっきの軽トラの…と思って声をかける。瓢箪崩山頂に向かう道だとは確認できたが、訊きもしないのに「まだだいぶんあるよ」と言われて、ガックリ。古人がどれほど健脚であったにしても、法皇の山越道とはとても想定できない。ここで初期の願望はほぼ放棄した。あとはただ意地で喘ぎながら登ると、ようやくに寒谷峠に達した。いくつかの道の分岐が板標に示してある（写真３）。左手の道に江文峠と示してあるのは嬉しかった。ここでまた未練がましい願望が少し頭を持ち上げる。

江文峠に向かう道は、やや下り坂で快適この上ない。森閑とした山道を、鼻歌気分で進む。そのうちに再度の標識。今度のは金属製だが、江文峠方面のそれが、なぜか中央でねじ曲げられている。なにかイヤな気分がしたが、この予感は的中した。標識の示す方向には向かっているつもりだが、道らしい痕跡も感じにくい林の中になった。さすがに心細くなって、さきほどの標識のところに戻る。持参した簡単な地図も見ながら検討するが、国土地理院の地図が点線で示す山道は、そのまま前方に向かっている。たどって来た山道の労苦を思うと後戻りはしにくかった。とにかくなんとか山道を見つけて…と再度の挑戦をするが、いよいよ混迷に向かうばかり。

今度は覚悟を決めて林の中を戻ろうとするが、どこまで行っても抜けられない。パニック状態になりかけたが、もう道を探すことは諦める。幸い、さほどの高山ではない。山なのだから、樹間をかきわけても下に下にと進んで行けば、いつかは平地に到達するはずだ。開き直って、落葉の積もった急傾斜を滑りながら下りた。本稿の趣旨は、遭難報告ではないので、この辺で止める。どうにか到達した地点は、当初目指していた静原・江文峠とは逆の大原街道方面であった。バス通りを目指して歩く道は、以前に何度も車で通行して見覚えのある、大原村社前から分岐して「大原御幸古蹟」と石標が示す道であったのは、皮肉。

その四日後、心身癒えたとは言えない状態ながら、今度は逆に寂光院からの道をたどってみた。車に相棒のワンちゃんを乗せて向かうが、頼りになるかどうかは不明。阿波内侍墓（写真4）横からの山道は、すぐに2メートル余りの金網柵にぶつかり、柵の向こうの、山道があるかないかの状況を見ただけで、数日前の彷徨がよみがえり、とても御幸などという優雅な雰囲気でないと確認したとして帰ろうとしたら、寂光院前の土産店のおじさんとなんとなく目が合って、ついこの山道のことを訊いてしまった。「柵のゲートを外して登って行けば？　今日は天気もいいし眺めもいいよ」と促され、再度山道に戻る。足腰の痛みが急に蘇って来たりしたが、なんとか道らしい痕跡をたどりながらよたよた登る。輿などとんでもない急坂の山道で、御幸道検証の意欲などはとっくに消し飛んだ。山頂は、樹間に大原の里を見下ろす僅かな空間で、後で落ち着いて国土地理院の地図で確かめたら、翠黛山（577メートル）の頂上だった。金毘羅山への板標もあるが（写真5）、さらなる急峻に怖じ気をふるって退散した。後で落ち着いて師書を見たら「ロッククライミング練習場でお馴染みの金毘羅山」

4. 阿波内侍墓

5. 翠黛山頂

6. 大原御幸古蹟

とあった。退散して良かった。帰り道は、においで辿れるのかどうか、相棒の老犬は勝手に下山する。疲れて長い休憩を取っていると、心配して（かどうかは分からないが）また登って来たりした。樹間に茶色の姿と黒い鼻を見ると、生死を共にする仲間のような愛着の感情を覚える。

湖西の我が家までは途中越に向かえば良いのだけれど、帰途を鞍馬道の市原に向かってみる。寂光院門前の説明板は、大原御幸の道を市原から静原・江文峠を通るように記述している。京から寂光院に至るには、この道はいささかの迂回路であるとともに、市原から静原、静原から大原の間で山越えをしなければならず、普通に想定されるルートとは思えない。私が、長谷から瓢箪崩山—江文峠—金毘羅山を経て寂光院に至るルートを想定したのは、同じ山道ながら方位的には最短コースで、しかも物語の記述にも相応しているという理由によってであるが、実際に現地を歩いてみると、「岩根ふみ」などの表現にいささか執着は残しながらも、机上の空論として取り下げざるを得ない心証になった。それなら、師書も想定している通説ルートを、とりあえず車中ながらでも見て…という気持になったためである。この道は、何度も通行している。車道整備されたために簡単に越えられる道になっているけれど、徒歩行には相当な難路で、どうにも賛成し難い感情がやはり残った。市原から鞍馬電鉄に沿って岩倉・長谷に戻り、花園橋から通常の大原街道の道に入る。八瀬から花尻橋に至るまでの渓谷を抜ける道は簡単には通れないと思うが、この道

7. 瓢箪山への登り口

8. 江文神社

が通行路として存在しているなら、村井康彦先生が「今日われわれが…通る八瀬道ではなく」と否定されている[※3]にもかかわらず、大原御幸道は、花尻橋を渡った高野川岸を寂光院に至る道として、認めておいて良いのではないかという気がする（写真6）。

『平家物語』が「鞍馬通りの御幸なれば」とするのが通説の根拠であるが、「鞍馬通り」もなにも、『平家物語』の記述そのものが虚構なのではないかという想念に、今は取り憑かれている。この御幸のことは、『平家物語』のほかは、『閑居友』にしか記述が無く、しかも後者は、この舞台が大原・寂光院であることも隠している。延慶本『平家物語』によれば、関白・左大臣を始めとした大がかりな御幸の由であるが、史料にまったく確かめられないのは不審である。法皇と対面した女院は、わが生涯をふりかえる形で平家の最後を語り、女院みずからの崩御でもって物語を終えている。大原御幸は、物語の冒頭と対比させる形で虚構された場面ではなかろうかというのが、現在の私の心象である。従って、いま考えてみると、補陀落寺や小野皇太后旧跡も、どうでもよかった。六十歳近い老法皇が、まだ三十歳ほどの若さで、未曾有の無常を体験した女院を訪ねるという、その場面だけで良かった。それにしても、その道の設定は、私の想定した長谷から江文峠越の無理は勿論であるが、鞍馬通からの山越えも至難に近い。軍記物語の地名は、道行きの表現なのでアテにならない。どうしても想定したいなら、大原村社から寂光院に向かう道を素朴に信

9. 江文峠

じて、それで良しとしてよいのではないか、これが現在の私の結論である。四月の最終日、どうにも気になる江文峠に出かけて、最後の確認をした。遭難しかけた瓢箪山への登り口は、木の根をとらえながらよじ登るかと思う急峻で（写真7）、早々と意欲を失った。江文神社（写真8）の横を通って金比羅山に向かう山道も、すでにたどる意味も無いであろう。江文峠（写真9）を撮影して終了とする。大原御幸の真偽については、後にあらためて検証の機会を得たい。

ところで、大原御幸の道に関心を持って、江文峠から金比羅山・翠黛山を経て寂光院へという経路をたどった人が実際にいたことを、後になって知った。[※4] 世に同類はいるものである。あらためて感嘆。

※1　角田文衛『紫式部伝』（法蔵館、平19）
2　〃　「小野皇太后と常寿院」「建礼門院の後半生」（『王朝の明暗』東京堂出版、昭52年）
3　村井康彦『平家物語の世界』（徳間書店、昭48）
4　松本章男『京の裏道』（平凡社、昭58）

第6章　桃園

朝顔前斎院の斎院退去後の物語が始まった朝顔巻において、叔母である女五宮と同居する邸の所在が、「桃園」とされている。桃園とは、『拾芥抄』にも「一条北大宮西」と明示されてさほど疑問を呼ぶ要素は無いと思うのだけれど、『源氏物語』の地名としては、突出して質量の高い研究の集積を見ている。ごく最近でも、袴田光康氏が従来の研究の総整理をした上で見解を述べておられる（文献1）。研究が深化するのは大いに慶賀すべきところであるが、質量が深化するとともに、逆に問題点が見えにくくなるという皮肉な現象もある。私も以前に簡単な記述はしたこともあり（文献2）、研究状況の正確な把握と紹介につとめながら、私見の再検証もしてみたい、そういう気持になった。

一　袴田光康氏の見解

研究史的な整理をするためには、時間を追って理解していくのが順路かと思うが、逆に現時点に近いところから照射していくのも、問題点を把握するには有効な方法かと思う。その形で、進めてみたい。袴田氏の論述は、①「桃園の位置」・②「桃園の伝領」・③「皇女たちの桃園」・④「桃園の斎院」・⑤「源氏物語の桃園の宮」といった構成でなされている。とりあえず本章でいちばん関連するのが、①「桃園の位置」とされる考証部分である。『拾芥抄』『河海抄』などに記す「一条北大宮西」説、また同地に所在の仏心寺と同所説（『源氏物語聞書』）と朝顔墳の所伝（『応仁記』『京都坊目誌』）などを紹介し、その理解が現代の代表的な注釈、玉上琢弥氏の『源氏物語』にまで継承されていることを指摘している。しかし、氏がこの節で本当に紹介したかったのは、高橋康夫氏の世尊寺・桃園宮比定説（文献3）と増田繁夫氏の朝顔邸東桃園説（文献4）の二点である。その意味では前史の説明も必須の手続きでないし、それ以上に、両氏説についての検証が皆無であることが気になる。続く各節の趣旨も、参考のために紹介する。

②「桃園の伝領」
「桃園宮」には、大宮西に所在の摂関家の桃園とは別に、行成が保光から伝領した大宮東所在の桃園があった。『源氏物語』の「桃園宮」の描写は、この大宮東の「桃園宮」に準拠する。（「貞純親王から師氏に伝領された桃園宮が、大宮東に所在した」という増田繁夫氏の見解に依拠する）。

③「皇女たちの桃園」
東桃園宮は、光孝源氏を母とする醍醐皇女たちの後見欠如を補う意図を持って、醍醐帝第一皇子である克明親王を貫首として、天皇家から特別に賜与した邸第であった。

④「桃園の斎院」

物語で、「桃園に住み侍りける前斎院」と呼ばれるような内親王は、醍醐帝の皇女のいずれかに相当するに違いなく、その皇女たちは「光孝―宇多に始まる新皇統の誕生の中で生じた徒花」であり、光孝源氏の悲運を語る存在であった。

⑤　「源氏物語の桃園宮」

物語の桃園宮には、醍醐皇女たちの桃園宮と重なるものがある。物語の「女五宮」が后腹であることは、「高貴な朝顔斎院が父宮の死によって朝顔宮に住む心細い女性に変容する」という物語性の結果である。「朝顔巻の桃園の地名引用は…朝顔の不安定な存在を映し出し、桃園に生きた女性たちのイメージを喚起する」ものである。

要旨は整理したつもりだが、多少のミスがあったら容赦願いたい。高橋・増田両氏に指摘があった大宮東所在の「桃園宮」について、それが、光孝から醍醐皇女の不遇な立場を補う意味合いの邸第であるということと、その上に立って虚構された『源氏物語』の物語性という指摘であったかと思われる。②以下は、物語がいかに朝顔斎院を描写しているかという作品論にかかわる問題であり、桃園の所在を確定しようとする①とは、直接の関係は無い。従って、「桃園宮」の所在と性格の問題はそれぞれ別の課題として追求されたら、今少し簡明な所論になっていたと思うが、これらのことについては、後に再述したい。

二　桃園の邸第

桃園と呼ばれる地域に存した邸第について、袴田氏以前に発表された報告の記述を整理して紹介することをしたい。まずは、原田敦子氏の見解（文献5）。同氏の桃園への関心も、『蜻蛉日記』『源氏物語』の描写から始まっているが、検証の結果をすぐに作品論に結び付けない態度は好感を持てる。同氏はまず、桃園を冠して呼ばれる人物（桃園に居住した人物）を、一覧の資料として提出されている。人名をあげてみれば、次のようである。

藤原継縄・貞純親王・敦固親王・克明親王・宣子内親王・源高明・源保光・藤原師輔・藤原師氏・藤原師氏室・藤原伊尹・恵子女王・愛宮・藤原師氏男・藤原師氏女・藤原行成

桃園を呼称する人物はほぼ含まれている。次に、これらの人物について、個々に検証を加えている。多少検討を要する人物として、まず敦固親王。『河海抄』が「桃園兵部卿」を『大和物語』によって「二品兵部卿敦固、寛平第四御子母同延喜帝」と注するのは、克明親王の誤りであると先行文献によって断定している。克明親王には、別に桃園居住を証明する史料もある。

その他の呼称人物について、特に疑問点は無いものの、その伝領関係は容易には確定しがたく、

これは要するに、桃園は一つの邸宅ではなく地名であり、したがってこの地には共時的にいくつかの邸宅が存在

したのであって、伝領関係も複線的に考えねばならないということであろう。

（四六三頁）

と述べておられる。その点は私も賛成であるが、呼称人物を見ていると、ある程度のグループには整理できそうな要素もあり、そんなに簡単に諦めなくても良いかとも思う。原田氏自身も、

①師輔━愛宮
②源保光━（女子）━行成

といった伝領関係のみは確定的と述べられている。①については、醍醐皇女で師輔室となった雅子内親王の関与が確実と思われ、内親王の桃園邸が夫の師輔の子女に伝領された可能性が高い。②も、桃園中納言と呼ばれた保光邸が、その女の婚姻によって行成に伝えられた経過もほぼ疑いない。この系は、さらに前後に縁をたどれそうにも思う。稿末で、多少は寂寥に近い桃園の雰囲気に説き及んでいるが、作品論などに展開していくべき問題なので、ここでは省略する。

高橋康夫氏の報告は、国文学者には驚嘆すべき史料性に満ちており、正直グウの音も出ないというところであるが、それでも首を傾（かし）げる部分が無いでもない。最初にできるだけ正確な内容紹介をしておきたい。同氏は、桃園・世尊寺の記述に先立って、平安京大内裏北辺の京北園・園地三十二町の存在（『続日本後紀』承和四年七月廿九日）と、それが徐々に寺社・寮庁・宅地の浸食を受けて荒廃していく過程を説明されている。次で、その中で園池司の管理する園池の一で、桃の果樹園に因む宅地と思われる桃園のうちに存在した居宅を推測される。次のようである。

①藤原継縄邸　『山城名勝志』所引『日本後紀』(但し未見)
②貞純親王邸　『本朝皇胤紹運録』、『尊卑分脈』、『世尊寺縁起』
③敦固親王・宣子内親王・克明親王・摂津守方隆邸《桃園宮》『世尊寺縁起』、『大和物語』、『扶桑略記』(延長5・2・25)、『権記』(長保3・3・22)
④源高明邸　『今昔物語集』巻二七。
⑤藤原師輔邸　『日本紀略』(天暦2・6・9)、『九暦』(天暦9・2・11、天徳3・2・7、2・2・13ナド)
⑥藤原師氏邸　『九暦』(天暦2・1・4)、『大和物語』、『尊卑分脈』、『公卿補任』、『西宮記』(巻五所引或記)、『多武峰少将物語』、『宇治拾遺物語』、『二中歴』
⑦愛宮邸　『蜻蛉日記』(巻中)
⑧藤原伊尹・藤原義孝・源保光・藤原行成邸《桃園殿、後の世尊寺》『大鏡』、『今昔物語集』、『宇治拾遺物語』、『世尊寺縁起』、『親信卿記』(天延2・9・29、閏10・3)、『小右記』(天元5・2・25)、『権記』(正暦2・8・10)。

あらゆる資料を博捜される真摯な態度も感服のほかないけれど、唯一の瑕瑾を述べるとすれば、これらの邸宅が、桃園という住宅地にそれぞれ別所として存したのか、一部は同所であるのか、そこら辺が必ずしも明示されていないところであろうか。ご本人も「史料の欠如のため事実を明らかにできないのは遺憾」と述べられている。謙虚には脱帽のほかない。

次に、桃園と関係の深い世尊寺について、根本史料として『世尊寺縁起』の価値を高く評価されている。同縁起に

よって、

①貞純親王―藤原伊尹―少将義孝―中納言源保光―藤原行成という伝領関係
②長保三年（一〇〇一）二月二十九日の世尊寺堂供養
③その後、保光二女による世尊寺域内の三昧堂造立
④西隣に、平親信が尊重寺を建立

などの事実が知られることを述べる（本章関係の内容のみ）。この世尊寺は、桃園殿と呼称された邸宅を継承するもので、長徳元年（九九五）に母と義父保光が相次で薨じて行成の所有に帰し、世尊寺と改称されて、長保三年二月二十九日の堂供養を見るに至ったことを説明する。『拾芥抄』に「一条北・大宮西・本小路東・無路南」とされた所在地は、西隣の尊重寺が「元在五辻」であり、五辻斎院頌子内親王の世尊寺亭が五辻北に所在しているところから、世尊寺もまた大宮末路西・五辻北と認められると結論された。反論の余地もない提言にも見えるが、後に些少の私見を述べる。

次に、増田繁夫氏の示された見解。先の高橋氏と違って、増田氏が桃園に託す感情は、国文学者の関心から言えば当然のことであろうが、物語が「朝顔の斎院を桃園においたこと」の意味を考究するといったものである。その立場で、物語の「桃園の宮」の北側が通用門で、西側に正門を持つ（多分大路に面する）邸宅であることを、まず認識されている。これは当時の桃園附近の地理状況を背景にした設定であろうとの予測を持って、具体的な把握を試みようとしている。手がかりとしたのが、『河海抄』の注釈記述である。同抄の記述八項目についての氏の見解は、

①『大和物語』を根拠とした桃園式部卿の准拠は克明親王（醍醐皇子）が正しく、敦固親王（宇多皇子）は誤りである。
②宣子内親王（醍醐皇女）が夜中に退出した太宰帥親王桃園家は敦固親王家である。
③桃園前斎院の准拠としては、伊予介藤原連永女更衣鮮子を母とする恭子（醍醐皇女）・婉子（同）などがあり、桃園に確実に居住していた源保光・恵子女王などは、恭子などと同母の兄弟代明親王の子女である。
④清和皇子貞純親王の邸が桃園宮と呼ばれている。
⑤桃園の所在は、一条北・大宮西で世尊寺の南。当時栒杞町と呼ばれていた。
⑥藤原師氏の桃園邸は、源能有邸が二人の女子（貞純親王室・師氏母）から、貞純親王と師氏それぞれに伝わった可能性がある。師氏→保光の関係は考えにくい。
⑦師氏の桃園邸とは別に、師輔にも桃園邸があった。その桃園邸は、もと醍醐更衣源周子（唱女）の家で、周子腹の雅子内親王（醍醐皇女）を妻とした縁で師輔が伝領し、高明は、雅子所生の愛宮を妻としてこの家に移り住むことがあった。
⑧最終的に『河海抄』が結論する、准拠を敦固親王とするのは誤解があって誤りである。

以上のようである。『河海抄』の提示のそれぞれについて検証されているが、増田氏自身の見解は、明瞭な提示があったようには見えない。以上は『源氏物語』が准拠した延喜・天暦時代の様相であるが、その後の時代においては、「桃園」の名は「もっぱら藤原伊尹・義孝・行成と伝えられた屋敷」すなわち世尊寺に結びつく桃園によってよく知られると述べ、代明親王―恵子女王（伊尹室）―伊尹―保光―保光女（義孝室）―義孝―行成と続く伝領過程を推測されている。このなかで保光の位置がやや奇異であるが、伊尹・義孝が逝去して、桃園に住するのが義孝室である自分（保光）の娘だけになったのでと説明されている。行成母である保光女も保光も長徳元年に薨じて、その数年後、行成がその桃園邸の寝殿を御堂として供養、正式に世尊寺が認められた。さらにこの世尊寺を西園とした「貞観第六皇子」（貞純親王）邸を大宮東・北小路南の桃園宮に確定とされている。十世紀頃までに「桃園」に存した邸宅として、敦固親王邸・貞純親王邸・雅子内親王（源高明）邸・代明親王邸（世尊寺）などをあげ、『源氏物語』朝顔の「桃園宮」は貞純親王邸を思わせるように描いていると結論されている。ただ遠慮なく批評させていただくと、『河海抄』の記述の一々についての分析は、結論を明確に伝えるために貢献しているだろうか、そのような感想は持った。

三　桃園・世尊寺地域の様相

本章冒頭で袴田氏の所論を紹介し、その後に、過去に注目すべき発言であった原田・高橋・増田三氏の考察を紹介した。どういう意図でこのような構成にしたのかについては、まとめの部分で触れるつもりであるが、その前に、桃園・世尊寺域の地理的状況について、私の把握を示したい。記述にあたっては、確実に認定できる報告部分のみに拠りたい。とりあえず挙げてみれば、次のようなものかと思う。

①斎院宣子内親王、自夜中所病困篤、及暁出院、至太宰帥親王桃園家、

（『河海抄』所引『御記』延喜廿年六月八日）

②弾正尹親王（克明親王）、為民部卿（藤原清貫）六十賀、於桃園宮設法会、（『扶桑略記』延長五年二月廿五日）

③午刻桃園相公（師氏）来拝、勧酒之後、同車向左大臣殿（実頼）後院、（『九暦』天暦七年正月二日）

④桃園家立寝殿 立坊、城家 此家本為寝殿去冬立北対、本之北対卑陋尤甚仍所改作也、
（『河海抄』所引『九条右丞相記』天徳三年二月十三日）

⑤未刻、右大臣（師輔）桃園雑舎焼亡、（『日本紀略』天徳三年八月三日）

⑥また、式部卿の北の方（登子）、桃園殿（師氏女、高光室）に聞え給ふ
（『多武峯少将物語』応和元年十二月五日以後）

⑦冷泉院第一皇子、母贈皇太后藤懐子、一条摂政伊尹女也。安和元年戊辰十月廿六日丙子、誕生於世尊寺 桃園北、大宮西、
（『帝王編年記』巻十七・華山院）

⑧西の宮は、ながされたまひて三日といふにかきはらい焼けにしかば、北の方、我御殿の桃園なるにわたりて、いみじげにながめ給ときくにもいみじうかなしく、我こゝちのさはやかにもならねば、つくづくとふして思ひあつむることぞあいなきまでおほかるを、（『蜻蛉日記』巻中）

⑨三日、於桃園殿御堂、修故少将七々日御法事、以文時朝臣令作願文、而晩景持来、仍不令清書、（中略）上卿左衛門督（延光）、民部卿（文範）、中宮大夫（為光）、源宰相（重光）、左大弁（保光）、治部卿（元輔）等也、修理大夫（源惟正）被参、而依有急事退出、出誦経所々、太政大臣（兼通）、殿北御方（伊尹室恵子）、女御（懐子）、左衛門督、中宮大夫、左大弁、同北方、右兵衛佐（親賢）、侍従（義懐）、故少将少郎（行成カ）、
五日、故少将四十九日正日也、仍参桃園、不参内、（『大日本史料』所引『親信卿記』天延二年閏十月）

⑩今日、源中納言（保光）外孫 故右近少将義孝息（行成）、於桃園家加元服云々、（『小右記』天元五年二月廿五日）

⑪中納言重光家焼亡（一条北大宮東）

（『日本紀略』永観元年三月二日）

⑫夫世尊寺者華城之北郊、称桃苑之甲第、本是貞観天皇第六皇子貞純親王別業也。（中略）親王薨後、天禄太政大臣謙徳公相伝為主、（中略）相国逝去之後、右近少将（義孝）相伝為主、（中略）次将室家正暦中納言保光之女也、納言延喜天皇之孫、天慶天暦之姪、承平右大臣之外孫、（中略）又寄住此第、多歴年序、次将之子、万寿権大納言（行成）、少後次将、為外祖被養長。（中略）初親王薨去之後、人払桃園池、蒼頭悶絶俄吟詩云、昔作親王、今作虵身、長七尺臥泥沙。亜相遠傷親王之事、近感先考之夢、厭浮世之無常、捨此地為精舎、長保三年二月廿九日、設斎会、開講肆。（中略）長和中納言懐平卿室家亦保光卿第二女也、為報納言恩、造立三昧堂於寺中乾角、安普賢像。寺西有尊重寺、参議平親信卿請地於亜相、所建立也。

（『世尊寺縁起』）

⑬右大弁藤原行成、供養建立世尊寺、件寺者故中納言保光卿旧家也、

（『日本紀略』長保三年二月廿九日。『百錬抄』も同文）

⑭　応以世尊寺為定額寺事

在愛宕郡上林郷　四至（東限大宮路、南限寺築垣、西限達智門路、北限寺北路、）

右得正四位下行右大弁兼大和権守藤原朝臣（行）今月十日奏状偁、件寺本是貞観第六皇子之西園、後為天禄太政大臣之東太閤（伊）、以彼大臣之末胤相伝領掌、

（太政官符、山城国。長保三年三月十日）

⑮内蔵允丈部保実竹田利成等供養道場、並在世尊寺東也、南実相寺本是摂津守方隆朝臣宅（桃園宮也）、保実買得為寺、北妙覚寺本是故坂本亮直朝臣宅処、大僧正伝領、依利成請僧正与之利成、建一堂、安仏像、今日其供養也、依利成有所申、送僧前一前（料米廿石、）

（『権記』長保三年三月廿二日）

⑯早旦為宮御使詣賀茂上下、奉冬季御装束、帰洛之次参斎院、次過世尊寺　（『左経記』長元七年十二月廿六日）

⑰出北門更西行、自船岡方南行、為不経斎院前也、此間、下官密々自大宮方、経本院前、逐電前行、御路、自世尊寺辺出御大宮、更に南行、　（『兵範記』仁安二年七月廿七日）

⑱今夜有御方違行幸　五辻殿　（中略）亥終許着御五辻前斎院御所　日来儀押小路殿也、今夜儀幸此御所、□等用本所畳云々、　入御自南門　有両門、用東門也、中門廊東面構御輿寄也、　（『三長記』建久六年十二月廿八日）

⑲尊重寺　曩祖平宰相親信卿建立、元在五辻、　（建保二年二月十七日・平親範置文、毘沙門堂縁起）

これら19の項目は、あえて分類すれば、桃園・世尊寺の伝領を述べるものと、所在状況を語るものに分けられる。次のようである。

伝領に関するもの　①・②・③・④・⑤・⑥・⑦・⑧・⑨・⑩・⑪・⑫・⑬・⑭・⑮

所在に関するもの　⑦・⑪・⑫・⑭・⑮・⑯・⑰・⑱・⑲

伝領に関する史料を整理してみれば、少なくもこの範囲で次のような区別を見得る。

a 敦固親王邸　①

b 克明親王邸　②

c 藤原師氏邸　③・⑥（師氏女）

d 藤原師輔邸　④・⑤・⑦（伊尹）・⑧（愛宮）・⑨（延光・重光・保光・恵子・懐子）⑩（保光・行成）・⑫（貞純親王・伊尹・義孝・保光・保光女・保光二女・行成）・⑬（行成・保光）・⑭（貞純親王・伊尹・行成）

e藤原方隆宅（元桃園宮）⑭（丈部保実、実相寺）
f源重光邸　⑪

a敦固親王邸については、親王は宇多皇子で母は醍醐帝同母の胤子（高藤女）なので、伝領の過程を推測し難い。後に桃園を呼称する人物も見得ないので、b以下の邸宅に関連するかどうか結論できない。醍醐皇女の慶子内親王と婚姻関係があり（後の系図、参照）、これが唯一の接点。b克明親王邸についても、醍醐帝皇子であり母は更衣源封子（宣子内親王同母）であるが、母系の源旧鑑から伝領と見るのも自然には思えない。fの源重光は克明親王と同じ醍醐源氏で、同母兄の保光も桃園中納言という呼称を得ている。二人の父の代明親王は、克明親王と同じ醍醐源氏である。結局、敦固親王・克明親王・代明親王などの宇多・醍醐源氏は、皇親に対する宅地班給の恩恵を蒙って、桃園に住居を得ていたものと思われる。

それに対して、cdはどのように考えられるであろうか。師輔・師氏ともに忠平男で、母も源能有女で同母である。源能有は文徳源氏であるが、桃園の呼称とは無縁である。ともに桃園を居住地としているのを見れば、醍醐帝更衣源周子（能有女）が皇妃として得た邸宅が伝わったとでも判断せざるを得ない。師輔の場合は、室家雅子内親王が周子所生であり、女婿として伝領した経緯が自然である。源高明も同母であり、後に、師輔の三君・五君（愛宮）が高明室となった事情も自然に推測できる。師氏については、高橋氏の掲出された系図（文献3・九四頁）を参照すると、師氏邸は師輔同母（源周子）からか、あるいは師氏に配した醍醐帝の妹靖子内親王から伝わったとされているようである。靖子内親王は克明親王と同母なので、先の克明親王邸に重なることになる。一応、そのように考えておく。

桃園邸は、貞観第六皇子貞純親王に始まるというが、それが師輔に結びつくまでの系譜的な説明が出来ない。貞純

《師輔邸の系譜》

《師氏邸の系譜》

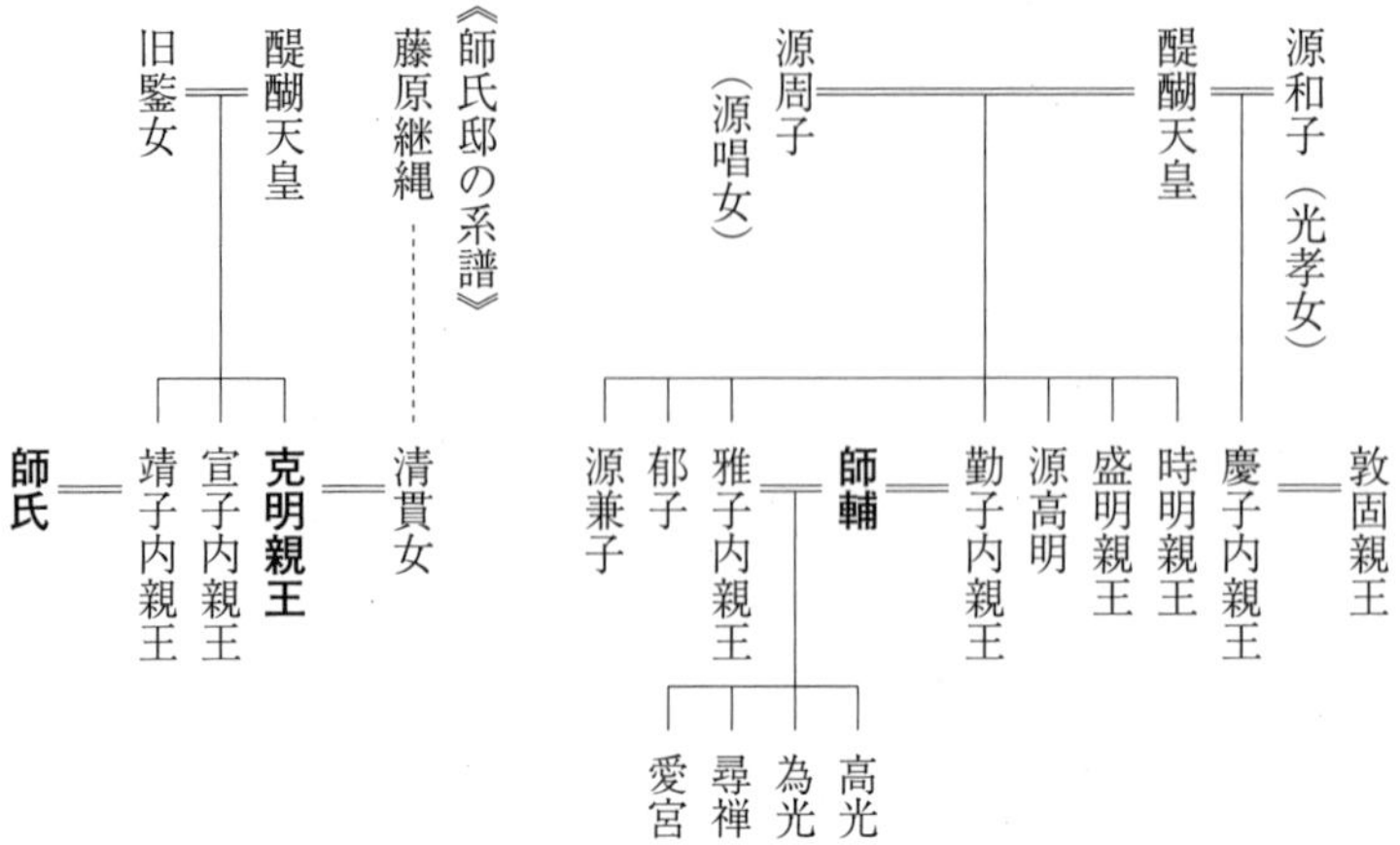

親王の薨去は延喜十六年（九〇六）であるが、その間に、史料⑫⑭のいうような藤原伊尹（九二四～九七二）の所有に帰すような事態が進行したと認めるしかない。伊尹邸となった邸宅が、その子義孝から孫にあたる行成に伝領される過程は自然に推測されるのであるが、その間に保光が入るのが説明しにくい。保光女が義孝室なのは確かだが、女婿ではなく義父が伝領の系譜の中に入ってくる理由が分かりにくい。義孝のみならず伊尹も早逝して、孫にあたる行成の後見としての役割を果たさざるを得ない立場に、一応の理由を求めたい（文献4）。同時にまた、史料は次のようにも言っていた。

⑬右大弁藤原行成、供養建立世尊寺、件寺者故中納言保光卿旧家也

史料⑩の「桃園家」と⑬の「保光卿旧家」とは必ずしも同所でない可能性がある。保光が伊尹邸に入り込むような形でなくて、独自の邸を所有していた可能性がある。袴田氏にも同様な感受があった（文献1）。父親の代明親王に班給された地を、一条北・大宮東を居邸とした重光とともに、近隣に所有する可能性については先に述べた。

所在に関する史料を分析してみる。まず注目すべきは、⑫⑭であろう。

これは、世尊寺の位置について、もともとは貞純親王の西園別業であったが、後に伊尹の東閤になったと言っている。これを、⑮の

内蔵允丈部保実竹田利成等供養道場、並在世尊寺東也、南実相寺本是摂津守方隆朝臣宅（桃園宮也）、保実買得為寺、

《世尊寺の系譜》

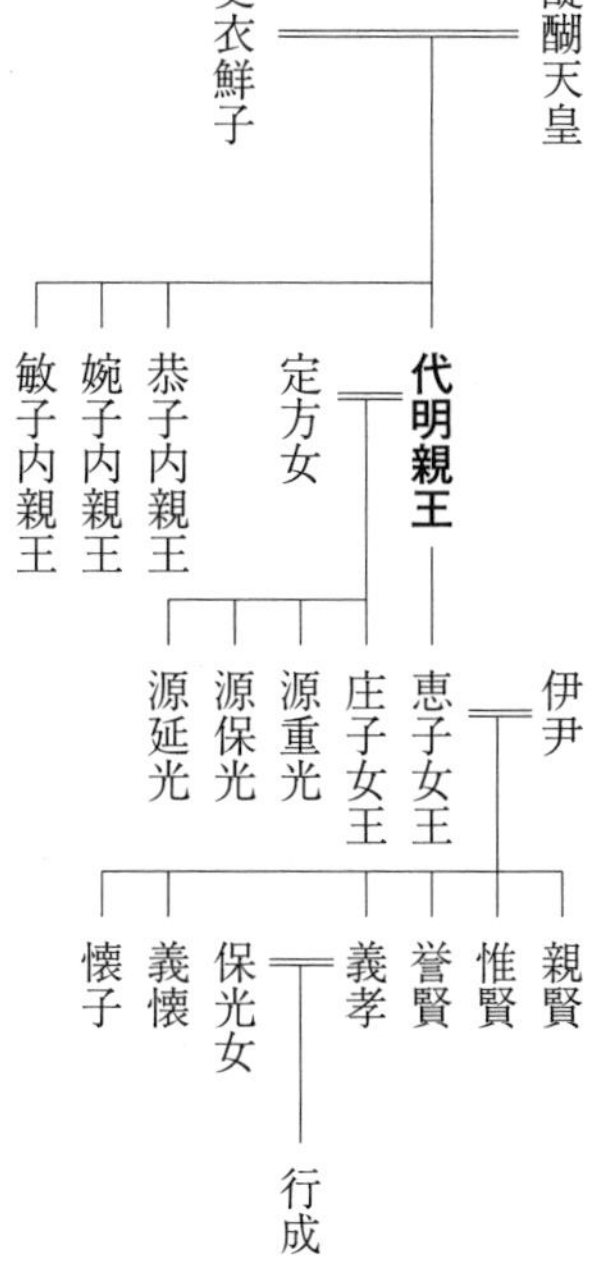

に重ね合せれば、この時に建立された北小路南・大宮東の実相寺に相当するのが「桃園宮」こと貞純親王邸の故地ということになる。原田氏の報告によれば、方隆は南家武智麿流で、桃園右大臣継縄の後裔にあたる。貞純親王はこの系譜のどこかで関わりを持ったのであろうか。後の世尊寺の地を西園と言い、桃園地を東と言っているのだから、桃園宮と世尊寺は大宮大路を挟んで、ほぼ東西の地に位置しているとしてよい。北の妙覚寺は、「大僧正」が伝領していたという。この地でしかも摂関にも縁のある高僧を探せば、師輔男の天台座主権僧正尋禅かその師の良源の名くらいしか浮かばない。『角川日本地名大辞典』は、この大僧正に「観修」を宛てている。観修は、この長保三年の前年八月に大僧正になり、この年の七月に辞している（『僧歴綜覧』）。ぴたりと該当することにはなるが、縁故が知られない園城寺の僧がこの地を「伝領」している理由が分からない。本章の思考に影響を与える事実かもしれないが、今後の検討課題として今は留保とさせていただきたい。

私の最も気になるのが、史料⑫⑭⑱⑲を根拠にした、世尊寺の所在地である。⑭によれば、もと貞純親王の「西

園」であって、その所在は、

四至　東限大宮路、南限寺築垣、西限達智門路、北限寺北路

であったと言っている。東の大宮路と西の達智門路は明瞭で、東西二町の寺域である。南は「寺築垣」が境で、北は「寺北路」が限りと言っている。素直に解釈すれば、南は路が通じておらず、北は新路でまだ固定した名称が無い。一条大路北の東西路は、南から順に武者小路—北小路（現在の今出河通り）—今辻子—五辻とほぼ一町の間隔で通る。そこら辺は京内の条坊に準じるが、名称を伴ってそれらが確認されるのはせいぜい平安後期のことである。北限の「寺北路」は、名称も定まっていない状態から見て、「今辻子」が似つかわしい。高橋氏も、今辻子が平安中期頃に「今十字」と認識された新道とされている。東西二町を考えれば、南の「寺築垣」は後の武者小路辺と推定するのが常識的であろう。世尊寺が大宮末路に面していることは史料⑯⑰でも認められるが、史料⑮のように、貞純親王の本邸桃園宮とは大宮大路を東西に挟んで存していた。高橋氏は、世尊寺亭とも呼称される五辻前斎院頌子内親王（鳥羽皇女）の御所が、史料⑱で五辻北に所在することを確認して、世尊寺の所在を同所と認め、寺自体は「逼塞あるいは退展・廃絶」していることを示す徴証とされた。さらに「伏見宮御記録」の検証によって、大宮末路西に、五辻をはさんで、斎院御所（北）と後鳥羽院御所（南）の所在を確認されている。⑲の尊重寺は、縁起のなかで「寺西有」とされていた尊重寺の所在が「五辻」であったことを示す史料であるが、一二世紀も後になって、「現在の地名では五辻に在った」と言っているのを、五辻路に限定してしまうことにやや疑問を感じる。朱雀大路末と北野中大路とが交わる辻に、南西からの道が交錯してオ字形の辻になったのが「五辻」の由来のそうである（『平安時代史事典』「五辻」）。そ

の辻は、西五辻東町交差点に相当し、現在の五辻通の西の起点になっている。現在の五辻通は、むしろ当時の「今辻子」に相当している。「五辻」を、現在の五辻通と上立売通との間の空間地の呼称とでも理解しなければ、この現象の説明がしにくい。史料⑰は摂政基実の葬送の記事であるが、遺骨は西林寺北門を出て船岡山から南行し、世尊寺辺から大宮大路末に出ている。西林寺南に所在の斎院前を通過することを憚ったためである。信範自身は葬列を離れて斎院前を通り、世尊寺辺で再度合流したようだが、世尊寺が現在の上立売通北辺に所在とすると、廬山寺通北の紫野斎院とは一町しか離れず、この程度の迂回で、憚ったと言えるだろうか。

その他の問題として、もっとも重要なのは、師輔・師氏邸の所在である。師輔が桃園に邸第を所有したことは史料④⑤から確実に知られる。その所在は、室家雅子内親王所生の高光・為光・尋禅・愛宮のうち、為光が一条南・大宮東、僧正尋禅（あるいは、師輔親近の良源か）も大宮東・北小路北に所領があり、嫡男伊尹が大宮末西、後の世尊寺を含むほぼ四町を所有しているので（史料⑫⑭）、洛北桃園の地は、ほぼ師輔によって広大に占有されていたと言ってもよい。その中で、師氏だけが比較的自立した邸宅を有していた。師氏室となった靖子内親王（醍醐皇女）は克明・宣子などと同母なので、その母旧鑒女が皇妃として班給されたものが史料②の克明親王邸すなわち桃園宮かと推測されるが、史料②は克明親王が民部卿藤原清貫の六十賀を催したものなので、清貫の曾祖父桃園右大臣継縄の故地であった可能性もある。どちらにせよ、その師氏邸の所在はどこであろうか。

史料③でもそれとなく感じられるのであるが、師氏邸と師輔邸の近隣の様子が知られる。この場合の師輔邸には、高光・愛宮が同所に居住している。師輔邸とは名義上の意で、師輔常住の邸は京内・坊城所在のそれであった（『高光集』12・25番ナド）。高光は出家の直前に、それとなく愛宮と対面している（『多武峯少将物語』）。その愛宮と高光室であった師氏女は、高光の出家後、悲哀の感情を頻繁に交わし、また家ぐるみで交流している様子が知られる（史料

⑥）。両家は、ほとんど隣家と言ってよいほどの近隣らしい。愛宮が居住するこの邸には、源高明の室になっている師輔三女が、西宮から見舞いの手紙がよこしたりということもある。この隣家が後に高明の居宅になるといったところまでは推測できるが…と苦慮していたら、史料⑮の「大僧正」がやはりヒントになるのではないかと気付いた。尋禅が任じたのは権僧正までであり、良源に該当するかも知れないことは先にも示したが、どちらにせよすこぶる師輔との関係が深い。高光が居住していた師輔邸は、この大宮東・北小路北かと一応推定できる。となると、隣家とも言うべき師氏邸はどこになるだろうか。大宮東・北小路南の桃園宮故地を、克明親王桃園家に該当すると推測して不自然でない。大宮西の、後の世尊寺になる桃園邸は、代明親王女の恵子女王が伊尹室になって伊尹東閤となったが、伊尹薨後は代明親王男の保光邸となっていると思われ（史料⑩⑬）、その後も恵子腹の懐子所生の花山院誕生が語られたり（史料⑦）、保光二女が寺域に小堂を建てたり、終始代明親王桃園邸の気配が濃厚なので、師氏邸を想定するのは無理気味に思われる。史料⑮割注の桃園宮を一応師氏邸としておきたい。増田氏は、「貞純室の源能有女邸だったもので、後に藤原師氏に伝えられさらに藤原方隆邸となった」と説明している。この説明の通りであれば諸事解決で有り難いのであるが、能有女が貞純親王室であったという史料を私自身は未見なのが少し気がかりというところである。

四　桃園・世尊寺地域の特性

本章の設定は、私においても『源氏物語』を始発にすることは変らないが、そのことを意識するほどに、前提となる事実認識はどんなに厳密であっても、厳し過ぎるということは無いというのが正直な感情である。冒頭に袴田氏の見解に一節を立てたのは、必ずしも賛意を表してのものでない。①「桃園の位置」は古注以来の所説を紹介しているが、氏の見解は、高橋氏の示された結論を全面的に受け入れているものなので、その前史の紹介が必要な部分であったのかどうか迷う。さらに言えば、氏の所論の前提として、桃園の位置の確定が絶対必要条件でもない。もっと言うと、高橋氏説を絶対的な価値とする前に、批判的な立場で検証してみる努力を望みたかった。「批判的な立場」というのは、結論に反対の立場という意味ではない。むしろ、それを全面的に支持したければ、なおさらそれが信頼に足るものかどうかを自分の立場で厳密に確かめるという意味である。氏の所論の前提は②「桃園の伝領」で述べる大宮東所在の「桃園宮」であるが、この伝領関係の検証も、結論のために必須の部分と思えない。ここでも、氏が依拠する「物語の朝顔邸の准拠が大宮東の桃園邸である」という増田説に対する検証が必要ではなかったろうか。物語の場面描写についての説明は「この場面は…」という共通理解ができてからでも遅くないと思う。③「皇女たちの桃園」で、東桃園宮が「克明親王を貫首として天皇家から賜与された」とされるのは、同意したい見解であるが、それだけに確固とした論証が必要である。その後の④⑤は、これまでの論証をもとにした作品論であるので、今は私見は省略する。一つだけ言っておきたいのは、研究の前提は常に証明された事実であることが前提なので、袴田氏がその前提部分の確認に精力を費やした気持は分かるけれど、国文学者が必ず歴史学者や考古学者になる必要はないし、それに割って入ろうとするなら、国文学者の意識は捨てる必要がある。そして歴史事実としてそれが確定されて、それが作品論の前提として用いられる状態になった時、それは、地理学の論文であると同時に国文学の研究論文にもなるということではなかろうか。不遜な余談をすると、私が院生であった時、必要が生じて三鷹の東京天文台を訪ねたことがある。天文台の係官は、国文学者の卵が天文学の論文を入手したいという希望に驚きながら、親切に無料でコピーしてくれた。分類することは勝手だけれど、研究に境目は無い、そういうことだと思う。その過程を一人で完結する必要もない。目前の事実を皆で確認しながら一歩ずつ進む、それが学問というものではないだろうか。

袴田氏が何の疑問もなく前提とした高橋氏の報告、これが前提の事実になるかどうかについて触れたい。最初に述べておくが、この報告は、私が接した「論文と称する記述」のなかで、最も感動的に接したものの一つである。簡潔な説明と豊富で必要十分な根拠の提示、論文のお手本と言っても良い記述に、羨望と感動を覚え続けた記憶がある。そのこともあって、何度くりかえして読んだか分からない。けれども、どうにも解けない一つの疑問があった。それは史料⑮の、世尊寺の東隣に、北に妙覚寺、南に実相寺が建立されたという記述についてのものである。高橋氏自身が考証されているように、この両寺が大宮東の北小路南北に所在しているのであれば、これを「東隣」とする世尊寺が大宮西・五辻北というのは、どうにも釈然としないのである。高橋氏は、世尊寺を含めた想定図を示しておられる（一一六頁）。それを見ると、想定された世尊寺と妙覚寺を最短で測っても、120㍍はある。大宮末路を挟んで「東隣」の表現には似つかわしくないというのが、私の素朴な感覚である。『権記』長保三年三月廿二日の記述と高橋氏の考証とは両立しないと感じた。どちらを信じるかというのが次の問題になったが、やはり何の作為も無い一等史料を疑うことは出来ない。高橋氏の論証のどこかに問題があると思うようなった。その目で見ると、平安中期にはまだ存在しないはずの五辻・今辻子の問題、世尊寺を桃園三十二町の外に想定する問題、いつの間にか世尊寺の南北が一町となっている問題、尊重寺の所在確定の問題、頌子内親王邸の世尊寺・五辻呼称の問題など、柔軟に思考すれば必ずしも高橋氏が導く結論にしかならないことはない、と思うようになった。少なくも、高橋氏の見解は仮説段階に留めておくべきだと思うようになった。従って、私の桃園・世尊寺の所在についての想定は、現段階では、従来の認識を大きくは出ないところから始める。

一条大宮北辺が開発されていった状況は、高橋氏が綿密に検証されている。この地域の特性は、最大三十二町に及ぶ朝廷付属の果樹園が存していたことで、これが荒廃していった過程は、園池司関係の遺阯かと思われる建物が荒廃堂（『拾芥抄』中）と呼ばれて残っていることからも推測されるが、大宮末路西の園池地域は、住宅開発が規制されるところがあったことも確かかと思われる。この頃に存したのが桃園右大臣継縄などの邸宅で、おおむね大宮東に所在し、大宮西の広大な園池はそれなりの形姿を残していたのではあるまいか。偶然に住職から説明を受ける機会があったのだが、一条北大宮西所在の長栄寺裏墓地の窪んだ地形は、桃園池を推測させる形姿を見せている。この地域の様相が変わる転機になったのが、醍醐帝の時に顕著になった皇親貴族への宅地班給で、一帯は試図（1）に近い状態になったのではあるまいか。この時に注意されるのが貞純親王西園の存在で、自邸とは別に、園池の一部に所有地がある状態を示している。現代の新興住宅団地なら近在の賃貸農園でも連想するが、親王家の西園だから別荘のようなものであろう。あるいは、園池の荒廃に困っていた朝廷か所管の官庁から、管理の代替を依頼されたようなものであったかもしれない。それらの皇親系居住地域に、忠平系の師輔・師氏、定方系の重光・保光などが、婚姻関係で新たな伝領者として入って来た。現在の住宅団地の世代替わりのようなものである。ただ、彼らがおおむね政局の中心の権勢者でなかったことが、桃園団地の雰囲気を醸成するところがあった。というより、大内裏に近接しながらも田園の雰囲気を残す地域が、そういう空気を好ましく思う文化人的貴族を呼び寄せたと言った方が良いかもしれない。一種の文化圏・婚姻圏といった様相も呈している。そういう地域が、当時の貴族の品性と結びついて、仏道好尚の空気を徐々に強めていく。高光の出家がその象徴的な事件であった。行成によって世尊寺が建立される道筋は早くに見えていたと評すべきであろう。以上述べたことは、私の想像である。先述来の根拠を多少は踏まえているので、妄想ではないと思っているが、どれだけ細部の事実が正確に踏まえられているかについては、まったく自信が無い。そういう

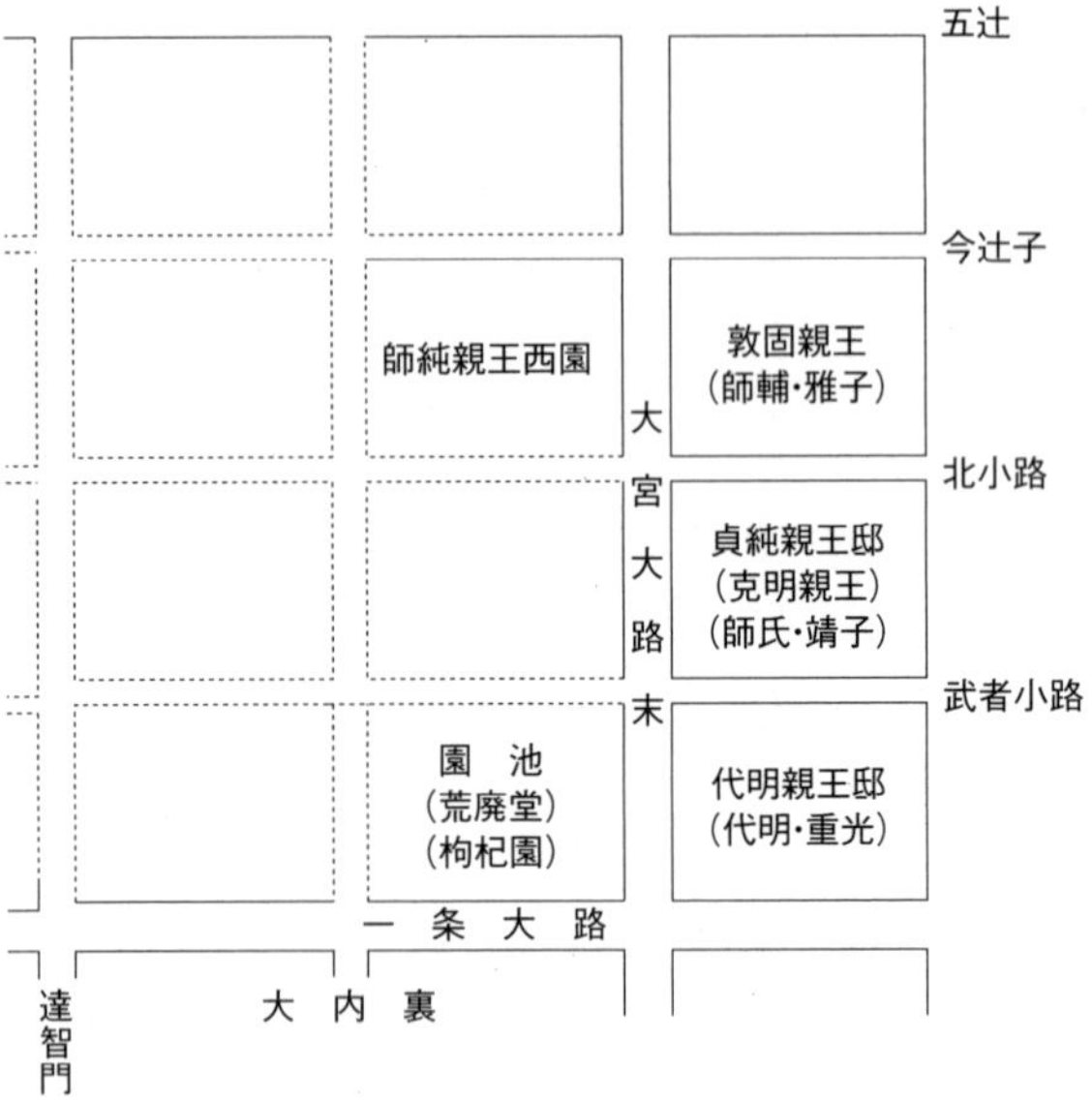

一条大宮北辺想定試図（１）

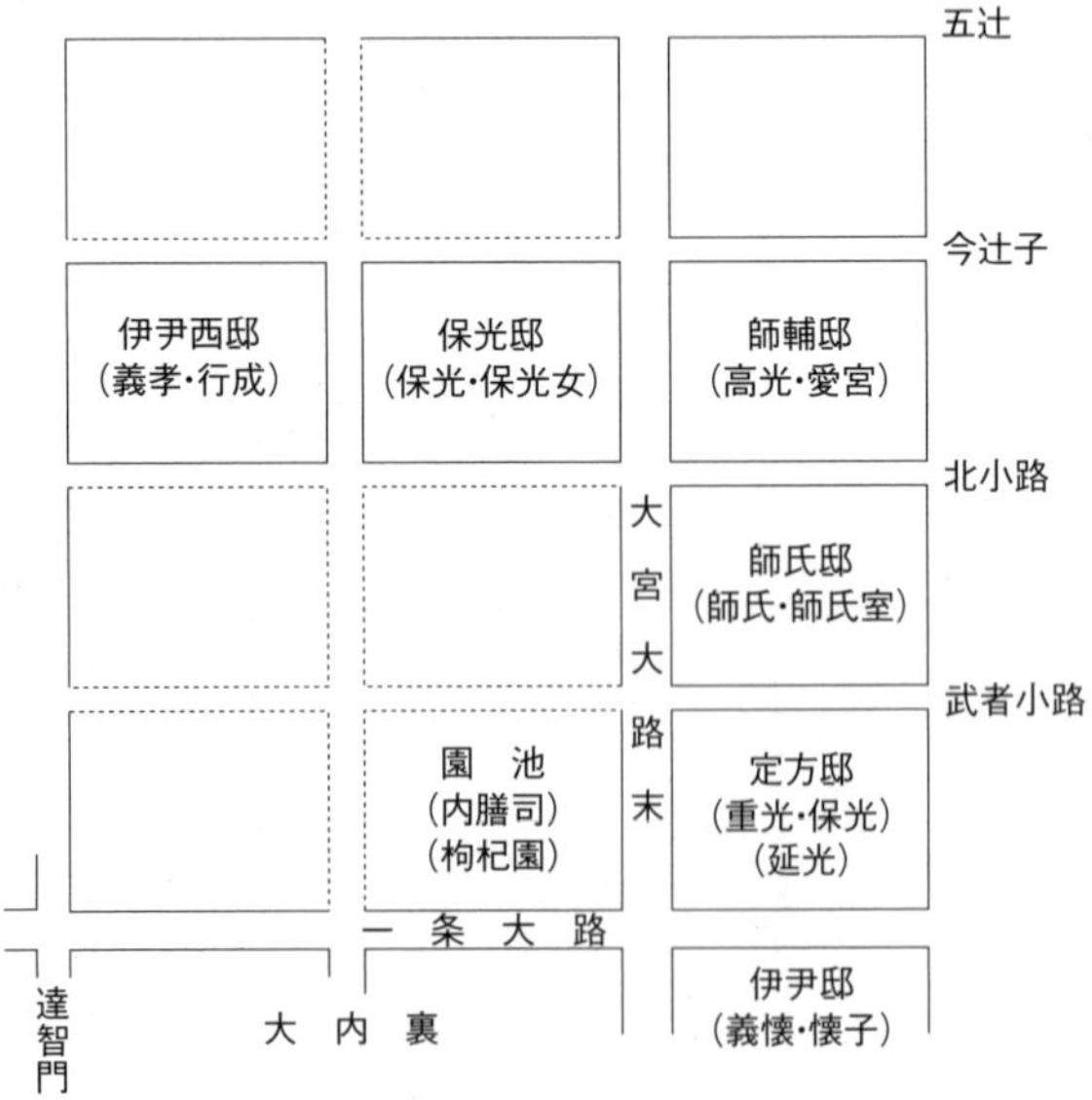

一条大宮北辺想定試図（２）

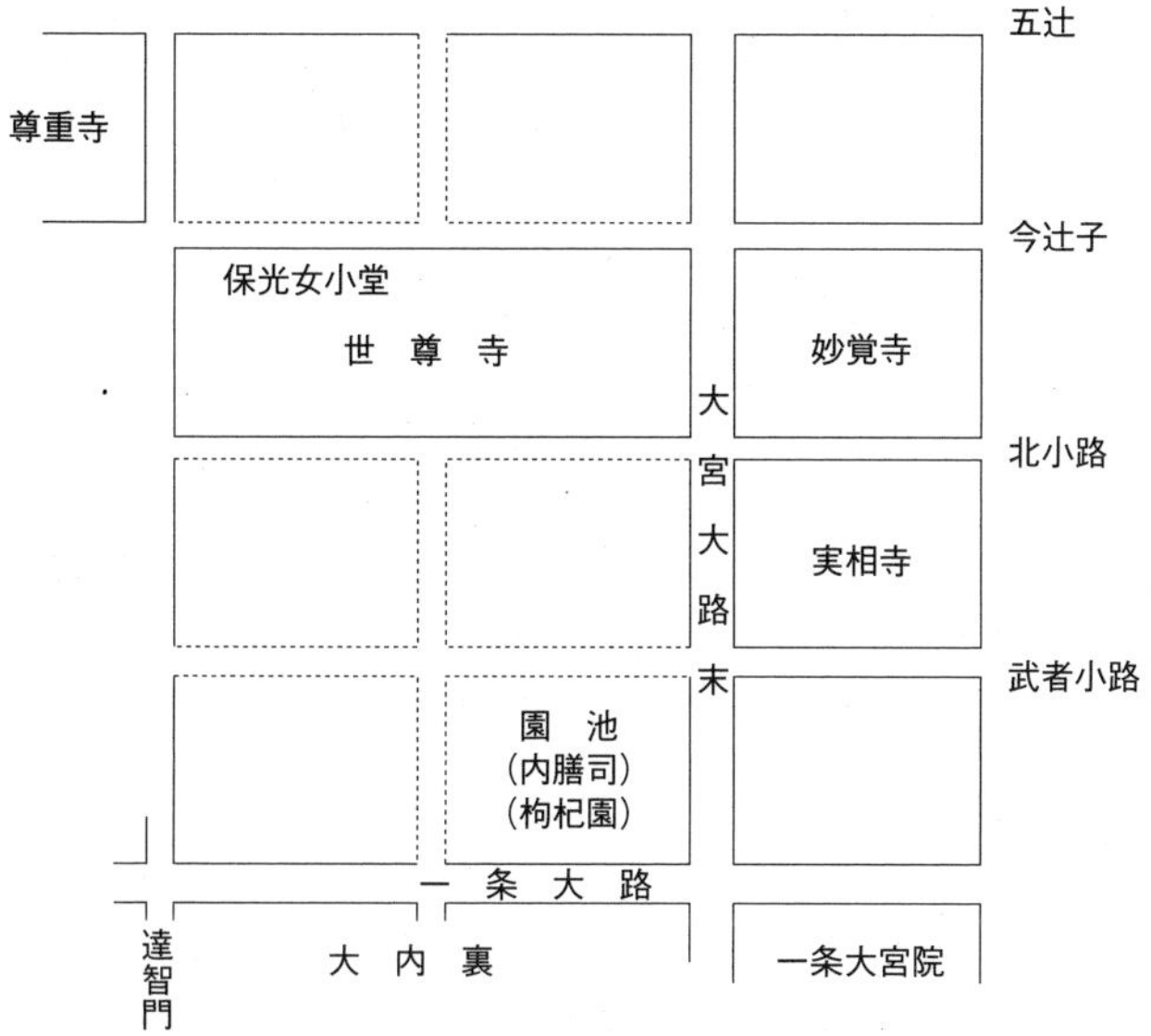

一条大宮北辺想定試図（3）

次第で、三試図を添えるかどうかについても大いに迷ったが、蛮勇をふるって載せることにした。この試図がズタズタにされて適正な想定図が出現される事態を心から望んでいる。

最後に、一言。「他人の褌（ふんどし）で相撲を取る」という諺があるが、本章の記述にあたっては、私自身が見出したデータがほとんど無い。先述四氏、特に高橋氏の示された史料に多く恩恵を受けており、その意味では引け目を感じながらの記述に終始した。引け目の解消に向けて今後もつたない努力を続けるつもりではいる。次に、『源氏物語』に及ぶ発言をほとんどせずに終わることについて。冒頭の袴田氏をはじめ、原田・増田氏の考究には、作品研究に向かうという根底の態度があり、各氏がそれなりに意見を表明されていることは、国文学者として当然とは思うが、状況は作品論の前提となる史実を正確に認識するまでには至っていないと感じた。さらに言うと、現代小説でもそうだけれど、作品が描こうとするものは、地域や邸宅などの記述でなく、背景として利用されているだけのものであるが、それが作品の舞台の背景となっていることで、作品にある性格を与えている要素も確実にある。その把握のためには、前提になる事実をまず確かなものにする必要があるし、足許の定かでない発言は有害無益以外のものでない。意識はついそこに戻ってきてしまった。桃園・世尊寺関係の故実・説話・作品関係の資料は、結構豊富であるが、それらはすべて無視した。真実は、豊富な情報よりも数少ない原石を凝視する方が見え易いためである。それでどれだけ見えたかと言われるとまことに気恥かしいが、態度は間違っていないと思う。

参考文献

1　袴田光康「朝顔巻における桃園の宮の再検討」（『国語国文』68巻4号、平11。『源氏物語の史的回路』おうふう、平21）
2　加納重文「物語の地理」（『源氏物語の研究』望稜舍、昭61。角田文衞共編『源氏物語の地理』所収、思文閣出版、平11）
3　高橋康夫『京都中世都市史研究』（思文閣出版、昭58）
4　増田繁夫「桃園・世尊寺と源氏物語の〈桃園宮〉」（『源氏物語と平安京』所収、おうふう、平6。『源氏物語と貴族社会』吉川弘文館、平10）
5　原田敦子「桃園考」（南波浩編『王朝物語とその周辺』所収、笠間書院、昭57）

コラム⑦　五辻通

平安京北郊、一条大路から順に数えると、武者小路（現在、堀川西は笹屋町通りか）・北小路（現在の今出川通）の次の東西路が五辻通（現町名も同じ）である。今出川通が、町小路（現、新町通）辺から西、なぜか急に半町近くも北よりになっているので、五辻通と今出川通との間は、いっそう近接して見える。この五辻通に興味を持たせられたのは、本章で紹介した高橋康夫氏の所説のためである。[※1] 氏は、尊重寺や五辻前斎院（頌子）御所などとの関連から、世尊寺の寺地を五辻北・大宮末路西に推定された。本章で紹介した通りである。ただ私が不思議に思うのは、氏が著書一一六頁に示された世尊寺近辺図が、現在の地理状況にまったく合っていないように思われる点である。地図だけ眺めているからそうなのかとも思い、一度五辻通の踏査をしてみたいと思っていた。

1. 北野天満宮東門鳥居

五辻通の長さは限定されている。北野天満宮から大宮通に至る十町である。実は、今日は、コラム⑱の広隆寺東北斜行道の踏査の延長で来たので、斜行道は北野白梅町（北野廃寺跡）に到達するらしいから、「北野白梅町から上七軒に至る今出川通の斜行は、この延長には来ないか。やや無理か」などと考えながら、北野天満宮の南参道に着いた。そのまま天満宮東の御前通を北行して、天満宮東門の鳥居辺に至る（写真1）。五辻通の西の始発点である（写真2）。「五辻」の地名の由来は、五辻通の辻に南西から今一つの道が交わり、「オ」の字形の辻になっているためだとの説明（『平安時代史事典』）が頭に残っていたので、社前の道の形状に注意してみたが、「オ」の字形とは見えないけれど、変形五叉路と言えなくもない気はした。この通は、千本釈迦堂（写真3）以外に、特に目立つ遺跡もないようだが、翔鸞小学校とか嘉楽中学とかの凝った名称と、なんとなく懐古的な雰囲気とが印象に残った。そういえば、千本辻の「五辻の昆布」は、京都の人には馴染みのものなのだろうか。実を言うと、先に「オ」字形の辻と説明されていたのは、実は、この千本五辻の辻のことなのであったが、説明に符合するような形状ではまったくない。いったいどうしたことであろうか。ついでに言うと、高橋氏に、五辻は一条大路から数えて五つめの東西道だからという私解がある。

2. 北野天満宮社前から五辻通

3. 千本釈迦堂

4. 五辻殿石標

針抜地蔵
真倉町
大宮通
北町
馬喰町
高橋説・五辻小路←→持明院大路・毘沙門大路
姥ヶ東西町
（上立売通）
千本道
本隆寺
❸ 大報恩寺
（千本釈迦堂）
❶❷
北野天満宮
❹ 石標
❺
❻
五辻通（高橋説では今辻子）
首途八幡宮
御前通
北小路（今出川通）
上七軒
薬師町
元中之町
笹屋5丁目
卍浄福寺
武者小路（笹屋町通）
毘沙門町
一条通
下石橋南半町
東町

五辻通（北野～大宮）

5．首途八幡宮

6．五辻大宮辻（西南から）

　五辻通の痕跡を示すものとしては、浄福寺通であったか、角に五辻殿の石標を見た（写真4）。立札には「大宮西・五辻南・櫛毛末」と説明しているのに北側にあって、大宮通もまだまだ先である。「鳥岩楼」の前を過ぎて、やや広い通りを大宮通と間違えた。角から南西に大宮通方面（と思って）を撮影したり、少し南の首途八幡宮の公園を（写真5）、桃園の地には似つかわしいかなと思ったりしたのは、さきほどの真新しい石標に惑わされたため（よく読めば、元の場所は、五辻通浄福寺西入南側と、同じく立札に記してあった。失礼しました）。本来の大宮通は、この智恵光院通からさらに一町も東、何度も通った道なのに…。再度大宮通を少し下がったところから、五辻通の角を撮影する（写真6）。現在の通りの地理状況であれば、北小路北・大宮末東の妙覚寺が一町を占めなくても、「世尊寺東」と表現して不自然でない。高橋氏の想定図には、なにかの誤解があるのではなかろうか、という気がしてならない。

　その後、高橋氏が想定にあたって依拠した「主殿寮領北畠図幷文書」※2を、私も閲覧した。確かに、北小路と五辻との間に、「今辻子」の記入がある。「辻子」であることと、文明九年（一四七七）文書であることが少し気になるが、明瞭な史料であることは間違い無い。それにしても、通名が別の通りの名称になるという二重の変遷（今辻子→五辻通、五辻通→上立売通）の違和感は、依然として消し難い。高橋氏によれば、「後鳥羽院御所を現在の五辻通に仮定すると、当時存在していたはずの今辻子を説明できなくなる」ということであるが、なにか本末転倒の思考のように思えるし、ともあれ、さらに愚考を進めてみることをお許し願いたい。

※1　高橋康夫『京都中世都市史研究』（思文閣出版、昭58）
2　図書寮叢刊『壬生家文書四』文書一〇四七「主殿寮領北畠図拌文書」（宮内庁書陵部、昭57）

第7章　童べ(わらは)の浦

平成二十年十一月十一日の「朝日新聞」朝刊に、次のような報道があった。見出しは「男神・女神一挙に五体」で、「滋賀・西浅井塩津港遺跡　平安期貴族模す」という中見出しのもとに、出土した五体の小型の木像の写真と、次のような記事を掲載している。

同遺跡は琵琶湖北部の川の河口付近にある。神像は高さ約10〜15㌢。体形などから2体は男神像、3体は女神像とみられる。男神像は当時の貴族の礼装で冠をかぶり、女神像は長い髪を肩から垂らした女官の姿をしている。古来、神社信仰には偶像を置く風習がなかったが、仏教の影響を受けて奈良時代の終わりから神像が作られるようになったという。

その後のテレビ報道番組では、これらの神像が、平安末期の地震で神殿が崩壊した際に埋没されたものという見解も示された。事柄の真偽は別として、私がかねてから懐疑を抱いていた問題に、なんらかのかかわりがあるかとも感じて、再度の検証を試みてみる気になった。

一　越前下向の途次

かねてから懐疑を抱いていた問題とは、平安中期に、紫式部が父為時に同行して越前国に下向した時の、ある歌の詠歌状況の解釈についてのものである。事柄の理解のために、少し前から説明する。紫式部が越前に向かう旅に出たのは、長徳二年（九九六）夏のことである。父為時が、この年正月廿八日の除目で越前国守に任じており、できるだけ早期に赴任すべき状況になっていた。藤本勝義氏は、暦注などの検討から、六月五日に京都を出発とされている（文献1）。当日は逢坂を越えた大津で宿泊、翌日は、湖上を琵琶湖西岸沿いに北上した。この日の宿泊地は、「三尾が崎」辺であった。

近江の湖にて三尾が崎といふ所に網引くを見て
みをの海に綱引く民のひまもなく立ち居につけて都恋しも
（『紫式部集』二〇）

この地は、勝野津と呼ばれて古くから知られる湊があり、ほぼ疑問はない。「三尾が崎」の比定については、古くは白髭明神が所在の明神崎（文献2）、安曇川河口の舟木崎などの説があったが（文献3）、最近時は、勝野津を出るとすぐ北に位置する鴨川河口の崎と説明されている。久保田孝夫氏は、翌朝、湊を出て朝の漁労の場面での詠との解釈を示されている（文献4）。

家集の次に位置するのが、次の歌である。

いそのはまに鶴の声々になくを
磯がくれ同じ心にたづぞなくなが思ひ出る人は誰ぞも　（同・二一一）

この「いそのはま」についても、古くは「坂田郡米原町磯」と言われていたが、その後に諸説相次ぎ、海津大崎から塩津湾に到る湖岸と見る解釈が一般的になっている。この辺の湖岸は砂浜でなく、いかにも「磯」と呼ぶのがふさわしい。このあたりは、解釈がほぼ共通のものになってきたと理解して良いであろう。歌中の「たづ」については、季節外れとする意見があるが、これは、鷺のことではないかと私は推測している。竹内美千代氏は『万葉集』の夏のタヅの用例を多数示され（文献5）、安藤重和氏はコウノトリだと言われる（文献6）。私にはまことに知識のないことなので、決定の下しようがないが、現在狭義に認識している季節鳥のツルと限定されないことだけは確かと思われる。拙宅は、琵琶湖西岸で、湖岸を散歩している時に、折々鶴に似た形状の鳥を見る。安曇川河畔にあった旧宅では、鮎の遡上する時期になると、川面に群がって飛来した。都人には、鶴と鷺は同じように見えたのではないかと思う。次歌、

夕立しぬべしとて空のくもりてひらめくに、
かき曇り夕だつ浪の荒ければうきたる舟ぞしづ心なき　（同・二一二）

この情景は、まさに夏の湖上のものである。北岸沖を塩津に向かう湖上で、不慮に、雷鳴と夕立に出合う。初めての舟上での体験、まことに生きた心地もしなかったであろうとは、推測も容易である。湖北地域では、雷が多発する。

しほつ山といふ道のいとしげきを賤のをのあやしきさまどもして、
なほからき道なりやといふを聞きて、
知りぬらむ行き来にならす塩津山世にふる道はからきものぞと（同・二一三）

塩津に上陸して、深坂越で敦賀に向かう。「賤のを」とは、現地で依頼した労役夫のことらしい。塩津から敦賀までは、ここに運河を通す計画もあったように、さほどに難儀な経路ではない。それなのに、往来に馴れた人夫が「なほからき道なりや」と口に出すなど、やや不審なところがあるが、現在の問題点ではないので、今はこだわらないで次に進む。

二　「おいつ島」と「わらはべの浦」

次の歌が、小稿で問題にしたい詠歌である。

湖においつ島といふ洲さきに向かひてわらはべの浦といふ入海の
をかしきを口ずさみに、
老津島島もる神やいさむらん浪もさわがぬわらはべの浦（同・二一四）

『紫式部集』は、少なくも前半部分は、時間順に配列された家集と説明されている（文献7）。この越前下向の道筋においても、時系列に従って解釈するとなると、敦賀から敦賀湾の海岸沿いに進み、水津から山中越をして越前に到るルートを前提に考えなくてはならない。かつて裏日本の資材がここに終結して、琵琶湖から都を目指したように、敦賀は屈指の良港で、日本海に面しながら、敦賀湾は穏やかな海面に恵まれていると言ってよく、この方向でなんらかの解決が見られないかと考えてみたが、詞には、明瞭に「湖に」とあるし、これを否定することは難事である。となると、塩津山の詠歌と歌順を変えて解釈するしかないが、この二首の間での前後であると理解すれば、この「わらはべの浦」は、塩津湾になる。私はこの見方を支持しているが、全く別の解釈がある。その解釈の是非を、先に検討してみたい。

　この歌の詞に出てくる「おいつ島」について、これを、「近江八幡市の北方の奥津島。今の沖島の東方対岸にある洲崎。奥津島神社がある」と注されたのが南波浩氏で

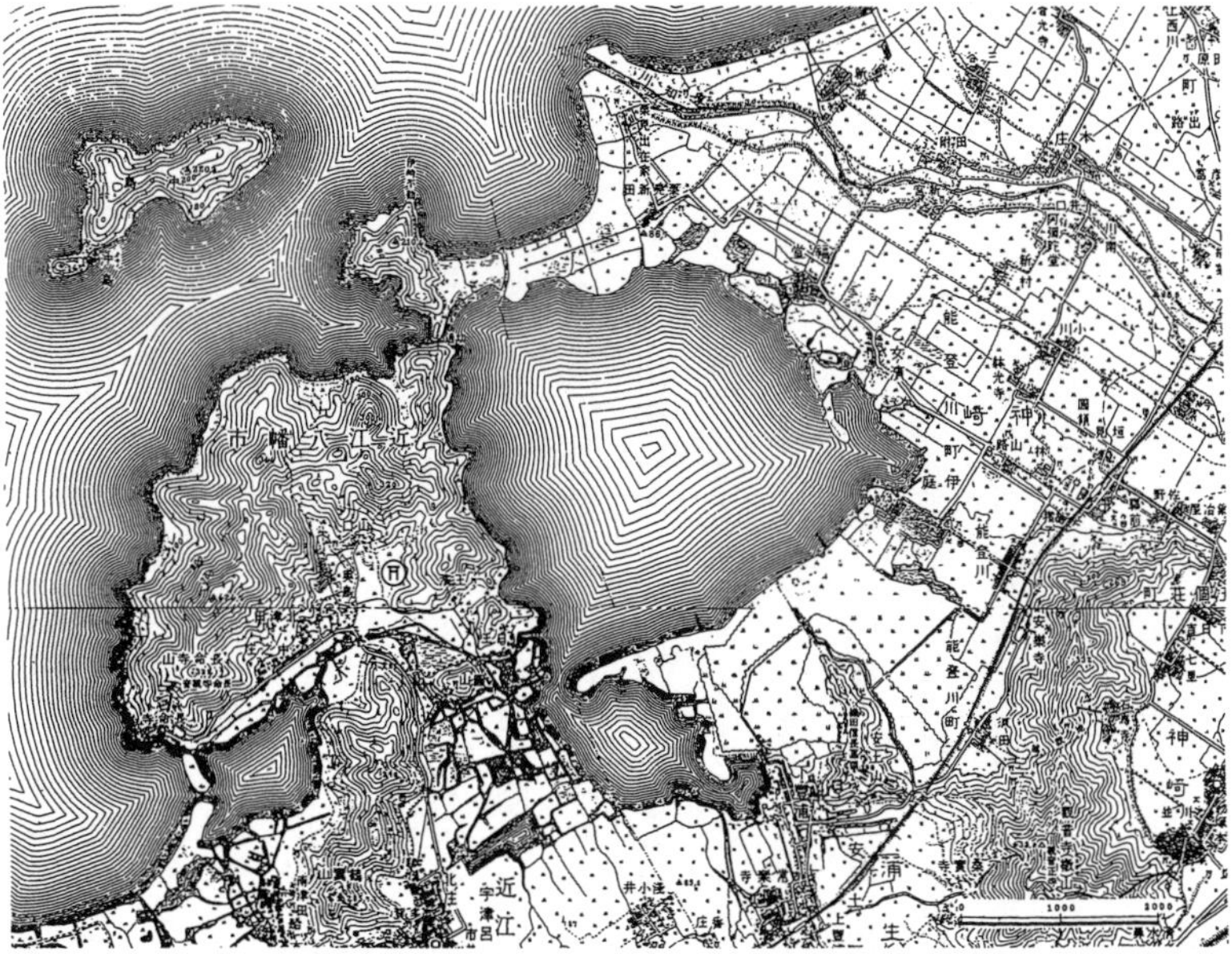

大中の湖（干拓以前。⛩が奥津島神社）

あるが（文献3）、この立場は、弟子筋の原田敦子・久保田孝夫氏らに継承されている。これが近江八幡北の奥津島に相当するかどうか、それ自体はさほどの問題ではないが、これを事実と認めると、往路で近江八幡沖まで帰ってくることは考えられないから、これは、紫式部が越前国から都に帰ってくる途次の歌ということになる。となると、紫式部の人生にもかかわること無しとしない要素を持つ問題になる。この比定の是非に、こだわってみたい。

奥津島説の第一の根拠は、奥津島が往古は湖中の島であったとの認識である。山上に長命寺が所在する長命寺山は、東方山麓に奥津島神社が在り、奥津島山とも呼称される山系であることは事実であるが、これが島であったかどうかは必ずしも明瞭でない。久保田氏が掲載された「文政七年版大絵図」「明治25年測量図」を見ると、前者では明らかに離島の状態であるが、後者では内湖の形状をなしている。私の入手した昭和二十二年地図も、伊崎不動から愛知川河口にかけての湾曲した湖岸は存し、「切通」と称する水流（現在は橋が架かっている）があるだけで、陸続きになっている。現在、県道25号線が通っている。西湖から長命寺川に至る水流の方が川幅広く、土地の古老によれば、「渡会」はその渡しがあった場所の地名だそうである。伊能忠敬の残した「琵琶湖図」なるものがあるそうであるが、それを模写した大絵図を見ても、明らかに内湖の形状である。従って「島」とは言い得るけれど、古地図が示すような島の形状ではない。これをどう説明したら良いか、苦慮する。安藤重和氏の調査によれば、この地はやはり島に相違ないが、奥津島ではなく大島と呼ばれる島であったそうである（文献8）。現在、この地に存する奥津島神社は、航海安全の神として、筑前沖の島から琵琶湖の沖の島に勧請され、それがまたこの地に移されて大島神社と並んで所在しているものだとも説明された。従って、南波氏が主張された奥津島は、その沖合に浮かぶ沖の島のことだとも説明された。

奥津島山の東、対岸の乙女浜（東近江市能登川町）までは、大中の湖と呼ばれる広大な内湖であった。この湖は、昭和二十一年より干拓事業が推進され、昭和四十一年に至って入植者の受け入れが始まるという経緯をたどって陸地となった。琵琶湖を都に向かって航行する船が、僅かな水流から内湖に入り込む意味があるだろうか。浅い湖底では座礁の危険すらあるであろう。ただし、この内湖に、平成十三年、湖岸の港湾施設遺構が発見されたというニュースがある。飛鳥から奈良時代のものだそうである。南波氏は、内湖東岸に存する乙女浜の地名を、この湖を「わらはべの浦」とする根拠とされている。確かに、『倭名類聚抄』も「童女　和名乎止米」と訓じてはいる。だからこの湖が「わらはべの浦」だとするのは、素人ながら安易に過ぎる気がする。『倭名類聚抄』の伝える事実は、小女と童女が同義で、ともに「オトメ」と呼ばれる可能性を示したもので、乙女の訓はあくまで「オトメ」であろう。地名が伝承されるのは多くはその発音においてであろうから、「わらはべのうら」と呼ばれたのなら、あくまで「童べの浦」であるべきであろう。おなじ『倭名類聚抄』に「童　和名和良波」としている。童女は乙女だから、「わらはべのうら」と「乙女浜」が同じとは、乱暴に過ぎる解釈ではなかろうか。浦と浜は違うし、童と乙女とは性別の問題もある。この点にまったく疑念を持たない論者が多いのも、私には不思議である。そういう字音と呼称の問題とは別に、この浜は平安の頃は湖中の島であり、島内に弁財天の祠があったところからの称だという説明もある（角川日本地名大辞典『滋賀県』）。

琵琶湖は、比良山系の隆起にともない東方陥没地域が湖水化して誕生した湖と言われている。その地形的環境から、山系と湖岸が接する西湖岸に天然の良港が多く存している。私は、たまたま湖西の近江舞子に居住しているが、舞子にも内湖があり、港がある。湖西線の各駅毎に寄港地が存すると言っても過言でない。琵琶湖東岸は、湖北の余呉湖を始め、入江内湖・松原湖・大中の湖・津田内湖・水茎内湖・志那湖といった湖沼や、愛知川・犬上川・野洲川・日野川といった大河には恵まれるけれど、平坦な湖岸が続いて、港湾となるような場所は地形的に乏しい（文献9）。

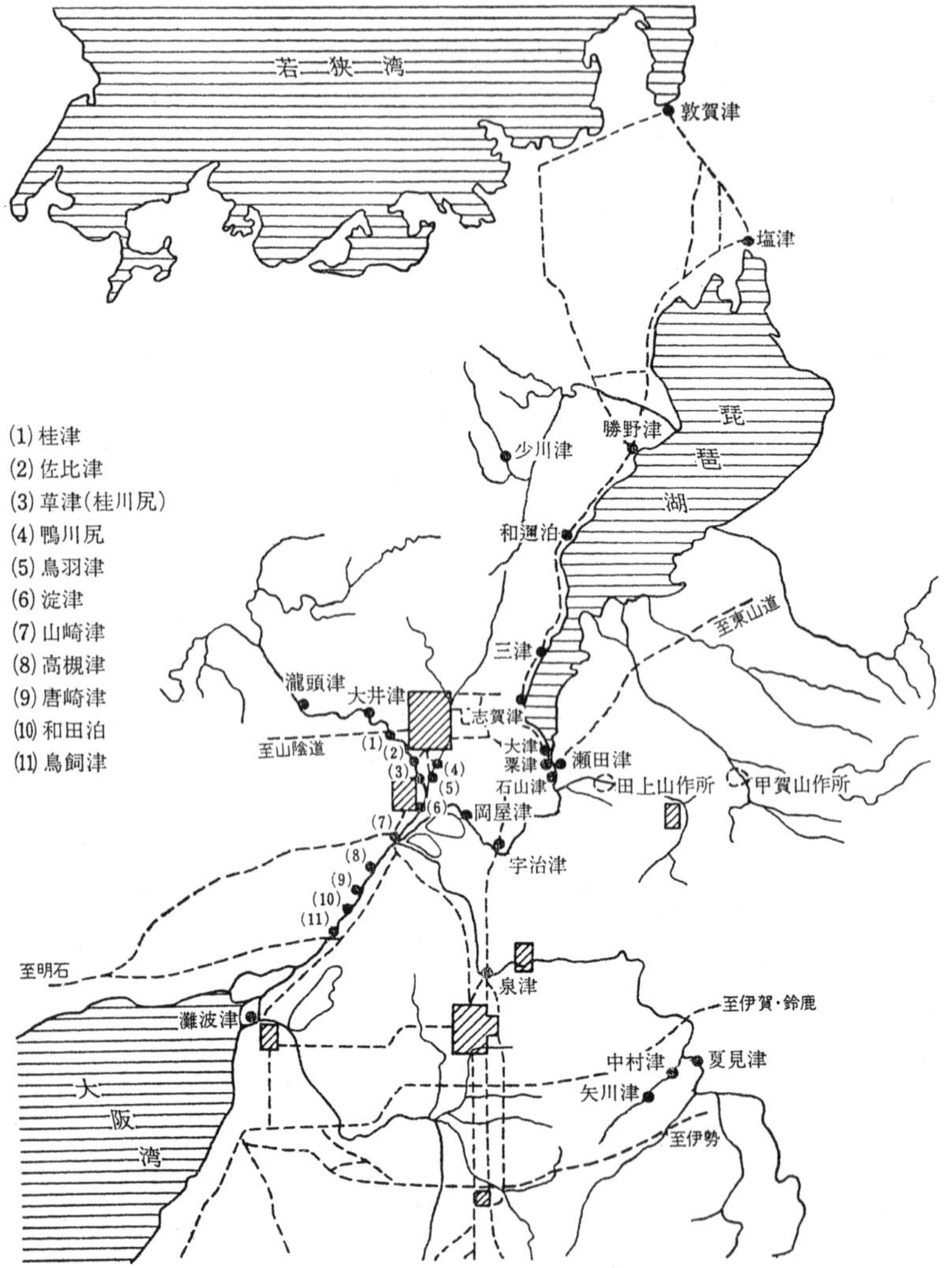

古代畿内の津（文献 10 より）

その中では、多島海に浮かぶ島のように湖上中央部に屹立する長命寺山周辺が、地理的にも格別寄港の適地のようには思われる。その条件を満たす港としては、現在も港湾としての機能を果たしている堀切新港か長命寺港、あるいは沖合に浮かぶ沖の島の港などもあげられるかとは思う。

琵琶湖の湖上交通は、都が平城にあった時から、古代日本の表玄関と言うべき裏日本に向けて、北陸道が主要道路であった。その北陸道たる琵琶湖西路に沿って、湖上交通ルートが出来るのは自然である（『延喜式』廿六）。松原弘宣氏の示された古代交通図も、湖西路のみを示している（文献10）。高市黒人に「磯の崎漕ぎ廻み行けば近江の海八十の湊に鵠多に鳴く」（『万葉集』巻三・二七二）の歌があり、これを米原町磯の湖岸の地として顕彰碑が建ち、「北陸からの船旅の帰りに詠んだものであろう」というような説明がされているが、私は疑問に思っている。湖東の磯辺の地形は「漕ぎ廻み行く」という地形ではないし、その前に北国からの帰路ルートが東岸であることが常識とは思いにくいからである。『紫式部集』の「磯の浜」も北岸の磯がほぼ通説になりかけている。

原田敦子氏は、国司藤原隆信の帰路の記述にある「ふなきのやま」を「近江八幡市北津田町付近の連山たる沖つ島山を指す」という森本茂氏の説（文献11）に従って、紫式部の都への帰路を琵琶湖東岸沿いとされた（文献7）。ということは、南波氏説の「奥津島山」と「舟木山」はほぼ同所ということなのだろうか。湖西の舟木は安曇川河口の岬で、港と関所で知られる。先の「ふなき」を、『滋賀県史』（巻二）は、高島郡の舟木関としている。現在同地を訪ねてみると、河口なので、確かに山と呼べる地形ではないが、湖岸近くに繁茂した雑木林などがあり、「もみじさかりに」とか「ふなきのやま」の表現が、まったく不能でもないかなという程度の印象を持った。『万葉集』（巻九）の「高島にして作れる歌二首」（一六九〇・一六九一）は、安曇川河口と高島山（明神崎カ）を同一地として詠んでいる。舟木山＝高島山であった可能性もある。「ふなきの浜」という表現もある（『江帥集』三六二）。寛治二年大嘗会の悠紀方屏風の歌なので、近江国名所の呼称としては、こちらの方がポピュラーのようである。いずれにせよ、この歌で、北陸からの帰途の道が琵琶湖東岸沿いとする資料性は、稀薄の方に近いかと私は判断している。

琵琶湖東岸の寄港の適地は、多くない。知られるものは、磯の崎の少し北方の天野川河口の港湾である朝妻港、奥津島山（本当は大島という呼称らしい＝安藤説）麓の長命寺港（水茎港とも？）など。これらの湊はおおむね東国からの物資が中心であったし、湖上交通の要港として重きをなしていったのは、もっぱら中世以降である（文献12）。緊急に避難できる湊が少ない東岸を、湖北の塩津からの交通や物資の運搬に、わざわざ遠回りして用いるのは、例外的な場合であろうというのが、私の感覚である。比喩的に言えば、平安時代までの湖上交通は南北型で、これが東西型になるのが近世で、中世はその混交の時代とでも表現しておこうか。

三　ふたたび「おいつ島」

『紫式部集』の歌配列が、だいたい時間順になっているとされる前提のもとに、「おいつ島」も、琵琶湖北岸への上陸から、敦賀に到る経路に従って考えるのが、穏当であろうとするのが、私の意見である。それには、琵琶湖北岸の大浦湾また塩津湾に出向いて実見した、まさに鏡のように穏やかな湖面の印象が第一にあるけれど、それは印象に過ぎないといいえば言える。けれど、百聞は一見に如かずとも言う。この問題について発言しようとされる方は、まず第一に現地での体験をしていただきたいという感情はある。

次の理由は、前歌との関係である。

夕立しぬべしとて空のくもりてひらめくに
かき曇り夕だつ浪の荒ければうきたる舟ぞしづ心なき
（『紫式部集』二二）

これが、実質的な前歌であることは自明であろう。雷鳴に浪立つ外湖を、生きた心地も無く辿りついた入海の塩津湾が、嘘のように波静かな湖面であった時に、思わず〝波もさはがぬわらはべの浦〟と感激した心中は、察するに余りある。湾の入り口に、あたかも入海の平穏を守るかのように存在しているのが、竹生島であった。原田氏は、紫式部と同じように、湖上を北に赴き、さらに帰路を湖上に辿った国司として、藤原隆信の例をあげられたけれど、氏があげられた隆信の数首の歌に続いて、

ちくぶしまにけふりのたつをみて
よを海とおこなふほどやいまならん煙そみゆる沖津しま山
（『隆信集』三五九）

という詠歌がある。竹生島が「おきつ島」であったことが、明瞭に確認される。また、『近江輿地志略』所引『故事拾遺』によれば、竹生島内の弁財天を「沖津島姫」と呼んでいる由である。

竹生島に所在の竹生島寺は、諸国を行脚していた行基が、天平十年（七三八）に、この地に草庵を結んだ堂が始まりで、天平勝宝五年（七五二）に浅井郡大領浅井直馬養が金色の観世音菩薩像を造立、今の千手観音の由緒となったとされている（『竹生島縁起』）。竹生島の祭神として知られているのが弁才天であるが、これは、この島が比叡山僧の修行の霊場となるとともに、産主神の浅井姫神が変ったもので、その時期も平安末期だそうであるから、本稿では弁

才天のことは一応考慮の外としておきたい。

紫式部が、三尾から琵琶湖北岸の沖合を、雷鳴の中を塩津の入海にたどりついて漸く安堵したのはほぼ確実と推測しているが、それにしても私の疑問は、塩津の湾口に位置して、三尾を出た時から目指していたはずの竹生島の島影に、少しも触れていないことである。湖上の孤高の島影は、葛籠尾崎と竹生島との間を湾内に入る以前から、紫式部の視界には映り続けていたはずである。寸言も触れることが無いのが、不思議でならない。もしかして竹生島は、葛籠尾崎から延びた州崎の先端であって、この時代には島嶼の状態ではなかったのではないかというのが、私のひそかな想像であった。葛籠尾崎と竹生島を結ぶ湖底は、大正十三年（一九二四）、偶然に漁師の網にかかった大壺から、大規模な湖底遺跡として知られる場所になったが、その後の研究で、

竹生島と葛籠尾崎とは同一地形でつながり、竹生島は隆起したものではなく、岬の先端部が沈下したとき一部山地が残り、現在の島の原形をかたちづくったという結論に達した。

（小江慶雄『琵琶湖水底の謎』講談社、昭50）

ということである。私の想像も満更妄想ばかりでもなかった気がするが、紫式部の時代に、そのような形状を持っていたかどうか。もしそうなら、『紫式部集』の記述は、はなはだ正鵠を射た描写と言えるし、私の最大の疑念も解決するのであるが、どうであろうか。

四　塩津周辺の伝承

塩津湾周辺に、いくつかの伝承がある。「島もる神」と「童べ」に関係があるかどうか分からないが、共通の要素がある気もする。参考のために紹介しておきたい。

塩津浜の、塩津街道の起点となる浜辺に、式内社塩津神社がある。祭神は、塩土老翁神と所縁の彦火々出見尊・豊玉姫尊の三柱である。塩土老翁神は山幸彦を籠舟に乗せて海神宮に送った神で、道案内の役目を持つ神らしい。それが、「近くの池の水で塩をつくっていた人たちによって祀られた」（駒札の説明）そうであるが、琵琶湖航行の真ん中辺に、天孫降臨の道案内をしたという猿田彦を祀る白髭神社があるし、航路の安全を祈る意味合いのものではなかったろうか。彦火々出見尊は山幸彦で、豊玉姫尊はその妻である。

塩津街道を少し敦賀に向かって進んだ集福寺部落に所在する下塩津神社も、同じく塩土老翁神を本尊としている。駒札の説明によれば、十五代応神天皇が塩土老翁の神徳を知って、二人の皇子に老翁の神霊を祀ることを命ぜられ、二皇子が集福蘇翁に命じてこの地に鎮祭したということである。伊邪那伎・伊邪那美の二神が配祀されているのは、醍醐帝の時に、ある貴族出の天台僧がこの神宮寺の社僧となった時、紀伊国から勧請したということである。

塩津湾口に位置する竹生島については、夷服岳にいた多々美比古命が、浅井の岡にいた姪の浅井比咩命と岳の高さを競った時、浅井の岡が一夜にして高さを増したので、多々美比古命が怒って姪の首を切り落とし、それが湖中に落ちたところに島が生じたのだという伝承がある（『風土記』）。この浅井姫が、島中に存在する都久夫須麻神社の祭神である。島内の宝厳寺は僧行基が修行した小堂が起源のようであるが、神仏習合の結果、平安時代にすでに本地仏としての弁才天が祀られ、本主の浅井姫に替ったということらしい。

さらに知られた神話。近隣に所在の伊香小江（余呉湖）にかかわる伝承である。この小江に、八人の天女が白鳥の姿で天から舞い降り、南の津で沐浴していた。たまたまこれを見た在地の住人伊香刀美が、たちまち感愛の心を起こし、白い犬を遣って年若い天女の衣を盗み取らせた。気付いた天女たちは、すぐに天上に逃げ帰ったが、衣を隠された天女は帰り得ず、伊香刀美の妻となり二人の男子と二人の女子を儲けた。その後、隠されていた衣を見つけて天上に帰った（『風土記』）。

それぞれ、老神・老翁と童・乙女に似通った雰囲気の話ではあるが、老つ島の「島もる神」と「童べ」の背景を語る素材として、提案できるほどのものではない。波静かな入海の塩津湾をめぐる神話として気になる要素があるので、参考のために簡単に紹介した。

五　まとめ

小稿をまとめてみようと思い立ったのは、冒頭に紹介した新聞報道で、塩津湾奥での神社遺跡で発見された人形の写真を見た時である。男神像が二体、女神像が三体ということで、これが、塩津湾を守る老翁と童を反映していないかと、咄嗟に推測したのであるが、小型の木像で、しかも泥濘の遺構に埋もれていたこともあり、新聞報道の写真ではなんとも判じ兼ねた。実物を見たらあるいはなにかの発見があるかと思い、県教委の方に訊いてみたが、ホームページ（滋賀県教育委員会文化財保護課）の調査報告を見ていただきたいということだった。早速に、写真ならびに発掘報告を拝見したが、結論的には、根拠になるような情報は得られなかった。冠をかぶった俗体貴族像と、同じく長い髪の貴族風の女性像は、本当に神像であろうか、こんな小型の数体の木造がどういう意味で祀られていたのであろうか、というような疑問は持った。その後のテレビ報道では、湖西活断層が引き起こした地震のために、平安末期、大川河口に所在の神社もろとも壊滅して、現在まで埋没していたものらしい。という訳で、このことは、只今のところどれほどの結実をもたらす状態にもなっていないが、今後の参考のために、再度述べた。

「老つ島」の問題は、『紫式部集』の配列と歌意、『隆信集』の「沖つ島山」（竹生島）、それに現地「塩津湾」のつねに波静かな形状を知れば、他に比定地を求める努力はほとんど意味が無いと、私は思いを強くしている。湾の最奥に所在の神社とその伝承が紫式部の歌心を導くものをどうして持たなかったか、未練がましく心中には妄想しているけれど。

参考文献

1　藤本勝義『源氏物語の人 ことば 文化』（新典社、平11）
2　吉田東伍『大日本地名辞書』（冨山房、明33）、西井芳子「三尾崎について」（『古代文化』六巻六号、昭36）
3　南波浩『紫式部集』（岩波書店、昭48）
4　久保田孝夫「紫式部越前旅程考」（『紫式部大成』所収、笠間書院、平20）
5　竹内美千代「紫式部集補注―いそのはま・たづ考―」（『神戸女子大学紀要』一二号、昭46）
6　安藤重和「いそのはまにつるのこゑごゑなくをに関する一考察」（『名古屋大学国語と国文学』一〇〇、平19）
7　南波浩『紫式部集の研究』（笠間書院、昭47）、河内山清彦『紫式部集 紫式部日記の研究』（桜楓社、昭55）、伊藤博「紫式部集の諸問題―構成を軸に―」（『中央大学文学部紀要（文学科）』、平1）など。
8　安藤重和「おいつしま考―紫式部集の一考察―」（後藤重郎先生傘寿記念『和歌史論叢』所収、和泉書院、平12）

9　青木伸好「内湖と干拓」（藤岡謙二郎編『びわ湖周遊』所収、ナカニシヤ出版、昭55）
10　松原弘宣「古代における津の性格と機能—琵琶湖と周辺河川を中心として—」（大阪歴史学会編『古代国家の形成と展開』所収、吉川弘文館、昭51『日本古代水上交通史の研究』吉川弘文館、昭60）
11　森本茂『校注歌枕大観　近江篇』（大学堂、昭59）
12　小牧実繁「琵琶湖湖上交通の変遷」（『地理教育』二十二巻三号、昭10）

コラム⑧　竹生島舟行

できるなら小舟をあやつりながら、湖岸を塩津に向けて航行してみたい。それはまず無理ということで、近江今津から竹生島に向かう船があることを思い出した。曇り日で視界が悪いなと気が進まないながら、すっかりその気になった老妻にせき立てられて、今津に向かう。船は強風のために欠航したが、マキノからの航行ルートもあるのを知り、

1. 近づく船影

本コラムの意図には、こちらの方が好都合、早速翌日に出かけた。一日一便しかない船影がだんだん大きくなってくると、息苦しいほどに気持が高まる（写真1）。船は、なにか郷愁を誘うものがある。船首を、一路竹生島に向けて進む。左手が海津大崎。つい先日まで爛漫たる桜花で華やかな帯になっていた岸辺は、あくまで碧い湖面と静かにつながっている。式部集のように「磯の浜につるが声々になく」場面は、たとえ現実にあっても遠過ぎる。当時の航行は、岸辺近くのそれであったろうと、あらためて推測する。大崎の湖岸は、まさに磯である。

船は、まっすぐに竹生島に向かっている。船上から伊吹山の山容を確認するのが、今日の今一つの課題である。デッキに上がってきた船員に伊吹山の方向を訊くと、いま船首の方向になっていて今一つ視認しにくいと言う。春は、靄か霞か

のために遠望してもどうかな？ という不安があったが、とりあえず安心する。船は、いよいよ竹生島に近づく。島と葛籠尾崎との間は、かつて陸続きであったという説明の通り、狭隘に近い（写真2）。しかし式部は、船上から常に視界にあったはずの島について、触れていない。雷雨のなかで「浮きたる舟ぞしづ心」なかった娘の畏怖の心情を、あらためて思う。船が桟橋に着く。長浜などからの観光客もいて、思わぬ混雑をしているが、私のように孤独な感傷にひたっている人間はいない。「行き交う人のみな美しき」などといった歌があったかな。今の心境、初恋の日の少年のように、とても心やさしい。などと感傷にひたっていたら、売店で求めた単3電池4箇に七百円と請求され、とたんに目が覚めた。

島の北端の湖岸に降りて、塩津湾方向を撮影する（写真3）。意外と遠い。地図で見るように、湾奥までは、まだ距離がある。塩津山の詠と順序が逆になっているが、〝老津島〟の歌は、式部が湾内にたどりついた時の詠と思って

2. 葛籠尾崎と竹生島の間

3. 塩津湾遠望

4. 遥かに霞む明神崎（竹生島より遠望）

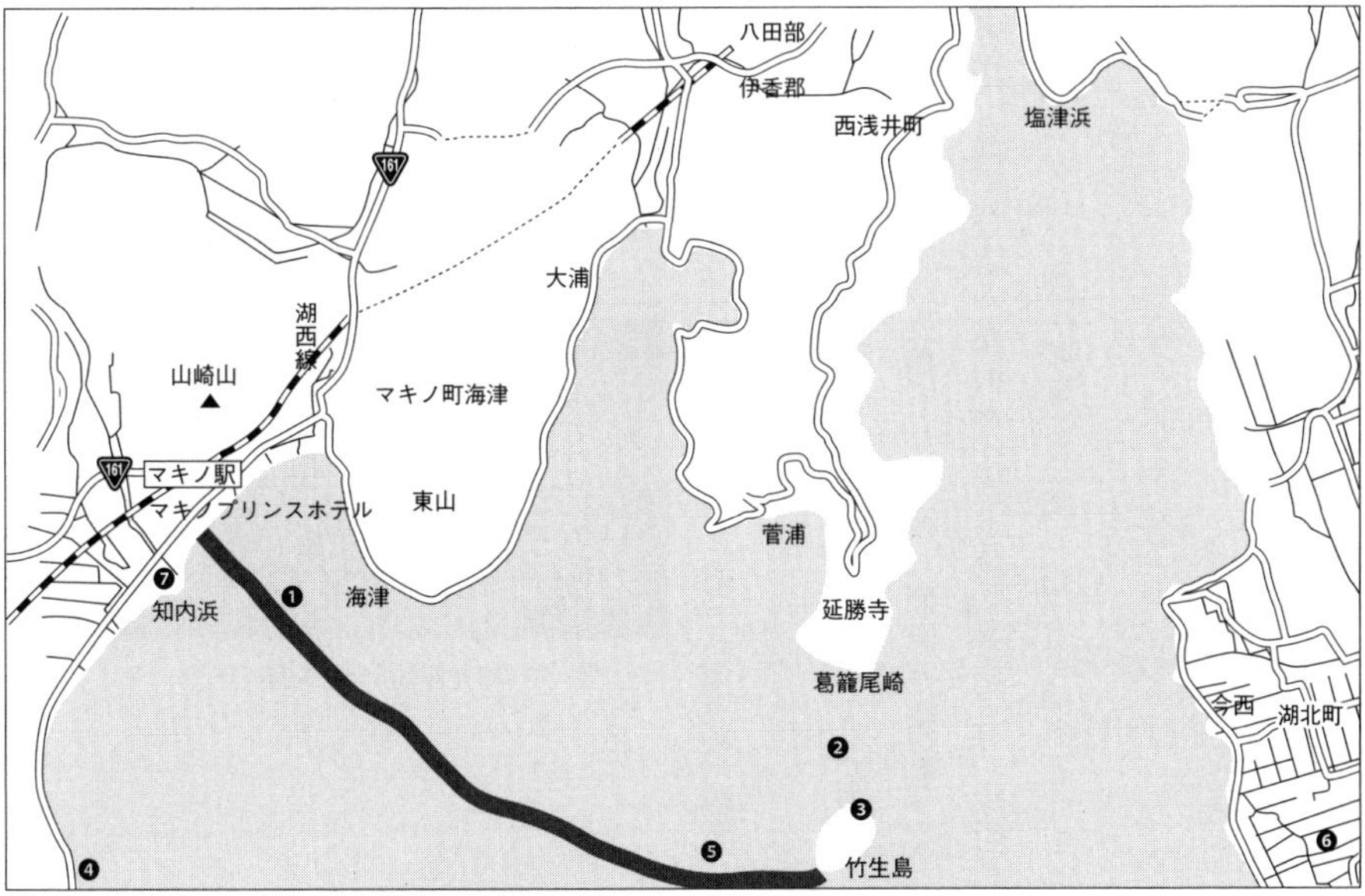

竹生島舟行コース（知内浜〜竹生島）

いる。風波と雷の閃光のなかで、穏やかな塩津湾に入った時の式部の心情が、鮮明である。竹生島がまさに老津島そのものであったことは、本章に述べた。一日一便の海津方面の滞在時間は短い。乗船前に、港の突端から、明神崎方面を写真に収める（写真4）。越前からの帰途、式部は、この光景を見て、その向こうの京の都に心をときめかしたはずである。船が、島から離れていく。惜別、竹生島（写真5）。島影が遠くなるとともに、伊吹山もかすんで望見される（写真6）。航跡の白波までが、涙ぐむような懐かしさを感じさせる。降船して知内浜の写真を一枚（写真7）。式部の航行は、こんな浜辺を身近に見ながらの湖岸の舟航であったはずである。その距離の差が口惜しい。

5. 惜別、竹生島

6. 伊吹山遠望（竹生島の先）

7. 知内浜

第8章　深坂・木芽・湯尾　―踏査報告―

平成廿二年度中古文学会秋季大会は、十月二・三日、立命館大学で催され終了した。会場が京都ということで、〝平安文学と地理〟というテーマでシンポジウムが企画され、たまたま司会を仰せつかった関係で、そのテーマである〝地理は研究方法たり得るか〟に関してとつおいつ思考をめぐらせていて、テーマを実地に検証することも意味があるのではないかというようなことを考えるようになった。深坂・木芽・湯尾の三峠は、紫式部が、越前国守である父藤原為時の任地に向けて、あるいはその任地から都への帰途、初めて都外の旅程で越える経験を持った江越国境の三峠である。けっして安穏とは言えない山越道を同じく体験しながら、紫式部が抱いた心情を推測してみようという試みの結果はどのようなものになったであろうか。本章は、その一つの検証意見である。

一　湖西の舟旅

長徳二年（九九六）は、前年に引き続いて多事な年であった。前年は、その前の年からの疫疾流行が終息せず、大納言朝光（三月十日）・関白道隆（四月十日）・大納言済時（四月廿三日）・左大臣源重信（五月八日）・関白道兼（同日）・中納言源保光（同日）・中納言源伊陟（五月廿二日）・権大納言藤原道頼（六月十一日）などと、夏を中心に朝堂の上層貴族が相次で薨逝するという状況であったが、さらに、関白道隆の薨去前後から、道隆とその弟道長との権力闘争も熾烈の度合いを深くしていた。道隆生前の最後の慶事は、正月十九日の次女原子の東宮入りであるが、三月九日の内大臣伊周の「道隆病間の雑事執行宣旨」から、四月六日の道隆出家そして逝去、五月十一日の権大納言道長の内覧宣旨と、中関白家の権勢は翳りを深くしていった。伊周と道長との仗座での口論が伝えられたり（『小右記』七月廿四日）、道長呪詛の情報が流されたり（『栄花物語』巻四・『百錬抄』八月十日）、両者の間は一発触発の状態に近くなっていた。長徳二年早々の世情を騒然とさせた花山上皇襲撃から四月廿四日の伊周・隆家配流と、中関白家を一挙に衰亡させる事件に展開していくのだが、それらの展開を語るのは、本章の趣旨ではない。

述べたいことは、この騒然とした世情のまっただなかで催された正月の除目で、紫式部の父藤原為時の越前守任官が決定したことである。この任官の経緯については、『古事談』ほかの諸書が伝える挿話がよく知られている。道長自身が責任者として関与したはずの人事が、さほど容易に変更できることにやや違和感を覚える要素もあり、そういう一地方官の任免が、

右大臣参内、俄停越前守国盛以淡路守為時任之、（『日本紀略』長徳二年正月廿八日）

のように記録の対象になっていることに対しても、やや奇異な印象を持つ。この為時の任官に、権力者道長とのなんらかの関係を背景に感じ取るべきかもしれない。その道長・為時の思惑も、本章の課題とするものではない。これか

ら考察したいことは、そういう政情不安の都を後にした父越前守為時の下向に従って、初めての都外の経験をする紫式部の心情の問題である。彼女が、下向する父親と本当に同道しているのだろうかという疑念も実はかすかに抱いているが、それにも今は触れないでおきたい。

紫式部の下向の旅は、この長徳二年の夏のことらしい。国司の赴任儀礼に関しては、ごく最近の宮崎康充氏の報告にも（文献1）、日時吉凶を厳密に守ることが詳しく述べられているが（実際の運用にあたっては、案外便宜的な面もあったのではないかと、私は内心推測してもいるけれど）、その原則を適用して、藤本勝義氏は紫式部下向の月日を特定している（文献2）。氏によれば、六月五日に都を出て、この日は大津に宿泊、翌日は琵琶湖西岸に沿って船で北上、六日は三尾が崎で宿泊し、翌朝、湖北の塩津に向かったとのことである。私に特段の意見は無い。ここで、式部の越前下向時の最初の歌が詠まれる。

近江の海にて、三尾が崎といふ所に、網引くを見て
三尾の海に網引く民のてまもなく立ち居につけて都恋しも
（『紫式部集』二〇）

式部が言う「三尾が崎」とは、現在「明神崎」と呼ばれている湖上に突出した崎のことである。同地に所在する白髭神社の背後の斜面に、この歌を刻した石碑が立てられている。紫式部は、湖上最初の停泊を、明神崎を迂回した湾内で体験した。私事で恐縮だが、湾奥部に所在の公立高島病院で十数年前に、身体に初めてメスを入れられる体験をした。病院の前面が内湖になっており、この名称は乙女池。病院所在地の地名は勝野で、藤原仲麻呂が越前に向かって果たせず、ついに滅亡した地でもある。

いや、そんなことはどうでもよい。紫式部の越前下向の最初の歌が、顕著に特徴的であることに気が付かれないだろうか。この歌で詠じているのは、湖岸で網を引くという風物ではない。序詞などという野暮な技法を説明するまでもなく、彼女が詠じているのは、「都が恋しい」という心情である。しかも「立ち居につけても」である。それなりに旅の労苦を味わっての感懐であればさほど不審にも思わないが、昨日離れたばかりの都に、「てまもなく」心を馳せる心情は普通でない。彼女の越前下向の心の内面は、父と共に過ごす未知の地への興味などは、大袈裟に言えばカケラも無い。ただ無性に都が恋しい。むしろ後ろ髪引かれる思いで都を立った、そういう式部の心情が頻りに感じられると言ってよいと思う。

また磯の浜につるの声々なくを
いそがくれ同じ心にたづぞ鳴くなが思ひ出る人はたれぞも　（同・二二）

湖北の湖岸、特に海津から東、塩津に至る湖岸は岩礁状態である。湖東米原の磯を比定する説は、ほぼ否定されている。湖東はおおむね湖岸は砂浜状態で、磯と言えるのは、磯神社辺と沖の島辺の山塊が湖岸に接した部分のみである。「磯の浜」を普通名詞として受け取れば、湖北の湖岸の形容にぴったりである。けれども、いまこの歌で受けとめたいのは、そういう問題ではない。湖岸に鳴くつるの鳴き声に重ね合わせているのは、しきりに「思ひ出づる」心情である。説明するまでもなくそれは、都にうちにある人をしのぶ心情である。前歌と重ねて考えれば、式部の越前に向かう心の内面は、とても未知の地に感興を馳せるというような心境でなく、あえて言えばすぐにでも都に引き返したい、引き返して「思ひ出でて」仕方が無い「あの人に逢いたい」、そういったものであることが、ほぼ明瞭に観察される。

二　塩津から深坂峠

平成廿二年十月一日、中古文学会の前日である。廿三名の同志がJR敦賀駅前に集結した。突然に企画した深坂・木芽・湯尾峠を踏査したいという、強烈な好尚の気持を持った仲間たちである。多少は不安にも思っていた私の感情などは、すぐに吹き飛んだ。物好きな企画はだんだん欲張りになって、この三峠越えの始発の場所は塩津の湖岸になった。バスは8号線をひたすら南下、塩津神社手前の湖岸にある公園に入る。この湾内に風波が波立つ光景は、見たことが無い。右手の葛籠尾崎は、突端まで切れ目無く続いているように見えるけれど、突端の陸地と見えるのが竹生島で、崎との間に相当の湖面が存している。その湖底には、地震で水没した遺跡が眠っている。式部が乗った舟は、その間を、この湾内に進んで来たはずである。

夕立しぬべしと空の曇りてひらめくに
かき曇りゆふだつ波のあらければ浮きたる舟ぞしづ心なき　（同・二二）

湖北の雷鳴は強烈である。私も、現在の湖西地の前には、猿が友になるような湖北の山間に居住していた。山間のせいか、台風シーズンでもあまり強風には悩まされなかったが、夏の雷鳴と閃光は十二分に体験した。勝野で蘇生体験をして三週間ぶりで帰宅した時、雷のためにブレーカーが落ち、家中が冷蔵庫内の腐肉の臭いに満ちていたなどの話を、バスの中でした。湖岸近い湖上を、生きた心地もなく小舟に身を託していた式部の心象、想像に余りあると言って大袈裟でなかろうと思う。塩津湾に入ろうとすれば、いやでも目前にする竹生島の形姿も、畏怖と混乱の中では目に入るどころでもなかったのだろうか。と思っていたら、次の歌は、実によく心情を伝えている。

水うみに、老津島といふすさきにむかひて、わらはべの浦といふ入海のをかしきを、口すさびに、
老津島しまもる神やいさむらん波もさはがぬわらはべの浦　（同・二四）

紫式部は叙景のみの描写は、不得意らしい。というより、叙景も心情のなかで初めて叙景たり得ると考えていたのだろうか。越前下向の歌のなかで、叙景を表面に出した唯一の歌がこれだろうかと思う。前歌からの関連として言えば、ようやくに塩津湾内にたどりついた安堵の思いが、「波もさはがぬわらはべの浦」への感銘としてよく詠出されている。塩津湾内大川の河口辺に達して、湾口を振り返っての詠歌という雰囲気である。波穏やかな入海を守護する神は、湾に近い湖岸に所在の塩津神社の祭神とされているようだが、この詠歌に見るかぎりでは、「老津島」に祀られる祭神が似つかわしい。それを証明する詠歌があった。前章に紹介したところなのでくどい説明は省くが、湾口に位置する「ちくぶしま」（竹生島）を明瞭に「おきつしまやま」（沖つ島山）と表現している。私も、数え切れないほどにこの湾岸に来ているが、風波に荒れる湖面を望見した記憶が無い。
塩津と敦賀の間は、鞆結（ともゆい）から追分を経て敦賀に至る道（現在の国道161号線にほぼ相当）を官道とすれば、脇街道

とでも言える立場にあるが（文献3）、日本海側の物産の運送などにはこの道の方が通用の経路であった。塩津湾から敦賀に向かう道（現在の8号線にほぼ相当）は、湾口から大川が平行して流れており、塩津湾に入った舟は、大川を相当部分遡って着岸する。その地点は、地名では「沓掛」辺と以前聞かされていたが、深坂地蔵道入口の民家のご主人と会話した折りには、やや首をかしげられていた。地蔵口から深坂地蔵堂まで二十分程度、さしての急坂でない。本命は木芽峠なので、「ややおぼつかなく思われる方はバスで待機していてください」と申し上げたが、全員がバスを降りられた様子である。深坂地蔵は近年立派な堂を作ってもらって、静かに安置されている。すでに峠の山頂近くである。敦賀・塩津間は四度ほど運河で結ぶ計画が試みられたが、この地蔵堂付近の岩盤が掘削困難でついに成就出来なかったというのが地蔵の由来だが、素人目には計画自体が不能の地形に見える。クマ除けにビニールを巻いた杉の木の間を下っていく。道の横は、敦賀に向かう笙川の流水である。

しほつ山といふみちのいとしげきを、賤のをのあやしきさまどもして、
「なをからき道なりや」といふをきゝて、
知りぬらんゆきゝにならす塩津山世にふる道はからきものぞと　（同・一二三）

この山越えが、徒歩なのか輿なのか、ひとしきり話題になる。受領層程度の娘の旅は、粗末な板輿程度であるとしても輿を利用するものなのだろうか。傾斜の山道で懸命に身を支えていなければならない輿よりも、徒歩でのんびり歩いた方がよほど気楽に見える。どちらにせよ、本当に「からき道」であるかどうかが検証されるべき課題であるが、皆さんに問いかけるのは遠慮した。雰囲気としては、からい人もいるし、からくない人もいる、という空気を感じた。

それにしてもこれは、雑役人夫と式部との会話ではない。毎日のように往還しているはずの荷役夫なら、「なをからき」などと呟くほどの難路ではないというのが私の最初の印象であるが、それはともかく、それを聞いて詠じた「知りぬらん」の歌は、式部が荷役夫の労を癒したとか反論したとか、そのような相聞の形で成立したものでは断じてあり得ない。これは、式部の心の内面の表現なのである。「世にふる道はからきもの」との所懐が、この歌のすべてである。式部の越前下向は、その始発から不本意あるいは不如意の空気のなかで語られていた。「都恋しき」「思ひ出る人」と後ろ向きの感情で語られている旅、それを眼前に受け入れて進んでいかざるを得ない人生の不本意が、「世にふる道のからさ」を式部に認識させているのである。式部は、この後の越前往路の歌を家集に残していない。初めて目にする青い日本海の波濤、水津から山中峠を越える急峻な山越え、それらがどのような感懐で式部の目に映じたであろうかと推測するのであるが、彼女は、なにも呟いていない。未知の地への感興に動く心もなく、くり返しこみ上げてくる望郷の思いにも疲れ、あえて言えば無感動の人形のように北陸の国府の地に入った。そのように表現して、大きくは違わないと思う。

三　木芽峠

ＪＲ新疋田駅前で待機していたバスに、再度乗り込む。これから、木芽峠敦賀側入口までの三十分余りが、待望の昼食休憩の時間である。二十三人の仲間は、しばし小学生の遠足気分に浸っている。バスは、近年開通したバイパスを避けて、敦賀市内を気比神社前で右折、わざと旧路をたどりながら東の山塊に向かっていく。樫曲・獺河内から越坂を越えるあたり、道は山麓に添っておおきく迂回している。今庄から湯尾峠を避けながら日野川岸辺の東麓を迂回する地形に似ている。関東の方には、新田義貞が名刀を投じて渡った稲村ヶ崎を思い出していただくのが分かり易いか。稲村ヶ崎に対する極楽寺坂切通しに相当するのが越坂の集落の中央を通じる道で、往古、越前に通じる陸路はこの道が唯一の通行路であったと、これは土地の古老の説明。ついでに言うと、古道などについて質問するのはおじいちゃんが一番良い。腕白小僧だった頃の遊び場所を懐しがりながら、いくらでも話してくれる。東麓を迂回し越坂背後の急坂を左に見てバスを徐行して貰いながら、藤本氏の「たこの呼坂＝越坂説」（文献４）に触れる。その地点から百メートルも行くか行かないかで、左の集落に入って行く道がある。五幡越えで海岸に出る官道であるが、以前に私が行った時は通行止めになっていた。道は、間もなく新保の登り口に達する。この山塊を、栃木峠を越える旧北陸道（国道３６５号線）に向かうトンネル入口手前でバスを停める。私が初めて木芽峠を登る体験をした十数年前、こんなトンネルが通じるとは予測もしていなかった。

これから登る木芽峠道は、紫式部の越前往還では帰途の道にあたる。平安初期から幕末の天狗党や明治天皇行幸の道となった近代まで、江越国境を越える代表的な道になっている。紫式部が越えた「かへる山」の経路をここに想定するのは、最も無難な態度と思う。もし決定的な別の徴証が提出されることがあれば、その時に喜んで修正すれば良いことだと思う。最前の深坂峠越えの後、今度の木芽峠が本命との薬が効き過ぎたのか、五名はバスで待機するという。従って、私を含めて十八名が、勇躍とは表現し難い雰囲気ながら、とりあえず山頂に向かった。道は迷いようもない一本道というのが、十数年前の記憶であったが、今年の猛暑の影響か、雑草が繁茂した道は、途中で不安になりそうなほどのものであった。しかし、指導者が不安な姿を見せてはいけない。なんとか元気を装いながら、坂道の中途で、木芽峠道の立札を見る。このような指標の有り難みをあらためて実感。立札には、

都の方へとてかへる山越えけるに、呼坂といふなる所のいとわりなきかけぢに、
輿もかきわづらふを恐ろしと思ふに、さるのこの葉の中より、いと多く出で来たれば、
ましもなほをちかた人の声かはせわれ越しわぶるたこの呼坂
（同・八一）

の歌の部分が紹介してある。冒頭の「まし」は猿のルビとして振ってある。むろんこれは誤り。登りの山道は左方が谷間になって、向こうの山腹と向かい合っている。さるが呼び合っているという光景にはいかにも似つかわしい。私も、この坂道の途中で立ち止まり、そんな説明をした。立札を見ていると、古賀典子さんが「さるとたこの草体が見誤られたという可能性はないかしら」と、新説を提案した。なるほど、それもあるかもしれないし、なにより全体を普通名詞に解釈した方が訳はすっきりする気もする。気持は引かれるが、歌語としての「さる」はどうも普通でない気がするなどと言い合いながら、峠に向かっていた。そう言えば、この詞書は「輿」に乗ったことを明記していた。一列縦隊で進んでも危うく左手の谷間に足をすべらしそうな山道で、どのように輿であったのか不思議。明治天皇行幸の記録を見ると、駕籠丁の極度の緊張などを記述しているから、輿というのも通行の乗物ではあるらしい。しかしこんな道で輿とは、乗ってる方がもっと大変そうと思う。

今年古稀を迎える私の足許も、しきりにおぼつかなくなった頃、頭上で犬の鳴き声がする。二匹ほどの白い犬が、頻りに下方を向いて吠えたてている。峠の茶屋（営業はされているのかどうか知らない）のワンコである。いつもは憎らしい犬の吠え声が、歓迎の声のように懐かしくも聞こえた。頂上直前に明治天皇御膳水とかの空間があるので、思い思いに腰を下ろして後方を待つ。木の間に見え隠れする姿は、遠目にも息も絶え絶えかなとも推測する。茶屋のワンコではないが、思わず「もう少しだ。頑張れ」と呼びかけた。この場合、「頑張れ」という呼びかけは、適当なも

のかどうか少し気になる。最後尾が到達して暫く休息の後、全員で峠越えにかかる。老者にはエベレスト初登頂の気分である。さきほどの二匹の吠え声は相変わらずだが、頂上にさしかかった時、峠の茶屋の住人が出て来て、なにやらバケツから白いものを取り出して進んで来た。飼い犬に餌でも思っていたら、「穢れた人間ども」とかののしりながら、我々に向けて振り懸けて来た。なんと塩だった。下界から登って来た騒々しい人間どもは、なるほど、山の神聖を汚す存在かも知れない。「私などはもっと穢れをはらって貰った方が良かった」。軽口をたたきながら、言奈地蔵を経て笠取峠に向かう尾根道を進む。ここからは、平坦そして下り道である。笠取峠の敷石に、いつも歴史の感懐を覚える。

スキー場のリフトになっている空間を横切り、正面を下る。雑草で見えにくいが、粗末ながら階段が作ってある。数メートル下の鋪道された道は、栃木峠から木芽峠を経て山中峠に至る林道である。ということは、この林道によって、乗車のまま木芽峠に至ることも出来るということでもある。林道に降りた正面はスキー場のコースで、はるかの先まで急傾斜の草原になっている。その傍らは、対照的に手入れの放置された雑木林で、旧北陸道はこの林の中を下り、スキー場の斜面の途中に出て来るようになっている。林に降りていく入口横に、「親鸞上人越前慕古の道」という石標が立っている。その道に入っていきたい気持は山々だが、今回は用心してスキー場横に作られたコンクリート道を下る。急傾斜の鋪装道は意外に難儀。膝のあたりに痛みを感じる。この距離は、三四百メートルほども測るだろうか。スキー場入口でこちらを伺う男性の姿を認める。この入口まではマイクロバスも通行できず、二ツ屋との間を往復するためにチャーターしたタクシーの運転手である。二ツ屋に待機するバスに向かう間、運転手は見かけた猪の話をする。「子供の猪で、近くに母親がいそうで危険なので近づかなかった」とか。近くの座席にいた山本淳子さんが口をはさむ。「この辺、さるも出ますか」「そりゃあ、いますよ」。山本さんは、「声かはし合うさる」の姿を想像しているのだろう。

二ツ屋の集落でバスに合流したところで、予定はほぼ一時間遅れ。最初の塩津湾に向かったのが、予定外の遅延の原因。敦賀から特急で帰る予定の人が切符を買っていて…というので、急遽湯尾峠は割愛することにした。山中峠はタクシーをチャーターしているので、バスも一緒に県道２０７号線を杉津方面に向かう。昭和三十年代まで、今庄―杉津間を鉄道が走っていた道である。鉄道の名残のトンネルに入る手前で、左に登って行く山道がある。山中峠への道である。バスは入らないので、またタクシーで往復する。時間の余裕が無く、はるかに日本海を見下すT字路まで行って、車上のまま引き返す。雑草に覆われて痕跡も定かでないが、復路、右手のやや幅の広い空間が、まぼろしの北陸道（別称、塩の道）と言われる最古道である。道を横切って、前方左にのぼって行く尾根道がある。その入口には「まぼろしの北陸道」の小さな石標がある。尾根を通って大塩という集落に降り国府方面に向かう。山中峠から今庄に向かう経路よりも古い道である。官道としての山中越の道は今のところ確定されていないが、山中峠まではこのまぼろしの北陸道とほぼ重ねて良いのではないかという気もする。ともあれ、紫式部が水津に上陸して山中越で今庄への道をたどったとして、その山中峠の所在だけをあわただしく確認した（と思ったら、これはいささかの間違いだった。コラム⑩参照）。峠との間を三往復してバスに戻ると、今日の帰京組は、このままタクシーで敦賀に向かうと衆議一決していた模様。なるほど、その方が賢い。この山中峠の入り口で、宿泊組と帰京組は惜別した。

宿泊組は、一路、宿泊先のしきぶ温泉に向かう。今庄方面に向かって国道３６５号線に出る少し手前で、左手に所在するのが藤倉山。久保田孝夫氏がこの山を「帰山」と記載する古地図を見つけ、「かへる山越えけるに」の意味は、「この帰山（藤倉山）を通り過ぎて行った時に」の意だと最近主張されているが、今日越えて来た木芽峠の実感にはとても及ばないだろう。手前の山麓に鹿蒜（かえる）神社が所在する。こんなことを簡単に説明するが、早くも温泉の湯気がちらついている皆の耳には届きにくい。越前国府に向かう最後の山越えである湯尾峠は割愛、夕闇も迫って来た。北上する道の途中で、突然「日野山はどこですか？ あれですか」という質問の声が、飛んで来た。右手に迫る高山は秀麗とは言い難いが、江越の山塊を越えて北陸道を歩む旅人には、安堵の目印になったであろう。国府から「杉むら」が遠望できるかが、ひとしきり話題になる。山容ははるかに遠望できるが、無論、杉木立を見るような感覚ではない。越前国府からは、日野川をはさんで間近に見る山もあるが、「村国山の…」などと正確に詠み込むことに、何の意味もない。都人には、江越を越える山は「帰山」で、国府から遠望する山は「日野山」以外に無いのである。と考えると、「帰山」は、少なくも都人にとっては、山中峠・木芽峠を含む江越国境の山塊を指す呼称以外ではあり得ないということになる。「正確には藤倉山のことだ」とか「湯尾峠を指す」とかの説明は、都人には、有難迷惑か少なくとも何の関心も無い指摘であろう。「呼坂」の実際が「越坂」かどうかとは関係なく、都人には「帰山山中の呼坂」以外には何の感興も無いということであろう。現実が都人の感覚とまったく相違している事実が確認された時に、それが紫式部論の手がかりになるということはある。こんなことを考えたりしていたが、バスの中の会話は、ここまでは及ばなかった。私のやや敷衍した作為である（陳謝）。しきぶ温泉の十二色の温泉風呂や、その後の慰労を兼ねた夕食会のことは省略。ただ、踏査実行の満足感の余韻で、すこぶる楽しい対話の時間であったことだけを報告しておく。

今回の踏査旅行では、越前国府所在地近くまで到りながら、一泊の縁は結んだが目前で帰京の途についた。紫式部の方は、一年数ヶ月程度の越前滞在であったらしい。その間の彼女の心情をたどると、「暦に初雪」と書けば、はるかに眺望する日野山におもわず小塩山の薄雪を思い、庭に作った雪山に誘われると「ふる里に帰る山路のそれならば」と嘆息を洩らしている。雪の融ける春近くになっても、自分の心情は「しらねのみ雪いや積もり」と、鬱積の思いが消えることが無いことを隠さない。これが、越前への旅に出て以来の式部の変わらない心情であった。それが、実際に帰京の途で「かへる山」を越える時、「輿もかきわづらふかけぢ」に恐怖しながら、木の葉の中から出てきた猿が啼き合う姿に、安堵と親近の感情を示している。啼きかわす猿に「ましもなほ」と呼びかける心の中には、当然ながら「私も」という思いが前提にある。今回の踏査旅行で、我々は、うっかり足を滑らせたら谷間に転落しそうな急峻をたどって、式部の恐怖とさして変わらない実感を持った。その恐怖までもかき消す〝都への思い〟とは、どういうものであったろうか。廿余歳かと思われる娘の心の内面は、主観的にしか言えないけれど、男女の愛情関係に揺れ動いていたと評してまず間違いのないところであろう。それも、都に戻れば、猿のように互いを求めて「啼き交わす」ことが出来る（と願望しているだけカモシレナイ）相手への思いなのである。ここから先は、残念ながら、研究の形にならない。言われているように、藤原宣孝との愛執かもしれないし、他の愛情関係かも知れない。想像を述べることを許していただけるなら、私は、家集に何の痕跡もとどめていない、式部の心に深く秘められた切ない感情であったと思っている。その不如意の思いが、『源氏物語』に底流する思想になっていると思っている（文献4）。

四　たこの呼坂

翌日、八時半にホテル前集合。学会当日であり、遅刻しないようにJR敦賀駅に向かうだけだが、急遽、郷土史家が指摘している「たこの呼坂」の地を実見してみることを計画に入れた（文献5）。国道8号線を敦賀方面に向かう。この間の最大の難所は、現在、春日野隧道・武生隧道が通っている山系の部分で、「たこの呼坂」へは、春日野隧道の直前に8号線左の山道に入って河内に下って行く道と、インターネット情報で了解していた。そのことをバス内で一応説明し、左側車窓に注意を払っていたのだが、ついに気付かなかった。トンネルを抜けて、河野海岸から上ってきた国道と交錯したところで左折する。すぐのところにある集落が、河内である。さきほど触れた春日野から入った山道が下ってくる道はどこか注意してみるが、判然としない。この山間の道は国道３０５号線、やがて徒歩でも迷う細道になって菅谷峠にぶつかり、南条方面で忽然とまた３０５号線が現れるという、不思議な道である。郷土史家の指摘する「たこの呼坂道」は、その途中から右手に入る道である。道脇は小流で、入口地点には、小橋が架かっている。小橋の傍らに、何故かサビついたユンボが放置されたままになっていて、それを目印に注意していたのに、今日は撤去されていた。昨日の今日ということで遠慮して、バスから３００メートルほどだけ山道歩行して貰う。路傍の流水は清冽な水音を立てていた。曲り道辺のコンクリート支柱に「蛸谷…」との標識を認め、一応地名の確認をしてもらったところで引き返す。この道は、山越えして国道８号線を横断し海岸の「大谷」に降りていくとのことであるが、地形を考えると容易には信じ難い。河内集落の人とたまたま会話できた機会に、そのことを尋ねてみたら、山を越える道は確かにあると言われた。いまだに半信半疑。そのうちに検証の機会を得よう。

国道８号線に戻る。敦賀方面に少し進行し、道の駅「河野」を出てすぐの短いトンネルを出た途端の右側路傍の空間地に、「たこの呼坂」の説明板がある。あやうく通り過ぎかけ、あわてて運転手さんに停車をお願いする。立札のある場所は、恐ろしいほどの急傾斜の絶壁の中途である。「わりなきかけぢ」どころではない。絶壁の裾の部分にへばりつくように所在している大谷集落などもまったく視界のうちに入らない。眼下に拡がるあくまで蒼い海原に感嘆しながら、どこをどのように下って行けるのか、半疑の感情の方が強くなる。今少し敦賀方面に進行した地点で、下っていく道が無いことはない。私も一度だけ、体験したことがある。大谷の地元の人に訊いてみても、大谷から国道に上ってくる唯一の道ということであった。この状況は、古代も現代もさして変わっていないだろう。地元の方に尋ねたついでに「〝たこ〟とかいう地名はこの辺にありますかねぇ」と、訊いてみた。「まったく心当たりが無い」ということだった。ついでに「大谷」は漁村なので漁師が船を付ける場所はあるが、とても港と言えるほどの場所は無いとも言う。確かに、杉津が敦賀湾内の極限で、それを過ぎて外洋に出れば、河野海岸くらいには行くだろう。ある機会に、歴史地理の木下良先生が、河野海岸に上陸して「甲楽城」あたりから国府へという経路を示されたことがあった（私信）。その道は馬借街道と呼ばれて中世には確実に存した道であるが、古代にまで遡れるかどうかが私にはよく分からない。

このあたりまでは、私の頭の中の思惟であるが、ふと気付くと、運転手がしきりにギア操作に努めている。「右手に下って行く道が…」と説明したばかりなので、気を利かして徐走してくれようとしているのかと思ったら、バスは徐々に速度を落としついにそのまま路肩に停車した。ギアトラブルで運行不能になってしまった。このようなこともあるのだな。人生一度の経験に、珍しい記憶を追加してくれるような出来事になった。運転手の連絡で、急遽タクシーが四台ほど駆け付け、時間は多少前後しながら、全員がどうにか敦賀駅にたどり着いた。この間、二十分ほどか。国道を往還する車の列にヒヤヒヤしながらでも、右手に拡がる日本海の渺茫たる視界は、しっかり堪能できたかなとも思う。実施担当者の気楽な感想である。以上、後日探訪の希望を持たれる方への参考として、踏査記録を残した。

参考文献

1　宮崎康充「国司の赴任とその儀礼」（倉田実・久保田孝夫編『王朝文学と交通』所収、竹林舎、平21）
2　藤本勝義『源氏物語の人 ことば 文化』（新典社、平11）
3　木下良「敦賀・湖北間の古代交通路に冠する三つの考察」（「敦賀市史研究」二号、昭56）
4　加納重文『源氏物語の舞台を訪ねて』（宮帯出版社、平23）

5　上杉喜寿『歴史街道』（しんふくい出版社、平4）

コラム⑨　塩津海道

塩津が敦賀への上陸地点になることについて、やや疑問を感じていた。勝野津からなら、手前の大浦に上陸し、そのまま北の山系に入って行くのが自然の経路ではないか。そんな気がしていた。現在でも、この経路に近い道を指摘することができる。なぜ塩津からなのだろうかと思っていたら、ある時、塩津湾に入った舟は、そのまま大川を遡行するという説明を受けた。なるほど、それなら距離も短縮して、労力少なくできる。以来、私も塩津浜の大川河口では、その説明に従うことにしていたが、今一つ受け売りの印象まぬがれにくい。また、塩津で上陸して深坂峠越でなどと喧伝しながら、浜から峠の入口までは、常に国道8号線を車で急ぐだけで、いささか後ろめたい気持もあった。その辺の解消が、本コラムの目的である。踏査は歩行が原則だが、田舎道は近いようで案外遠い。今回は、用心して自転車を使った。

1．塩津湾口

いつものように、湾口の場面（写真1）から始める。右手葛籠尾崎の突端の部分が、つながっているように見えるけれど、竹生の島影であると、ややおぼつかな気味ながら説明している（これは、後に再確認）。大川河口（写真2）。次も河口近い場面なのは、前方の山（突端が葛籠尾崎）で分かる（写真3）。右端の土色の見えると

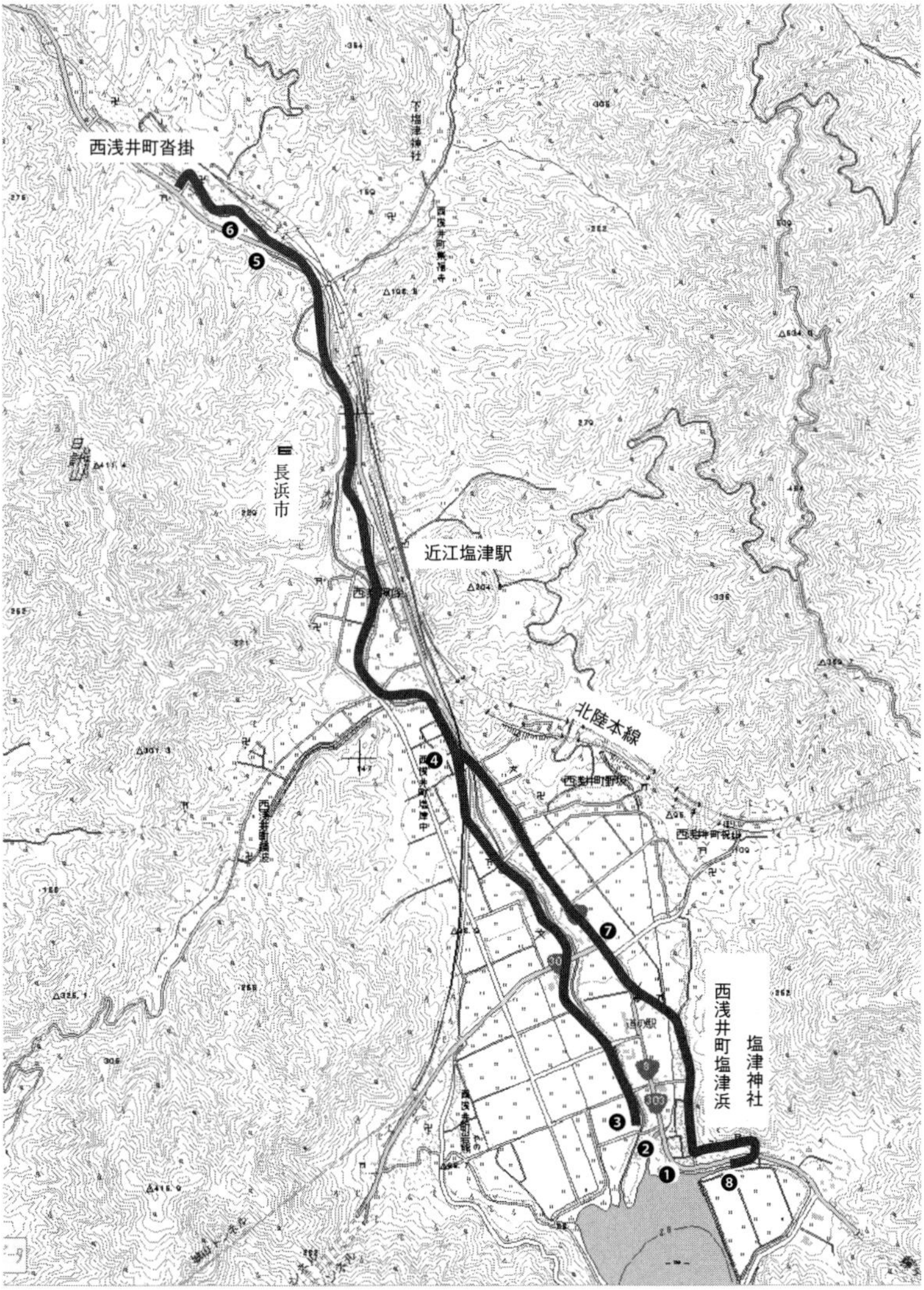

〔電子国土ポータルより〕

塩津海道（大川河口～沓掛）

2. 大川河口

3. 大川河口近く

4. 大川中流

ころが、五体の板人形が出た現場。発掘はまだ続けているのかな？この辺までは、舟行まったく支障ない。次は、塩津中学校近くの橋上からの場面（写真4）と思うが、川の状況は、簡単な洗堰もあり、小石の目立つ浅瀬で、手漕ぎのボート程度でも、航行は？と思わざるを得ない。水量は、案外変わらない気はする。鮎釣りであろうか、川中での釣り人の姿を時折見る。川に沿う堤道をひたすら進む。川の堤が無いということはないので、つねに進行可能と思うが、なぜかフェンスで仕切って、進入を禁止している場所もあった。やむなく二度ほどかな、後戻りして迂回した。一応目的地にしている沓掛に到着。目的地というのは、遡行してきた舟の最終の到達地点と説明されているためである。たしかに、舟留めかと思われる空間も存在した（写真5）。現状では困難であるが、川中の草地が水流の底になるくらいであれば、この地点までの航行もあり得るかなと思われた。川筋は、ここで屈曲して国道下をくぐり（写真6）、沓掛集落の中を通る。水量は、河口辺と極端には変わらない気がした。集落の中間辺、国道をはさんで八幡神社と向かい合うバス停「下沓掛」で、往路コースの終点とした。時計を見ると、ちょうど一時間であった。

復路は、国道から時折はずれる旧道を、極力たどる予定である。間もなく、左手にJRの線路下を山手に向かう坂道に出合う。集福寺の集落。今回は寄らなかったが、以前に、この地の「下塩津神社」を訪ねた時、「塩土老翁神」を祀るという由緒に、感銘した記憶がある。応神天皇が二人の皇子に老翁の神霊を祀るように命じられたという話である。例の「わらはべの浦」と「老津島」を思わず想起した。コースは、近江塩津駅辺では国道の西にあるいは東に、僅かに外れながら（本当は逆。後で国道が勝手に通っただけ）南に向かう。マキノ方面から来る国道３０３号線とT字形に合流したところにあるコンビニの駐車場脇に、けっこう目立つ常夜灯がある（写真7）。これは、河口付近にあったものを移したものと推測する。背後の石碑には、式部の塩津山の歌を刻されていた。「道の駅」の手前で、左前方に明瞭に入っていく直線道。この道が抜ける塩津浜集落の中の人家の傍らに、「塩津海道」の石碑がいくつか目に

5. 沓掛舟留跡

6. 屈曲して沓掛集落（左）へ

7. 塩津浜常夜灯

８．塩津神社

つく。日本海に向かう海の道ということだろうか。本コラム名も、海道と訂正した。海道が浜辺に達する付近に、塩津神社が所在する（写真８）。この地には往古間断なく塩水を湧出する塩池があり、遠祖塩土翁の遺訓を奉じて製塩につとめたと、碑で説明している。ここでも「翁」である。老津島（竹生島）の神は、本来は塩土翁だったではないかと推測する。社前の国道を渡って、崎の突端に島影を確認する。やれやれ、胸のつかえがやっと取れた。

コラム⑩　山中越

有志で鉢伏山（通称、帰山）の探索に出かける。有志といっても私と年齢前後のお姉さんたちなので、「あまり歩かせないで」という暗黙の了解がある。集合は湖西線大津京駅、おおむね国道161号線に沿って北上しながら、唐崎・勾当内侍墓に寄る。本日の趣旨と違うので、残念ながら写真は割愛。明神崎突端にある白髭神社山腹の紫式部歌碑を見、ここから塩津湾をめざした式部の船旅を、これも残念ながらひたすら湖岸の道で追う。四月下旬に近いが、一同の行いが良いのか、海津大崎は爛漫たる桜花のトンネルであった。塩津への最短と誤解して奥びわ湖ドライブウエイを選んだのが誤算で、予定時間を大幅に超過する。癪なので、主題には外れるが、一枚紹介させて欲しい（写真1）。だいぶん山頂に近づいた場所で、葛籠尾崎とその向こうの竹生島を眺めた場面である。その後、塩津浜に立ち寄った後に、ひたすらメインの木芽峠を目指した。

1. 葛籠尾崎と竹生島

紫式部は、越前に赴任する父に従う旅（一応、そのように理解）で、敦賀に向かう深坂越での詠歌の後、国府に着くまでの記録をまったく残していない。帰途は、平安初期に開通した木芽峠越で帰京したと思われるし、往路も同じ経路と推測するのはむしろ自然であるが、まったく形跡を残さないので、本来の官道であった「山

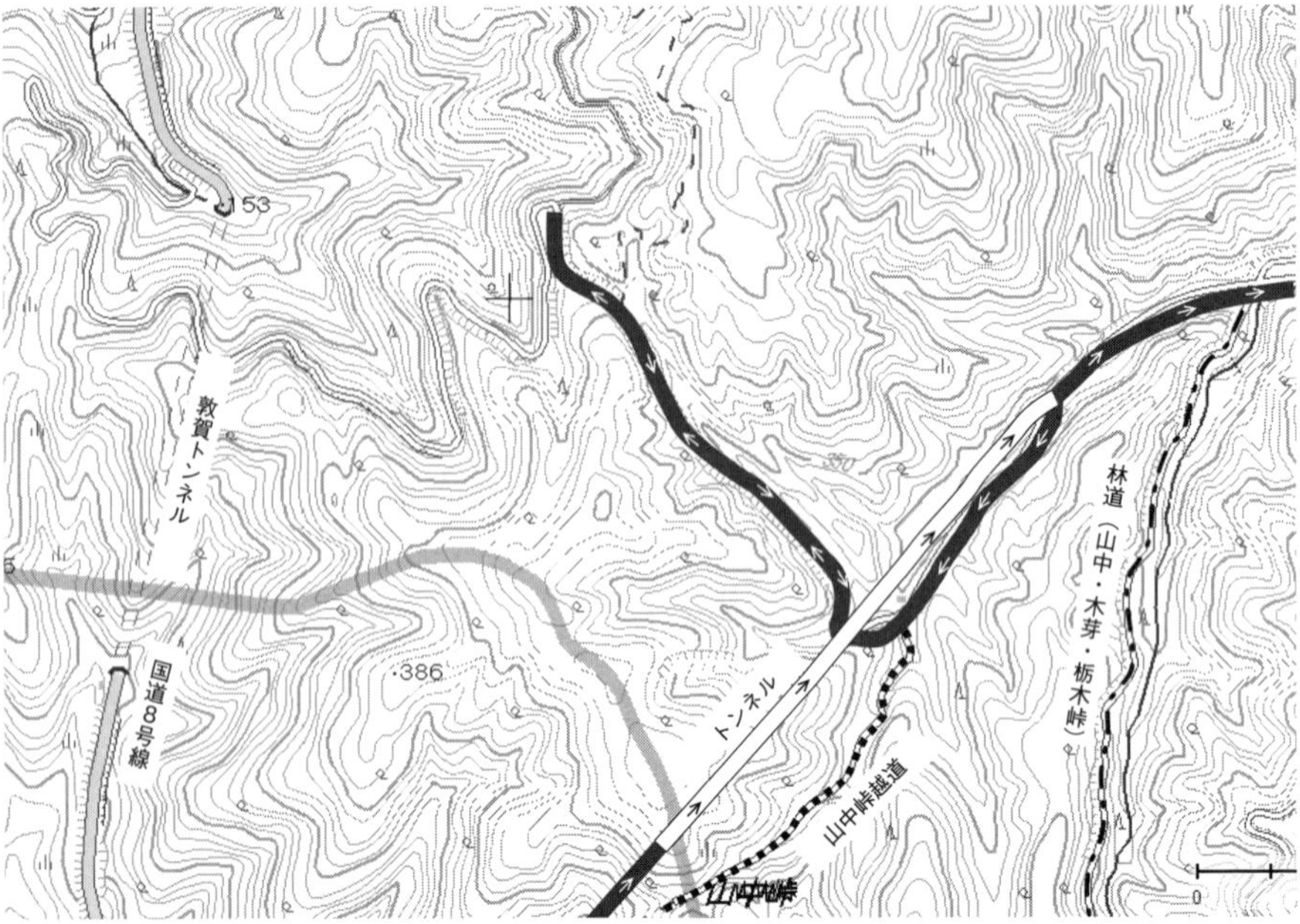

至　水津

〔電子国土ポータルより〕

付図１　山中峠辺参考図

中越」をして越前に入ったと一応考えておきたい。ということで、本章では、夕刻の闇が迫る中、「山中峠」と思われる山頂辺をとりあえず案内したのだが、その後疑念を感じさせる資料に出合った。国土地理院の地図を、インターネットを利用して見ていると、私が案内した地点から少し離れて、「山中峠」の明示があった。付図1の下部中央辺である。私が案内したのは、山中隧道を出てすぐに、平行するように山頂に向かう道であった。そこまでは間違っていなかったが、この付図で見ると、坂を500㍍ほど登った地点で、左（南）に分岐する道が見え、やはり500㍍ほどで「山中峠」に達している。私が案内したのは、分岐に入らず直進して「まぼろしの北陸道（塩の道）」と交錯する山頂辺で、「およそこの辺」と車中で説明したものだった。間違っていたら訂正しなければならない。今回の有志旅行の意図は、その確認である。

国道8号線をひたすら北上する。杉津（水津）が敦賀湾内の北限で、海上経路であれば、ここで上陸して大比田・

2. 山中越入口

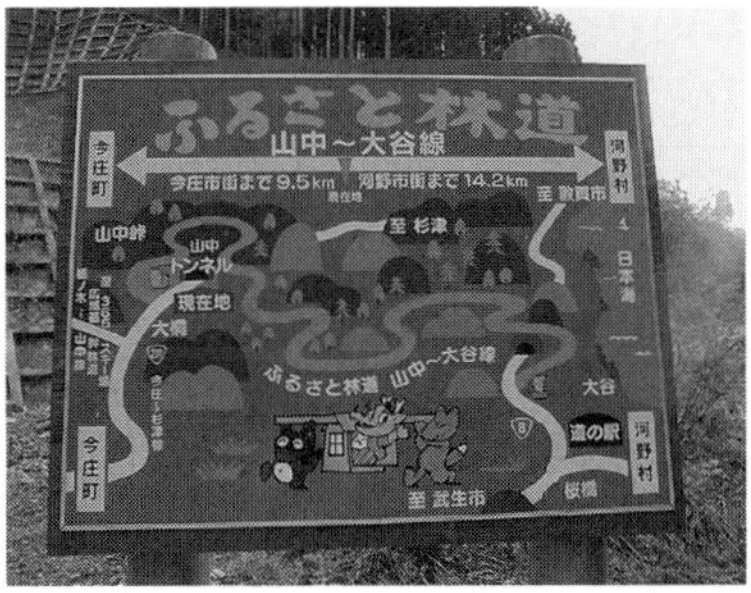

3. 山中越説明坂

4. 塩の道（まぼろしの北陸道）

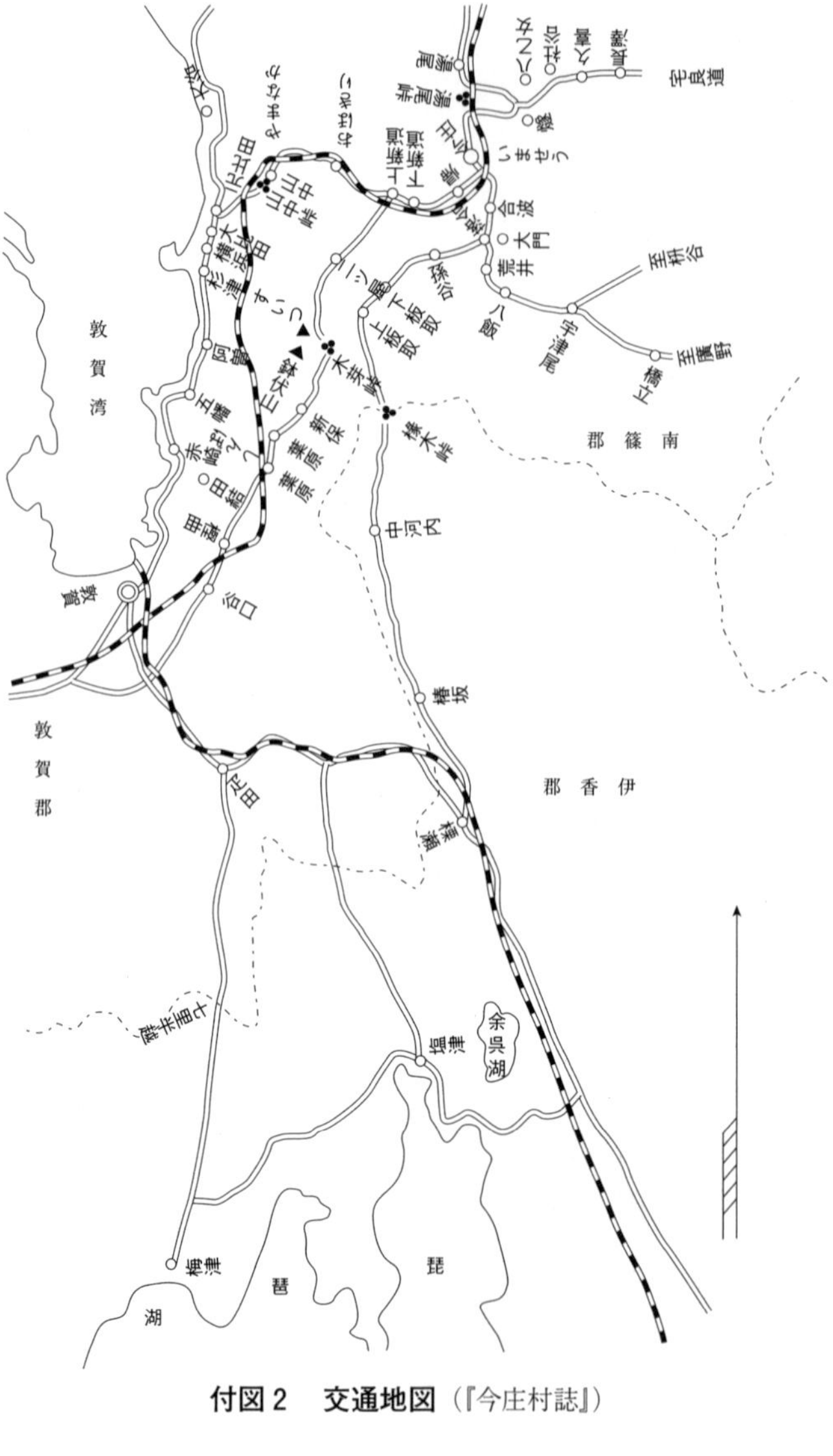

付図2　交通地図（『今庄村誌』）

元比田から山中越の道に入る（湾外まで出れば、河野海岸辺まで向かう。後には、このルートが開かれた）。ひたすら国道を走ってきた我々は、一応舟が杉津に着いて上陸したつもりで山越えにかかるが、もともと自動車道路などあるはずもない。実は、旧国鉄がこの山腹を走らせていた軌道が残っており、昭和三七年の廃線の後は、生活道路として利用されている。分かり易い参考図を紹介する（付図2）。山中峠のほぼ真下で、トンネル道になっている。トロッコの線路のような小さな、暗い軌道。天井から水滴が落ちてくる。有志のお姉さんたちは、ひたすら沈黙であったか饒舌であったか忘れたが、サスペンスドラマのようなドキドキであったらしい。最後のトンネルを抜けると、安堵の声が飛び交った。すぐのところが、山中越入口である（写真2）。中央に「ふるさと林道」の案内板（写真3）。山頂への道を走る。四月下旬近いというのに、雪が道を邪魔したりしている。お姉さんの一人が、「山中峠の標がありましたよ」と声をかけてくれる。「そうか、やはり」と思いながら、とりあえず山上へ。左側の「塩の道」（写真4）が右側

5. 大塩

6. 山中越標識

7. 木芽峠案内板

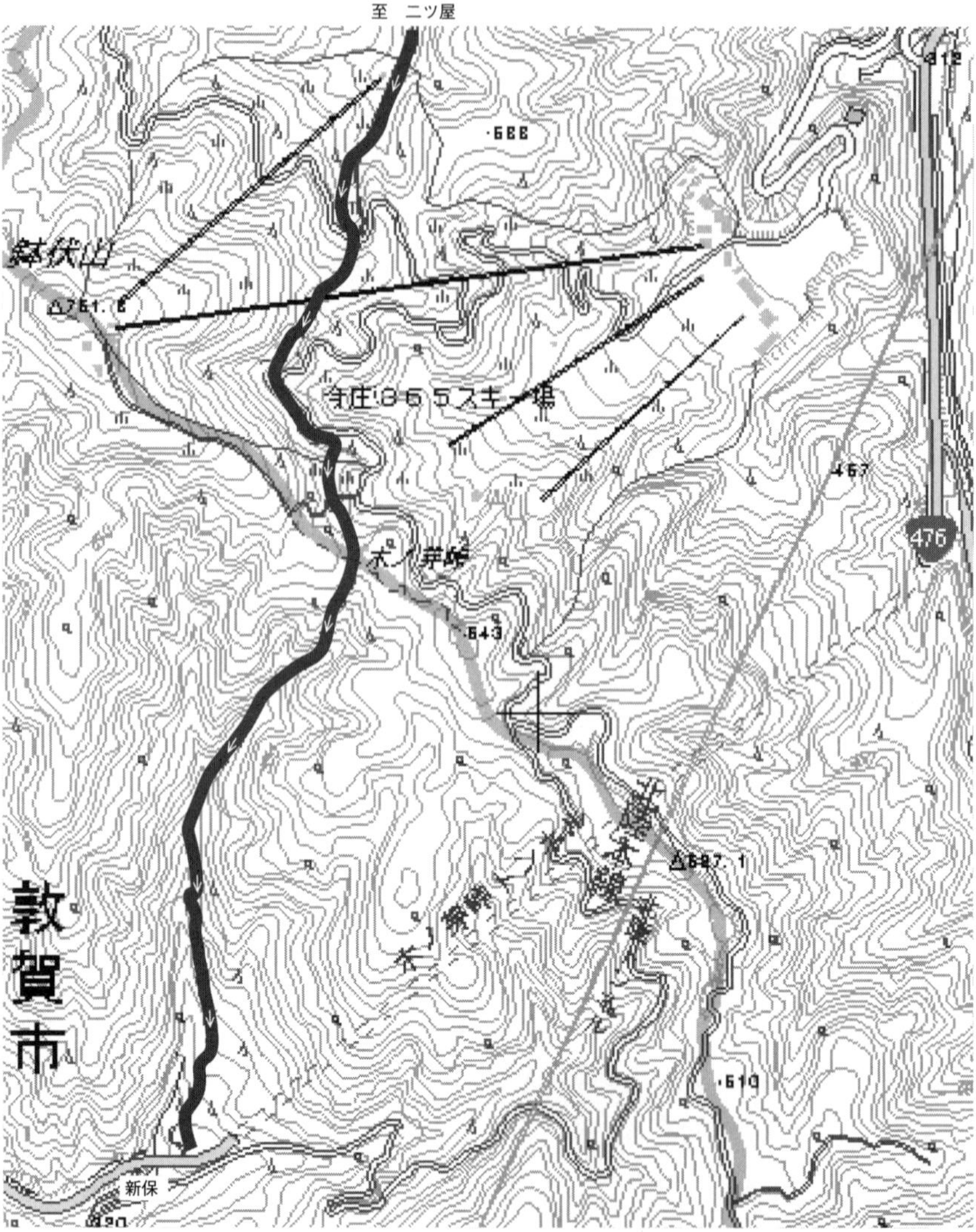

〔電子国土ポータルより〕

付図３　木芽峠辺参考図（■■が峠越道）

の尾根道に向かう「まぼろしの北陸道」、地図で見れば、国府への直線経路になっている。「山中峠」は否定されたが、私には、惹かれる道である。尾根を通って降りた地点「大塩」（写真5）の写真をついでに載せる。

　さて、道を引き返す。なるほど、「山中峠」の木標があった（写真6）。車から降りて、標の指す林間を少し歩きかけたが、どこが道やら判然としない。なにか、うさんくさい。「先程の塩の道方面への指標だったのでは？」と勝手に解釈して、早々に探索はうち切る（これは間違いだったらしい。帰宅後に付図1で再確認）。さきほどの県道を東行、新道から右折して木芽峠への道をたどる。こころぼそいような山道で、途中の案内板（写真7）を見てルートが間違っていなかったことを知ってホッとしたのは、何年前のことだったろうか。小型車でも、スキー場入り口までしか無理、しかも、その引き返し地点は、五十センチほどの雪の吹きだまりになっていた。雪にぼやきながら引き返し、国道365号線（旧北国街道）から、最近開通の木ノ芽峠トンネルを経る。トンネルを抜けたところに、右手、木芽峠からの道が降りて来ている。後の方のために、案内図（付図3）を付す。

第9章　木幡山越

最近、「宇治への道をたどりたい」という意向を聞いた。薫がたどった道（無論空想の世界のことであるが、その道は存在したはずである）を自分でも歩いてみたいという素朴な関心である。小説の世界に心酔したら、それを肌身に感じたいという、感傷と言えば感傷に過ぎないが、文学の感動に根底で結びつくものがあると、主観的には認識している。それを学問的な形で把握したいというのが私の〝文学地理〟なので、冒頭の素朴な関心は私にも通っている。けれど返答には少し迷った。一つは、京から宇治までの距離と、一つは把握し切れていない木幡山越道の問題である。前者について言えば、手許の地図を広げて大雑把に測ってみたら、二条東洞院からおよそ16キロほど（約四里）。思ったほどでないので、これは案外に安心した。今一つの問題、他人を案内する以上は、自分なりに解釈は確定しておかなければならない。本章の課題とした所以である。

一　南下する二つの道

平安京東郊を南下する二つの道がある。『中古京師内外地図』が明示する「法性路大路」とその東を平行して走る「大宮大和路」である。前者には、「一ノ橋」「三ノ橋」などの記入があり、「此道伏水ニ至ル」と注記している。後者には、「田中祠」「還坂・車坂」「竹ノ下道」などの記入があり、「木幡山及び大宮道□□□等ヲ経テ大和ニ至ル」という注記がある。『中古京師内外地図』は、近世期に作成された考証図で、必ずしも全面的な信頼は置き難い要素もあるけれど、大和に向かう木幡山越道と伏見に向かう道、この両道が存在したことは、確かな前提事実としてよいと思われる。

元暦元年（一一八四）に、義仲追討のために宇治・勢多を突破した義経軍に、次のような記述がある。

千騎二千騎五千六千、二百騎三百騎、七百八百騎、思々心々に、或は木幡大道、醍醐路に懸って、阿弥陀が峰の東の麓より攻入もあり、或は小野庄、勧修寺を通って七条より入者もあり、或櫃川を打渡、木幡山、深草里より入もあり、或は伏見、尾山、月見岡を打越て、法性寺一二橋より入もあり。

（『源平盛衰記』巻三十五）

この記述は、すこぶる興味深い。平安京東郊南方からのあらゆる進路が明記してある。「木幡大道、醍醐路に懸って阿弥陀が峰」は現在の渋谷越（現、国道1号線）を指している。「小野庄、勧修寺を通って七条」は滑石越と思われる

（深草から小野に向かう名神高速に沿う道〈コラム⑬〉は後に開かれたもので、ほとんど史料に未見）。「伏見、尾山、月見岡を打越て法性寺一二橋」が現在伏見から北上する道で、「一二橋」といっているから、内外地図の言う「法性寺大路」（現在の本町通り）にあたるであろう。残された「櫃川を打渡、木幡山、深草里より入る」道が、本章で課題にしている宇治への道に相当することは、まず間違い無い。木幡山・深草里を通る道に「法性寺一二橋」の記載が無いということは、この地点でも両者が合流せず、南北道として平行して存在するものであったろうという推測をさせる。

この西側の南北道（法性寺大路）に関して、最も新しい見解は、足利健亮氏によって示されたものである（文献2）。氏によると、九条御領辺図（『九条家文書』所収）に「京極以東へ二十丈出テ法性寺大道ノ西ノ境目ニ極ル」と注記さ

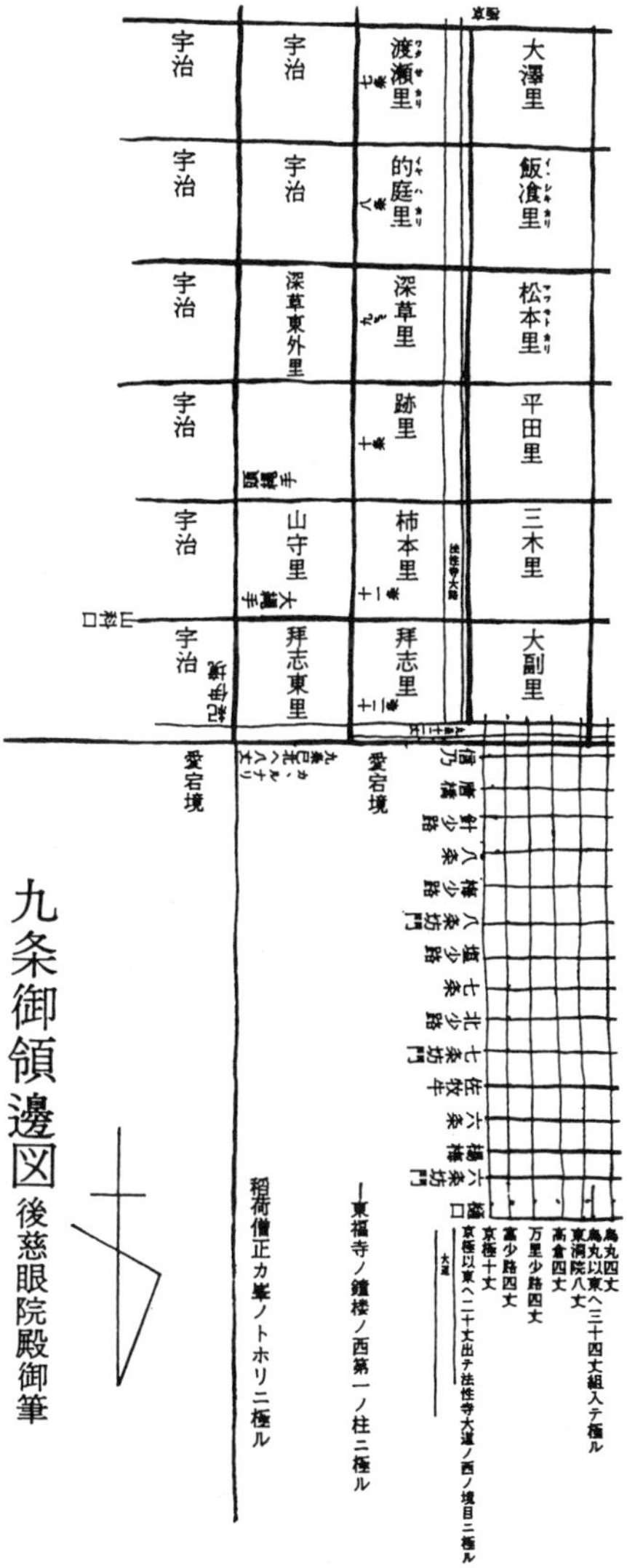

九条御領辺図（文献2から取用。南北に注意）

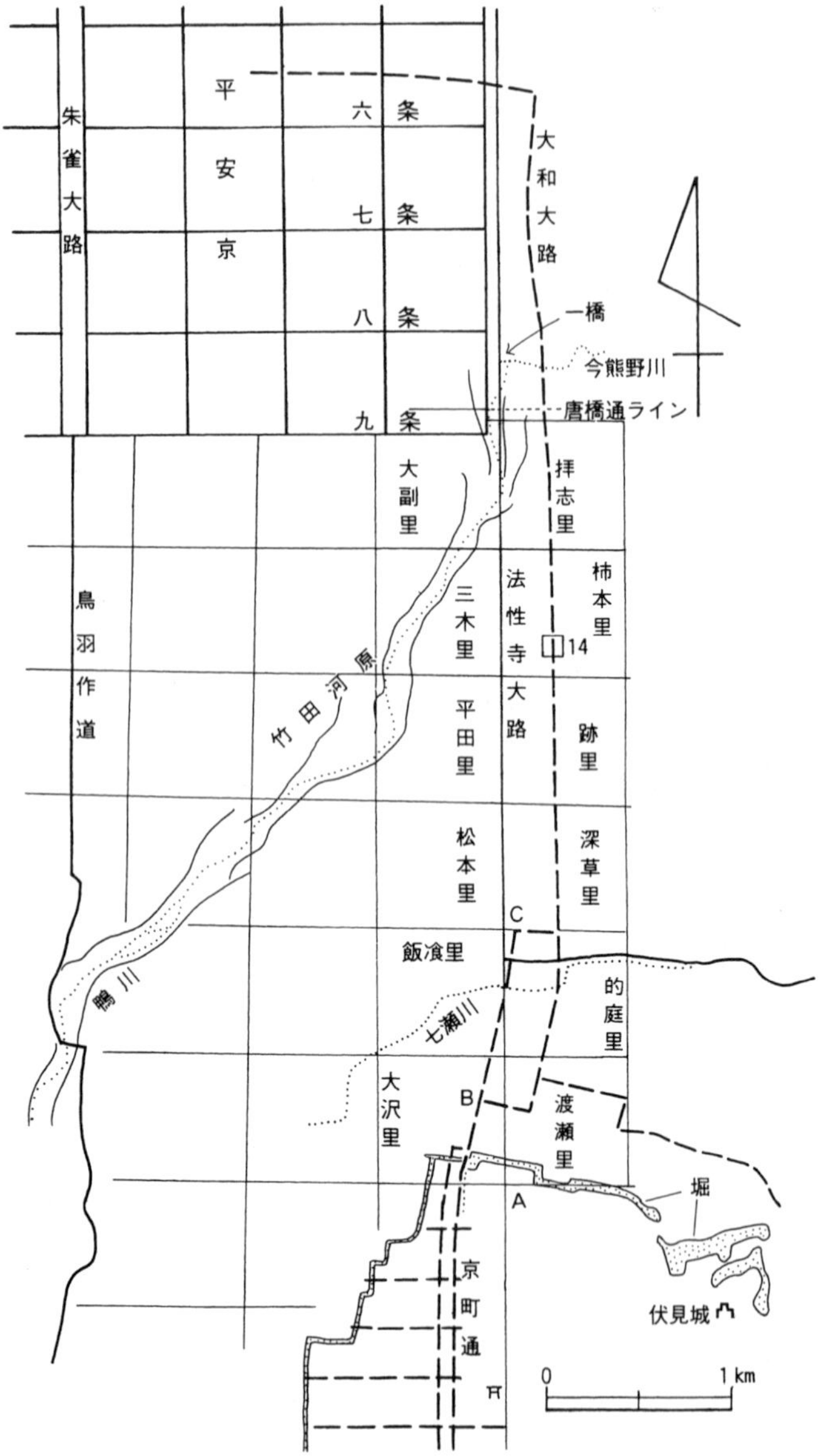

法性寺大路と大和大路（伏見街道）の位置（文献2より）

れた「五条大橋ライン付近から、南は紀伊郡条里7条の渡瀬里南辺まで達する長大な直線道路」は後の伏見城の郭内に及び、さらに南に延ばすと御香宮東壁の道になるそうである。ほぼ同時期に「法性寺路」（『明月記』寛喜二年八月十九日）と「大和大路」（「法観寺文書」貞応二年四月十六日）と両様の呼称が存することから、「最初の法性寺は法性寺大路になるべき畦畔を西限とし、大和大路を東限とする東西約二・五町の間に営まれた」と推定されている。私は、全面的に賛意を表する。また、「法性寺大路（八町）がいつのまにか大和大路のことになったという想像は危険である」と述べられるのにも賛意を表する。しかし、現在の本町通の西に存した脇道としての「法性寺大路」が秀吉の施策によって消滅したとする結論には反対である。足利氏は、大和大路を現在の本町通にあたると思いこんでおられる。大和大路は、氏が言われる通り法性寺東を南北行する道であるが、法性寺大路（現在の本町通）は法性寺西を伏見に至る道で、両者は別である。この法性寺大路は後に秀吉によって京街道＝伏見街道とされた。足利氏が根拠とされた「九条御領辺図」と、足利氏が作成された推定図を並べて紹介しておくので、関心のある方は検証してみていただきたい。私には、氏らしからぬ速断のように思われるがいかがであろうか。

この道に関しては、この以前に述べられた見解がある。福山敏男氏は足利氏と同じく「九条御領辺図」の東京極東境東二十丈に南北道を引き、

> 昔の法性寺大路は今の大和大路（本町通）よりも約二町西を走っていたことになる。（中略）つまり今の本町通は古来の道ではなく、中世の或る時期に付けかえられたものであろう。（中略）平安時代の法性寺大路（大和大路）は、今の東福寺西方では、鴨川の東岸のあたりにあったことになる。

とほぼ同様の意見を述べられている（文献３）。この以前に杉山信三氏が、忠通による法性寺大道西新御所内の御堂供養に触れておられるのも、法性寺大路西・鴨川東岸所在を説明しているのかと思われる（文献４）。西田真二郎氏においてもそのような解釈かと見えるが、同氏の法性寺遺阯の認識はおおむね法性寺大路（現在の本町通）の東のように思われる（文献５）。近世の地誌類の認識は、『山州名跡志』（巻十二）が「今ノ一橋ノ北ヨリ北ニ亘（ワタ）レリ」とし、『山城名勝志』（巻十六）が「今有鴨河東東福寺北門西一橋南称御所内車宿等、土人云法性寺旧跡云々」と述べ、それ以前の『拾芥抄』（巻下）は「九条河原、貞信公」といった比定をするのみで、あまり明瞭な認識は得られない。結局、福山氏が推測され、足利氏が再度述べられた法性寺大路鴨川東岸説が歴史地理学方面から示された明確な見解ということになる。先述したように、両氏ともに、法性寺大路＝大和大路＝本町通という認識が絶対で、ここに思わぬ誤解が生じているのではないかというのが、私の意見である。尊敬する先学に異を唱えるのははなはだ心苦しいが、そのように言わせていただきたい。『山城名勝志』（巻十六）で、

一橋　在東福寺北伏見道、号法性寺一橋、
二橋　在大和大路九条、流水出東福常楽庵奥而経二老橋同北門絶塵橋而出大路、入鴨川之末也、

一橋を「伏見道」に所在、二橋を「大和大路九条」に所在としている。一橋と二橋を別道に所在と記録している事実は、私を勇気付けてくれた。

足利氏の示教に従って、私も、素人ながら五条京極から東二十丈（約６０メートル）の地点に、南北に直線道を引いてみた。市販の地図の縮尺に合わせた、はなはだ頼りない私の直線道でも、東方の法性寺道（現本町通）ととても重なら

ないだけでなく、ほぼ四百トメ|トルの隔たりがあり、現在の鴨川流路よりも西を走る状態である。否定するだけでは無責任なので、敢えて推定説を述べると、東京極大路東に「大道」と示されたこの道は、杉山氏が言われている鳥羽殿東路（文献4）につながる可能性があるかと思っている。先の「九条御領辺図」では、さらに東に「東福寺ノ鐘楼ノ西第一の柱ニ極ル」、さらにその東に「稲荷僧正カ峯ノトホリニ極ル」とする、二つの南北道を注記している。この二道は、法性寺西路（往古の法性寺道、現在の本町通）と法性寺東路（大和大路、現在の東福寺内臥雲橋を通過して日下門前を通る道）かと、私は推定している。後者は還坂から稲荷山頂に至る道を分岐しており、注は、このことを言っている。歴史地理学の立場から見ると、学問的根拠の稀薄な見解と思うが、どうにも打ち消し難い実感として述べさせていただいた。

二　木幡山越道

木幡山越道は、法性寺東を南北に通じる道で、これが大和大路とも通称される古道であるというのが、私の結論である。法性寺東門前の南北道が、稲荷参詣で都と往還する道であったことも、別に述べた（文献11）。

①しのびておもひたちて、日あしければ、かどでばかり法正のへにして、あか月よりいでたちて、うまどきばかりに宇治の院にいたりつく。

（『蜻蛉日記』巻上）

②さてやんごとなくならせたまひて、御堂たてさせにおはします御くるまに、貞信公はいとちゐさくてぐしたてま

つり給へりけるに、法性寺のまへわたり給とて、「てゝこそ。こゝこそよき堂所なんめれ。こゝにたてさせ給へかし」ときこえさせ給けるに、「いかにみてかくいふらん」とおぼして、さしいでゝ御らんずれば、まことにいとよくみえければ、「おさな目に、いかでかくみつらん。さるべきにこそあらめ」とおぼしめして、「げにいとよきところなめり。ましが堂たてよ。われはしかぐの事のありしかば、そこにたてんずるぞ」と申させ給ひける。さて法性寺はたてさせ給しなり。（『大鏡』巻五）

③道顕証（けんぞう）ならぬ先にと、夜深う出でしかば、立ちをくれたる人々も待ち、いと恐ろしう深き霧をも少しはるけむとて、法性寺の大門に立ちとまりたるに、田舎より物見に上る者ども、水の流るゝやうにぞ見ゆるや。すべて道もさりあへず、物の心知りげもなき怪しの童べまで、ひき避（よ）きて行き過ぐるを、車を驚きあざみたること限りなし。これらを見るに、げにいかに出で立ちし道なりともおぼゆれど、ひたぶるに仏を念じ奉りて、宇治の渡りに行き着きぬ。（『更級日記』）

いずれも知られた、大和に向かって法性寺辺を通過する記述である。忠平の例では、父基経に従って極楽寺を往還する途次の話で、だいたいの寺の所在が分かる。道綱母と孝標女の例では、門出の地としたり、休止の地としたり、法性寺辺が一つのポイントになっていることが分かる。法性寺の「大門」はなんとなく西門と思いこんでいたが、どうもこれは東門のことらしい。

近き程にやとおもへば、宇治へおはするなりけり。牛など、ひきかふべき心設けし給へりけり。河原過ぎ、法性寺のわたりおはしますに、夜は明けはてぬ。若き人は、いとほのかに見たてまつりて、めで聞えて、すゞろに恋ひたてまつるに、世の中のつゝましさも思えず。君ぞ、いとあさましきに、物も思えで、うつ伏し臥したるを、「石高きわたりは、苦しき物を」とて、抱き給へり。

（『源氏物語』東屋）

著明な用例である。薫が三条の小家から、略奪同様に浮舟を宇治に伴っている。法性寺辺で夜が明けて、いよいよ山道にかかるらしい。抱き起こした浮舟の横顔を見ながら、「行く方なき悲しさ」をのみ感じている薫の心情につい溜息が出る場面である。

薫が浮舟と同車して越えて行くのが、先述のように深草辺から木幡山を越えていく道であることは理解したとして、その山越道はどのようにたどれるだろうか。以前に、想定図を作成したことがあるが（文献1）、法性寺の所在と木幡山越の部分に関しては明らかに誤っている。木幡山越に関しては、貞観寺・仁明陵辺からまっすぐ山道にかからなければならないのに、あきらかに府道29号六地蔵下鳥羽線に引かれてしまっている。私の修正図は次頁の通りである。文学地理関係の先達である長谷章久氏にも木幡山周辺の略図があるが、「大岩山（134メートル）と城山（99・5メートル）の鞍部を越える」この峠道を、「中古における大和街道に相違ない」と述べておられる（文献6）。細かいことにこだわらなければそれでも良いのだけれど、この坂道の西登り口の藤森は伏見に近接し過ぎているのが気になる。

私は、別にルートを求めたいと思う。

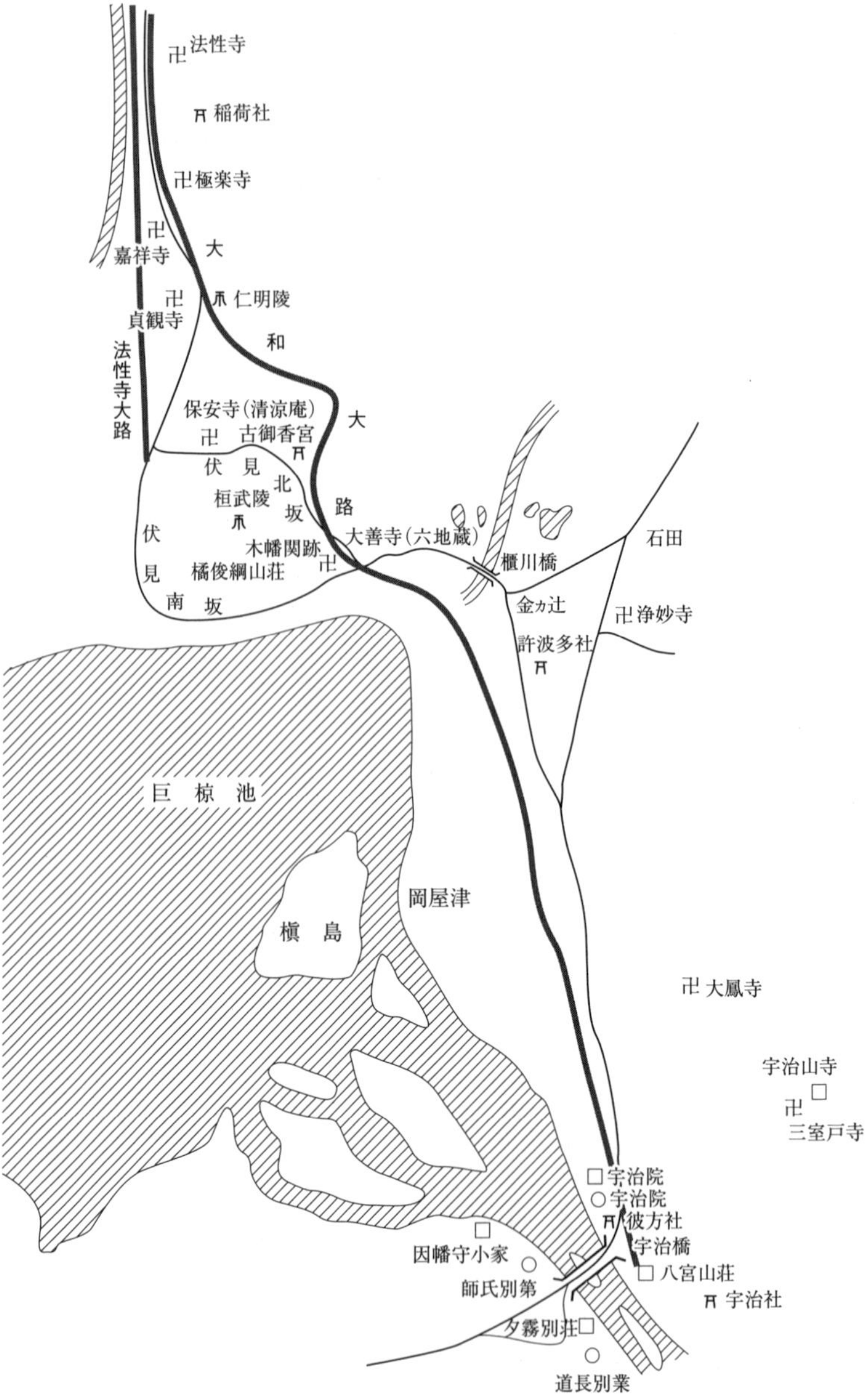

木幡山越道推測図（拙著『源氏物語の研究』付図を修正）

三　木幡山越—踏査報告—

冒頭の動機にかかわって、薫が辿った宇治への道筋を、具体的に報告したおきたい。物語の終末時点では、薫は、匂宮の二条宮に南隣する三条家（三条坊門北・東洞院東）を日常の住居にしている。ここから宇治まで目分量で15キロほどかなというのは冒頭に述べた。孝標女は二条大路に出て東行、京極大路を南下する経路を取っているようだが、少しでも短くということで、東洞院大路を南に、五条から東行して五条橋を渡り、河原路を南に向かう通常ルートを取ることにする。と言っても、体力も覚束ないので、実際は途中合流する気分で、JR東福寺駅から踏査の実験を試みた。私の予測では、この本町通少し北の一橋辺で、鴨川東岸道であった現大和大路道と鴨河原内の河原路が合流して、少し南下した地点ということになる（今少し東に、夢浮橋石碑辺から南下する道があればそちらを想定しても良いが、地図上では適当な経路が確認できない）。駅前の石柱には、「仲恭天皇九条陵・崇徳天皇中宮皇嘉門院月輪南陵参道」と刻されている。河原路が終わって法性寺路に入るあたりの位置である。現在本町通と呼ばれている道筋はもとは河原路の延長である。南に向かうほどもなく、九条通の下をくぐる。道路下のトンネルの中央辺に、目立たないが「二橋」の石柱。トンネルを出たところで、本町通に別れ、左に折れて道沿いに進む。100メートルも進んだかという角で右折、いよいよ東福寺の寺域に入る。この道を道なりに行けば、道長が造立した法性寺五大堂（現在、同聚院）前を通り、二橋川に架かる臥雲橋を通過し、東福寺正門たる日下門前を通る。東福寺南土塀南道が仲恭天皇陵参道になっていて、そのまま進行して行けば、尾根道を登る平安時の稲荷参詣道になる（コラム⑩参考）。本章の課題は大和大路なので、東福寺南門前の道をまっすぐ南に向かう。左側に豪邸に見間違いそうな、東福寺塔頭が続いている。南明院の門前には、徳川家康公正室旭姫墓の石柱がある。藤原俊成墓域はこの院の所有らしいので、一度そのことで訪ねたことがある。

直進していくと、かっての新興住宅街であろうか。その中央通ともいうべき、京阪鳥羽街道駅に下っていく東西行の坂道にぶつかる。そのぶつかった辺に立札。たしかこの辺に俊成墓と伝える小墓地があったはずである。立札には、右斜め前方に向かう道が稲荷道だと示してある。やや下っていく道に、危惧を感じながらも無難に…と進んだが、やはり危惧の方が当たった。確かに稲荷社には達したが、本町通に面する鳥居近くで、私が推定している大和大路には重なりにくい。稲荷社の社殿横を通って、千本鳥居に登る石段下辺から、参詣の人混みを離れて林の中を通過、南に抜ける。抜けたところは、新旧も含めた墓域である。墓石群の中の「ぬりこべ地蔵」前を通り、京都市営深草霊園道を２０メートルほど下った公園辺からは、もう迷いようが無く道は一路南下する。極楽寺跡・嘉祥寺跡といった大和大路沿いの寺社を確認しながら、のんびり進む。右手にＪＲ奈良線が見え隠れする。私の経験では、鉄道軌道は、ある程度古道推定の目安になる。名神高速道路近くになると、鉄道軌道と一緒に、道も東南方向に方位を変える。いよいよ、木幡山越えにかかる。この道は、深草谷口町交差点で、府道35号線を見事に斜めに横切っている。渡った先は、また新興住宅地。この辺にまでは到るが、住宅地の奥で進行する道が見えず、今まで何度引き返したことか。今回は、グーグル地図でよくよく事前観察したので、住宅街の奥の僅かな細道を見て、希望を託していた。その道は、住宅街の突き当たりの住宅の背後の竹藪の横に、あるかないかの痕跡を残していた。

半信半疑ながら、その竹藪横を抜ける。僅かな段差を登ってみると、もしかしたらと願望していた山道が、緩い傾斜を見せながら、東方に向かっているではないか。希望を持ち続ければ、いつかは願望は叶う。あらためて実感。この道は、一言でいえば、大岩山頂に向かう道である。眺望が開けた途中の峠では、北方は稲荷から北の山系を見渡すことが出来る。南側は、高く伸びた竹藪が邪魔になって視界が開けないが、城山そして伏見城が展望できるはずである。それにしても、この山は全山竹藪と言ってよいほどに、一面に竹の山である。はなはだ迂闊ながら、すでに鎌倉初期に「竹の葉山」の別称あり、ここを通る山道を「竹の下道」と呼び（『中古京師内外地図』にも呼称があった）、さらにこれが「深草山麓の大和街道」との指摘も、その後見つけた（文献7）。まさにギャフンとしか言いようが無い。尾根に近い道をのんびり歩く。今日は、いかにも仲秋の好天気である。天の助け。尾根が、南北の尾根道に交わったところで、右に道を取る。左は大岩山に到る道で、山頂は鬼気迫る妖気も感じる大岩神社だが、今回のルートではない。右に進む。相変わらずの竹藪。目分量で太さ１０チセン余りもある古竹の道である。視界が開ける手前で左方に下りて行く道は、山麓の小栗栖に向かっている。奥村恒哉・藤本勝義両氏が木幡山越道をこの小栗栖道に想定されていたことを思い出した（文献８・９）。増田潔氏は、このルートを明智越の道と確信されている（文献10）。道の左手に大きな老人ホームの所在を見るあたりから、住宅街の中で、どこがどこやら分からなくなる。迷いながら仏国寺を確認したところで、府道29号線も近いことを知る。この辺の地名は古御香町で、陵墓参考地の記載も地図にある。

ここから後は、記すほどの内容が無い。ひたすらに六地蔵下鳥羽線を歩くだけ。後でグーグルの写真で見たら、老人ホームの横から墓地の横を通って来る道もありそうに見えた。若干の近道である。府道が東麓に近くなる頃、右手の住宅街に入っていく道を見た。不自然に狭い角度で、私の古道感覚ではピンとくるものを感じたが、この際は無視（無視したのは間違いだった。コラム⑭参照）。ひたすら坂道を下り、六地蔵の三叉路に達したところで、昼食の予定にしていた「王将」に入る。時計を見ると、午後一時十五分。ＪＲ東福寺駅から歩き初めたのが午前十一時丁度だった。私の歩数計機能しか使うことのない携帯電話では８キロほど歩いた計算である。昼食の後は、伏見方面に向かってＪＲ線路を過ぎたところの信号で道を渡り、山科川（往時の櫃川）を渡り、南の宇治から北上する道の見当を付けて、Ｊ

Ｒ六地蔵駅から電車に乗った。電車が府道を横ぎる時に、右手に線路脇をのぼって行く因縁のありそうな坂道を見た。後にグーグルで確認すると、さきほど府道を下りて来る時に住宅地に入って行く道につながっていた。

電車の中で思いをめぐらせ、往路で確認に失敗した稲荷社から北の道を、再度歩いて見ることにした。結果は失敗。途中で訳が分からなくなり、迷ったあげくいつの間にか本町通に戻っていた。途中で、阿保親王塚などという古址を見たりしたのが唯一の収穫。しかし無駄ではなかった。これも帰宅の後にグーグルで確認して、往路の稲荷道の立札辺からのルートはほぼ見得た。これは迷ったおかげである。これが百（パーセント）正しい大和大路であるかどうかは分からないが、私の中の大和大路道はほぼ確定した。

四　まとめ

二条東洞院辺から河原路の九条口辺までと、六地蔵から宇治に到る経路とは今回の踏査に入っていないが（この辺コラム⑪⑭参考）、やや覚束なく思っていた地点の疑問はほぼ解消した。問題は、歴史地理の立場から見解が表明されている法性寺路の問題であるが、現実の地理状況から見て、法性寺が現在の本町通西側に存在して、その西側を伏見に通じる法性寺路が通っていたという現実は信じられず、河原路の延長としての法性寺道（現本町通）と、法性寺東門前を通る大和大路という認識が最も穏当という前提で現実に調査歩行をしてみた。結果はいよいよ確信に近い感情も持ったが、あえて言えば主観に近い。史料価値を前面に出して問い詰められたら、どうにも困り果てるかもしれないけれど、踏査の結果としては、さらに確信を深めるところがあったと報告したい。今後の検証を俟（ま）つ。

参考文献

1　加納重文『源氏物語の研究』（望稜舎、昭61）
2　足利健亮「京都盆地の消えた古道二題」（『京都府埋蔵文化財論集』第3集、平8）
3　福山敏男『寺院建築の研究　下』（中央公論美術出版、昭58）
4　杉山信三「院家建築の研究」（吉川弘文館、昭56）
5　西田直二郎『京都史蹟の研究』（吉川弘文館、昭36）
6　長谷章久『古典文学の風土　畿内編』（學燈社、昭37）
7　竹村俊則『新撰京都名所図會　巻五』（白川書院、昭38）
8　奥村恒哉「源氏物語地理考証」（『国語国文』二七巻十一号、昭33）
9　藤本勝義「木幡山から宇治へ」（古代文学論叢・第十五輯『源氏物語の背景　研究と資料』所収、武蔵野書院、平13）
10　増田潔『京の古道を歩く』（光村推古書院、平18）
11　加納重文『平安文学の環境』（和泉書院、平20）

コラム⑪　鴨川東岸道

現代の都市地図では、京阪三条駅横から南下する道が、大和大路の始まりらしい。私は、どちらかといえば鴨川東岸の二条あたりを始発点にしたいと思っているが、その辺はどうでも良い。この大和大路は、文字通り大和に通じる大道であるが、もともとは鴨川東岸道であったと、私は考えている。賛成者がいてくれるのかどうかはわからないが、とりあえずこの呼称を使わせていただきたい。

こちらの電車の都合で、三条から歩き始めた。四条までは、通称縄手通。そこそこ懐かしい通りを、久しぶりで歩く。白河に架かる橋には、「大和橋」とある。初めて気付いた。いつも、小石まじりの川面に岸辺の柳枝が風にゆれている。四条からは南座すぐ東の通りになる（写真１）。建仁寺町通の通称の通り、建仁寺西門前を南下する。松原通と交叉する辻は（写真２）、空也が河原にころがる遺骨を集めて供養した川岸に当たるか。平家全盛時代の六波羅北門付近と思う。写真は、松原通を西方から見たもの、直進していけば、こちらが本当の五条坂である。一町ほど南に、鴨川岸から東南方向に至る道と、斜めに交差する（写真３）。東南東に向かって、正面の石垣にぶつかる。正面のやや高台が六波羅蜜寺で、手前のやや低地が池殿跡と、私は推測している。五条通（平安では、六条坊門小路末）の角に、「これよりひがし　五条坂」の石標（写真４）。横の会社の勤勉なガードマンが石標横を持場に少しも動かないので、声をかけて移動してもらった。

1. 大和大路四条口

2. 大和大路松原辻

3. 池殿跡辺

4. 五条通の石標

5. 大和大路馬町辻

6. 豊国神社正面

7．三十三間堂西道

8．JR陸橋上から東方

国道1号線になっている広い五条通を渡り、東山郵便局の横を進む。二筋ほど東が本町通である（13章の河原路）。すぐに交叉する東西道は、渋谷越から鴨河原に向かう坂道である。通称馬町通。写真は東方から撮った。岸から河原に下りていく状況で、ことさらな坂道になっている（写真5）。この辺、三十年近くも通い馴れた道で、空気までも懐かしい。南に進むと、運動場にもなりそうな幅広の場所に出る。東の正面石段上の大鳥居がいやでも目に入る（写真6）。豊国神社である。幅広の大路は、南の国立博物館の塀外にも続く。七条通を渡ると、今度は、三十三間堂の築地が長々と続く（写真7）。後白河院御所に所在した千体観音堂である三十三間堂は、鎌倉時代からもさほど姿を変えないでここに存している。三条通から、迷うことなくひたすら南下してきた大和大路の時間も、そこはかとなく感じる。

道はすぐに、JRの線路にぶつかり、陸橋を渡る。本町通の陸橋も、京都駅側のすぐ近くにある。伏見道を歩いた時に渡った橋である（コラム②）。陸橋上から東方を見る（写真8）。正面やや左が、清水の裏山あたりになろうか。右手は大谷高校のグラウンド。線路もグラウンドも含めて、この辺は、法住寺殿の南池が水を湛えていた。陸橋を下りて、高校の西塀に沿って進む。西側には、建春門院平滋子が晩年の病疾に苦しんだ最勝光院御所が、池畔に存していた。泉涌寺通にぶつかると、右折するまでもなく、本町通の角が見える。この辺、町名は一橋。法性寺一橋辺で、大和大路と河原路が合流し、現在、九条通が通るガード下の二橋辺から、ふたたび

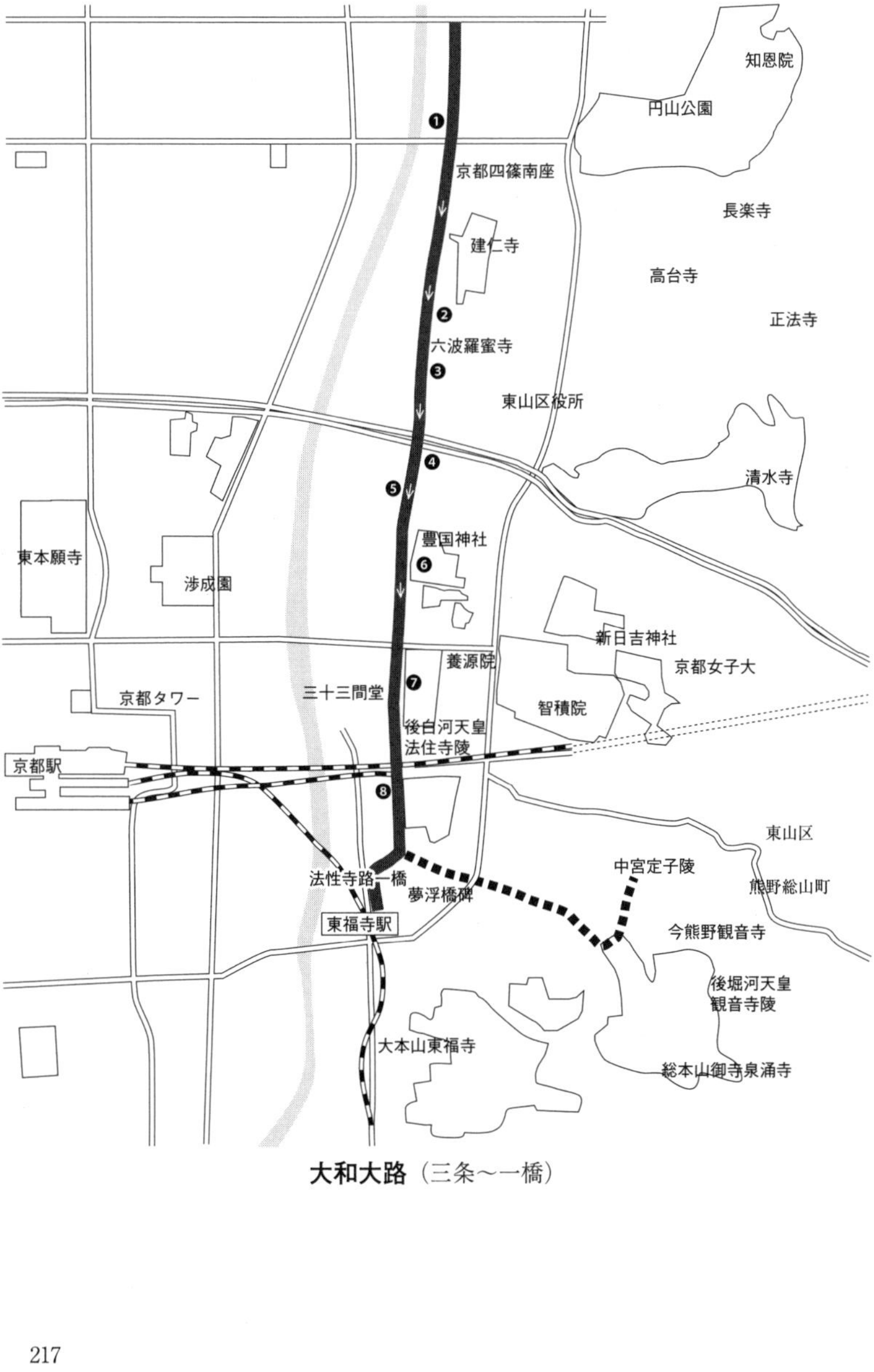
知恩院
円山公園
京都四條南座
長楽寺
建仁寺
高台寺
正法寺
六波羅蜜寺
東山区役所
清水寺
豊国神社
東本願寺
渉成園
新日吉神社
養源院
京都女子大
京都タワー
三十三間堂
智積院
後白河天皇
法住寺陵
京都駅
東山区
中宮定子陵
法性寺路一橋
夢浮橋碑
熊野総山町
東福寺駅
今熊野観音寺
後堀河天皇
観音寺陵
大本山東福寺
総本山御寺泉涌寺

大和大路（三条〜一橋）

大和大路と伏見道に分かれる。鴨川東岸道は、この辺で一区切りとする。あまりにも迷うことなく、ひたすら南下のみしてきたので、口直しに、東に泉涌寺の坂道を上り、門前の道を左折して今熊野観音寺にでも寄るか。その墓地の背後の頂に、中宮定子陵がある。中宮定子は、なぜか木幡の藤原氏墓域に葬られず、この鳥部野の地に土葬された。

歴史とは、まさに微細な人生の集積にほかならない。

コラム⑫　稲荷道

平安時代の稲荷参詣道である。現在のお馴染みの参詣道は、山上三社に向かう場合でも、本殿から数え切れない朱の鳥居をくぐって山上に至るのが普通のようであるが、平安時代の稲荷参詣道はそうでない。稲荷社は、平安女流にも身近な祈願所である。道綱母・和泉式部・清少納言、それぞれ三様の参詣記述を残している。大和大路にとっては、その一部の経路でもないが、南都への実質的な出発点に位置する稲荷参詣道の紹介を、本コラムの内容にしたい。

1. 稲荷参詣道

大和大路は、「法性寺の大門」を出て、本格的に山越えの道になる。現在の東福寺辺である。東福寺南門辺から、南に向かう大和大路に分岐して、稲荷道は、稲荷山の尾根に向かう。仲恭天皇九条陵の前の坂道を東行、ぎりぎりまで建った住宅地の奥に、急傾斜で南東にのぼる山道がある（写真1）。距離はさほどでないが、なにしろ急坂である。清少納言が、涙も落ちるほどに困惑したというのも（『枕草子』一五八段）、まんざらの誇張でない。平安後期になると、本社の社殿から山麓をのぼってくる道が本道になり、この道は脇道になって「帰坂（還坂）」

2. 山上四辻

3. 一ノ峯上ノ社

と呼ばれるようになる。急坂であるが、迷いようも無い一本道で、距離もわりと短い。間もなく、山上四辻に達する（写真2）。本殿から登ってくる道、さらに、山上三社への往路と帰路、四の道が合流している。眺望も開け、休憩所を兼ねた茶屋もある。山上三社が本来の稲荷社で、三峰から始まって、山頂をぐるっと回って帰って来るのに、二十分はかかる。小休止の後に、山頂に向けて出発。三ノ峯・間ノ峯・二ノ峯から、最後の一ノ峯へ（写真3）。道は、登りながら続く。感覚的には、だいぶん高く登ってきた気がするが、説明板によると、山頂は海抜２３３メートルだそうである。この後、順路は山頂を迂回し、御膳谷などを経て四辻に戻る。平安時代の参詣路は、一ノ峯からはもとの道を引き返すので、上り下りの人が往来する道になっていたと思われる。

本日の稲荷詣には、別の課題を用意していた。古代の道は、尾根道を利用する。眺望が良くて迷うことが無く、一度尾根に達してしまえば、平坦路のように楽に移動できる。箱根でも越前の峠越えでも、近くは比叡の山越えでも、山城盆地の東山系も例外でない。尾根伝いの道が続いている。三条通末の粟田山越や国道1号の通る渋谷越は、断絶しているように見えるかも知れないが、これは、電車の軌道や自動車の通行のために掘り込まれた結果で、本来の高さは、両側の山のレベルに近い。稲荷南山麓を東西に走る大津道も同様で、かつての東海道線の軌道や現在の名神高速、一般道でも交通頻繁な府道３５五号線が走って、山越えに格好と思われる状況

［電子国土ポータルより］

稲荷山から大岩山へ（■歩行ルート、═稲荷山ルート、▪▪▪試みルート）

※■ 歩行ルートA～Cは、間違いで無駄な彷徨でした。

═稲荷山ルートは通常の参詣コース

▪▪▪試みルートBCは私解（ただしB地点辺に大岩方面への木標は所在した）

4. 大岩神社参道入口

5. 竹の道

であるが、これは本来のものではない。現在のように緩傾斜で上り下りできる山道なら、東山の山越道としては、粟田や渋谷・滑石、また木幡・伏見山を越えるコースなどを模索する必要もなく、都から大和・大津方面に向かう中心道となっていたはずである。この道は、秀吉によって開かれる以前は、せいぜい深草少将がひっそりと越えた程度の山道であった（実話なら…。コラム⑬）。したがって、北の稲荷山と南の大岩山を結ぶ尾根道も存していたはずだというのが私の予測で、今日はその実験を試みるつもりであった。これには、粟田から稲荷までの歴史の山道を[※1]、南端の伏見にまで繋げたいという、私のひそかな魂胆である。そんな魂胆にどんな意味がある？と訊かれたら、言葉も無いが。

結果としては、今回は失敗した。一ノ峯を越えてわずかに進んだところで、右に下って行く道があることは、以前に確認していた。一人前に鳥居までである。道はすぐ三方に分かれている。真ん中の石段道はかなりの急角度で前方に下っている。整備された案内道で、危険は無さそうであるが、いちばん嘘っぽい。右の道は林の中を進んでいくようであるが、道の形を認めにくい。左の道は方角がやや戻る感じなのが気になるが、尾根道伝いではっきりした山道が続いている。左の道を選んで進んだが、数百メートルほど進んで前方下り坂になる辺で、にわかに用心深くなって引き返した。今日は稲荷山に登る前にかなり歩いて疲労感がたまっており、その先で引き返す気力が無かったためである。もとの分かれ道に戻り、今度はもっとも安全道と

6. 岩神を祀る

7. 大岩山頂より

思われる石段道を下る。こんな尾根道はあり得ない。この時点で失敗を確認した。ひとしきり下った後は、折々「末広の滝」とか「白菊の滝」とか呼ばれる滝水の渓流沿いに下る。タケノコがいくらでも頭を出している竹林の間を抜けて下りたところは、大和大路途中の嘉祥寺・十二帝陵辺で、目的の大岩街道とはまったく方位を異にしている。

尾根道伝いに大岩山への痕跡でもという本来の趣旨はいちおう放棄するが、到着点の大岩山はたどっておきたい。ふたたび気力をふりしぼって、大津道に向かう。角のラーメン屋で少しエネルギーを回復、府道南の大岩神社参道に入る（写真4）。この山は、全山「竹」と言ってよい（写真5）。山腹の古池、所々の石鳥居（写真6）、昼なお暗い山中は、妖怪の雰囲気さえある。怖い物好きの女性たちには、十分お薦めスポットかもしれない。山上は車道が通っていて、ややホッとする。展望台は以前にあったかどうか忘れたが、京都盆地南部が一望できる（写真7）。とりあえず放棄した今回の課題であるが、帰宅して国土地理院の地図で確かめると、大岩神社参道入口辺から大岩街道を渡り、道はやや屈曲しながらでも稲荷山に向かえば、私が迷った分かれ道辺にはどうにか到達できそうに思った。しかし、これだけ麓に下っては、尾根道の痕跡とは言い難い。迷いながら、とりあえずの報告は終わりとする。

※1　京都新聞出版センター編『ウオーキング京都』（平15）、「東山・南九峰コース」。

コラム⑬　深草少将の通い道

師書では、勧修寺越の章である。東海道線が開通した当時は、京都駅から稲荷駅に南下して、東山山系の鞍部を、トンネルも無く越えている。現在は、名神高速道路が中央に、府道３５号線がその側壁を、上も下も間断なく車が疾駆する幹線道路である。そのような幹線道なら、平安の昔はさぞかしと想像されるのであるが、事実はそのようではなさそうである。その辺の詮索は後のこととして、とりあえずは、師書の散策の後をたどっておきたい。

私の出発点は、ＪＲ藤森駅とした。線路の西に平行する、師書が「竹之下道」と注する道を北上、たまに路傍の地蔵などを見て、新興住宅街の中ながら、少し意を強くする。線路を不自然に斜めに渡る陸橋も訳アリそうで良い。町名も大亀谷で、ますます気分良い。道は、すぐに府道３５号線にぶつかり、向かいに渡ると、西北から来た道（私は大和大路と推定している）と交差する。その辺に宇多皇后御陵・仁明天皇御陵との石標がある。桓武天皇御陵へ半丁の標示は近すぎて不審だが、ともあれ一安心したところで、交差点近くの藤ラーメンで腹ごしらえ。再出発は、さきほどの道の延長、師書に「オウセン堂」とする道を進めば、再度府道３５号線に合流する。しばらく道添いに進むと、右手に大岩神社への参詣道、今少し進むと同じく大岩への車道である。これから先、中茶屋辺が頂上になるのであろうか。道の両側の崖を目測すれば、１０メートルほどはあるかと思われる。要するに、この坂道は両側から掘り込まれてこのレベルになったので、もともとの山越道を想定するとすれば、相当の急坂の昇り下りであったということである。

記憶しておきたい。

　師書に従って、中茶屋辺から名神下をくぐり北側に出る。名神に添って東進する。少し下ると、目当ての藤原胤子陵がすぐ左手にある（写真1。それにしても陵墓参道横に民家と洗濯物、この違和感はなに？）。胤子は、この地の豪族宮道弥益の孫にあたり、宇多帝の女御となり、醍醐帝の御母となった。狩の遊興に来た貴公子との出会いがひらいた運命、平安女性の夢をまさに地でいった物語である。石段を登り、奥まで達してあらためて敬意を表す（写真2）。その先、また名神をくぐって南側に戻る。勧修寺は、醍醐帝が母の菩提を弔うためにその邸宅を仏寺としたもの（写真3）。近辺は豪族宮道氏関係の遺跡が散在しているようであるが、今日の目的は小野隋心院なので、勧修寺そばの宮道神社（写真4）を参拝させてもらったほかは、一路東へ。ひたすら醍醐山頂を望みながらの道で、迷いようが無い（写真5）。隋心院は、これも宮道氏一族の仁海僧正（九五四〜一〇四六）の草庵が始発ということであるなら、小野小

1. 醍醐帝御母陵参道

2. 贈皇太后胤子小野陵

3. 勧修寺

町居住と結びつけるのも、ほぼ無理である。けれども、深草少将の通い道という標題に敬意を表して、マムシとスズメバチに用心の立て札に脅かされながら、小町の文塚なるものは確認する（写真6）。三月末、観梅会ということで、寺前の梅園が匂っていた。

通称大岩街道と呼ばれる勧修寺越の道は、伏見から深草谷口を経て、山科盆地を東北方に逢坂を越えて近江に向かう道である。師書が解説するように、秀吉の伏見在城の時に開かれた道で、伏見宿から大津宿まで四里八丁の由である。問題は、秀吉以前にも、深草少将が通ったと伝説するような山越道として存在したかどうかということであるが、これは想定しない方が無難かと思われる。大日寺（勧修寺辺に所在）の僧が夢想で深草に向かったとかの挿話もあるので、通い道が皆無ということはないらしい。稲荷山と大岩山との鞍部に相当しており、東西通行の山道の痕跡は認められるが、後世でも中茶屋渓谷と称されるような地形である。師書は、秀吉以前に、深草から醍醐あるいは木幡・

4. 宮道神社

5. ひたすら東へ（正面、醍醐山）

6. 小町文塚

西野山岩ヶ谷町
勧修寺北大日
深草坊山町
宝塔寺
深草扇ヶ原町
深草砥粉山町
深草中ノ郷山町
勧修寺
醍醐天皇
御母小野陵
随心院
勧修寺南大日
名神道
勧修寺観光農園
仁明天皇深草陵
山科川
小栗栖北谷町
深草谷口町
深草霧ヶ谷町
三宝院
小栗栖西谷町
京都教育大
醍醐寺
深草白砂町
貞観寺
JR藤森駅
松影山正覚寺
善願寺
欣浄寺
小栗栖中山田町
小栗栖森本町

深草少将の道（黒染～小野）

宇治に通じる殷賑の往還道を思い浮かべているが、醍醐はともかく、宇治に向かう大和大路をこれに想定するのは無理と思う。なお、謡曲「通小町」の舞台は洛北の八瀬・市原で、「卒塔婆小町」の場面は鳥羽の桂川辺らしい。どちらも深草から小野への通い道とは無縁だが、謡曲が素材としたような伝承が存在したのかどうか、それも定かでない。散策の最後に、私は、小野から六地蔵を経て再度ＪＲ藤森駅に戻り、今度は西に、京阪墨染駅を経て深草少将邸跡とする欣浄寺（天正年間にこの地に移った禅宗寺院。この挿話との結びつきの経緯は不明）まで一応向かった。近衛少将である武官がこの辺に住んで、百夜の山越えをしたりするような優雅な日常があろうとは信じかねる。欣浄寺の近隣に貞観寺（通称、墨染寺）があるし、一帯は藤原良房の別業地であったと思われ、深草少将に、良房に通じる権門貴公子の挿話にしたてたものかと思われる。古道の立場からいうと、この挿話にもっともらしい雰囲気を加えるとしたら、大岩街道よりも、小栗栖道あたりにした方が、いま少し現実性があったかななどと想像したりする。

コラム⑭　木幡山越

大和に向かう街道の法性寺一橋辺までは、コラム⑪で述べた。平安の中頃では、伏見街道始発の河原道（本町通の五条〜一橋間）が、大和大路の実質的な経路になっていた可能性の方が強い（コラム②）。その後の大和大路が木幡山を越える部分については、本章が、推定にもとづく踏査報告を内容にしているので、同じ記述は繰り返さない。参考図によっておおむね紹介したい。

1. 宝塔寺（極楽寺跡）門前

第1図では、北向一方通行の本町通が伏見街道、かつての法性寺路と理解している。法性寺（現、東福寺）西門がこの路に面していた。一橋辺で分岐して、ほぼ一町東を南北に走るのが、大和大路である。この道は、かつての法性寺東門前を通っていた。道長の五大堂が道沿いに所在する。現在この道は、東福寺正門前を通り、塔頭が並ぶ前を過ぎて、伏見稲荷本社横を抜け、ひたすら南下する道として存在している。藤原氏縁故の社寺などが路傍に散在する（写真1）。伏見に向かう本町通とは、やや離間していく状況が見られる。このルート、特に稲荷本社の横を抜けて行く道については、妄想と一笑されるかと覚悟していたのだけれど、原稿最終段階で旧街道の一部と認識されていることを知った[※1]。汗顔ながら大慶。嘉祥寺辺から仁

東九条南岩本町
東福寺駅
洞雲寺
鳥戸野陵
東山橋
今熊野観音寺
後堀河天皇観音寺陵
河原町通
本町16丁目
総本山御寺泉涌寺
東九条東松ノ木町
大本山東福寺
福稲上高松町
深草本寺山町
念佛寺
24
光明院
仲恭天皇九條陵
鳥羽街道駅
本町通
深草願成町
深草開土町
大本山東福寺
伏見稲荷駅
荒木神社
深草フケノ内町
伏見稲荷大社
師団街道
稲荷駅
深草笹山町
深草石峰寺山町
龍谷大短大部
龍谷大
深草駅
深草墓園
深草坊山町
宝塔寺
深草西浦住宅
JR奈良線
瑞光寺
京阪電車
真宗院
深草西浦町
嘉祥寺
善福寺
深草西浦南公園
藤森駅
仁明天皇
深草陵

第１図　一橋～仁明陵

明帝陵（写真2）辺にかけては、ほぼ東南に向けて山越えにかかる方向が確認できる。第2図で、私の推定経路を確認されたい。大岩山麓を迂回する経路は、仁明陵横を東南に向かった方位を、できるだけ尊重する理由で想定したものである。登り口から始めてすこぶる緩傾斜の山越道で（写真3）、労苦をあまり感じない。頂上付近の北方は、はるかに稲荷山を遠望する（写真4）。全山竹藪道と言ってよいが（写真5）、「竹葉山・竹の下道」といった別称もあるようだから、早くにすでにその傾向であったのであろう。この道は自然に迂回して、八科峠に達し（写真6）、この地点で、師が推定された「伏見北坂」と合流する。師の推定経路（点線部分）を参照されたい。本コラムは、議論を目的をしていないので、今は私見は述べない。八科峠から後は東南の方位に、木幡関・伊豫親王墓などを経て、六地蔵辻に下っていく。

京道・伏見道の分岐を示す大善寺までは僅かな距離、車が激しく往来する府道7号線を横切り、山科川（欟川）を

2. 仁明帝陵

3. 木幡山越へ

4. 稲荷山遠望

第２図　仁明陵～六地蔵札ノ辻（‥‥は増田氏推定コース）

渡って、宇治への道に入る。JR六地蔵駅に近い札ノ辻から南行する道である。第3図を参照されたい。ほぼ一直線に宇治橋に向かう道で、取りたてて説明するほどのものは少ないが、京阪とJRの木幡駅を通る東西道と、隠元橋から万福寺門前を経る東西道との、二つの交差点付近が、交通頻繁の印象が残った。後者は、「広芝辻」とも呼ばれる要衝の地である。頼政道と呼ばれる東側の山麓を下ってきた道が合流してくる辻でもある。頼政は、ここに至る前に、万福寺前を通る道を逃避経路にしたというのが通説のようであるが、宇治川岸はほとんど目前、この大和大路を急いだとする方が自然と、私は感じている（意見は述べないと言ったばかりなのに、失礼）。この広芝辻に至る直前に所在する、大化元年（六四五）造営の許波多神社と、途中に折々所在した地蔵と石標、どこかで見た「旧奈良街道」の標記などに、それぞれ気持を鼓舞された。府道7号線ばかりを唯一の幹線道と認識していた無知を反省する。自動車道は本来バイパスなのだという原則もあらためて想起。

5. 竹の道

6. 八科峠

7. 兎道稚郎皇子陵

第３図　六地蔵札ノ辻〜宇治橋

この旧奈良街道を歩いたのは、四月七日。この道が京阪宇治線を越えた辺、右手に並ぶ自衛隊宇治駐屯地・東宇治中学・京大宇治キャンパス敷地内の桜花が、それぞれに咲き誇っていた。中学校の門前から校舎に続く桜並木はことに美しく、疲れた身体を入らせていきたい衝動を覚えさせた。道は、京阪三室戸駅横を通り、兎道稚郎皇子陵（写真7）を右に見て、宇治十帖「蜻蛉」古蹟で府道にぶつかる。帰途の京阪宇治駅も目前である。時計を見ると、六地蔵からこの宇治橋東詰まで、距離約6キロでほぼ一時間の行程。この時も、帰途は京阪六地蔵駅で降りて再度「木幡関跡」を探し廻ったが、徒労であった。ただし、伊豫親王墓と伝える陵墓（写真8）は住宅地の奥で見つけ、収穫一応50パーセントと評価した。

※1『ウオーキング京都』（京都新聞出版センター、平15）一一一頁および付図。

第10章　栗隈越

初瀬詣の道を具体的に確認したいという希望があった。二度に渡ってその作業を試みたが、いまだに確定という状態に至っていない。石清水社から木津川西を南都に入る道、法華寺・佐保殿・興福寺辺から椿市に向かう道、椿市から長谷寺往還の道、南都から木津川を越えて宇治に北上してくる旧北陸道、最後の靄が晴れない気分でいる。特に気になる部分が、最後の木津川東岸を北上する道、東の丘陵を越えて宇治川に至る、いわゆる栗隈越の道である。かねて問題意識を持って史料に当たったりしていたけれど、いつまで経っても明瞭な把握には達しないので、確かと思われる資料の記述を紹介したうえで、大胆過ぎるかも知れない推測説を述べさせていただきたい。

一　南都への道　―宇治から木津―

京から南都に向かう道の資料として、春日祭祭使として往還した貴族たちの記録が、まず参考になる。たとえば、次のようなものがある。

①午時許従三条出立（中略）栗隈山中小雨、戌剋許雨止。（『権記』長保元年十月九日）

②於井手寺辺已講聊儲小膳（『帥記』寛治二年九月十六日）

③宇治北殿（御儲）→加波多河原（笠懸御覧、秉燭）（『中右記』寛治六年二月六日、『後二条師通記』同日）

※帰途も、加波多河原で笠懸御覧あり。

④東河原→宇治（乗船）→西岸（乗車）→鳥居→大和大路→小河大路西行→成楽院東大路南行→成楽院南大路東行→大和大路南行→一坂（乗馬）→八幡伏拝（下馬）→法花寺鳥居前（洗車）→佐保殿（『台記』仁平三年十一月廿六日・『兵範記』同日）

⑤九条殿→九条東行→万里小路南行→河原南行→深草→宇治橋（乗船）→桜町（乗車）→八幡伏拝（下車）→泉木津川渡（浮橋）→法華寺辺→松本房→宿院（『兵範記』保元二年正月十二日）

※帰途は、綺河原→八幡伏拝（下車）→宇治・小松殿→深草

⑥自宇治路下向、于時小雨時々下、至于宇治休止、於丈六堂披破子申刻至于南都（『山槐記』保元四年二月十一日）

※帰途も、丈六堂辺で破子。

⑦宇治→狛河原・光明山→泉木津→奈良坂（『山槐記』・『玉葉』治承四年十二月廿五日）

⑧九条東行→河原南行→稲荷伏拝（馬を乗り替える）→木綿山→宇治橋（乗船）→八幡伏拝（下船騎馬）→贄野池（乗輿）→法華寺鳥居辺→佐保殿（『明月記』建仁三年七月十六日）

※帰途は、佐保殿→泉木津（乗船）→鳥羽→九条

⑨宇治橋（下馬）→八幡伏拝（下馬）→丈六堂（休息、食事）→泉木津（乗船）→法花寺（乗馬）（『明月記』正治元年二月廿二日）

※帰途も、丈六堂で休息。

⑩宇治橋→八幡伏拝→贄野池（通過）→奈志如堂（儲）→木津

（『明月記』寛喜二年八月十九日）

※帰途も、奈志如堂で小食。

⑪九条口→宇治橋（御輿）→大湯屋（乗車）→八幡伏拝（下車、手輿）→玉井（乗車）→木津川（車）

（『勘仲記』弘安六年二月十日）

※帰途は、奈良坂北（御輿）→光明山辺（乗車）→八幡伏拝（下車）→宇治大湯屋

これらによって、宇治から木津までの経由地を整理して見れば、ほぼ次のようになる。

宇治→栗隈山（一坂）→八幡伏拝→贄野池→丈六堂→綺田河原→狛河原・光明山→木津

宇治川を渡る時は、架橋の無い場合は当然船で渡河するが、橋がある場合でも、必ずしも橋を渡るとは限らない。頼長の場合は、前駆のみが橋を渡り、自身は船に拠っている（④）。頼長の特例というのでなく、定家の場合も、これは木津川渡河であるが、下人は橋を渡るが自身は船で渡っている（⑨）。乗船しても、すぐ対岸に着船とも限らないらしい。対岸の平等院辺からなら、当然すぐ山越えする（①）。その山越えを栗隈越と称している。「一坂」はその山越道途中の地名である。山越えをして最初のポイントになるのが、「八幡伏拝」である。この地で、下馬あるいは下車して、遙かに石清水八幡宮を遙拝する。この伏拝に至る経路について、平信範は、宇治橋辺で乗船の後、「桜町」で下船、乗車して伏拝に至るという経路を記述している。この辺は、後に再述したい。

伏拝からは、ほぼ県道70号線に沿って南下する。南都との中間地点に位置して休息地として知られるのが、丈六堂である。現在の城陽市奈島に所在。木津川対岸の草内と結ぶ渡場で、東方からの信楽・瀬田方面から宇治田原を経て来る道と交わる要衝の地である。承安四年（一一七四）の春日祭では、祭使が南都堂衆の騒動を聞いて、この地から引き返したりしている（『玉葉』同年十一月十五日）。現在においても、山城大橋が架かって、東西交通の動脈になっている。丈六とは、一丈六尺に及ぶ大仏のことで、これを安置する御堂が、南都への道の休息地になっていた。「件堂者、不嫌穢気不浄、上下諸人所寄也」（『吉記』治承五年五月四日）だそうである。定家の記録にある「奈志如堂」は、丈六堂とほぼ同所と思われる⑩。奈志如は奈島に通じる。丈六堂に至るまでの道沿いの大池が「贄野池」で、これを過ぎた地点が「加波多（綺田）」で、前駆の武者に笠懸けをさせて見物したりといったことが出来る、木津河原の空閑地である。ここから「井手」「狛」を経て、木津川岸に至る（②⑦）。

木津川の渡河地点は、現在は国道24号線が通る泉大橋の西200メートルほどの堤防下に泉橋寺が所在するあたりである。この渡河の状況などについて見得た史料を一つ、白河院が高野山の弘法大師廟堂に向かう途次の描写である。

> 酉刻、至泉河辺、近曾雨澤頻降、水勢漫々。先是、検非違使等編小船四艘、舁居御車。公卿等候此船、又設船少々、宛雑人料。人々乗馬、僕従已在北岸、欲渡之者万余人、所儲之舟五六艘、是九牛之一毛。于時日暮風寒。
>
> （『扶桑略記』寛治二年二月廿二日）

増水した河流で、雑物などを渡していた舟が不慮に河中に水没し、かろうじて身命の難だけは免れたなどの記述も後に続いている。現在河岸から眺めたところでは渺々たる雑草の河原であるが、大雨が降り続いた濁流の中であれば、

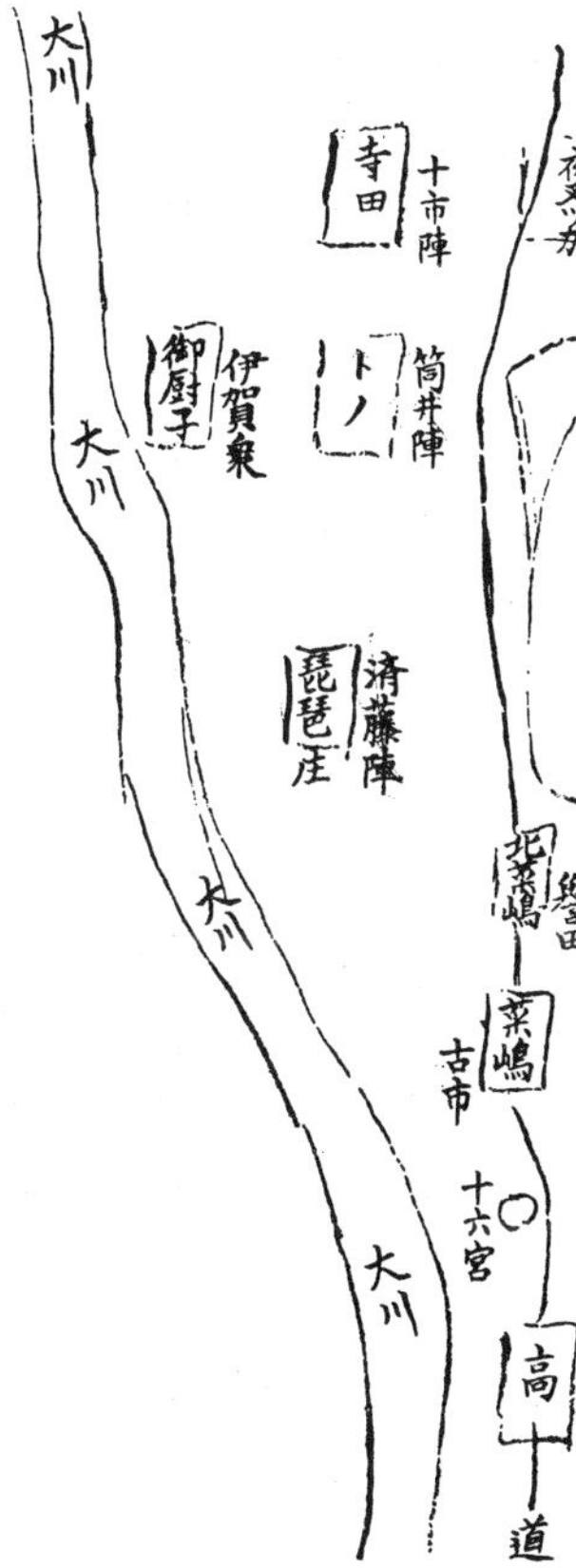

図１

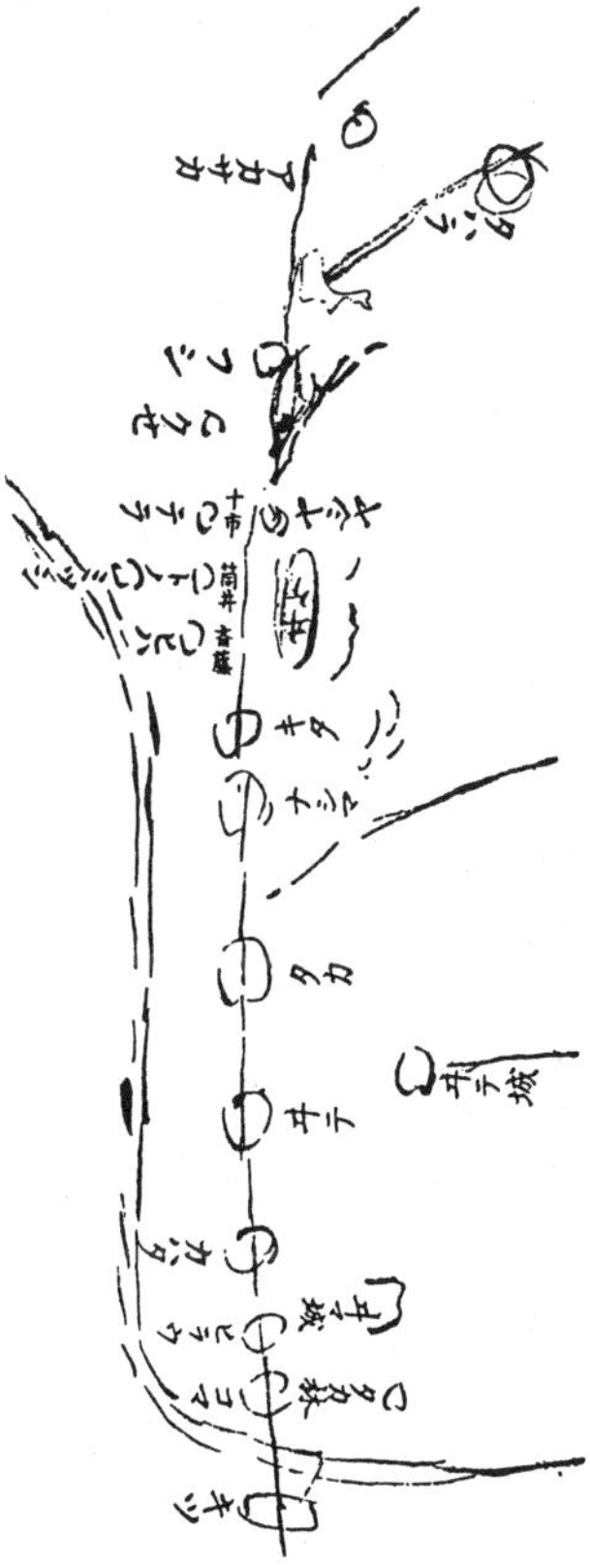

図２

さこそと推測される風景ではある。上層貴族の渡河は乗船が普通のようであるが、馬などは「歩渡」、粗末な仮橋とは思うが下人などは「橋」を渡っている。泉橋寺の西に、堤防下から国道を横切って北上する道がある。これが、先述して来た古北陸道である。

　これらのことは、史料を逐って行けば自然に了解できるが、この経路を明解に示してくれている史料があった。品川和子氏によって紹介された『大乗院寺社雑事記』という史料である（文献1、図1・2）。その巻第百廿一・文明十七年（一四八五）十月十九日の「京上道之次第」の項に、この道に所在の地名が明示されている。

それを、北からの順に並べ直してみると、次のようである。

久世宮→夜叉塚→新野池→北菜嶋丈六→菜嶋→十六宮→高→井手→綺田→平生→高林・コマ→木津

同氏の所説は、この途中の「贄野の池」の所在に関連するものであったが、たまたま挿図も付載してすこぶる分かり易い。中央やや右（道の東側）に、図1では「井ケ」、図2では「新野池」と明瞭な比定があり、新野池すなわち贄野池の所在について、ほぼ疑い無い根拠を得たと言って良いかと思われる。十八町（2キロ余り）も続く池の存在は、南都に往還する人士には、いやでも記憶に残る光景であったであろう。「贄野の池」については、後掲する史料からも、「八幡伏拝」を経て間もなく過ぎる地点と推測され、現在の地図で確認しても矛盾が無く、この時点で決着して良かったと思うが、品川論文の直後にも多少の異見が提出されている。本章の目的のために必須の手続きではないが、簡略に私見を述べておきたい。

品川論文の直後に、池田勇氏は、長池説の疑問と「浜の池」説の可能性を述べられている（文献2）。論文中に示されているように、谷岡武雄氏の地蔵池（＝浜の池）説に基づく意見で、木津川が飯岡で河流を大きく東に迂回する辺、東の山麓との間の狭小の地に、南北に通じる国鉄奈良線と大和街道西の、葦のみが茂り池水も涸れ果てた「浜の池」の実地を検証し、ここを地蔵池（贄野池）としたものである。贄野池が「浜の池」と呼ばれるようになったのは、「この池が江戸時代の船着き場であったからです」という土地の古老の談話も紹介している。長池説について、『蜻蛉日記』の記述からは、贄野池と木津川の近接が知られ、十六の渡（現、山城大橋辺）から贄野池の望見は無理である、という二点の疑問をあげられている。奥村恒哉氏は、その疑問の二点を妥当とし、「奈良街道の東側に大規模な池があることは、自然地理的な意味で考え得ないと述べられた。その上で、軍記物語作品の記述などを参看し、井手町多賀南方の木津川寄りに所在する池が想定されると述べておられる（文献3）。池田・奥村両氏の見解について、私は批判的である。ここであまり紙幅を要する余裕が無いので詳しくは述べないが、文学作品の表現は、その場面叙述の物語性を第一義にするものなので、それを論述の基礎資料とするのは、本来の趣旨から外れているということだけは指摘しておきたい。奥村氏の報告中に、京都府県神社祀官家所蔵の古地図と思われるものの略図が紹介されている。この図中の「贄野池」の明記は、地図本来のものであろうか。本来のものであれば、議論の余地無い一等資料であるが、書き加えであれば資料の冒瀆になる。この古図にも、長池辺に大池の記載があり、むしろ長池説に有効な資料たり得る。足利健亮氏も、灌漑用水路の水源としての新野池（贄野池）を長池に認めておられる（文献4）。贄野池がどこかという議論は、品川氏の指摘で終息し、研究は次の課題に向けて進捗すべき状況であったというのが、私の結論である。

二　栗隈越え ―宇治から久世―

宇治橋を渡ると、どこに向かうにしても、前方の丘陵を越えなければならない。行成も、興福寺に向かうのに小雨の栗隈山を越えていた（①）。栗隈山については、藤原頼通・師実の墓所が存したと思われる、平等院背後の河畔の山も「栗小馬山」と称されているし（『殿略』康和三年二月廿一日）、宇治川岸辺から望まれる丘陵の全体が栗隈山と考えて、ほぼ間違い無い。宇治を経由して南都に向かう事例としてよく利用されているのが、藤原頼長の場合のそれである（④）。『宇治市史1』の詳述するところを紹介すると、頼長の仁平三年（一一五三）の春日詣は、この十一月廿六日の正午頃に、宇治川を舟で渡り、平等院西の大和大路を南行し、小松殿に在る父忠実と高陽院（忠実女、鳥羽皇后）の御覧を経るために、わざと成楽院東大路に迂回し、現在の県神社前の道を西行して「一坂」を過ぎ、「八幡伏拝」に到っている。「一坂」は、先の『大乗院寺社雑事記』に「今神明」とするのが現在の神明神社と思われるので、神明神社辺を峠とするこの坂道を「一坂」とするのは自然な想定と思われる。この道が、西山麓の南北道（奈良街道）にぶつかって少し南下した地点に、「伏拝」の故地とされる小祠が所在する。という状況を見ると、この栗隈山越えを古来の栗隈山越えと認めることに、何の違和感も無いように見える。

ところが、これに異説が唱えられている。近世の地誌『山州名跡志』（巻三十六）は、一方で、

久里古山　在一坂坤七八町。（中略）以有神明宮、云神明山。

一坂　在宇治橋坤七町許。

神明宮　右同宮。鳥居向亥子間、木柱。外宮西向、内宮南向。（中略）此所勧請（中略）時ハ延喜四年甲子也。宮境方九町四面。今尚無変易。

としながら、また

久世鷺坂　在長池人家北、五町許山上。仙覚抄云、鷺坂在久世郡云々。是則古ノ大和路ナリ。古ハ宇治橋ノ西ヨリ羊方直ニ此ノ路ニ出テ大和街道ニ到シ也。今ノ路ハ秀吉公ノ御時開ク所ナリ。

とも述べている。宇治橋からほぼ直線で山越えする道は、「秀吉公ノ御時開ク所」で、「古ノ大和路」は、「長池人家北、五町許山上」を通っていた「久世鷺坂」と呼ばれた古道なのだというのである。どういう根拠があるのかよく分からない。ただ、現在の府道を栗隈越道と認めると、南都に向かうのに、神明神社辺から西北方位に下る坂道はやや遠回りかという程度の感覚はある。

という程度の認識でいたところに、平成20年1月13日に催された京都地名研究会の例会で、斎藤幸雄氏の「栗隈をめぐる歴史と地名」と題する報告があり、勇躍期待して会場まで出かけた。氏の発表内容は、その後公表されているので（文献5）、関心ある方は御覧いただきたいが、「栗隈越え」ルートについては、残念ながら明快な提示があったとは言い難い。結論としては、「宇治橋から一の坂を経て神明の南に通じる道があり、そこから鷺坂への道が開けていたのであろう」ということであるが、それなら、神明神社前を通る道と、どれほどの径庭も無いだけでなく、少しでも早く山道を脱することが出来る府道説の方が有利にも見えるし、伏拝の場所が、現在指定されている場所だとすると、これに通じる道とも言い難い。

ところで、栗隈越道と呼ばれる道に、いくつかのルートがあったという想定は、可能であろうか。次のような記述が、よく見える。

奈良法師山門をせむるとて、一万人の大勢にてまかりのぼり候しを、また勅定をかうむりて、栗籠山よりをひ返して候し、

（『保元物語』巻上）

武蔵国住人塩谷太郎兄弟三騎、四条河原の東の端に引えたりけるが、兄の太郎弟の三郎に云様は、「御辺は栗子山にて能き敵に組で、物具剝取って高名せんと云しは忘れたりや」とはげませば、

（『源平盛衰記』巻三十五）

興福寺大衆発向栗駒山、与官兵合戦。山門大衆又進下祇園了。
（『興福寺略年代記』永久元年四月廿九日）

酉剋、毛利入道、駿河前司向淀手上等、武州陣于栗子山。武蔵前司義氏、駿河次郎泰村不相触、向宇治橋辺始合戦、
（『吾妻鏡』承久三年六月十三日）

いずれも、栗駒山での南都の僧兵などとの戦闘を記述したものであるが、栗隈山越えのルートが複数存在するような状況なら、ここを決戦の場所とする想定そのものが、自然で無いのではあるまいか。素人ながら、そう思う。決戦の場所は、「一夫、関に当たれば」というような、要害の地でなければならない。とすれば、京から南都に向かう山越道は、古代から踏み固められた唯一の山越道で、それが、時代の状況とともに開かれたり廃道化したりというような思考の余地は、あまり無いように、私には思われる。従って、宇治橋西詰から南西方向に最短で山越えする現在の府道ルートは、想定として不自然でない。高橋美久二氏に、「いまの宇治淀線は古代からの道路であり、近世以後の道はそれを踏襲したものである」という意見があるそうであるが、結論的には、いちばん自然な思考のようにも思える。先の『大乗院寺社雑事記』付図にはその部分を欠いているが、挿図1の「アカサカ」の次が「今神明」「宇治」と続いているということは、秀吉によって初めて開かれた道という訳ではなさそうなので、この道を栗隈越道と認定しておいてもさほど不都合もなさそうとも思う。

ここら辺から、私の思考も想像の域に入る。私も、現在の府道ルートと違う古代山越道の存在が念頭から離れないことを、最初に申しておきたい。想像の根拠は、栗隈山の尾根を走る古道の存在である。

土人云本奈良路、自宇治一坂南有坂路、曰栗子山越
（『山城名勝志』巻十八・山）

今従宇治至田原坂路、曰栗子山越越、有峠土人呼国見峠、此所乎　（同・峠）

地誌を根拠にするのは、本当は不本意なのであるが、仕方が無い。宇治より田原に至る坂路とは、現在、市役所前から下居神社横を通り、太陽が丘の運動公園として整備されている東側の山中を田原に向けて下る道を指すかと思われる。運動公園辺を通った尾根道は、現在琵琶台と呼ばれる高台の住宅地を通って神明神宮辺に下っている。一坂南の坂路とは、これではあるまいか。先に紹介した斎藤幸雄氏の報告が載った「地名研究」の同じ号に、小池寛氏が載せられた参考図も、古道の存在を示している（文献6）。神明社辺から南東に、田原道に平行して点線で示されている道があり、『山城名勝志』によれば、これが栗子山越だそうであるが、小池氏は、神明社の少し東から南西に久世神社に向かう古道を、「栗隈越」として点線で示しておられる。田原方面に向かう道も、南都に向けて久世に下る道も、栗隈山を越える道だから、どちらも栗隈越と称されて間違いでない。というより、むしろ当然である。

この二つの栗隈越道が、それぞれ別に宇治に至るルートとしてあったのなら、本道と脇道と、戦闘の形はいささか単純でないものがあると思われるけれど、どの戦闘記述も、栗隈山頂（栗隈峠）を、攻防の拠点と描写して疑問が無い。ということは、たとえば比叡山頂に向かう雲母坂が、登り道が合流する水飲峠を攻防拠点としたように、栗隈山中を通る二つのルートが合流する地点、ここが、栗隈峠と認識される場所ではなかったかという推測をさせる。そのような見込みを立てながら、若干の伝承を参考にしたい。一つは、皇極天皇の「菟道行宮」が、下居付近とされている伝承（文献13）。大化四年（六四八）に、皇極上皇が比良宮に御幸した時の頓宮が下居神社辺に所在する。これは、この下居神社辺を古北陸道が通過していたからと考えて、ごく自然な思考ではなかろうか。この辺に居住の古老によれば、「以前よく散歩に下居神社の後の下居山から久世神社まで足を伸ばした」（文献7）そうでもある。下居神社辺から久世神社に越える山道は存在したらしい。その山越道が、神明社から田原方面に向かう尾根道と、下居山頂辺で交わる地点が、栗隈峠の所在地と認めて良いのではあるまいかというのが私の想像である。郷土史家の若原英弌氏に、「JR城陽駅に程近いところにある久世の鷺坂付近から…真っ直ぐに宇治河の渡河点へ越えるルート」（文献8）の想定があるのは、はなはだ心強い。斎藤氏もこれを想定されるコースの一つとして可能性を認めてはおられるようだ（文献5）。この場合、栗隈山を越えた先の「鷺坂」は、久世神社横の坂道でなく、長池辺の呼称になる。JR長池駅北に実際に鷺坂山が所在するが、これが根拠になるのかどうかは不明。

現在の交通で言うと、市役所前の道を南下して行くと、左に大型スーパーが存在する少し手前で、南と南西に分岐する信号にぶつかる。この右の道、下居山西麓と琵琶台住宅地との間の下り道を進んで行くと、宇治市植物公園と立命館宇治高校との間の道で、方位はまさに長池に向かっている（本当の希望は下居神社横から山系に登っていきたいのだが、現在は運動公園内で、通行禁止でやむなし）。この辺、尖山と呼ばれる高地であるが、眺望もはるかに開けている。自動車道として整備された道なので、左右からはかなり掘り込まれているはずである（栗田越・逢坂越・渋谷越など、参考）。これをもとの山越道の跡というつもりは無いが、この下居山大谷辺が、栗隈峠の所在地ではなかろうかというのが、私の想像である。竹村俊則氏に、次のような記述がある。

現在の神明神社から東南の山頂に向ってのびる一筋の山道がむかしの栗隈越かと思われる。この路は下居神社から南にのびる道と山頂附近において合致しそれより峰づたいに南へ通じているが、いまは道らしい道はない。

（『新撰京都名所図会　6』白川書院、昭40）

道らしい道はないが、「明るくて見晴らしもよく、山の散策には面白い」とも述べられている。現在は一帯が運動公園として整備されて、散策も叶わなくなっている。春日祭に南下する上層貴族の旅程には必須になっているらしい八幡伏拝を、この道は通らない。現在、伏拝の故地として残っている小祠の位置を疑ってみるという方法もあるかも知れないが、これは、一応想像外としておこう。とすれば、伏拝はすでに平安後期の文献から普通に見えるから、府道宇治淀線に相当するような山越道が、秀吉のはるか以前に、すでに通用化していたと見なければならない。悩ましいところであるが、この辺に、古北陸道のルート変化ということを推測しなければならないかも知れない。

ついでに言うと、斎藤氏が推定された、神明神宮辺から南に久世に向かうという古道も、伏拝は通らない。それで、栗隈越道とは別に、伏拝に向かう別の道と伏拝から久世に向かう別の道があったと推測された。斎藤氏が栗隈越と推定されているらしいルートは、すでにそれ以前から説かれていた。城陽市出身の加藤明美氏が、早くに踏査報告をされている（文献7）。労を多として、私も、神明から久世に至るその道を、実際に辿ってみた。現実に歩いてみる前は、この踏査で私の彷徨も終わりとする心情でいたのだけれど、結論としては、これは私の古道感覚に無い道であった。古道は、年代が遡るほど尾根道を辿る。近世になると、谷川沿いに最短路を作って交通する。これが、私には常識と思われる感覚であるが、神明から久世へのこの道は、尾根と谷川の間を上ったり下ったり、好んで難路を選んだようなルートになっている。何度もの尾根越えのどの時点でも、楽なコースを選びたければ、そのまま西麓に下った方が良い。加藤氏が、どこからこのようなルートを教えられたのか、不思議である。結果として、この道が往時の栗隈越であったということもあり得るかも知れないが、私の常識としては否定しておきたい。この道を想定するなら、府道宇治淀線に重なる道を古代からの栗隈越と説明しておいた方が、よほどすっきりすると私は思っている。今頃気付いて恐縮であるが、足利健亮氏も同様の見解である（文献4）。ついでに紹介すると、先に名をあげさせていただいた若原氏は「平安後期~室町時代にかけての栗隈越えは……神明付近から南へ三軒家谷を横切って名木川沿いに伏拝八幡宮へ通じていた」との推定もされている（文献8）栗隈越三遷論とでもいうところであるが、今のところ、私には批評不能。

三　作品に見る栗隈越

栗隈越についての関心が、道綱母や孝標女の初瀬詣の記述に始まるものであることは、あらためてことわるまでもないが、それだけにかえって、作品記述から本章を始めることは意識して避けた。私の想像説を述べ終えたので、この最初の関心に戻りたい。

道綱母の初瀬詣

aわりごなどものして、舟に車かきすゑて、いきもていけば、にへのゝ池、いずみ川などいひつゝ、鳥どもゐなどしたるも、心にしみてあはれにをかしうおぼゆ。かいしのびやかなれば、よろづにつけて涙もろくおぼゆ。……帰さは、しのぶれど、こゝかしこにあるじしつゝ、とゞむればものさはがしうて、すぎゆく。三日といふに、京につきぬべけれど、いたうくれぬとて、山城の国、久世のみやけといふところにとまりぬ。いみじうむつかしけれど、夜にいりぬれば、たゞ明くるを待つ。（『蜻蛉日記』巻上）

bあけぬればいそぎたちてゆくに、にへの池、いづみ川はじめみしにはたがはであるをみるも、あはれにのみおぼえたり。…宇治ちかきところにて、また車にのりぬ。

（『蜻蛉日記』巻中）

道綱母の場合に注意されることは、往復路ともに、宇治川岸から舟行することが多い点である。栗隈越の難路を避けたものであろうが、権門貴族にして利用し得るルートと言って良い。最初の参詣の時（a）も、宇治川岸から直接舟行して木津川の泉津に到っている。舟行説を早くに述べられたのは川口久雄氏のようであるが（文献11）、品川和子氏も宇治から贄野池辺まで、最初は陸行の意見であったが後に舟行と訂正された（文献12）。道綱母のような旅程はあり得たらしい。松原弘宣氏は、田上川から瀬田・宇治・木津川を経由する材木運漕コースを指摘しておられる（文献9）。このコースを利用したものと思われるが、宇治川から木津川に入る時には、栗隈西山麓の支流が用いられている。史料にも、このルートの記述はある。平信範は、宇治川岸で乗船し、「桜町」で下りて車に乗り、伏拝で下車して、八幡を拝していた⑤。

道綱母の時に伏拝が存在していたかどうかは分からない。多分無かっただろうと私は推測している。伏拝が存したことが確実な時点でも、藤原定家が供奉した道家（良経男）の春日詣では、宇治辺に留めた船中で一寝し、翌日は木津川を綱手で引かれて、泉木津まで到っている（『明月記』建仁二年五月十六・十七日）。信範は、常例によって伏拝に寄るために、「桜町」で下船した。「桜町」は、着船の際には、「東西両岸寺家構御船寄」だそうだから、川筋であることは確実だが、現在地名では確認出来ない。私も苦慮したが、延喜式内社である雙栗神社（巻九・神祇九）の「雙栗」がサクリノあるいはサクハノの訓を持っていることに着目すると、今少し東の方が都合良い気はする。杏人浜とも称されていたらしい（文献4・10）。近隣には、これも式内社である旦椋神社が存する。久世御宅跡とも言われる。

道綱母が最初の初瀬詣の帰途に宿泊した場所である。彼女は、往復路ともに舟行を利用して、二度目もそのようである。この「宇治ちかきところ」が「桜町」辺だとすると、帰路はここから陸路かも知れないが、今のところ、確かなことは不明。

清少納言の初瀬詣

池はかつまたの池、磐余の池。贄野の池、初瀬にまうでしに、水鳥のひまなくゐてたちさわぎしが、いとをかしう見えしなり。水無しの池こそ、あやしう、などてつけゝけるならんと問いしかば、「五月など、すべて雨いたうふらんとする年は、この池に水といふものなんなくなる。また、いみじう照るべき年は、春のはじめに水なんおほくいづる」といひしを、「むげになくかはきてあらばこそいはめ。出づるをりもあるを、一すぢにもつけけるかな」といはまほしかりしか。

（『枕草子』三八段）

贄野池は十八町にも及ぶ広大な湿地である。乗車したままでは、通行困難な湿原なので、貴族層ならおおむね輿を使う（⑧⑪）。清少納言であれば、輿か徒歩、どちらであろうか。どちらにせよ、尾瀬の湿原を通っていくような興趣で、水鳥が多く集まっている情景など、彼女に新鮮な感激であったろうことは、想像も容易である。「水無しの池」は水を湛えていたので、池の名に不審を述べた。記述からは、贄野池と同一の地点であるとは考えない方が自然である。少し南下して、井手の水無し川の末、地蔵池とも呼ばれた古池のことらしい（文献2・3、参考）。

孝標女の初瀬詣

夜深く出しかば、人々困じて、やひろうちといふ所にとゞまりて、物食ひなどするほどにしも、供なる者ども、

「高名の栗駒山にはあらずや。日も暮れがたになりぬめり。ぬしたち調度とりおはさうぜよや」といふを、いとものおそろしう聞く。その山越えはてて、贄野の池のほとりに行き着きたるほど、日は山の端にかゝりにたり。「今は宿取れ」とて、人々あかれて宿もとむる。

（『更級日記』）

菅原孝標女も、二度の初瀬参詣を果たしているが、下層貴族の身分らしく、宇治川を庶人に交って舟で渡り、栗隈山越えをして南都への道を辿っている。渡船に手間取ったので、山越えにかかるあたりで、遅い昼食を摂っている。ここに「やひろうち」という地名が出て来るけれど、これを、久世近辺に類似の地名があるというので、そちらに相当させる意見もあったようであるが、これは空論である。食事の最中に、供の者が「高名の栗駒山にはあらずや」と気付き、「山賊の用心に武具などを手許にして油断しないように」と言うことは、山を越えはての発言ではあり得ない。ようやく渡河したところで、宇治川岸辺で弁当を開くといった気分も分かるが、発言の雰囲気は、山越えにかかるあたりか、峠で一休みといったあたりであろう。渡船の混雑で昼食を取り損ねていた気分では、山越えにかかろうとする頃、下居川の河原辺が私のお薦めの想定場所ではある。贄野池を過ぎて奈島の丈六堂のあたりは南都への中間地点で、休息場所である方が普通だが、すでに夕刻近くになったのでここに宿所を求めた。道綱母も、南都近くまでは行ったけれど、宿ったのは泉川畔（泉橋寺あたり）であった。女性の旅はなにかと手間取る。孝標女の再度の旅も、宇治川から山越えして奈良坂を越えて南都に入るあたりはほとんど同じであるが、「はゝその森」の紅葉を、遠望したのかすぐ近くを通過したのかは、はっきりしない。

四　古地図から

古地図と呼ばれる資料がある。この場合の古地図とは、だいたいが近世期のもので、あまり重要視するのはかえって危険な面もあるけれど、自動車と新興住宅地という、古道にとっての二大敵が出現していない段階なので、示唆するところも少なくない。などという講釈はさておいて、宇治辺の近世期の分かり易い略図を見ると、下図のようである。秀吉以後ということなので、宇治橋から新田を経て、上津屋に至る、現在の府道宇治淀線に重なる道が、明瞭に示されている。その道と新田で交わる、伏見から巨椋・長池と南下していく奈良街道も、明瞭に示されている。そのほかは、宇治橋西詰から川岸の道と、白川・高尾と郷ノ口に分岐しながら、共に宇治田原に向かう道がある。郷ノ口に向かう道が、先に述べた栗隈山尾根道である。郷ノ口は、奈島から宇治田原を経て瀬田と信楽・甲賀に分岐する古代東西幹線道（現、国道307号線）に合流する地点で、ここから宇治に向かう尾根道が、

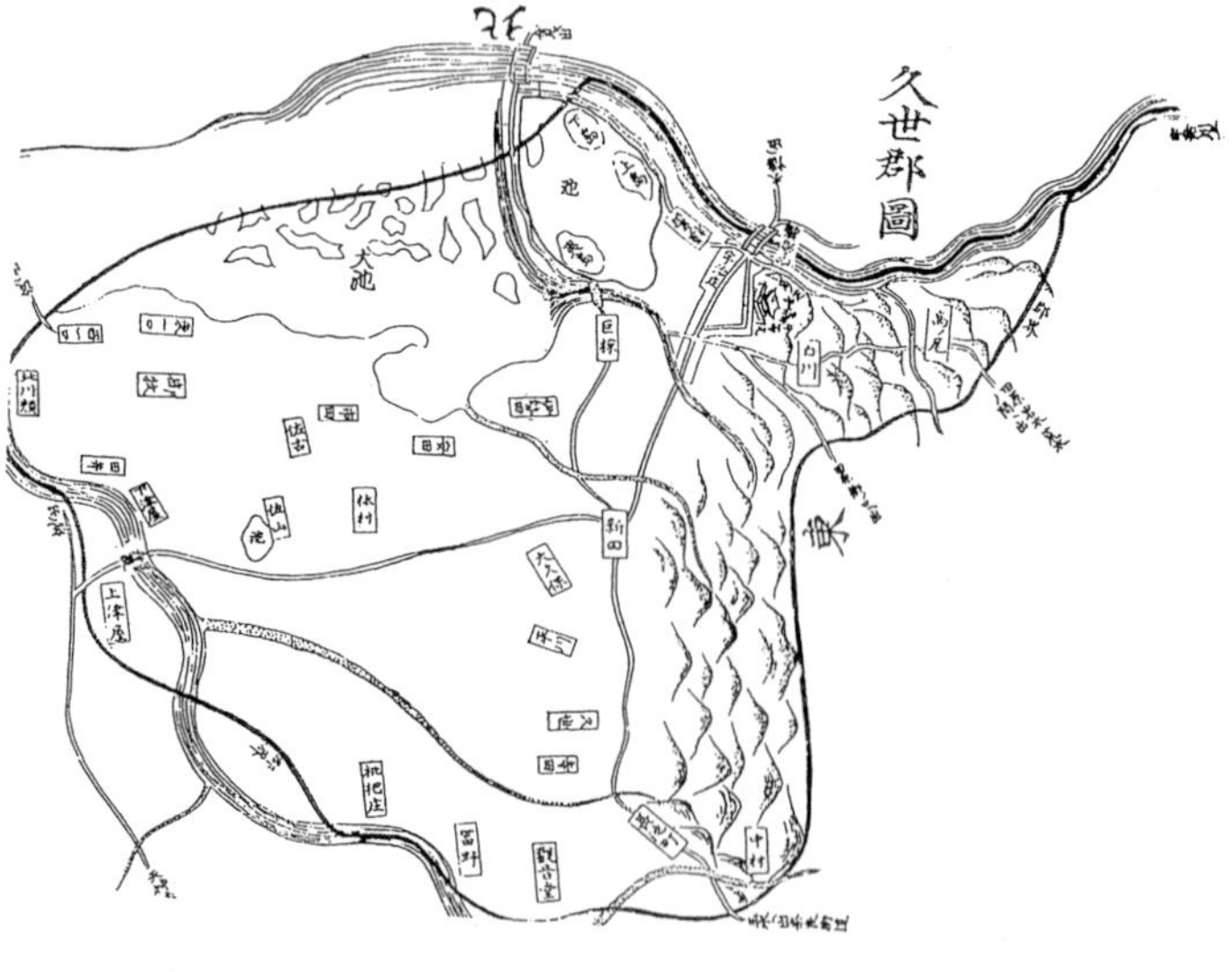

『山城名勝志』付図

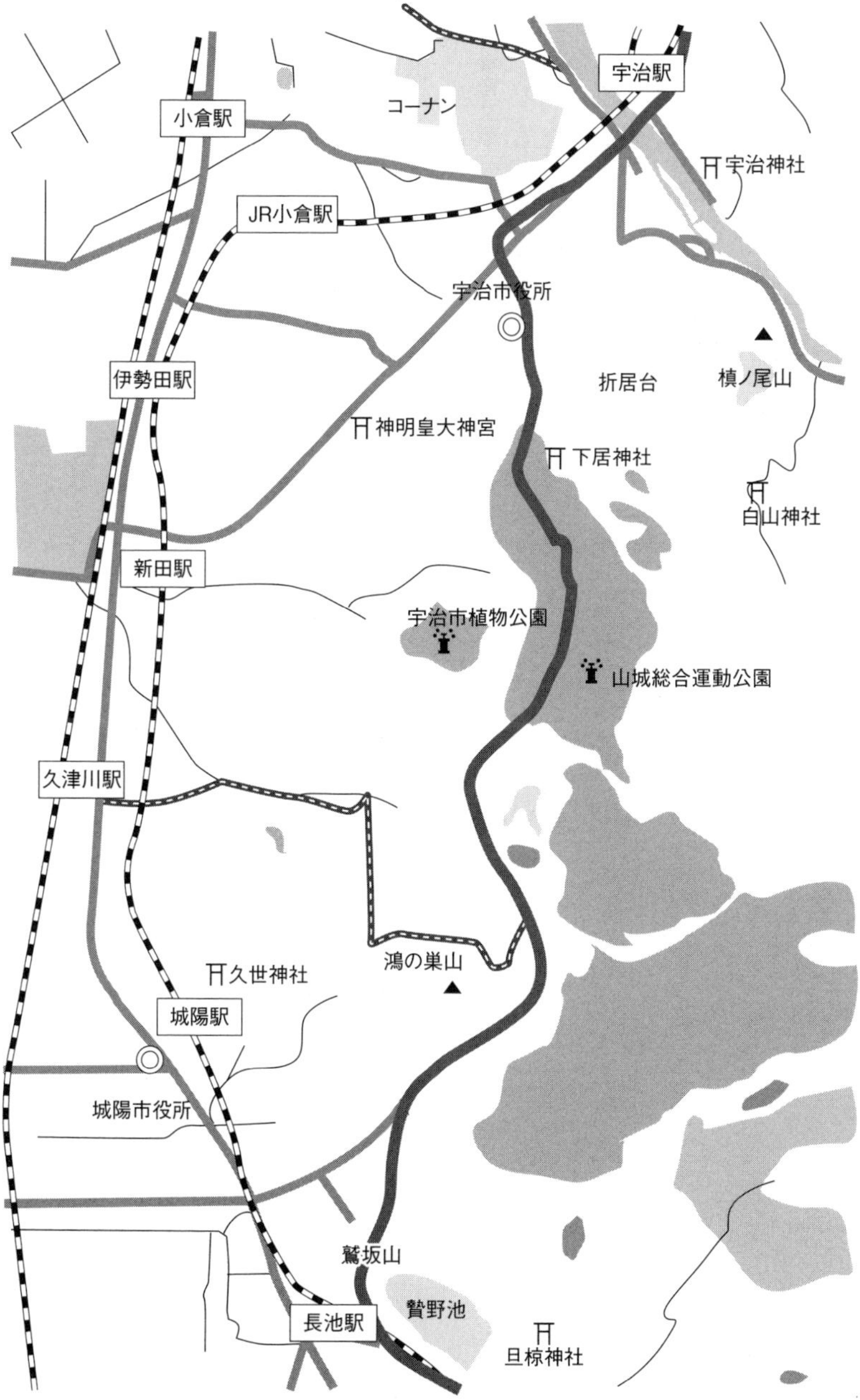
宇治駅
コーナン
小倉駅
宇治神社
JR小倉駅
宇治市役所
伊勢田駅
折居台
槙ノ尾山
神明皇大神宮
下居神社
白山神社
新田駅
宇治市植物公園
山城総合運動公園
久津川駅
鴻の巣山
久世神社
城陽駅
城陽市役所
鷲坂山
贄野池
長池駅
旦椋神社

栗隈越想定図（試解）

南都から北上する交通路になる可能性はある。少なくとも脇道として可能性は十分あると私は推測しているが、その辺の資料はほとんど見得ない。この尾根道が、宇治川から栗隈山を越える道と合流する下居神社裏の山頂辺が、交通の要衝で軍事拠点でもある栗隈峠そのものではないか、これが私の想像である（この尾根道が現在の府道宇治淀線に降りてくる地点に存するのが、神明皇大神宮である）。という訳で、最後に、私のやや勝手な推測図を追加することを許容していただけたら有り難い。下居神社横から山頂辺を経て長池に至る案である。少なくとも地形的な条件だけは無理がないと思っているが、無論、素人の勝手な妄想と一蹴されても、不服を申し立てるつもりはまったく無い。この道は、しかし八幡伏拝をルートの外にしている。平安後期にはすでに伏拝を経る経路が開けているところを見ると、現在の府道宇治淀線道路は、秀吉の時代を待つまでもなく、かなり通常の南都往還道になっていたのではないか。これも、私のもう一つの想像である。

参考文献

1　品川和子「蜻蛉日記の風土（二）」（「学苑」三一三号、昭41）、同「贄野の池の所在について」（「国文学」十二巻五号、昭42）
2　池田勇「井手の里をたずねて」（「平安文学研究」第三十八揖、昭42）
3　奥村恒哉「〝贄野の池〟考」（国語国文」四二巻九号、昭48）
4　足利健亮「京都盆地東縁の南北古道」（探訪古代の道・第二巻『都からの道』法蔵館、昭63）
5　斎藤幸雄「栗隈をめぐる歴史と地名」（「地名研究」第六号、平20）
6　小池　寛「考古学における地名研究のあり方」（「地名研究」第六号、平20）
7　加藤明美「宇治一の坂から栗隈越え」（『女たちの長谷詣』、文理閣、昭62）
8　若原英弌「栗隈越えを往く」（「観光宇治」98号）。

9　松原弘宣「古代における津の性格と機能」（『古代国家の形成と展開』所収、吉川弘文館、昭51）
10　『宇治の散歩道　第三集』（宇治市文化財愛護協会、平21）
11　川口久雄「はつせまうで（かげろふ日記評釈1）」（「国文学」五巻一号、昭34）
12　品川和子『蜻蛉日記の世界形成』武蔵野書院、平2）
13　『宇治市史　1』（宇治市役所、昭48）

コラム⑮　伏拝から井手

コラム後半の山場である。京からの南都に向かう道、キリの良いように、JR新田駅を降りてから、ひたすら南下、井手の以仁王墓辺までの経路とした。南都への道は、宇治橋西詰から西南に向かって峠を越える府道15号線が、旧奈良街道に交叉する地点で左に折れ、以後、おおむね府道70号線に添いながら南下する経路が通説になっている。この途中、峠を越えるあたりに所在の神明社辺から久世に向かう道が、最近は注意されている。平安後期あたりから、本コラムでも触れる「伏拝」から石清水社を遙拝するのが通例となっており、これをこの経路の必須要件と考えれば、神明社辺から久世神社に向かう道は、条件から外れる。前者も、秀吉によって開通された道と説明されており、これを認めるとすれば、これも候補から外れる。しかも交叉の仕方が、後に開かれたことが明瞭な奈良街道に直角に合流するような形になっており、一本の道筋と見るのは、私にも抵抗感がある。そこで、下居山辺を越える道を想定してみたのであるが、これまた伏拝を経路とする道にはなっていない。この辺は本章で触れたので、コラムではそれらの議論はひとまず忘れ、新田からひたすら南下する道をたどることをしてみたい。

新田駅改札を出て時計を見ると、午前十時半だった。十分も歩けば「伏拝」（写真1）、大谷川岸から西方を望めば、石清水遙拝も可能のように見える。さらに五分で、左手の森は久津川車塚古墳である。南山城の首長墓ともいうべき大規模古墳らしいが、感興もそこそこに通過する。角のスーパーで昼食のにぎり寿司を調達し、久世神社（写真2）

1．伏拝（石清水遙拝）

2．久世神社

到達が十一時七分。神社域内の石段の上をＪＲ電車が過ぎていった。変わった神社である。寺田小の大クスノキを見て進む。水度社参道横の玉池は、初め水流と間違えた。そろそろ池水の多い地帯に入る。国道２４号合流点の標識にも「城陽新池」とあった。間もなく左の府道７０号線に入る。南都までの経路、おおむねこの道に従う。人家も、街道筋らしい雰囲気をいささか感じる。この辺、長さ十八町と伝える「長池」が所在したあたりである。「木戸孝允公御中飯所」なる石標を、人家の軒下に見つける。時計を見ると正午近いが、私の中飯は、木津川畔の丈六堂辺と予定している。すぐに、今度は左手の路傍に「高倉宮冑之社」という石標を見る。これより東二町だそうである。少し気になるが、とりあえず先を急ぐ。

　手持の地図に「観音堂」と記されている。休日で洗車中のおじさんに、「観音堂はどこですか？」と訊くと、この辺一帯の地名で、特にそんなお堂などは存在していないという。やや不審にも思うが、対応してくれたご主人の親切に感謝して、納得して進む。すこぶる立派な南城陽中門前から、東南に方位を変える府道７０号線に別れ、こちらはひたすら南下。春暖の風景の中、前方に連なる丘陵との間を、ＪＲの電車が走っている。いかにも普通電車らしい、のどかな音が田園をわたってくる。すっかり楽しくなって、踏査の課題も忘れそうだ。この道が、人家の塀にぶつかった正面に、「梨間の宿跡」の石標が立っている（写真３）。刻面を見ると、「是より長池十五丁」とあり、片面には「是より玉水三十丁」とあった。以前にこの辺で訊ねた時、北から続いてくる道を「これが旧道」と、胸をはって教えてくれた地元の方がいた。この地点は、ＪＲ山城駅のすぐ近くだが、目もくれずに南下する。右に山城大橋を遠望する。前方を東西に走る堤防のような国道307号線の手前に、「丈六堂」がある（写真4）。社名は「松本神社」とあるが、この辺の地名「十六」にも由来して、丈六堂縁故の社に間違いあるまいと思う。京―南都の中間点にあって、丈六の阿弥陀仏を安置、木津川の渡場でもあった。国道を渡る手前の石標には、「東、宇治田原道」と刻してあった（写真5）。

さて、予定の「中飯所」であるが、連休中で車の往来が激しい国道傍では、その気にならない。それに今一つ、今までひたすらに南下してきた道が、国道を越えたとたんに、紛らわしくなる。まっすぐ南に向かって、木津川岸で国道24号に合流する道はあるが、あまりに直線過ぎて、どうも胡散臭い。東に進んで行くと、例の観音道の南で別れた府道に、また合流してしまう。迷いながら歩いていて、人家の庭にいるおじさんに声をかけた。おじさんの意見も、

3. 梨間宿跡

4. 丈六堂（松本神社）

5. 丈六堂辺石標

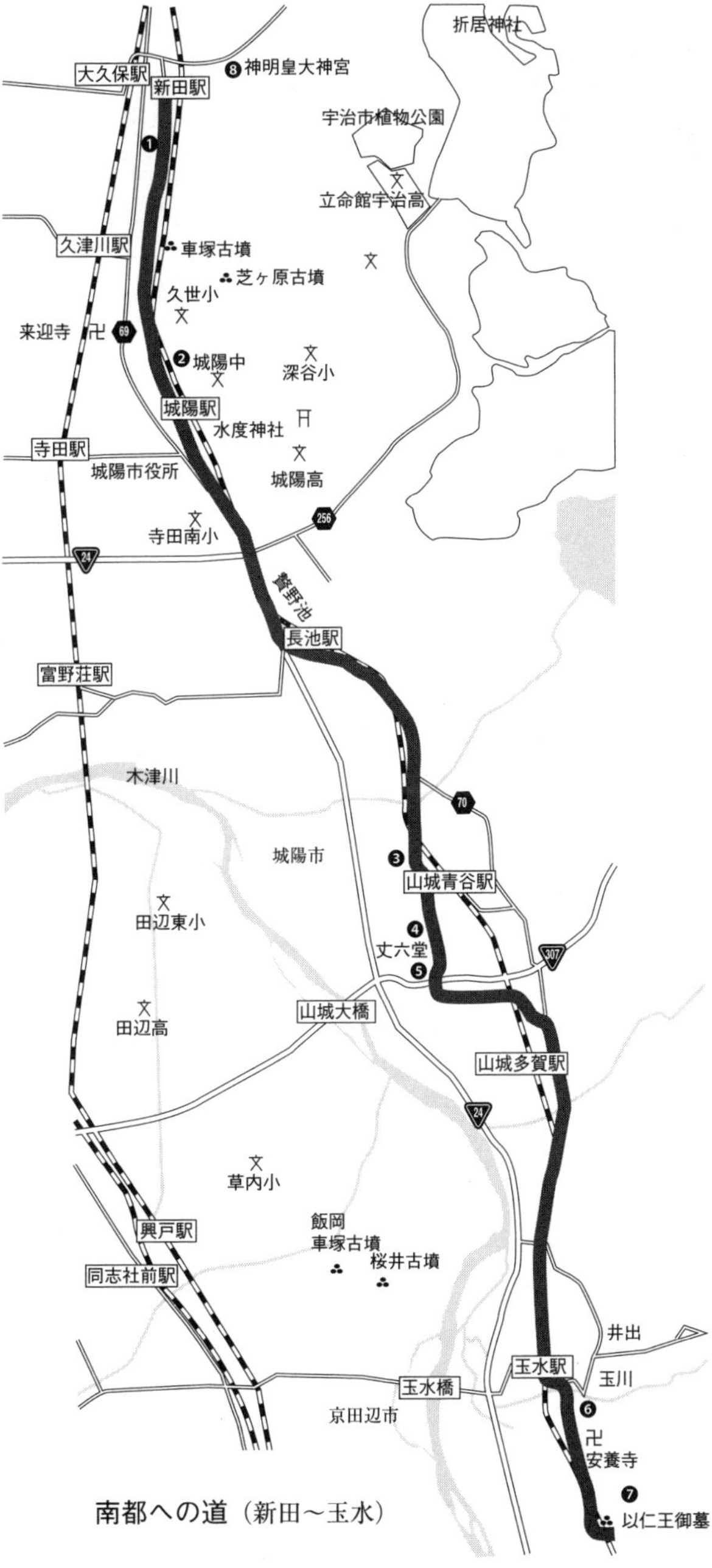
折居神社
大久保駅
新田駅
❽神明皇大神宮
宇治市植物公園
❶
立命館宇治高
久津川駅
車塚古墳
芝ヶ原古墳
久世小
来迎寺
69
❷城陽中
深谷小
城陽駅
水度神社
寺田駅
城陽市役所
城陽高
256
寺田南小
24
鴨野池
長池駅
富野荘駅
木津川
70
城陽市
❸
山城青谷駅
田辺東小
❹
丈六堂
❺
307
山城大橋
田辺高
山城多賀駅
24
草内小
飯岡
車塚古墳
桜井古墳
興戸駅
同志社前駅
井出
玉水駅
玉川
玉水橋
京田辺市
❻
安養寺
❼
以仁王御墓

南都への道（新田～玉水）

6. 井出の玉川

7. 高倉神社

「この前はただの湿地だからなぁ」と答えながら、「奈良への旧道は？」と訊くと、迷わず府道を示してくれた。「奈良時代の北陸道はそうだった。平安時代は知らないが」と言う。奈良がそうなら、平安ではそうでないということはない。とりあえず私も、意見に従うことにして、府道に再び合流した。ただし、合流地点手前では少し抵抗して、東南方位に向かって辻の形で合流する道にしてもらった。JR山城多賀駅近くである。すでに井手町に入っている。本気で昼食場所を探しながら歩いていると、「猪肉ラーメン３００円」の安直な張り紙が目についた。通り過ぎる時に、笑い顔のおばちゃんと目が合うが、なんとなく通過。手提げの中のにぎり寿司を気にしたことをすぐ後悔した。そのまま進んでいると、「この道、行き止まり」の張り紙が目につき、迷いながら引き返してJR線路を越える。線路横の道は、まっすぐ玉川に向かう。踏み切りがあれば線路の向こうに渡って、最前の南下道路に戻るつもりだが、まったく機会が無い。

井手の玉川にぶつかったところで、川岸に沿って左に進む。上玉川橋の辺で、川岸の石段に腰かけて待望の「中飯」にありついた。人心地ついたところで、著名な川の場面を撮影（写真6）。植物音痴の私にも、知られた山吹の黄色は分かる。今は季節なのだろうか。サギかと思う真っ白い鳥が一羽だけ飛んできた。玉川を渡れば、終点の以仁王墓は指呼の間である。高倉神社の写真は何枚も撮っているはずだけどなぁと心中ボヤキながら、証拠写真を撮る（写真7）。シャッターをきった後

8. 神明皇大神宮

に時計をのぞくと、午後二時十分であった。徒歩時間は、正味三時間半ほどか。再度、井手駅に引き返しながら、地図には「墓」とあるのだから「墓」があったのだろうか、いつも神社前に至っただけで満足しているのが少し気になった。ふたたび上玉川橋を渡ると、堤上からでも、線路の東を北上する道がまっすぐ視認できる。その先は、右手からの山の先端になっていて、通行できる状況かどうかは確認できない。これから一駅を歩いて確かめる元気はない。数少ない乗降客の間は閑そうな駅員に訊くと、交番の巡査が道を訊かれたかと思うように丁寧に応対してくれ、その間に地元のおじさんも話に加わってくれたが、結論は不明のまま。

この部分を不明なままにしたのが痛恨であるが、そのうちに再度確認を試みよう。痛恨と言えばその後、長池駅から下居神社に向かう道（私案）の、太陽が丘運動公園になっている園内道路を、なんとか頑張れるようならたどってみたいと思っていた意図を実行してみたのだが、これは結果としては徒労に終わった。栗隈越が長池を起点にする推定に関しては、乾幸次氏と同意見であるが、[※1]同氏は、これを神明社（写真8）に至るとされている。私は、本章に述べたように、下居神社辺に至ると推測している。運動公園内の道にその痕跡が認められるか、確かめてみたいと思ったものである。公園西口まではタクシーで、道々しっかり相談相手になってくれた運転手にも励まされて園内を少し歩いたが、連休最後の日の園内は、家族連れやアベックでわき返り、古道の痕跡を求めて放浪する老人などは、胡散臭い異端者であった。下居神社横から突き当たった鉄扉ごしに見える山道を痕跡と推測しているが、たとえその部分はそうであったとしても、公園内はまったく様相を改めていて、とても古道などという雰囲気ではない。公園内のもしかしてこれはと思う道筋の踏査を、コラム⑯の内容にするつもりでいたのだが、そんな場違いなことを実行する気力も失ってしまった。痛恨といえば痛恨。しかし、あらためて考えてみれば、あまりに些事と評すべきかも知れない。まぁ、命を支えるものは人さまざまと思って、ご容赦願いたい。

※1　乾幸次『南山城の歴史的景観』（古今書院、昭62）

第11章　別業・隠遁・遊宴

桂と小野は、平安貴族の二大別業地域である。平安貴族は、自邸と称し得るものも含めて、複数の邸宅を持つことが珍しくない。女性たちも、婚姻のことがあってもすぐに自邸を離れるわけではないし、邸宅は、家族全体が便宜に応じて居住するという性格もあるし、さまざまな禁忌の制約のために、居住空間が単一では不便な事情もあった。従って、別業と称しても現在の別荘感覚ではなく、京内居住と遠くない意味合いがあったように思われる。二大別業地域である桂・小野を中心に、平安貴族の別業の状況を見てみたい。

一　桂

桂は、歴史の古い別業地域である。平安京の初めが、長岡京に接続する建都ということもあり、現在の京都盆地の西南方面に親近的な感覚を持っていたように思われる。著名な次の挿話などを紹介するまでもあるまいが…。

むかし、惟喬の親王と申す親王おはしましけり。山崎のあなたに、水無瀬といふ所に宮ありけり。年ごとのさくらの花ざかりには、その宮へなむおはしましける。その時、右の馬の頭なりける人を、常に率ておはしましけり。時世へて久しくなりにければ、その人の名忘れにけり。狩はねむごろにもせで、酒をのみ飲みつゝ、やまと歌にかゝれりけり。いま狩する交野の渚の家、その家の桜ことにおもしろし。その木のもとにおりゐて、枝を折りてかざしにさして、上中下みな歌よみけり。馬の頭なりける人のよめる。

世の中にたえて桜のなかりせば春の心はのどけからまし

となむよみたりける。

（『伊勢物語』八二段）

『伊勢物語』には、他にも、西京（二段）・水無瀬（八三段）・長岡（五八・八四段）・芹川（一一四段）・住吉（一一七段）などの地名、河内（二三段）・摂津（三三・六六・八七段）・和泉（六七・六八段）などの国名が、物語の記述に登場する。「馬の頭なりける人」の母（桓武皇女、伊豆内親王）の家も長岡であった（八四段）。平安初期においては、桂から山崎に至る平安京西南部は、別業地域というよりむしろ本邸に帰るといった感覚らしい。

宇多帝に愛された伊勢は、桂で御子の保育にあたっていた。

桂にありし頃、帝のたまはせし、

逢ふほども河を隔てゝ恋ふ時は七夕つめになにかことなる

御かへし、

例ひなきものとは我ぞ引かるべき七夕つめも人めやはみる

（旧国歌大観『伊勢集』一八二三八。新編、二三五・二三四）

伊勢が滞在した桂殿は、院あるいは皇室離宮に相当するようなものではなかったろうか。桂の地は、大井川北岸の前中書王兼明親王や源融の山荘、嵯峨院などに同じく、もともとは皇室御料といった性格の地域だったと思われるが、棲霞観や嵯峨院が離宮の性格を稀薄にしていったのと軌を一にして、高級貴族の別業地域といったものに変わっていったようである。

大殿御車尻道綱卿・余乗也、摂政車尻斉信卿乗之、辰剋許被参桂山荘、到大井傍河南行、於贄殿辺乗船屋形船二艘其外有橋船、

（『小右記』寛仁元年十月十二日）

これは、藤原道長の桂山荘である。船中酒宴しながら渡河し、さらに乗車して山荘に到っている。道長の桂殿は、『公任集』（二三七）にも見える。道長と同車した実資も、父の実頼が桂に別業を有していた（『能宣集』三三三）。平安後期の執政忠通にも、

この大臣失せさせ給ふほど近くなりて、法性寺殿・桂殿など御覧じ巡らせ給ひて、ところ〴〵のありさまを、さま〴〵の文ども製らせ給ひて、盛光・惟俊などいふ学生どもに賜ひて、和して奉り、判ぜさせなどせさせ給へり。

（『今鏡』第五）

といった記述がある。桂には、藤原摂関家代々が継承する別業としての桂殿があったらしい。別業の中流化といった現象も、進行していた。

桂の山荘にてしぐれのいたうふり侍りければよめる、　　藤原兼房朝臣
あはれにもたえず音する時雨かなとふべき人もとはぬすみかを　（『後拾遺集』巻六・三八〇）

権中納言俊忠の桂の家にて水上月といへる心をよみ侍りける、　　源俊頼朝臣
あすもこむ野路の玉川萩こえて色なる浪に月やどりけり　（『千載集』巻四・二八一）

修理大夫のかつらの山さとにまかりたりけるに、庭の花おもしろくさきたるもとに人々居なみてあそびけるに、あるじかはらけとりて、
今年よりちとせの春を頼むかな花のゆかりにとはると思へば　（『散木奇歌集』第一・一〇三）

それぞれ藤原兼房・藤原俊忠・藤原顕季といった、中の上程度の貴族の別業空間になっている。箱根・湘南あたりの感覚であろうか。後に述べる小野に比べると、やや新興実業家の別荘といった雰囲気。実は、清少納言の父親元輔の「桂の家」の記述もあるのだが、やや疑問。用例に入れなかった。

嵯峨は、源融の棲霞館、嵯峨上皇の嵯峨院がそれぞれ寺院となると、宗教的な雰囲気は漂うことになったかもしれないが、離宮的なそれはいささかならず消滅したようである。平安の都人の、春秋の逍遙・遊宴の野となり、隠遁者がひっそりと住む空間になっていった。後に、大覚寺を中心とする政治の拠点として復活するが、それは偶然のことである。対して桂は、別業地域の性格を微温的ながら保ち続けている。忠通の嫡男基実は、桂の対岸梅津に邸宅を営

んでいた（『兵範記』仁安二年十一月十日）。皇嘉門院聖子（忠通女、崇徳中宮）が渡った梅津御所というのも同所かも知れない（『山槐記』応保元年八月四日）。嵯峨が隠遁地といった性格に傾斜していくとともに、桂は、対岸の梅津も加えて上層貴族別荘地の性格を定着していった模様である。下桂の河岸近くに桂離宮が現存するのも、思えば、長い伝統の象徴といった気がする。

二　小野

小野と呼べる空間は、かなり広域である。また『伊勢物語』を引いて恐縮だけど、これも知られた記述。

かくしつゝまうでつかうまつりけるを、思ひのほかに、御髪おろし給うてけり。む月におがみたてまつらむとて、小野にまうでたるに、比叡山の山の麓なれば、雪いと高し。しゐて御室にまうでておがみたてまつるに、つれづれといと物がなしくておはしましければ、やゝ久しくさぶらひて、いにしへのことなど思ひ出で聞えけり。さても侍ひてしがなと思へど、公事どもありければ、え侍はで、夕暮にかへるとて、

　忘れては夢かとぞ思ふ思ひきや雪ふみわけて君を見むとは
とてなむ泣く泣く来にける。

（『伊勢物語』八三段）

文徳帝第一皇子であった惟喬親王は、貞観十四年（八七二）に、病気を理由に突然に出家、小野に隠遁した。廿九歳

の時である。隠遁の地に因んで小野親王と呼ばれ、大原の地に墓所と伝える五輪塔がある。ただし、私が接したかぎり、平安時代の墓石が五輪塔などの形で現存することは無かった。だいたい室町期、古くても鎌倉期のものが普通で、墓石というより供養塔といった性格のものである。この惟喬親王のものも、鎌倉期のものと見られている（『平安時代史事典』）。大原は、厳密には小野とは別所であるとの見解もあるが（文献1）、大原郷はないようなので（『倭名類聚抄』）、小野郷を一応このように広域な呼称と理解して、記述を進めたい。

広域の南限は、比叡山西坂本、現在で言えば修学院などが存するあたりである。

権中納言の音羽の家にて、

音羽山水はたぎりて流るとも君が宿には勝りしもせじ　（『朝忠集』五四）

などの詠歌がある。この権中納言とは藤原敦忠（時平男）のことである。

権中納言敦忠が西坂本の山荘の瀧の岩にかきつけ侍りける、　伊勢

音羽川せき入れて落とす瀧つ瀬に人の心の見えもするかな　（『拾遺集』巻八・四四五）

という詠歌もある。大江淑光の西坂本宅という記述もある（『権記』寛弘二年九月廿四日）。俊頼の「音羽にまかりて」（『散木奇歌集』第九）は山荘とは明示していないが、「小野山家にて」（同・第四）とも言っているから、別荘の性格であったようだ。

西坂本あるいは音羽などと呼称しない方が、むしろ普通かも知れない。

小野といふ所にすみ侍りける時、紅葉を見てよめる、　　　　　貫之
秋の山紅葉を幣とたむくればすむわれさへぞ旅心地する　　　（『古今集』巻五・二九九）

亭子の御門の小野なるゆきとしが家の梅の花見におはしますに、
思出でゝ見にこざりせば梅花誰に匂の香を移さまし　　　　　（『伊勢集』九二）

年名、元慶元年三月、於小野山荘置宴。招参議左衛門督大江朝臣音人・参議民部卿藤原朝臣冬緒・参議刑部卿兼勘解由長官菅原朝臣是善・相模権守文室朝臣有眞・因幡権守菅原朝臣秋緒・前安芸介大中臣朝臣是直、六人。命酒賦詩、名為尚歯会。　　　　　（『扶桑略記』元慶元年四月九日）

終例は、南淵年名の薨伝中の記述である。詩宴は、後に叡山の学僧と大学寮の学生たちの詩会である勧学会につながるものである。同じ別業地域でも、小野は、文化の香が漂うような山里である。先に述べた桂、後に触れる白川が、高級貴族の別業の雰囲気が濃いのに対して、小野は、下層文人がひそかな閑居を楽しむ空間である。平安京の文化人村と言ってもよい。山城守藤原棟世の山荘もこの近辺だが、地名として「月の輪」と言われている（『輔親集』八八）。月林寺と記述されることもあるが、西坂本であることは確かである。例の勧学会の会場にもなっている。高野川の東に「月輪川」とする水流があるので、この上流の地名と思われる。『山城名勝志』は、現在の曼殊院を旧跡としている。現在、曼殊院西北に月輪寺町の町名が残る。別章で述べたが、清少納言が晩年に住んだ「月輪」とはこの近辺である。文人清原元輔のささやかな山荘として、似合いの環境かと思う。

小野と通称されて知られる地域が、もう一箇所ある。西坂本の北方、岩蔵あるいは長谷と呼ばれる一帯である。後三条皇后歓子（教通女）の小野山荘は著名。

白川院、深雪の朝、雪見の御幸あるべしとて、御共の人少々めさるゝよし、ほのきこえしほどに、やがて出御ありて、「おもしろき雪かな。いづかたへかむかふべき。小野皇太后宮のもとへむかはゞや」と仰られけるを、御随身うけたまはりて、従者を馬にのせて、彼宮へ馳せまいらせて、「かゝる事に、すでに御車にたてまつりて候也。御用意候べし」と申たりければ、紅の衣五具ありけるを、せはりにふつときりて、寝殿十間になんいだされたり。「をのづから入て御覧ずる事もあらば、いかゞ」と申す人ありければ、皇太后宮、「雪みる人は内へ入る事なし」とて、さはぎたる御気色なくてなんおはしましける。さるほどに、やがて御幸なりて、御車やり入て、階隠の間にさしよせておはしましければ、御酒をなんすゝめたてまつられける。

（『古今著聞集』巻十四）

絵巻の題材にもなって著名な御所だが、場所は今一つ明快でない。鞍馬の南で、静市・市原辺かと言うが、白川院が突然に臨幸を思い付いたほどだし、「比叡の山の麓」（『今鏡』）なのだからそんなに山奥ではないはずである。『東北遊覧之記』という近世の地誌には、補陀落寺内に小野皇太后宮ならびに清原深養父の塔があったことを記している。『平家物語』によれば、鞍馬通りに沿って存しているらしいが、現在の地図で鞍馬通りが大原・江文峠に分岐する手前に、補陀落寺（小町寺）の明示がある。ともあれ、この辺が小野の北限。

西坂本から行くと、その少し手前。鞍馬通りに北行する道に入る少し手前の右手の山麓が、岩倉である。角田文衞氏が『源氏物語』の北山のモデルとされた大雲寺が所在する（文献2）。紫式部には母方の曾祖父にあたる藤原文範が山荘を営んだ場所である。

早朝参院、侍臣為打金鼓向東山辺、便見花、晩景到民部卿所領小野山荘、読和歌、

（『小右記』寛和元年三月六日）

この民部卿山荘である。文範は、天禄二年（九七一）にこの山荘を寺として大雲寺を創建したと伝える。永観三年（九八五）には、冷泉帝皇后昌子内親王が寺内に観音院を建立した。この岩倉・長谷といった山間の地が、別荘地としての小野の今一つの地点であった。岩倉盆地奥の長谷に所在の普門寺も、文範が息子の明肇のために建立した寺だから、この地も文範山荘の占地であったか。同じ長谷に、道長の姉である東三条女院詮子が解脱寺を建て、藤原公任はこの寺で出家した（『日本紀略』万寿三年正月四日）。その解脱寺の一町ばかり北（別称朗詠谷）辺に、出家後の公任の住居があったらしい。

世を背きて長谷に侍りける頃、入道中将のもとより、まだすみなれじかしなど申したりければ、

谷風になれずといかゞ思ふらむ心は早くすみにしものを

（『公任集』五五二）

岩倉・長谷と通称されるあたりも、広くは、小野山荘域であった。

大原も、広くは小野のうちらしいとは先に述べた。惟喬親王の隠遁地が大原であったかどうかは議論の余地があると思うけれど、大原の里が、平安貴族の別荘地というより隠遁の空間であったことは間違いない。

むかし、素性法師と云歌よみの僧侍り。九重のほか大原と云所になんすみ侍りけり。花に詠じ、紅葉に優遊する

こと、隠逸のごとくに侍り。秋の夜のつれ〴〵長きに、寝ねもせられで、なんとなく涙所せきに侍りて、わくかたなく物あはれなる暁、松虫のなき侍りければ、

今来むと誰たのめけん秋の夜をあかしかねつゝ松虫の鳴く

又、まくらの下にきり〴〵すの聞えければ、

きり〴〵すいたくな鳴きそ秋の夜のながき思ひは我ぞまされる

とよみけり。げにもと覚えて、あはれに侍り。（『撰集抄』巻八・第十六）

大原に住みはじめけるころ、俊綱の朝臣のもとへいひ遣はしける、　良暹法師

大原やまだすみがまもならはねば我宿のみぞ烟たえける（『詞花集』巻十・三六六）

どちらも、大原の雰囲気を伝える記述である。必ずしも、強烈な宗教心とか脱俗心といったものでない。この世に受けた生の時間を、ひっそりと味わいながら過ごす静寂の充足といったものが感じられる。現代にたとえれば、ホスピスのような空気であろうか。

大原の住人には、藤原顕基・源時叙・平親範・寂然・寂超・西行といった世俗からの隠遁者と、素性・安養尼・琳賢・良暹といった僧籍の隠遁者と、二種類があるように思われる。大原に至るまでの経緯はさまざまでも、安穏な生の時間を送るという気持では、この里に流れる空気は変わることはないようである。そう言えば、仲国が嵯峨野に訪ねた小督局も、出家して「後には大原の別所に閉籠り、行澄し給けり。御歳廿三歳」（『源平盛衰記』巻廿五）であった。平家滅亡の後に、寂光院で菩提を弔いながら生きた建礼門院は言うまでもない。私も、来世で生まれ変わることができるのであれば一度は大原の住人になりたい。

三　白川と嵯峨

桂と小野に続く別業地域としては、まず白川の名があがる。比叡山に続く山系の西麓である。東方山系から発する水流が、山麓沿いに南下、三条坊門末辺の低地から鴨川に流入する。その水流沿いは、桜花の季節に遊覧する場所の印象が強かった。

春しら川に殿上の人々いきたりけるに、
春きてぞ人もとひける山里は花こそ宿のあるじなりけれ　（『公任集』一）

世をのがれて後、白川の花をみてよめる、　圓位法師
ちるを見て帰る心や桜花むかしにかはるしるしなるらむ　（『千載集』巻十七・一〇六五）

籠り居て侍りける頃、後徳大寺左大臣、白川の花見に誘ひければ、まかりてよみ侍りける、　源　師光
いさやまだ月日の行くも知らぬ身は花の春ともけふこそはみれ　（『新古今集』巻十六・一四五八）

人々白河の花見られしに、歓喜光院の花の下にて歌よみさふらひしに、
年ごとにあはれとぞ思ふ桜花見るべき春のかずもうすれば　（『頼政集』六一）

といったところである。周遊と爛漫を謳歌できる恵まれた立地のために、早くから高級貴族に占地された。「花こそ

宿の」と詠じた公任も、早くからこの地に別荘を持っていた。

帥の宮花見に白河におはして、
われが名は花盗人とたゝばたて唯一枝は折りて帰らむ　（『公任集』二九）

前都督被過、和風暖日、徒然倍例、仍為令遊蕩心情、同車白河殿資平・資高在車後、次見小白河大皇太后宮大夫山荘、日迫西山帰洛、
（『小右記』長和二年二月四日）

後例によれば、公任山荘は小白河と呼ばれていた。白河殿と呼ばれたのは、一条帝中宮彰子（道長女）から頼通、後に白河院御所にもなった別業である。良房・忠平（『貫之集』第六・七一四）から道長と、代々伝わった別邸と説明した方が良いかも知れない。白河院によって法勝寺となった（『帝王編年記』承暦元年、文献3）。現在の岡崎動物園辺である。

白河に忍びておはしたるに、大白河といふ所に殿上人多くおはしたりと
聞き給ひて、その日式部卿宮の中将おほ白河におはしけるに、
しら河のおなじ河べの桜花いかなる宿を人尋ぬらむ　（『公任集』三八）

同じ『公任集』に「粟田に人々おはして」（一二一）という詞も見えるから、白河から粟田口にかかる辺、現在都ホテルがある蹴上げか少し手前のインクライン辺かも知れない。同じく小白河所在の別業として、藤原済時の小白河殿が

清少納言の記述で知られている（『枕草子』三五段）。貴族たちが参集する便もあるから、二条あるいは三条大路末であろう。

そのほか、白河に別邸を持っていたと知られる貴族は、藤原氏宗・源公忠・藤原宗忠・藤原義懐・藤原長実・藤原長能・藤原顕季など。いずれも、摂関家に次ぐほどの高級貴族で、別業地白河の性格が推測出来る。白河院の後に、一帯が院御所地域に徐々に変貌していった時、北白河は権勢周辺の侍臣・僧侶などが居住するような空間になった。

北白河なる所にて唯心房西行なとさそはれしかは、まかりて歌よみ、連歌などせしに、上西門院の兵衞ときこえしふるひとおはしあひて、暁かへりしなこりをおしみて、道にをひつきてつかはしたりし、
いつかまためくり逢ふべき長きよもあかで明けぬる月の名残は
（『隆信集』七九四）

この「北白河なる所」は、歌僧俊恵の居所で歌林苑と呼ばれた場所である。白河から北白河・小野・大原と、比叡山麓を北にたどるとともに仏性を深めていく気がする。

白河に対照する遊宴の地が、嵯峨野である。白河の桜花に対して、秋の野草逍遙の場所らしい。『源氏物語』に、秋好中宮が住む六条院西南町の秋の風情を語って、「嵯峨の大井のわたりの野山、むとくにけおされたる」などの表現がある。秋の野山逍遙の地であった嵯峨野の野山の風趣が語られている。

十月ついたちごろ殿上のをのこども嵯峨野にまかり出て詠み侍る、

秋はまだ遠くならぬにいかでなほ立ち返りぬと人に告げばや　（『元輔集』一三六）

秋、法輪にまうで丶嵯峨野の花おかしかりしを見て、

秋の野の花見るほどの心をば行くとや言はんとまるとやいはん　（『赤染衛門』一）

嵯峨野を過ぎ給ふとて、

秋だにもまだ行き果てぬ道なれど惜みし人ぞまづ過ぎにける　（『公任集』一〇三）

などなど、嵯峨野の秋を詠ずる歌は卑近にある。紫式部にもある。

おなじ絵に、嵯峨野に花みる女車あり。なれたるわらはの萩の花にたちよりて折りとるところ、

さを鹿のしか習はせる萩なれや立ち寄るからに己をれふす　（『紫式部集』四七）

物語絵なので、彼女は嵯峨野の秋の実見の経験は無かろうなどと推測することはない。嵯峨野は、貴賤を問わない野逍遙の慰謝の空間だった。『源氏物語』の紫野斎院や野々宮の描写には、式部の実感の背景があると推測して良い。

嵯峨野はしかし、終始、都の衆庶の遊宴の場所であったとは言い切れない。南は大井川辺から、北の山麓まで含めて、朝廷によって占地された時期があった。平安初期は、嵯峨上皇の嵯峨院とその皇后橘嘉智子の別院、源融の別業棲霞館などの離宮が、景勝の地を独占した。これらが主を失うとともに朝権との距離も遠くなり、大覚寺・檀林寺あるいは清涼寺といった寺社になって、僅かに衰亡を免れた。

赤染衛門に、次のような詠歌がある。

大覚寺の瀧殿を見て、

あせにける今だにかゝり瀧つ瀬の早くきてこそ見るべかりけれ　（『赤染衛門集』二五一）

檀林寺の鐘のつちのしたにきこゆるを、いかなるぞととへば、鐘堂はなくなりて、御堂の隅にかけられたれば、かうきこゆるぞといひしに、

きさきのおぼしをきあはれにて、

ありしにもあらずなりゆく鐘の音つきはてんよそあはれなるべき　（同・三五九）

大覚寺については、後に西行の詠もあり（『山家集』一四二四）、棲霞寺については俊頼の詠があり（『散木奇歌集』第一・一八九）、平安末期でも形姿は留めていたが、

嵯峨野の、見し世にも変わりてあらぬやうになりて、

人いなむとしたりけるを見て、

この里や嵯峨の御狩の跡ならむ野山も果てはあせ変わりけり　（『山家集』一四二三）

というような光景であった。

離宮の地であった嵯峨野は、別の姿に変わろうとしていた。西行が記述する、

嵯峨に住みける頃、隣の坊に申すべきことありてまかりけるに、道もなく葎の茂りければ、

立ち寄りて隣とふべき垣に添て隙なくはへる八重葎かな

（『山家集』四七一）

といった光景である。先述した大原を思い出させる。藤原経家・賀茂成助といった比較的下級貴族、待賢門院中納言局・小督局などの女房、無名の遁世者がひそかに住む空間になっている。大原との違いがどこにあるか微妙だが、台岳の麓の大原と、逍遙の野であった嵯峨野、本来の性格から来る雰囲気の違いは、漂っているように感じる。嵯峨野の地は、鎌倉後期から南北朝にかけて、再び世俗の舞台になった。必ずしも、都会の塵埃から離れきったわけではない隠遁地、そんな地理空間であったためか、現在でも嵯峨野辺を歩くと、京都の静寂と喧噪と両方の気分を味わう気になる。

四　その他の別業地

白河が桜花の名所であることは先に述べた。同じく桜見の場所として知られるのは、東山と紫野である。東山は、

二月晦かたに物に詣づる道なる法住寺のさくら見んとて入りたれば、花もまださかざりけり。知りたりし僧のありし、とはするもなし、

咲きぬらん桜かりとてきつれどもこの木のものと主だにもなし

（『和泉続集』一九七）

東山に花見にまかりて侍るとて此彼誘ひけるを、さしあふ事ありて留りて申し遣しける、

安法法師

身はとめつ心はおくる山桜かぜのたよりに思ひおこせよ

（『新古今集』巻十六・一四七一）

人々あまた具して花見はべりしに法性寺にて、

咲きまさる梢やあると尋ねずば長閑に宿の花は見てまし

（続国歌大観『頼政集』二七四六七）

など、法住寺・法性寺などの所在する山城盆地東南部の山麓である。安法法師の「東山」も、所在を示さないがおおよそこの辺のものであろう。現在は、鴨川の京阪沿線あたりが桜の名所で、永観堂・南禅寺また東福寺辺は、むしろ紅葉の季節に賑わっている。桜花の名所は、紅葉の名所にもよくなり得るということであろうか。紅葉の名所であった嵐山が、鎌倉の頃、吉野山に比する桜花の場所になったことがある（『兎藝泥赴』第七）。もともと法住寺辺は藤原為光・後白河、法性寺は藤原忠平・忠通などの邸第であり、このあたりは、白河に似ている。藤原冬嗣の別業は深草にあった。藤原摂関家の当主は、代々東山山麓に洛外の拠点を持つことを例としたようである。墓所も、その御所近くに営んでいる。

それに対して紫野は、もっぱら観桜の名所としてのみ知られる。

雲林院の花のもとにて人々よみけるによめる、

散る花を風にまかせて見る時ぞ世はうきものと思ひ知らるゝ

（『散木奇歌集』第一・一四三）

雲林院の桜見にまかりけるに皆散りはて丶はつかに片枝に残りて
侍りければ、　　　　　　　　　　　　　　　　　　良暹法師
尋ねつる花もわが身も衰へてのちの春ともえこそ契らね
（『新古今集』巻二・一五三）

花見は雲林院が定番の名所になっている。紫野は斎院が中心なので、桜よりは梅、四月の賀茂祭の「祭の返さ」の方が殷賑となる。

都人の遊興の頂点は、大井川の船楽である。

紅葉、大井川に散る、行幸あり、
紅葉の散りて流る丶大井川せゞの白波影とゞめなむ
（『是則集』十七）

十月朔日、殿上人大井にいきたるに、
落ちつもる紅葉を見れば大井川井堰に止る秋にぞありける
（『公任集』一四〇）

大井川辺に別業が無いことはない。嵯峨皇太后の嵯峨院別邸（檀林寺）や前中書王兼明親王の邸も、川に臨むあたりに存していたらしい。ただ、平安の都人の感覚は、『源氏物語』八宮の宇治山荘が描写するように、川風が吹き通り波音が途絶えることの無い岸辺は、どちらかと言えば荒涼と感じるものがあったらしい。明石から上京した明石上と姫君が大井川岸で暫くの時間を過ごしたのも、優雅な待機のそれではなかった。日常の居住空間としては荒涼としても、折々の遊興の場所としては、嵯峨野の秋から大井川水辺の風景は、都塵を忘れる癒しの時間であったようだ。

野々宮から小倉山に向かう竹林の道、神秘な緑を湛える渓谷の水面、現代においてもその感覚は失なわない。

別業としての空間は、洛外の御堂と御所という形で、南に広がる。東山の丘陵沿いに南下した藤原摂関家の別業は、宇治川沿いに富家殿・宇治殿などに至る。南都への重要渡河地点が現在の宇治橋辺になるのは、山麓の道と宇治川の水流が交錯するところなので、ごく自然のなりゆきである。この地点に、早くは源融・藤原文範などの山荘も所在したようだけれど、道長・頼通の時代に転機をむかえる。道長において折々の船遊などの遊宴の拠点であった宇治殿が、頼通においては御堂で来世を願う仏道の空間になった。父親の道長が法成寺で実践したことを、頼通は宇治で行っただけのことである。道長の法成寺、白河院の法勝寺、鳥羽院の鳥羽殿、後白河院の法住寺、忠通の法性寺。頼通の墓所は、藤原氏累代の木幡ではない宇治殿（平等院）近辺の栗駒山に営まれている（『殿暦』康和三年二月廿一日。記述によると、師実墓所もなぜか同所）。

その他、特徴ある居住地としては、橘俊綱が山荘を営んだ伏見がある。

橘としつなの朝臣のふしみの山荘にて、水辺桜花といふことをよめる、　源師賢朝臣

池水の汀（みぎわ）ならずば桜花かげをも波にをられましやは

（『詞花集』巻一・二六）

伏見の山里にておなじ心をよめる、

をる波のうしろめたさにめもかれず立ゐふしみる山吹の花

（『散木奇歌集』第一・八）

俊綱は、頼通の実子であるが、母の身分が低かったため、橘俊遠の養子になった人物である。大国の受領を歴任して財力を蓄えたらしい。数奇をこらした伏見の別邸は有名で、著名歌人たちを集めた歌会など、当代の文化サロンとな

っていた。宇治川が流入する巨椋池の空漠たる水面を南にして、桃山丘陵に営んだ山荘の風景は、想像するだに壮大である。築地で囲った限られた空間に仏心の横溢した世界を実現するという、藤原摂関家流の別業感覚とは、いささか変わるところがある。

今一つ、特徴的な場所がある。都から嵯峨野に向かう途中、双岡近辺である。この北は、宇多院が晩年に居住した仁和寺で、御室と呼ばれている（文献4）。南側の山麓が常磐で、東側山麓の花園には法金剛院が所在、西方が西山とも通称される鳴滝である。双岡辺には、早く源常・清原夏野・清原瀧雄などの山荘があったようだから、そういう性格の場所と認められていたのであろう。宇多院が出家して仁和寺を御所とされたあたりから、一帯は宗教的な雰囲気の空間となっていったように思われる。大原三寂と呼ばれた隠棲歌人寂念（為業）・寂超（為経）・寂然（頼業）の父で、白河院には乳母の縁でつながる為忠が山荘を営み、頻繁に歌会・歌合などを催して、常磐が一躍ひとつの文化拠点になった。

西山の山荘へまかりけるに、人々ひとひふつかここに遊びをりて、
歌などよみ侍りけるに、あしたの鶯といふ事をよみ侍りける、
朝まだき霞をこめて鶯のなく音に寝屋の窓はあけゝり　（群書類従『為忠集』八一頁）
為業、常磐に堂供養しけるに、世をのがれて山寺に住み侍りける親しき人々、
まうで来たりと聞きていひ遣しける、
古へに変らぬ君が姿こそ今日は常磐の形見なるらめ　（『山家集』七三四）

西行・俊成・頼政なども集った独特の文化空間である。俊綱の伏見山荘に似るところもあるが、隠棲歌人の拠点であるところが、伏見とも大原とも違うところかと思う。菅原孝標は、常陸介の任を終えて帰京して後に、西山（双岡北）の地に落ち着いた（『更級日記』）。そういう空間でもあった。法金剛院は、清原夏野の山荘の故地だが、今は仁和寺別院。鳥羽帝中宮であった待賢門院璋子が建立して居所とし、薨後は寺内の堂下に葬られた（文献5）。璋子の隠遁の御所と言えるだろう。

五　まとめ

平安時代の離宮・別業といったものについては、藤本孝一氏がまとめられた記述がある（文献6）。藤本氏の記述にさほどこだわらず、私なりにまとめたので、内容的に重なる部分もある。彼我合わせて参考にしていただければ幸いである。白河・鳥羽殿・法住寺については、多大な研究の山積があるし、上村和直・長宗繁一・鈴木久男・江谷寛諸氏の詳密な報告がある（文献7・8・9）。小稿は、あらあらの俯瞰に過ぎない。

平安京郊外の遊宴・別業などの問題として、気づき得たことを簡単に述べる。

①桜花や紅葉の地などの遊宴の地の名所は、白河・雲林院・嵯峨野・大井川・水無瀬などである。

②遊宴の地は、もともと自然の景趣に恵まれた場所でもあるので、山荘の適地である要素がある。白河・粟田・嵯峨野は、その例。

③別業地の今一つの性格に、都塵を離れる閑寂志向があるが、これに宗教的・文化的要素が加わる場合がある。桂・小野・伏見・大原・常磐などは　その例。

④別業地のさらに今一つの性格。氏族・家族あるいは一身の安寧を願う空間として、御堂と居所を合わせた居住空間。法成寺・法性寺・宇治・白河・鳥羽などはその例。

⑤別業地の大雑把な整理として、平安京の西部郊外の桂川を中心とした別業地帯は皇親系（久我・水無瀬などを含む）、鴨川以東の東山山麓の別業はおおむね藤原摂関系、平安京北部山麓を東西に走る一帯は隠遁者系。

こういったおおまかな整理はしておいても良いかなと思う。水無瀬・久我・田上などについては、説明の紙白を得なかった。田上は、俊頼山荘があって彼が頻繁に通った場所である。近江の瀬田川下流。急流と巨岩の景勝の地であるが、道長・頼通の別業も存していた模様。道長の望まざるは無き欲望には呆れる。

参考文献

1　増田繁夫「源氏物語の地理」（鑑賞日本古典文学『源氏物語』角川書店、昭50）
2　角田文衞『紫式部とその時代』（角川書店、昭41）
3　福山敏男「白河院と法勝寺」（福山敏男著作集三『寺院建築の研究下』中央公論美術出版、昭58）
4　同　「仁和寺の創立」（『日本古代学論集』古代学協会、昭54）
5　角田文衞『椒庭秘抄』（朝日新聞社、昭50）
6　藤本孝一「平安京周辺の別業」（『平安京提要』角川書店、平6）
7　上村和直「院政と白河」（『平安京提要』角川書店、平6）
8　長宗繁一・鈴木久男「鳥羽殿」（『平安京提要』角川書店、平6）

9　江谷寛「法住寺殿」（『平安京提要』角川書店、平6）

コラム⑯　横川道

本章で述べたように、平安貴族の別業地帯は、都城の四囲にそれぞれの雰囲気で存している。『源氏物語』終末の浮舟が居住する山荘は、別業とは評しにくい山里であるが、この場合、浮舟の住家にかこつけて、横川から下ってくる山道を紹介したい。青葉に繁る山道を、松明を灯して降りてくる薫の一行と、それを軒端からながめている浮舟という、私にとってもっとも心にひびいた場面を、どこかで紹介しておきたいという不純な心性によるものである。寛容にお許し願いたい。

1. 黒谷道入口

浮舟の山荘の居所は、ほぼ明瞭に指摘できる。横川から降りてくる黒谷口といえば、八瀬から少し先の、バス停「登山口」しかない。入口の「元三大師口」の石碑が、いやでも目に入る。いつも同じ写真では気が引けるので、僅かに入った地点にする（写真1）。右側が黒谷の小流である。十分も歩けば、「べん鉄観音」と称する地蔵さんのような祠があり（写真2）、左に分岐して行く道がある。分岐して行くのが横川道であるが、曲がらないで登っていけば、左に横高山を見る眺望の良い道を経て（写真3）、黒谷青龍寺（写真4）に達する。その門前を通って西塔に達し、尾根道を横川に至る道も、遠回りに迂回するのを気にしなければ分かり易い。本コラムでたどるのは横川道なので、先ほどの分岐道から登る。

ほぼ平坦な林間の道は、視界が開ければ、眼下に穏やかな山里を望見するが（写真5）、間もなく小渓の岸に出て道が途切れたかと思う。私も、以前にこの流れで道を見失い、二度ほど退却していた。付図で分かるように、横高山中腹を登って行くこの横川道は、国土地理院の地図にも示されていない。横川に至る道は、本当にあるのだろうか。定年間近いある時、意を決してその谷川を渡り、可能なかぎりはたどってみようと思って、ワンちゃんと一緒に踏査を試みた。道は、落ち葉が積もってあるかないかの状態であるが、やや石ころの多いと感じる程度の経路が、なんとか迷わないで通じていた（写真6）。老爺のことを斟酌せずに、どんどん登っていったワンちゃんの功績があるかも知れない。視界が開けて山稜に達した時は、快哉を発した。山上の板標は、西塔方面（南）・仰木峠方面（北）・横川方面（東）と、明瞭に方向を指示している（写真7）。説明板には、何故か鞍馬から薬王坂、江文峠を経て大原・仰木

2. べん鉄観音

3. 正面、横高山

4. 黒谷青龍寺

5. 眼下に見る山里

8. 尾根道を横川へ

峠を経由する道筋が明瞭に書かれている。瓢箪崩山から江文に下る道まで示してある（コラム⑥、参照）。この辺、あらためて古道のつながりに気付いた。迷いながらでも歩いていれば、どこかで繋がってくるもののようだ。

ドライブウエイを横切って、横川への道を歩く。明るく視界の開けた平坦路で、歌声をあげながら歩いて行きたいような、すこぶる快適な散歩道である（写真8）。気候も良かったかな。あまり気分が良すぎて、横川の堂舎の撮影も失念した。目的は、道の踏査なので、まぁ構わないか。と、ここまでは快調であったが、余り楽しみ過ぎた罰なのか（そんな罰は無いと思うけど）、同じ道を引き返す下り、どのようにか筋肉か神経を損傷し、約一年半、歩行の苦痛に呻吟（しんぎん）することになっ

6. 横高山の山道

7. 峠道の板標

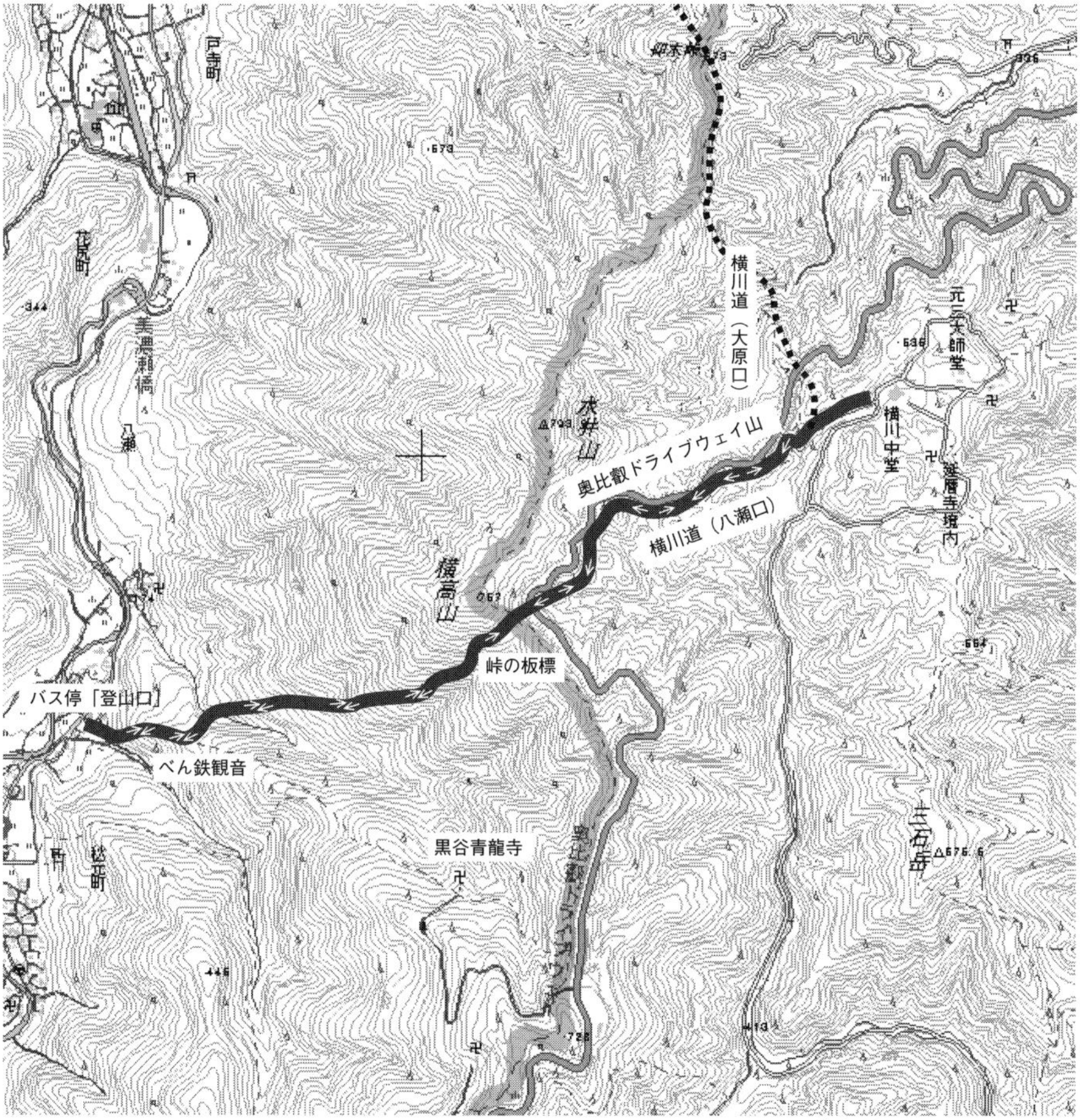

〔電子国土ポータルより〕

横川道（登山口〜横川）

た。病名は何とかヘルニア。喉元過ぎれば暑さを忘れるの類で、今は忘れ気味である。用心、用心。

校正の間に、必要があって横川から黒谷青龍寺に迂回して八瀬に下る道をたどった。べん鉄観音には立札がなく、地蔵は南無阿弥陀と書かれた赤衣をまとっていた。山中にも過ぎ行く時間があった。

第12章　二条大路末

平安京は、造都にあたって、南北の基準線を船岡山頂からの南北ラインにしていると言われている（文献1・2）。恐らく正しい考察であろうとは思うし、私に特に意見はない。けれども、平安京の東西の道路に関しては、不思議に思うことがある。平安京造都以前から、山城盆地には、北辺部道（北白河—周山・嵯峨）、三条道（粟田口—嵯峨）、七条道（渋谷—亀岡）の三古道が存したと説明されている（文献1）。それはそれで理解するのであるが、平安京は造都以前の古代自然道を利用する形で作られ、その後つねに東西の幹線道路として利用されたのではなかろうか。その辺のことを確認する作業をしてみたい。

一　二条大路末

史料の中に、次のような記述を見た。

宮城東大路南行、二条東行出京極、女房駕移網代車云々、東河前駆留云々、前駆大納言殿上卿也、中納言役也、而皆以故障云々、宰相俊通卿擬弓箭垂纓供奉、

（『山槐記』永暦元年九月八日）

後白河皇女好子内親王の斎宮群行の記述である。この時、斎宮は、二条大路末から河原を渡って伊勢への道を辿っているようである（『江家次第』巻十二）。迂闊に見過ごしていたが、伊勢斎宮の群行に際しては、「二条大路を京極まで東行するのは固定した慣習のやうで、恐らくこれはいつも同様であったと考へられる」という発言が平成二年にすでに増田繁夫氏によってなされていた（文献3）。しかしこれも「なぜ京極まで」なのであろうか。承元二年（一二〇八）九月十九日の伊勢神宮への公卿勅使発遣は、「二条東出河原」（『明月記』同日）を経ている。また、仁安二年（一一六七）の悠紀使は、粟田口から入洛、「自二条末西行、自洞院東大路北行（下略）」（『兵範記』仁安二年十一月二日）して、斎場所南鳥居前に至っている。寛治八年（一〇九四）三月八日に、陸奥守源義綱が降人を連れて入京した時、藤原宗忠は、四人同車して「二条末河原辺見物」（『中右記』同日）した。

元暦元年（一一八五）正月五日に、後白河院が上西門院御所に御幸された時は、法住寺御所東門を出て、河原路を北行、二条より西行して京極を北行する経路を取っている（『吉記』同日）。また、寛治七年（一〇九三）十月三日に白河院・郁芳門院が日吉社御幸された時は、二条大路を東行（『中右記』同日）、師通は「法興院北辺」で乗車供奉した（『後二条師通記』同日）。永久二年（一一一四）十一月廿九日の白河阿弥陀堂供養には、白河院は、「三条―京極―二条」を経て御幸されている（『中右記』同日）。白河院は、白河の地に御堂を建立されるとともに、臨幸の折の御所も造営された。白河泉殿と通称される白河阿弥陀堂御所は、西は河原に南は二条末路に面して所在していた。大炊御門末路を隔てて、その北に新御所が造営され、元永元年（一一一八）に初めて渡御のことがあった（『中右記』同日）。新

御所は、保元の乱に戦場となった崇徳院御所に同じということである（文献4）。南の本御所（泉殿、南殿）への京内からの通行路が二条末路であろうことは、自然に推測出来る。

仁安三年（一一六八）の大嘗会悠紀使は、二条末を西行して洛中に入り、洞院東大路を北行する経路をたどっている（『兵範記』仁安三年十一月二日）。建暦二年（一二一二）正月九日、後鳥羽院の法勝寺修正御幸の経路も、「二条東、自河原入押小路、自得長寿院東、経尊勝寺・最勝寺北、入御法勝寺西大門」（『明月記』同日）であったし、承久の乱を経過して後に、久しく絶えていた法勝寺御幸がなされた時、定家は病気をおして「二条東行見尊勝寺東」で見物したりしている（『明月記』天福元年七月五日）。後の記述になるけれども、飛鳥井雅有が弘安三年（一二八〇）に東国に下った時は、法勝寺南門で乗馬して粟田口を越えて行った（『春能深山路』）。これらの例を見ると、二条大路末は、鴨川の水路の東方でも、通行路の役目を果たしているように思われる。上村和直氏は、

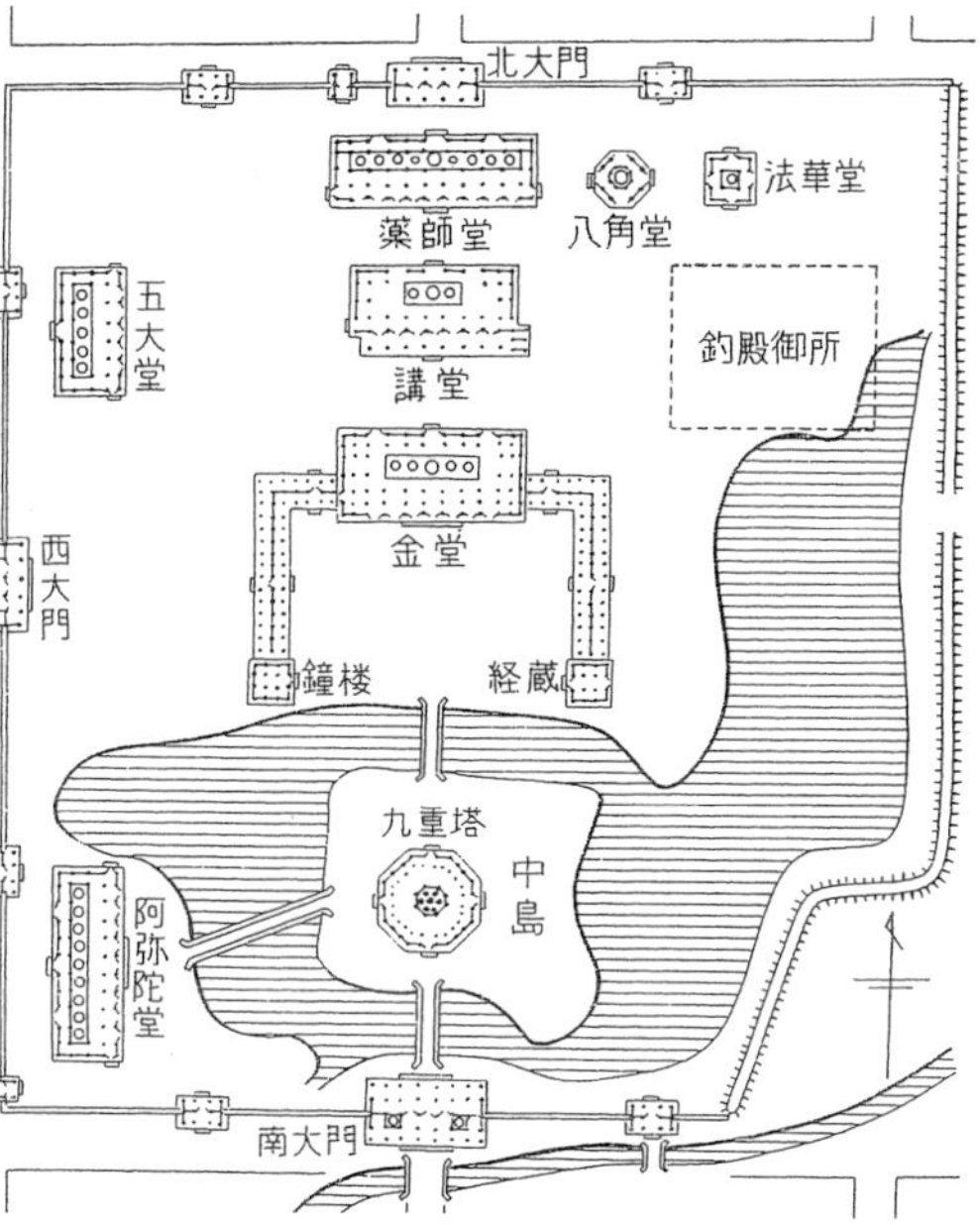

法勝寺（文献8より）

白河造営以後の幹線道路は、平安京二条を東行し鴨川を渡り、法勝寺南大門の前より粟田口を越え、

山科から逢坂の関を越え、近江に至る道筋であったことが知られる。

と記述されているが（文献5）、これは、必ずしも「白河造営以後」の現象というわけではないのではないか、そのように私には思われるのだが、どうであろうか。

二　三条大路末

三条大路末が用いられる場合も、無論ある。

伊勢外宮遷宮神宝被発遣之…出行事所（神司）、自大宮南行、自二条東行、自京極南行、自三条東行、
（『兵範記』仁平四年九月五日）

御幸、東富小路南、三条東、延勝寺朱雀北、南大路東如例、法勝寺西大路（押小路東）北、入自西大門、列立如恒、
（『明月記』建仁二年正月十二日）

法勝寺修正御幸也、戌時許人々参集、殿下御参、騎馬供奉如例、京極南、二条出河原、自三条白河ヲ更大炊御門末（得長寿院西歟）、入御西大門如例、
（同・元久元年正月十二日）

初例の伊勢神宝使は、二条を東行しながら、京極を三条に南下して東行する経路を取っている。後の二例はともに、

後鳥羽院の法勝寺御幸の記事である。前例は、母后御所三条殿からの経路で、三条東行、「延勝寺朱雀」北行、法勝寺南大路東行、西大路を北折して西門に至っている。後例は、院御所京極殿からの御幸。二条末河原南行、三条東行、白河の得長寿院西を通って、法勝寺西大門に達している。到着地点は同じだが、出発地点は相違しているので経路がやや相違するのは当然であるが、なぜか、二条末をそのまま東行する道を取っていない。前者では押小路末から北行、後者では、大炊御門末まで至ってから、法勝寺西大門に達している。法勝寺は、良房に淵源する藤原氏の別業で、道長の時は、公任の小白河に対して大白河とも通称された。師実の時に白河院に献上されて、承暦元年（一〇七七）に御願寺法勝寺が建立された。冷泉から押小路までの南北二町で、「二条大路末の北辺が西大門に位置」していた（『京都の地名』平凡社）。先に法勝寺御幸の例を紹介した時には（建暦二年の後鳥羽院御幸）、二条末を経ていた。

面白い記事がある。建保元年（一二一三）四月廿五日、やはり後鳥羽院の法勝寺御幸の折のことであるが、尊勝寺東を南行していた行列が、冷泉で東折せず、前陣は二条に至って東行した。騎馬前行していた定家が、慌てて「此の路を仰せられたのか」と詰問した。定家によれば、「二条東古来被憚路」（『明月記』同日）であったからである。私も初耳であるが、そんな因縁があるらしい。

日吉社参詣についても、仁安四年（一一六九）二月十三日の皇太后呈子の行啓では、

出御法住寺殿西門、出楼門北行、経七条殿御桟敷前西行、自川原北行、自京極末至三条東行、又経川原（上下川原検非違使）（渡浮橋如例、）至粟田口云々、（『兵範記』同日）

のようである。二度にわたって渡河、三条末を東行している。建仁三年（一二〇三）十二月十四日の後鳥羽院参詣の

折りも、

各騎馬、京極南、二条東、川原南、三条東、自粟田口御幸梶井、自濱辺大風雪霏々、（『明月記』同日）

というものであった。二条を東に、河原を南行、三条を東行して粟田口を越える経路を取っている。二条大路末をそのまま東行する経路がなぜ取られなかったのであろうか。建久四年（一一九三）十月十一日の後鳥羽院の行幸でも三条河原を経ており、二条東行の記述は無い（『玉葉』同日）。承元元年（一二〇七）八月廿八日に後鳥羽院渡御のあった「白河新御所」は押小路末に所在らしいので、おおむね押小路末・三条末が利用されている（『明月記』同日、十一月廿七・九日）。三条白河辺に造営された最勝四天王院へは、地理的にも「三条東行」は自然である（『明月記』承元二年二月九日）。

三　東国への道

粟田口を越えて道を東にたどる時に、三条大橋から東行する現在の道筋を前提にする感覚が我々には頭に沁みついているが、これが絶対かどうか疑ってみる必要がある。三条末に大橋が架橋されたのは秀吉によってであるし（文献6）、大橋東詰から江戸・日本橋に至る東海道が整備されたのは、徳川幕府によってである。それ以前の三条大路末は、本当に東行の中心道だったのだろうか。平安京東西の朱雀路とも言える二条大路こそが、東西交通の主要道であり、それは造都にあたって、嵯峨・太秦―粟田口・山科道を東西道の中心として利用されたものであった、そうではないかというのが私の感覚である。杉山信三氏は、嵯峨・太秦から粟田口に通じる遷都前の古道を、明瞭に二条大路と断定されている。掲出された図もその通りで、全面的に賛意を表する（文献7）。

与中宮大夫同車、見川原御装束様、随見二条大路桟敷、従□河東至法興院、人家悉以改造、

（『御堂関白記』長和元年閏十月廿三日）

午剋参給石山寺、…於二条末河原下馬候過御車、

（『権記』長徳四年二月十一日）

戌剋亦参院、同四剋御葬送也、…自町戸北行、経二条路、因粟田口路、経白河殿南路、赴禅林圓成寺等西路北行、

（同・寛弘八年十一月十六日）

などなど。折りに触れて、気になる史料が目に入る。

道綱母が唐崎の祓えに出た時は、「賀茂川のほどにて、ほのぼの明く。うちすぎて山路になりて、京にたがゐたるさまをみるにも」と記述する。著名な芋粥の話で、利仁と大夫が連れ立って、川原から粟田口・山科を過ぎて敦賀に至っている（『宇治拾遺物語』巻一）、二条末川原から東行というのは、この時代では注釈の必要のないコースであったと思われるがどうであろうか。現在の三条西末は、太秦の蚕の社辺から天神川三条にかけて（A〜B）、東南に不自然な屈折をしている。屈折せずに東行すれば、ほぼ二条通に接続する道になる。建仁三年十二月廿六日、定家は二条大宮から嵯峨宿に騎馬で向かっている（『明月記』同日）。『梁塵秘抄』（巻二）に言う「何れか法輪へ参る道、内野通りの西の京、それ過ぎてや、常磐林の彼方なる、愛行流れ来る大堰川」は、ちょうどその西行の道筋の表現になっ

ている。東方から粟田口に出てきた道は、現在は、都ホテル前の三叉路で、そのまま直進して疎水沿いに岡崎に進む道と、やや西に向けて大橋に向かう道と分かれるが、直進する道の方が自然に思える。

二条末の京極・河原辺が、東方から洛中に入る拠点になっていたらしいことは、いくつもの徴証を見得る。

大衆多候河原、廣貞候京極二条辺小寺、雖遣喚更不来、
（『師記』承暦五年三月廿六日）

は、前日大挙して入洛した多武峯僧が、二条河原辺に群衆している記述である。この類の用例は多く、叡山の僧徒が、近辺の祇陀林寺（中御門南・京極東）・京極寺（三条北・京極東）などに集結して、強訴に及んだりする記述が散見する（『扶桑略記』・長暦三年二月十八日、『兵範記』・『玉葉』嘉応元年十二月廿三日・安元三年四月十三日ナド）。二条京極には千手堂なる小堂も存し（『山城名勝志』巻三）、平安末期、人家三千余宇が焼亡するほどの殷賑の地であったらしい（『百錬抄』仁安三年二月十三

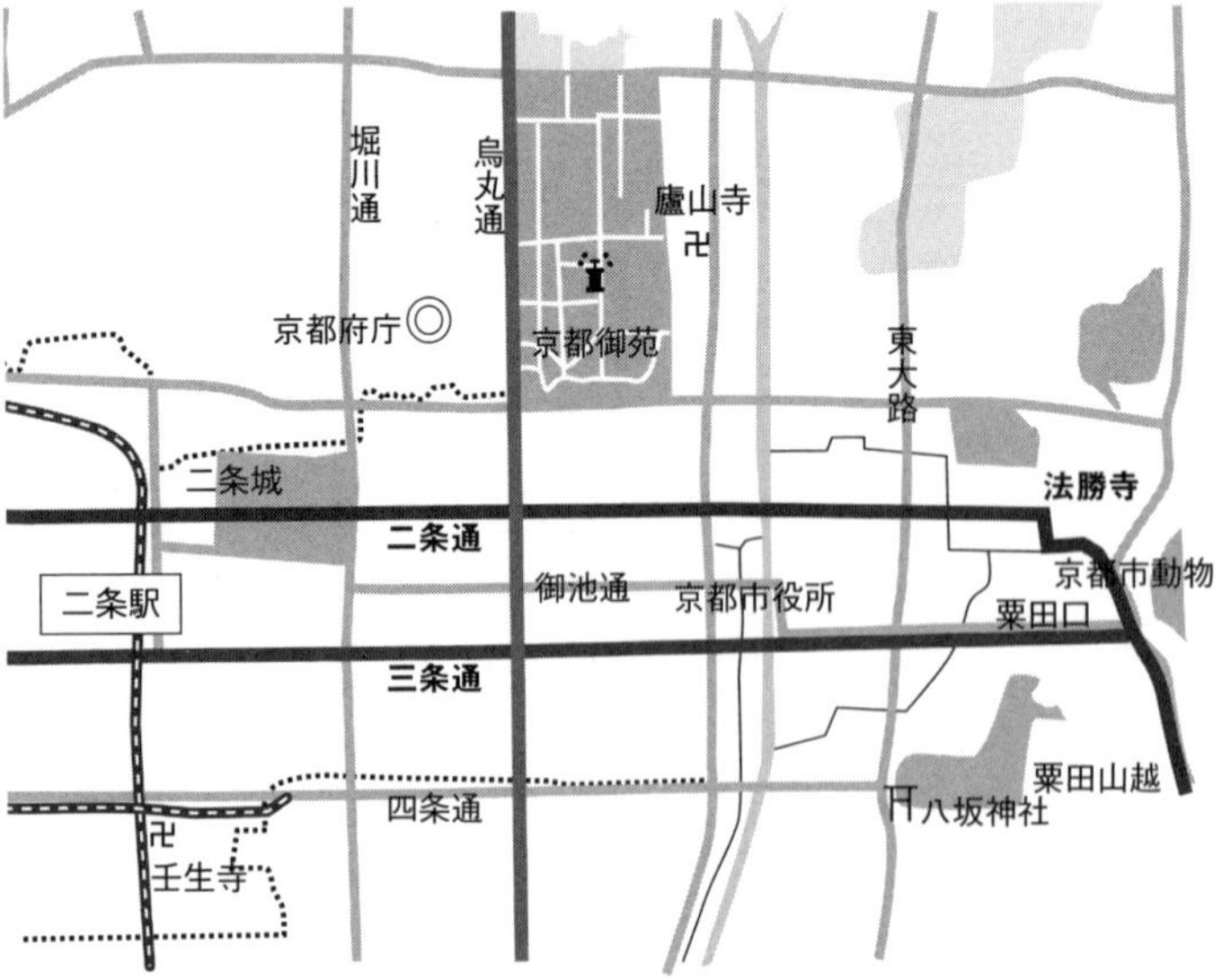

日）。著名な殿下乗合事件では、法成寺に向かう摂政基房に報復しようとして、二条京極に武士が群衆して待ち受けた（『玉葉』嘉応二年七月十六日）。元永元年（一一一八）、二条河原で賑給のことがあった時は、下人三万人ばかりが集会したそうである（『殿暦』元永元年八月九日）。二条京極・河原は、別に述べた五条京極・河原に似ている。後者が、河原路を経て南都に向かう出入口であったのに対して、前者は、白河を経て粟田口から東国に向かう洛中からの出入口であった。このように言っておきたい。

古代末の紀行文の中に、「粟田口の堀道」という語の所見がある（『海道記』）。これが、旧来の粟田山越道を指すものかどうか。もし新道とすれば、「南ニカヒタヲリテ遇坂山（粟田山のことか。稿者注）ニカ、レバ、九重ノ宝塔ハ北ノ方ニ隠レヌ」というこの道は、粟田神社などが所在する山麓を削って三条末に結んだ、いわば新道の意味なのか、などと思考する。粟田は、もともとは山荘などが多く所在する別荘地であった。

粟田の家にて人に遣しける　兼輔朝臣

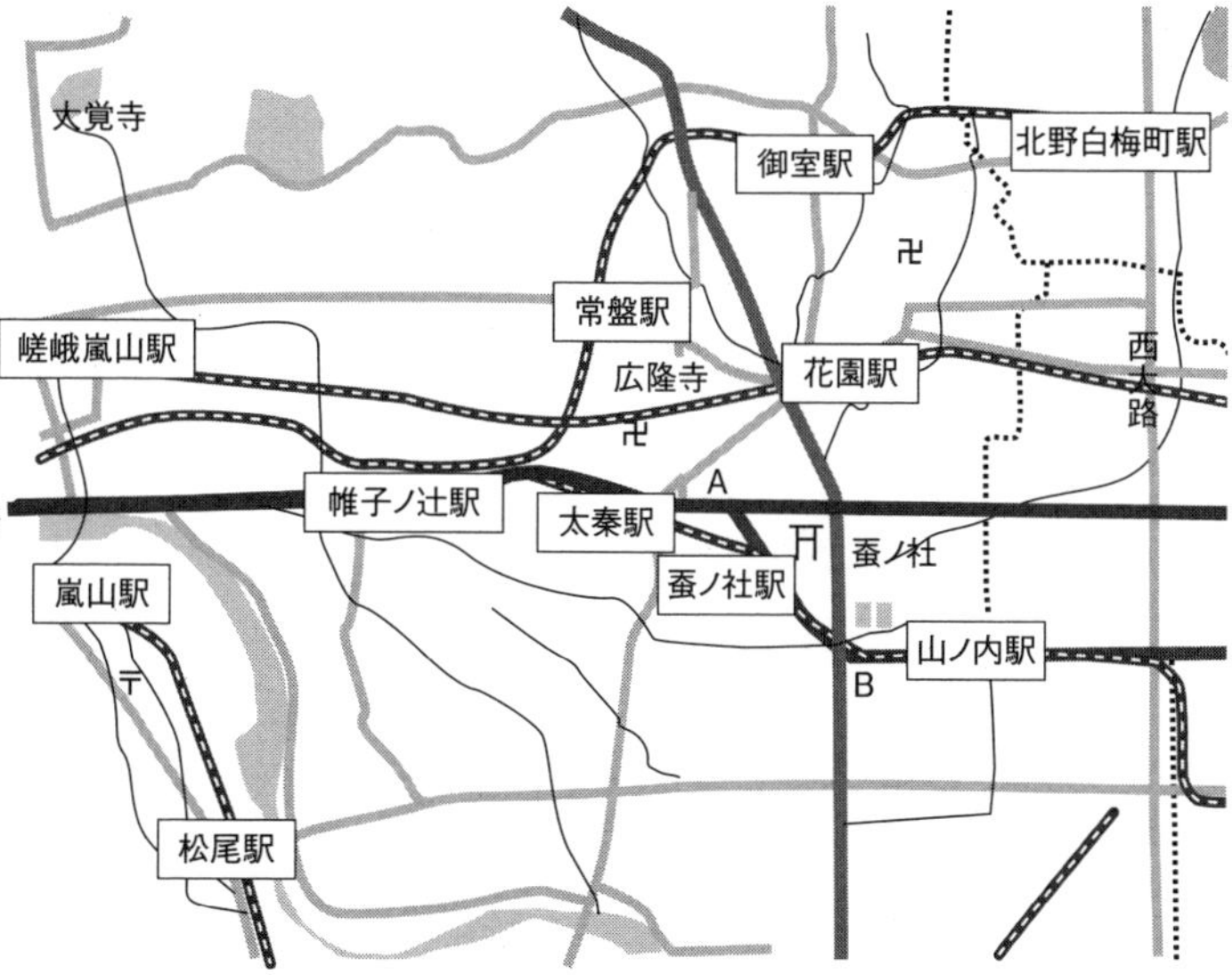

二条の右大臣粟田の山里の障子のゑに　恵慶法師

（『後撰集』巻十八・一二八一・詞）

（『拾遺集』巻三・二〇四・詞）

など、中納言兼輔・右大臣道兼などの別業の所在が知られる。前者では、紀貫之が国守の任を終えて帰洛し、主を失った旧邸を訪ねて追懐の思いを述べ（『後撰集』巻廿・一四一二）、後者では、公任なども参集して一つの文化サロンの場となっている（『公任集』一二二）。粟田山荘は、現在粟田神社などが所在する粟田山麓あたりにあったものではあるまいか。岡崎辺（現在の動物園近辺）に所在したと思われる公任・道長の別業は、白河殿と呼ばれている。

岡崎から現・三条通に歩行してみれば、緩傾斜ながら北から南に坂道を上がる地形になっていて、このような山麓道は寺社や別業を結ぶ小道には似合いでも、往還の大道にはふさわしくないと思うのは、主観に過ぎる感覚であろうか。校正段階でふと思った。平安前期の貴顕の別荘地である粟田山麓、平安後期の院御所と御堂の白河地域。通行者の頻繁な幅広の往還道は、このような地域に一般的に親近する性格があるのだろうか、忌避するのが普通だろうか。現代であれば、車や人通りの絶えない国道と相容れない雰囲気を指摘するのは容易であるが、このあたりよく分からない。秀吉は、六条坊門通に架橋して五条橋とし、六条坊門末を主要道としてしまったが、三条大路末も、粟田口と三条大橋をむすぶ新しい東西の往還道として開発した。江戸日本橋から京・三条大橋までという近世・東海道の感覚に、我々は馴れ過ぎている。平安京造都以前の山城盆地を東西に走っていた古代道の痕跡は、まぎれもなく二条大路とその延長の形で残っている。近頃、岡崎に通うことが多く、御池通に匹敵するほどの岡崎公園内の中央道路を眺めたりしていると、ついそのような想念にとらわれる。

参考文献

1　『京都の歴史』（學藝書林、昭45）
2　足利健亮『日本古代地理研究』（大明堂、昭60）
3　増田繁夫「制度としての地名」（南波浩編『源氏物語　地名と方法』桜楓社、平2）
4　杉山信三『院家建築の研究』（吉川弘文館、昭56）
5　上村和直「院政と白河」、『平安京提要』平6）
6　『京都市の地名』（平凡社、昭54）
7　杉山信三『よみがえった平安京』（人文書院、平5）
8　福山敏男『平等院と中尊寺』（平凡社、昭39）

コラム⑰　二条大路西末

嵐山から白河までの直線を引いてみると、これはほとんど平安京二条大路を東西に延ばしたラインに同一である。本章のうちにも地図で示した通りである。これを現実に確かめてみるというのが、今回の踏査である。左京とその鴨東延長部分（白河）は、何度も確かめているので、今日はその西半分。地下鉄東西線の二条駅で降りて東側に出ると、千本通（朱雀大路）である。朱雀大路は幅は二十八条（約84メートル）を測るので、『平安京提要』（角川書店、平6）の復元図で見てみると、千本通は、その東側寄りの一部分を占めた南北道になっている。駅を出たところが押小路なので、北に一町進んだところで、道の向こう側に、見覚えのある朱雀門石碑を見て、左に曲がる。今度も、幅十七条（約51メートル）の二条大路なので、これも復元図を見ると、大路の北側に寄った部分を通っているようだ。

現状は数メートル程度の小路を、ひたすら西に進む。写真で紹介するほどのものは何もなく、ただ民家の中の路次。朱雀公園グラウンドの西側の御前通が西大宮に相当する。西大路通（野寺小路）を越えて二町行ったところで、ついに進行を阻まれた。島津製作所の広大な敷地で、やむなく右に折れると、すぐに人工的な天神川にぶつかる。今日は四月十一日、川添いの桜が風に花びらを散らしていた。天神川は南西

1. 御室川北方を望む

の方向の水流なので、岸に沿って二町行った山王橋を渡り、北岸の民家の間の路次を進む。右手、視界が開けると、畑の向こうに双ケ岡。葛野大路通（無差小路）の広さは不審だが、細々としたところばかりを通り抜けて来たので、気分は良い。その先一町で西京極大路になる。京極を越えると、御室川を渡る。やっと、写真でも撮れるかなという場所である（写真1）。時計を見ると50分ほど、距離は二キロほどなので、ゆっくり過ぎたかな。御室川手前の右手に、「禮子内親王墓」（写真2）とか「後宇多天皇髪塔」（写真3）とか。内親王は、後鳥羽皇女のようである。すでに京極を越えているようなので、京内墓域にはならないか。

御室川を越えて、いよいよ大路西末である。今までは、京内なので、細道ながら正西に進行して来た。この道が、どのように嵐山辺にまで達するかが、今一つの課題である。二町ほどで木嶋神社（蚕の社）の社前。石標に「右三条中二条　左下立売」の刻示がある（写真4）。記念に、神社を写そうとすると、折柄の風でまったくの桜吹雪の中に

2. 禮子内親王墓

3. 後宇多天皇髪塔

4. 蚕の社、社前の石標

なった（写真5）。蚕の社から一町あまりで、車の往来の絶えない通りに達する。道路脇の標識に「三条通」とある。二条大路をたどってきたはずなのに、三条通とは？　今回の今一つの課題であるので、後に触れる。合流地点からさらに二町余りで、太秦広隆寺に達する（写真6）。知られた秦氏居住の根拠地で、西は嵐山へ、南は梅津へ、北東は双岡から花園へ、東は今歩いてきた二条大路。本章の趣旨から言えば、西行する道をひたすら進むべきであるが、この「三条通」は、二条末を最大では一町半（180メートル）も北に振れながらも、結局はみごとに渡月橋北詰に到達する。車の喧騒と一緒に歩く道なので、いさ

5. 木嶋神社（蚕の社）

6. 広隆寺境内

7. 二条城西掘外

さか気力を失い、今回は、さらに今一つの課題である、「太秦東口」から東南に向かい、三条大路を東行する経路を体感することにする。念のために述べておくと、広隆寺から北東への斜行路も、最近に片平博文氏が報告された注意に値する道であるが、これは、別に触れることにしたい（コラム⑱）。

太秦東口（A）から東南する斜行道は、定規できっちり線を引いたような直線である。三条通に達した地点が、天神川三条（B）。この場所に所在する猿田彦神社は、どのような因縁によるものであろうか。この地点は、まだ西京極大路の外である。ここからは、嵐電の軌道と一緒に、大道をひたすら東行する。島津製作所を塀越しに見ると、片隅に稲荷の小社を祀っているのが見える。そんな気持があるなら、二条大路は消滅させせないで、細い歩行道でも通じるようにしておいてほしかった。ひたすら歩いて、千本通を渡ったところにある石標、「従是西北奨学院」。今渡った千本通の北側に、立命館、その北に仏教大学の朱雀キャンパス。墓域は墓域、学校は学校、通うなにかの空気があるのだろうか。ここまで、広隆寺から1時間余りの道のり。千本通東側を北上するが、東方に向かう二条大路の痕跡らしい道が無い。中京中学の北塀外の道を東に進むと、二条城西堀に達する。この南北道

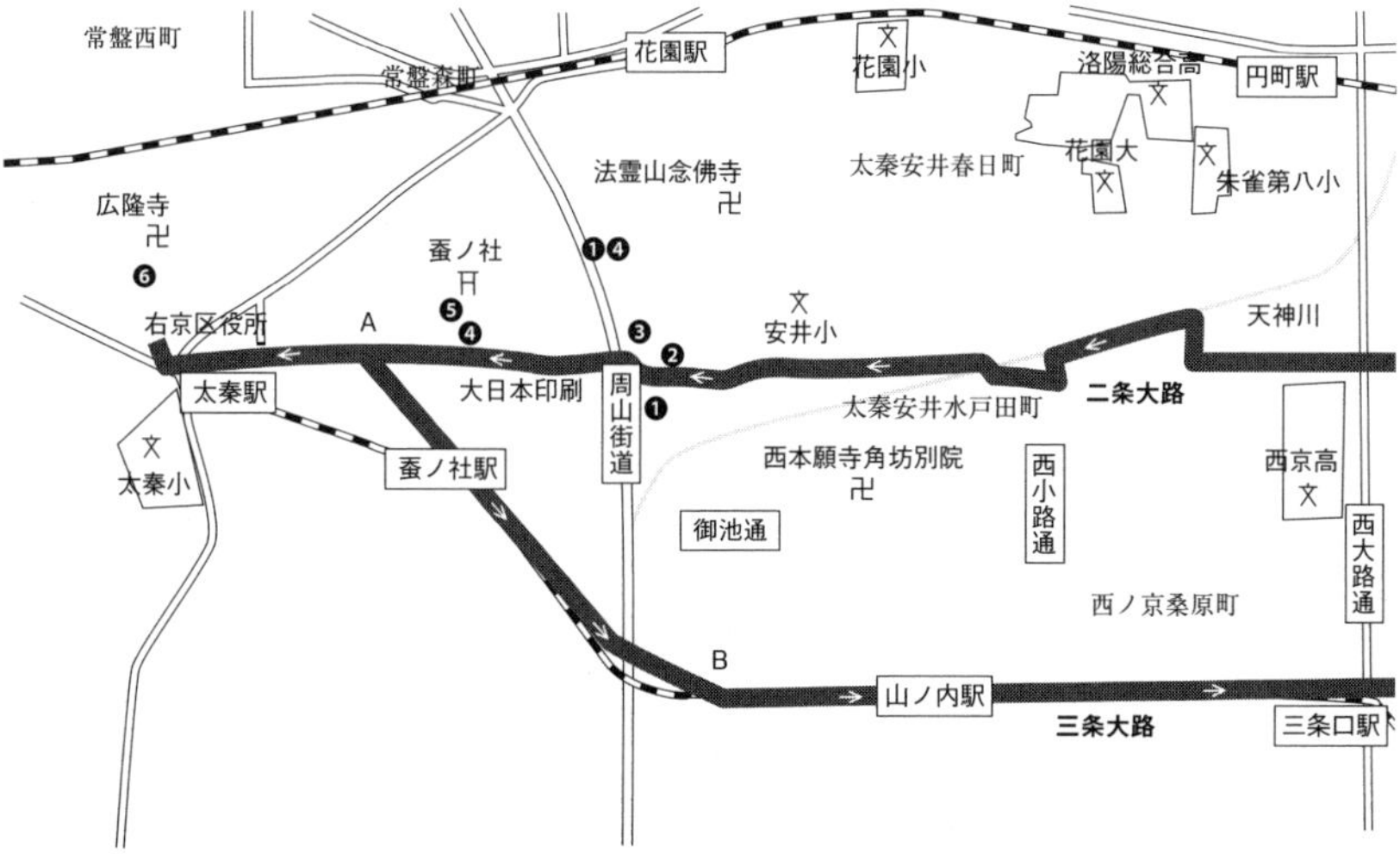

の名称は美福通、なるほどと思う（写真7）。西行する道を探しながら、朱雀高前を過ぎ、高校北側の道を千本通りに出て南に、目立たぬ「朱雀門」跡の石標を確認して、今回の経路のゴールとする。千本通の向こう側に、今朝出発した二条通の入り口が見える。

今回のテーマは、特に、二条大路が西京極の外に出て桂川岸に出るまでの経路である。直線で、これに相当する道は無いが、桂川辺の渡月橋北詰地点には、見事に達している。この地点は、「三条通」の始点にもなっている。ということは、現在の「三条通」は、二条大路西末に相当するということで、両者が同じ道を指すことまでは断定して良い。平安京以前の京都盆地の中心が、秦氏の居住する太秦辺にあったこともほぼ明らかで、太秦から、平安京の二条大路・三条大路に通う二つの道は、現代の状況では後者が前者を圧倒しているが、古代においてはどうであったろうか。本章の記述にも関連して、嵐山と白河を結ぶ東西道が平安京東西の幹線たる二条大路になって、都の造営が計画されていったらしいことを、一応の結論にしておきたい。

コラム⑱　広隆寺東北斜行道

三条大路西京極から二条大路西末のバス停「太秦東口」辺に向けて、西北に直線で向かう道もいささか謎であるが、広隆寺から、今度は東北方に斜行する道にも、いささかならず注意される。定規で引いたような二つの直線道は、どちらも斜行しているので、結果としては、丁度直角に交錯するような形状になっている。不思議な道である。京都の人には、日常的に古道と認識されていた道らしい。[※1]この道について、片平博文氏が京都地名研究会「第8回京都地名シンポジウム」（平21・4・19）において、報告された。[※2]それによれば、松尾社—広隆寺—北野廃寺（北野白梅町辺に所在）と繋がる「秦氏の道」の一部ということであった。しかも、天永四年（一一一三）の鳥羽帝松尾社行幸路は、大炊東洞院の大炊殿から三条大路西行—大宮北行—二条西行—木辻北行—中御門西行—常磐の杜（広隆寺辺）を経由して南西に松尾社に至るものであったというのである。二条大路を西行しながら、どうして木辻大路まで北行し、わざわざ迂回する形で広隆寺辺を通過する経路を取るのであろうか。前章で、嵐山と白河を直線で結ぶ道（京内では二条大路に重なる）を強調した立場としては、はなはだ気になる。

1. 広隆寺門前

というわけで、桜花も散りがたの四月下旬近く、片平氏の指摘された斜行道の踏

2．法金剛院西の道

3．交差する古道（法金剛院山裏）

査を試みた。見通しの良い直線道である（写真1）。広隆寺横にならぶ大酒神社、古代とは関係ない東映太秦映画村前バス停を通過して、左側の町名の「和泉式部町」にやや気を取られていると、正面の城壁のようなJR嵯峨野線にぶつかった。少し東のガードをくぐって向こう側に出る。目前の丸太町通の向こうは、左手が双ケ岡で、右手は法金剛院から裏山に続いている。やや迷うが、その間の法金剛院西側の道を北に進む（写真2）。後で地図を見ると、法金剛院前から東にゆるやかな曲線で花園妙心寺に向かう道の方が、方位的には沿っているのかなとも思った。しかし、この道もなかなか悪くない。裏山の岩肌が見え、古代山城盆地入り海の小島を思い浮かべさせもした。道は、右手に迂回するが、左手から来る道との合流点の石標には、「左うずまさあたご道」と刻してある（写真3。右の刻字は見忘れたが、後日、コラム⑤の踏査でタクシーに乗ったら、仁和寺東の交差点から南下して出て来たのがこの地点であった。点は繋がるものである）。やや元気を得て道なりに進むと、妙心寺門前に出る（写真4）。道はすでに斜行路でなくなっている。山城高校前を過ぎて、少し先の神社では、折しも祭礼かなにかで賑わっていた。神社名を見ると北野神社、不審に思いながら道を訊いたおじさんに、「北野天満宮と違いますよねぇ」と我ながら迂闊な質問をして笑われた。

片平氏の指摘する東北斜行道は、北野廃寺まで続く道であったとのことであるが、明瞭に辿れるのは法金剛院まで。その先は、多少湾曲するが妙心寺門前までを認め

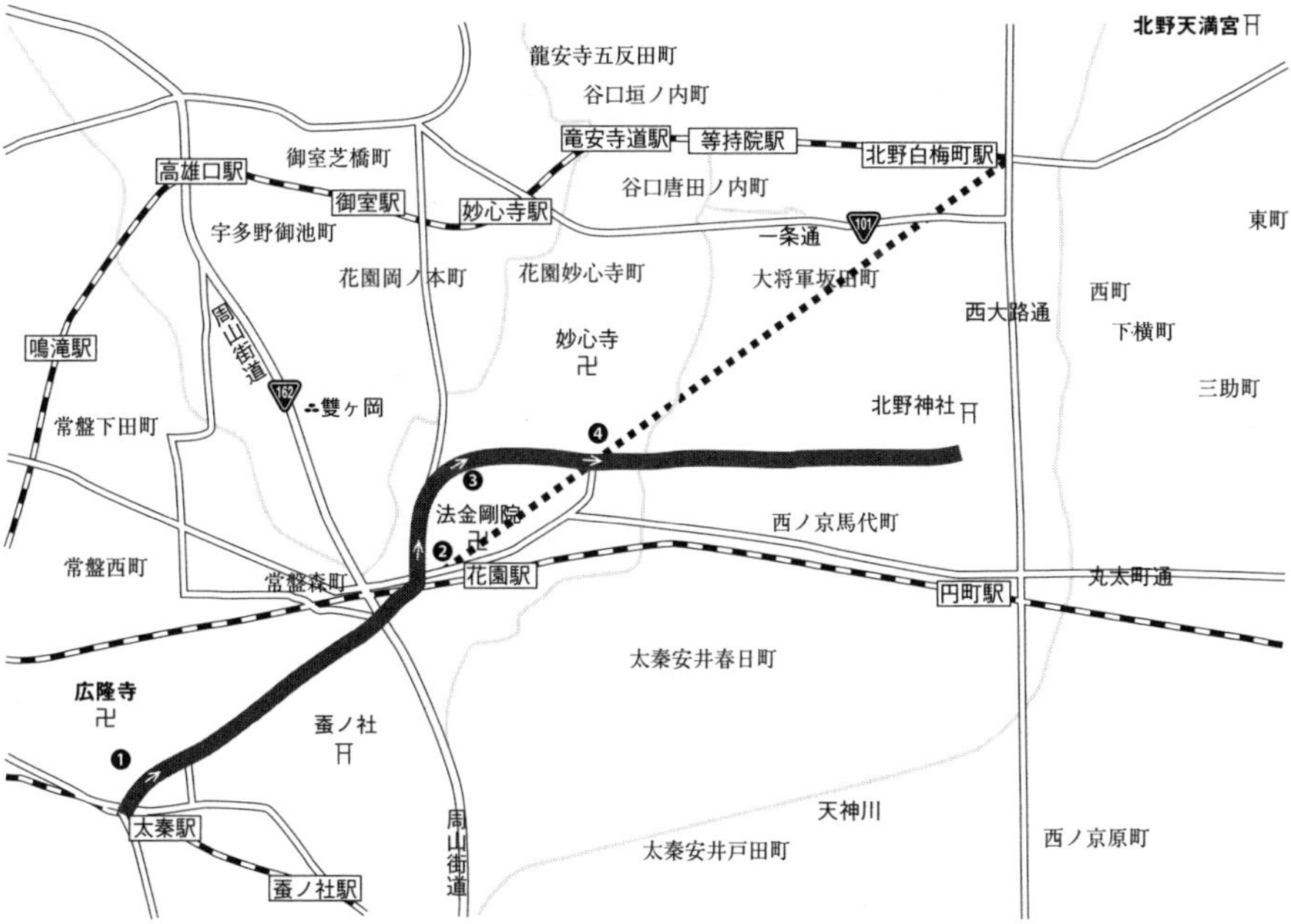

広隆寺東北斜行道（広隆寺～北野白梅町）

4. 花園妙心寺

るとしても、その辺から先は現実には辿りにくい。ただし、広隆寺からの方位を延ばしていけば、北野白梅町辺にはほぼきっちり到達するように思われた。片平氏の所説を検証するのが小稿としての課題ではないので、これ以上の詮索はしない。ただ、中御門大路は丸太町通辺にほぼ相当しているようなので、天永の鳥羽行幸路は、現在でもほぼ確かな道筋としてたどれると言えるのかなと思う。となると、二条大路を西行していた行幸道がなぜ木辻で北行する経路を辿ったのかが、再度問われる課題になる。午前中にこの踏査をして、午後に遅刻しながら駆けつけた京都地名研究会で、発行されたばかりの「地名探求」九号を渡された。その冒頭に、「応神歌謡〝ちばの葛野〟の研究」と題する会長・吉田金彦先生の文章があり、※3 その結論は、古代、国衙の町「太秦」には四方八方からの道が通じていた、ということである。報告中に付された「太秦村付近要図」（大正元年陸地測量部地図より加筆作成）に、目を釘付けにされた。この図には、三条大路末の嵯峨街道が明瞭な東西道路として書かれ、問題の斜行路は、むしろ私が歩行した妙心寺道に繋がっている。二条大路末路は田畑の中の細道のように、中御門大路末もそれと大差無いように見える。勇気を貰ったと言えるのか失望に相当するのか、よく分からない。「もも道足る」なかに含まれていると、一応了解させていただく。

※1　松本章男『京の裏道』（平凡社、昭58）
2　片平博文「山背の古道を地名から探る」（「地名探求」第八号、平22）
3　吉田金彦「応神歌謡〝千葉の葛野〟の研究」（「地名探求」第九号、平23）

第13章　河原路と東朱雀

延暦十三年（七九四）に平安建都がなされて以来、都である平安京も、都市としての発展とともにその様相も変化させている。平安京東南の末端部への着目から、その変化の一端を説明してみたい。

一　平安京東南隅の状況

近世における京都の地誌の一つに、『山州名跡志』（元禄十五年、一七〇二）という書籍がある。それに、

東朱雀　拾芥抄に曰。京極東に有二朱雀一云々。案ニ今の京極通是也。古京極ハ今云フ御幸町是也。（巻十七）

という記述がある。御幸町は、現在の地図で言えば、寺町通から一筋西の通であるが、同じく同書に、「秀吉公伏見

ノ城ヨリ参内アルニハ、必ズ此街ヲ上リ玉ヘルヲ以称ㇾ俗也」と説明されている。最初に述べておくと、町名の由来はともかく、御幸町通が平安京・東京極大路にあたるという記述は誤りである。現在、東京極大路はほぼ寺町通に相当すると認知されていて、これには間違いは無さそうである。名跡志も寺町通の存在は認めていて、この通が、『拾芥抄』の言う「東朱雀」であると説明している。名跡志は、寺町より東には南北の通りはないので、これが、『拾芥抄』の言う「東朱雀」だとすれば、京極大路に該当するのは「御幸町通」、そのように考えたものらしい。京都を訪ねればすぐ分かるように、寺町通は、烏丸・松原の地点で、河原町通と鋭角に交錯し、それから南の部分が消滅している。京極東にあった「東朱雀」とは、この道のことであると、名跡志の著者白慧が、そのように理解したらしい事情は推測出来る。

　白慧を五〇〇年以上も遡る平安末期においても、地理的には似たような状況があった。九条兼実は、次のような記述を残している。

　午刻、追討使発向。三位中将資盛為大将軍、肥後守定能相具、向多原方、経予家東小路（富小路）。家僕等、密々見物。

（『玉葉』寿永二年七月廿一日）

鎌倉の頼朝軍先鋒が京師突入を伺う時点で、資盛を大将とする平家の軍勢が、近江に迎撃に向かう場面である。兼実邸は、九条北・富小路西に位置している。平家の軍勢は、なぜ東京極大路を通らないで、兼実邸前の富小路を南下して行ったのだろうか。答えは、簡単である。この時点で、平安京の東京極大路がすでに存在しなかった。富小路が、東京極大路を代替する機能の道になっていた。それだけのことである。

平安京条坊の東南隅、具体的に言うと、七条京極とか八条京極とされた地点は、この時代には、平安京の一部としての状態を、すでに逸していた。そのように思われる。兼実は、同じく自宅近辺の九条北・唐橋・富小路辺の焼亡のことも伝えているから（『玉葉』治承四年正月二日）、この辺に家屋の存在も無くはなかったようだが、南北基幹道路としての東京極大路の存在は、この地域では、すでに消滅に至っていたと思われる。なぜ消滅したかと言うと、それは、何らかの都市的機能の変化というよりも、自然災害的なところに、多く原因があったようである。九条家の家司として、兼実邸のすぐ北に住居を持っていた定家に、次のような記述がある。

自夜暁更甚雨如注、終日不休。……河水大溢、蓬屋殆如池。密々向川原方見之、八条以北在家等多流損。

（『明月記』正治元年五月十日）

同様の状況は、これまでにも頻繁に見られたであろう。平安京の地勢は、西南方向に向けて僅かな傾斜がある。東郊を流れる鴨川は、ややもすれば西に流路を変えようとする傾向を持っている。現在の京都の河原町通が鴨川流路の痕跡とは思わないが、流路を含めた河原域を反映していると見るのは、穏当な理解であろう。鴨川の流路が、「鎌倉後期から五条あたりで大きく西へ蛇行」し、「平安末の七条には鴨川堤は存在しない」という説明がある（文献1）。福山敏男氏も、「平安京東南角のところで鴨川は西南に向きをかえて流れていた」と言われている（文献2）。五条南・東京極西に所在した崇親院は、四条南・六条坊門北・鴨河堤西・京極東に相当の所領を持っていたので、少なくも、官符の発せられた昌泰四年（九〇一）段階では、鴨河堤は京極東にあった。その後、水流の絶えざる圧力によって、堤は次第に西に後退し、平安末時点では、現在の富小路に相当する辺に、堤を兼用する道路が所在する状態になっていたと思われる。

そのようなことに気付いて、史料を見ている時にもそれとなく注意して見るのだが、確かに、平安京東南隅、具体的に言うと京極大路の六条～九条あたりが史料に出る場合が極めて少ない。平安後期の時点で、次の記述は見得た。

> 行幸次第神社如常、自堀川到三条更折到東洞院、自五条更折、自万里小路南、到六条更東折、自東京極南到九条殿、出河原、到一鳥居、（『後二条師通記』寛治五年十月二日）
>
> 出西御門、其路経樋口万利小路（東殿東面御桟敷、郁芳門院為御見物、自今朝渡御也）、至六条更西行、又経洞院東大路、自八条東行、出京極至九条、（『中右記』寛治七年三月廿日）

前例は、堀河帝の堀河内裏から稲荷社への行幸、後例は、白河院御所六条殿からの春日社御幸の道筋である。行幸・御幸の経路であることになにかの根拠があるのかどうか不明だが、どちらも、東京極大路を南行、九条から河原に出る道筋と普通には理解出来る。この寛治（一〇八七～九四）頃までは、東京極大路が通行路としてあったことを示す資料と言うべきかどうか迷うところもあるが、一応紹介しておきたい。というようなことを述べていたら、まったく覚醒するような文献を見た。「鴨川河原が入り込んでいた左京の東南端の約二十数町の部分には街路が敷設されなかった」という推論である（文献7）。もともと条坊制が及んでいなかったのなら、あれこれ詮索する必要も何も無かった。有り難いといえば、有り難い指摘であるが…。

二　河原路

平安京東京極大路末端部の消滅の状態について述べた。具体的に、京極大路の六条〜九条辺が消滅していたとしたら、その代替となる道筋はどの経路であろうか。前節に見た富小路が一つの候補であるが、それ以外に、と言うよりむしろ普通の通行の道筋になっていたと思われるのが、鴨川の河原路である。

午時許参上、小時相具女房、車二両出□□□、（中略）次御車頼康乗之、川原北行、自祇園西入歓喜光院、

（『明月記』正治二年閏二月廿三日）

今夕御路、出北面、自当時門前之樹東路、自南惣門前、室町ヲ南行、北小路ヲ南行、土御門ヲ東行、高倉ヲ南行、六条ヲ河原ニ出テ、如去年御路、最勝光院南ヲ観音寺大路也、

（同・文暦元年八月十一日）

申時御出、先令参北殿前駆六人、小時更自東川原路令参鳥羽給、北殿也、入勝光明院門

（同・建仁元年四月廿六日）

初例は、定家が兼実に供奉して法性寺殿から川原路を北行し、祇園から歓喜光院に至った記事である。次例は、後堀河院葬送の記事で院御所より今熊野観音寺までの経路、六条から河原路を辿っている。終例は、同じく定家が、今度は良経に供奉して東川原路を鳥羽殿・勝光明院に至った記事である。兼実の九条殿からすぐに東川原に至っているから、先に紹介した渡河経路と同じである。この九条大路末河原が、河原路南端のポイント地点と思われる（『後二

条師通記』寛治六年二月六日)。春日祭上卿に奉仕する忠実は、離京の時も帰京の時も、九条河原で親族の見物を受けているし(同・寛治六年二月六、八日)、源氏の東軍が敗走する平家軍を追って、大和大路から入京と記述されているのも九条河原の地点である(『玉葉』寿永三年正月廿日)。九条口とも呼称されている(『殿暦』天永二年十月廿七日、『兵範記』仁安二年七月廿七日、『山槐記』応保元年十二月九日ナド)。平宗盛が、近隣の法性寺一橋西辺に阿弥陀堂を建立したのも、この地の要衝の故であろう(『山槐記』治承三年六月三日)。さかのぼって考えると、たとえば、

河原過ぎ、法性寺のわたりおはしますに、夜は明けはてぬ。(『源氏物語』東屋)

なども、鴨川を渡ってではなく、正確には「鴨河原路を通って」の意であったことに気付く。同時代史料にも、「於河原相逢按察大納言 斉信、各留車語雑事」(『小右記』寛仁二年閏四月十七日)、「更経七条河原路、入御法成寺御堂也」(『扶桑略記』治安三年十一月一日)といった記述を見る。

河原路と呼ばれる道は、鴨川水流の東河原、後白河院の七条河原御所の西を、南北に通じる道である。治承二年(一一七八)十月廿九日、初めて春日祭使を勤めた藤原良通(兼実息)は、七条殿御桟敷の後白河院の御覧を経て後、御所西大路から河原を経て五条東洞院の装束所に至っている(『玉葉』治承二年十月廿九日)。鴨川水流は、基本的に西側に向かっているので、河原道であっても滅多に水害の危難を予測する必要も無かったであろう。この道は、北方向に、どの地点まで達していたのだろうか。鴨川の東河原を北行する道だから、京内に入るには、どこかの時点で渡河しなければならない。渡河地点については、八条末(『山槐記』久寿三年正月七日)・七条末(同・治承三年五月廿八日)・六条末(『兵範記』仁安二年十一月一日)などの例も折々は見得る。ただし、この場合は、臨時的な渡河地点らし

いことが、それぞれの割注によって分かる。

《八条末の場合》路事先度儀、三条ヲ京極へ、京極末ヲ出河原、可入御八条坊門末也、

《七条末の場合》先々自五条至京極或四条、而去比洪水京極東岸壊入、仍用此路、

《六条末の場合》有浮橋、仰検非違使、

六条末より南での渡河は、すべて臨時的という訳ではないが、少なくとも、通常の渡河地点ではない。それでは、通常のそれはどこか。これも、注記の記述が示している。

ここに記述される「京極」の語は、南北の大路としての京極ではなく、京極大路の特定地点の呼称らしい。「五条京極」である。そう気付いて見ると、

泰経朝臣行出御事云々、其路自川原至于京極、北行至于一条也、

（『吉記』安元二年四月廿七日・後白河院御登山）

出御西北門、其路経河原、自五条至京極、自近年如此歟、

（同・寿永元年七月六日）

其路、自河原至京極、自京極至四条、自四条至東洞院、自東洞院至中御門、自中御門至大宮、入自上東門了、

（『玉葉』承安元年十二月十四日・清盛女徳子入内）

五条ノ橋爪ヨリ七条河原マデ、六波羅ヲ圍ヌル事幾千万ト云数ヲ不知。

（『太平記』巻九）

これらの記述が自然に理解出来る。それだけでなく、

東三条殿は、もしさることとやしたまふとあやうさに、さるべくおとなしき人々、なにがしかゞしといふいみじき源氏の武者達をこそ、御をくりにそへられたりけれ。京のほどはかくれて、堤の辺よりぞうちいでまいりける。

（『大鏡』巻一）

出北方西面楼門、経河原（瀬々構橋）、京極大路北行、三条大路東行、（『山槐記』安元元年八月十六日）

其路出御七条殿西門、自河原北行、自京極猶北行、自四条西行、（『兵範記』仁安三年九月十五日）

出御七条殿西門、経河原、自京極北行、自四条西行、（同・嘉応元年十二月廿日）

などのように、渡河地点の表示が無くても、五条末を河原から京極に至る経路が自然と分かる。治承三年五月廿八日の御方違行幸は、皇居から二条東行・東洞院南行・七条東行して、河原から至る経路になっているが、これには「先々自五条至于京極或四条、而去比洪水京極東岸壊入、仍用此路」という傍注があった（『山槐記』同日）。当時の人々にとっては、五条京極と五条河原は、現在の電車の乗換駅のように、連結していたのである。このことには、清水橋という常設橋の存在が、相当に強い理由としてあったであろう（『台記』康治三年二月八日、『明月記』建仁二年五月十三日）。比喩的に言えば、東京なら新宿、京都なら四条河原町、大阪なら難波といった感覚であろうか。

平安末期に於いては、東京極大路は、南行していくと、五条京極から自然と河原道に接続し、その南端から大和大路に繋がる幹線道路になっていた。源平騒乱の最中、木曾義仲を中心とする京中守護の院宣が発せられた時、西は朱雀、東は河原を限っているのも（『吉記』寿永二年七月三十日）、その辺の認識によるものであろう。従って、交通量の

多いこの一本道では、

参詣法性寺…於大門暫談、於河原相逢按察大納言、（『小右記』寛仁二年閏四月十七日）

馳参法性寺、於九条川原奉逢殿下々車、（『山槐記』久寿二年九月十四日）

與僧暫談之間、自殿有召、仍皈参、於川原逢長俊、（『明月記』正治二年九月十一日）

といったことが普通にある。兼実は、日野に参詣していた時、後白河院が伏見に方違御幸されるとの伝聞を得て、遭遇を避けて「交坂」を蓮華王院南大路から河原に出て帰宅する道を選んだりしている（『玉葉』元暦二年二月廿八日）。五条京極ー河原辺で、乱闘事件が頻発したり（『台記』康治三年二月八日、『山槐記』久寿三年二月廿八日）、飢餓の時に食肉の童が出現したりなどの地理的環境も（『吉記』寿永元年二月廿二日）、理解されるところがあるであろう。五条河原が、市聖空也と六波羅蜜寺因縁の地となった背景も、推測出来る。

河原路が、五条末から西に京極に向かう経路を中心としたのは確かのようであるが、京極に向かわず、北行する道というのは無かったのであろうか。二条―三条を結ぶ河原路は、

日出之後着浄衣参京極殿、小時出御、各騎馬、京極南、二条東、川原南、三条東、自粟田口御幸梶井、（『明月記』建仁三年十二月十四日）

殿下御参、騎馬供奉如例、京極南、二条出川原、自三条白河ヲ更大炊御門末得長寿院西歟、入御西大門如例、（同・元久元年正月十二日）

などのように、往々使用されており、五条末から北行する河原路も、頻繁な交通路でないにしても、二条末辺まで通じてはいた。そのように推測しておきたい。後に、木曾義仲は六条河原の戦に負けて院御所に入れず「又河原に出て三条」に落ちて行ったということだし（『源平盛衰記』巻三十五）、源頼朝が入洛した時は、「三条末西行、河原南行」して六波羅第に入っている（『吾妻鏡』建久元年十一月七日）。前章（12章）で述べた趣旨と若干相違するが、二条大路末と三条大路末はなにか用途としての使い分けがあるようにも感じている。

三　東朱雀大路

平安後期になると、平安京東郊の発展は、鴨川を越えて東山の丘陵にまで及んでいた。六勝寺と言われる白河地域や、平氏の六波羅、法住寺殿・法性寺殿を含む南部地域など、あらためて言うまでもない。宅地化の波は、その間に所在する空閑地であった鴨河原も例外としない。河原の邸宅として最も著名なのは、法住寺殿の一部でもある河原御所であろう。高倉帝の東宮御所でもあった（『玉葉』仁安三年正月六日）。以仁王の乱に加担した源頼政の家も、近衛河原に所在した（『山槐記』治承四年五月廿二日）。住居地となるとともに、

未刻、火自三条末河原辺小屋出来。焼失数百烟、延焼祇園宝殿。

（『本朝世紀』巻三十四・久安四年三月廿九日）

といった記述も、頻繁に見られるようになっている。

洛東地域の市街化とともに、それらを区画し、また交通する道が当然に出来てくる。東郊の道は、高橋康夫氏によって、東朱雀大路・堤小路という二本の南北道が指摘されている（文献3）。堤小路は、呼称の通り、鴨川西堤に相当する道である。「巳刻許、東有火不遠（一条南堤東西云々）」（『明月記』安貞元年八月二日）、「東有火、鷲見川崎之東小屋堤小路東云々」（『明月記』寛喜二年十月廿七日）などの所見がある。東朱雀大路については、『中右記』から用例を引いて説明されている。同氏の示された例以外でも、

午時許、従東朱雀大路西、従中御門北小屋等焼亡。南風大吹、為法成寺頗有其恐、仍馳参彼南大門辺、両殿下、公卿、殿上人済々参集、仰検非違使等、令壊大門南辺小屋、頃而火消了、人々分散、（『中右記』嘉保二年十二月十四日）

といった記事もあり（類例、『中右記』嘉保二年四月廿一日）、法成寺南大門辺に通じる東朱雀大路の存在は、明瞭と言って良いかと思われる。「京極東有朱雀堤」という『山槐記』の記述は良く知られている（同・長寛二年六月廿七日）。「法成寺南大門之前大路」についても存在の明証がある（『明月記』安貞元年正月十一日）。高橋氏以前に、鈴木進一氏にこの路の存在についての論述があり（文献4）、それ以前でも、『京都の歴史1』や西川幸治氏の著述には（文献5）、既定の認識とし

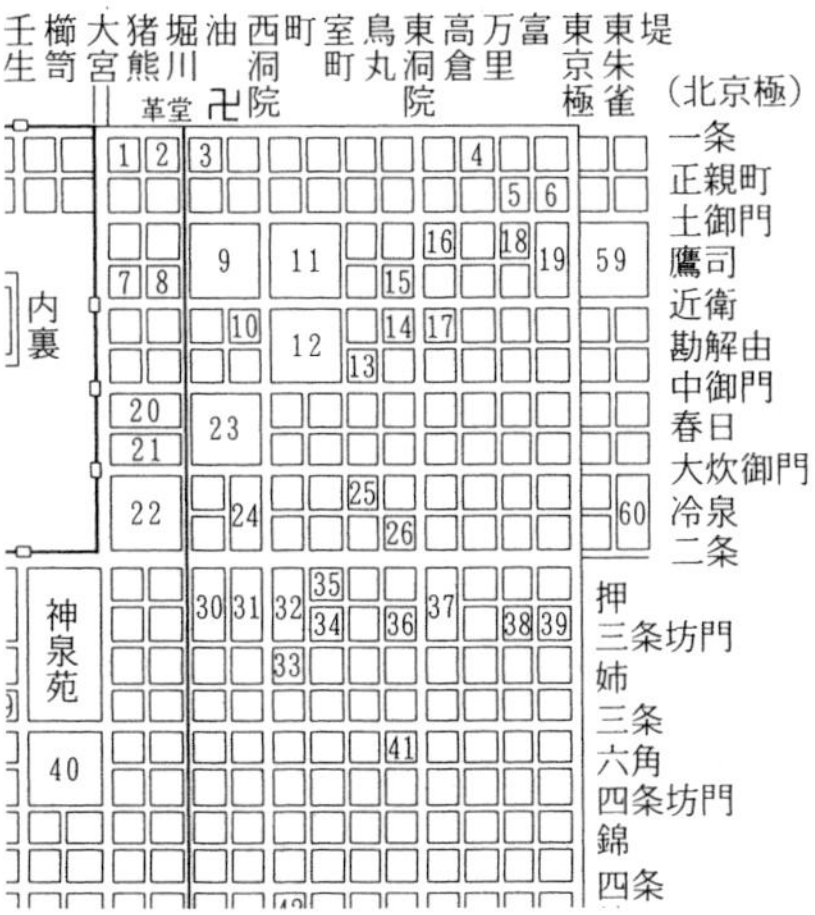

平安京東北郊図（文献8より）

て扱われていた。最近では、二条末以北の東郊も加えた平安京図が作成されたりしている（文献8）。

それに対して、瀧浪貞子氏は異を唱えられた（文献6）。氏の反論の根拠は、『中右記』が同じ地点を「二条京極」とも「二条朱雀」とも書いていて、朱雀と京極との混用ということである。「東の朱雀」の初例が『今昔物語集』に見えることを指摘され、祇陀林寺の舎利会のために、仏舎利が法興院から祇陀林寺に運ばれた経路を、両寺の位置関係からこれは東京極大路でしかあり得ないとして、東京極が朱雀とも呼ばれた証とされている。道長の時代にはすでに、東京極を朱雀と呼ぶ概念が成立していたと指摘された。これについても、共に京極東に所在する法興院と祇陀林寺の間に朱雀路があるなら、それを使用するのが正当で東京極に出なければならない必然性が無いし、東京極を朱雀と別称する概念が成立していたのなら、その後の作品・史料に頻出しても良いと思われるのに、さほど通用の痕跡が無い。どうも、瀧浪氏の言われるほど簡単にカタがついた問題とは思えない。

京極東と思われる「朱雀」の地名が見られる例を、いくつか拾ってみる。

御幸東、富小路南、三条東、延勝寺朱雀北、南大路東如例。（『明月記』建仁二年正月十二日）

大炊御門朱雀、故美福門院御乳母伯耆尼公宅云々。至二条焼亡云々。（『山槐記』仁安二年三月廿四日）

戌刻、火至近衛南朱雀西滅了。殿下還御、余帰宅。伝聞、今日火所焼、三条坊門北、二条南、高倉東、京極西。二条北、大炊御門南、富小路東、朱雀西。大炊御門北、近衛南、京極東、朱雀西。法興院、宗輔、宗能、公能等卿宅焼了。（『台記』久安四年二月十七日）

一寝之後、南有火、春日南北京極東出朱雀云々、（『明月記』寛喜二年七月廿三日）

東朱雀の用例は、必ずしも多くない。管見に見得たものはこの程度であるが、特に『台記』の用例によって、東京極東に南北に通じる道路があったらしい状況が、明瞭である。瀧浪氏は、

其路自洞院大路、経三条京極・大炊御門朱雀、自法成寺東大路至下御社、

（『中右記』寛治七年五月九日）

この記述を以て、京極大路のある部分（具体的には二条以北）が「朱雀」という通称を持っていたことの証とされたが、この用例は、むしろ朱雀と京極が同一でない証とすべきものであったのではなかろうか。用例からは、「法成寺東大路」という南北路が知られて興味深い。建仁二年三月廿八日の後鳥羽院賀茂社御幸では、近衛堤小路から社頭に詣っている（『明月記』建仁二年三月廿八日）。高橋康夫氏によれば、東朱雀大路の北端は出雲路となり、下鴨社の参詣道になる（文献3）。「大炊御門朱雀」は地点表示なので、法成寺東大路と別であるとの証には必ずしもならないと思うが、さりとて同一と言えるものかどうか、どうであろうか。

四　まとめ

平安京は、東西一五〇八丈（約4500メートル）、南北一七五三条（約5200メートル）の規模の整然たる条坊都市として造都された。しかし、冒頭で述べたように、東南部辺では、富小路が東京極大路を代替するような変化が生じていた。

鴨川堤が存していれば、それが交通路を兼ねることが出来るし、その西を通る道が消滅することは無い。ということは、平安末期時点では、鴨川西堤と富小路がほとんど重なると言って良い状況であったと推測できる。平安京東北部では、東京極大路と鴨川西堤とは、およそ400メートルほどの距離を現在も保っている。造都時の状態が継続していると考えて良いであろう。西南に傾斜する山城盆地の形状から、鴨川水流は西南方向に向かう傾向がある。条坊の東南端に於いて、造都時は、東京極大路は少なくも鴨川堤に重なる形としてでも存していたのであろう。それが、洪水による堤防の決壊を因として、堤自体が平安京の一部を浸食する状態になった。造都計画の破綻ではあるが、自然な変化と言って良い。現代の堤と違い、当時の堤は、水流を直接防波する形では築かれない。コンクリートで固めるような護岸ではないので、防災は、堤との間の緩衝地帯とでも言うべき、相応の面積の河原がその役目を果たしている。条坊の一部が消滅していても、鴨川の水流が平安京内に流れ込んでいるというような形状を想像する必要は、平常時には無い（文献7）。

大雑把に推測すれば、平安京東郊の鴨川の状態は、次頁の推測図のようなものかなと思う（参考、『山槐記』治承三年五月廿八日）。鴨川の水流がY字状に高野川と合流する今出河大橋辺の状況と、東京極大路に沿って流れていた京極川（中川）と鴨川本流が合流する二条京極の状況とは、地理的状況が類似している。前者では、北白河から山中越あるいは途中越に向かう東西路が通じ、後者では、京内最大の東西路である二条大路末で渡河して、粟田越から東国への道が通じている。高野川との合流地点に所在する川合社は、水流に対する何らかの祈念的な意味があるのではないかと推測しているが、中川と合流する地点に所在の法興院にも、同様の意味合いを感じることが出来ないだろうか。京極東の二条以北は、鴨川堤西の範囲内で、早くから広幡・中川と呼ばれる邸宅地になっていた。京極東の二条以南は、今度は河原が主要な地理的環境になる。この河原も、焼亡を伝えられるような住居環境に徐々に変わっていったが、本来的には河原である。その河原に、南都に向かうバイパスとしての河原路が通る。起点となる五条京極河原が、平安後期の歴史環境の中で、都市的殷賑の中心舞台になる。

二条末と五条末を結ぶ河原路も、先に少し紹介したように、存してはいたと思われる。従って、平安京東郊を、下鴨社西の出雲路から鴨川堤、そして河原を南下する道はやがて宇治から南都にも至る。平安京の羅城から鳥羽造道を経る道は、淀川を渡って西国あるいは南都への道になる。その西朱雀大路に対して（『吉記』寿永二年七月三十日）、東朱雀大路があって不自然でないと思われるが、東朱雀の呼称は、今のところ二条以北に限られている。二条以北の鴨川西堤に守られた地域は、道長による法成寺が北部の中心を占め、その南大門から南行する大道を、東朱雀大路と呼

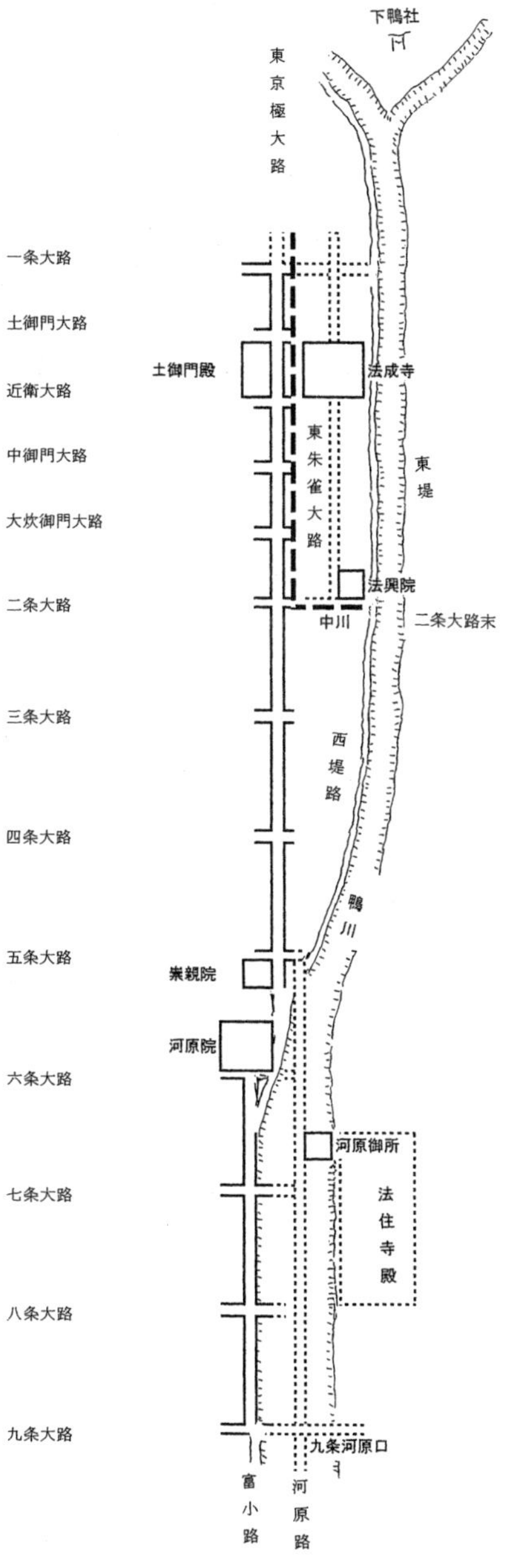

平安京東郊辺推測図

んでいる。「西朱雀」「西七条」などの呼称も、その因縁によるものであろう。二条京極末・五条京極末の地理的環境について、いささかの説明は出来たかと思う。

参考文献

1　増淵　徹「鴨川と平安京」（門脇禎二・朝尾直弘編『京の鴨川と橋』所収、思文閣出版、平13）
2　福山敏男「法性寺の位置」（福山敏男著作集3『寺院建築の研究下』中央公論美術出版、昭58）
3　高橋康夫『京都中世都市史研究』思文閣出版、昭58）
4　鈴木進一「東朱雀大路小考」（「史学研究集録」6号、昭56）
5　西川幸治『都市の思想』NHK出版、昭48）
6　瀧浪貞子「東朱雀大路と朱雀河」（「史窓」四〇号、昭58。思文閣出版『日本古代宮廷社会の研究』平3）
7　山田邦和『京都都市史の研究』（吉川弘文館、平21）
8　西山良平『都市平安京』（京都大学学術出版会、平16）

コラム⑲　出雲路

本章のうちの河原路については、コラム②で触れた。今一つの「東朱雀」について、なんらかの痕跡をさぐるのが、本コラムの課題である。東朱雀大路の存在については、瀧浪貞子氏の否定見解にかかわらず[※1]、存在していたと私も考えている。本章で述べたことなのでくどいことは言いたくないが、『台記』の焼亡記録は、「京極東、朱雀西」と東西を明確に限定して示しており、これは否定し難い。そして、これは瀧浪氏の紹介された史料だが、「大炊御門朱雀」を経て「法成寺東大路」を下鴨社への参詣路として用いていた。法成寺東大路とは、普通「堤小路」と呼ばれていた道のことであろう。

問題は、それらがどのように現在に残されているかである。東京極大路があって、その外側、中川という流水があったことが確実である。これは、京内の街路を流れる側溝といった規模ではないが、東京極から北行につれて東に振れる寺町通を流れていたとすると、東朱雀大路は、その東の南北道として存在していたと思われる。この地域が洪水にみまわれた時、道長が造営した法成寺は、中川からの濁流が西門から流れ込んだ(『小右記』長元元年九月二日)。このことを考慮しながら、現在の街路の上に重ね合わせてみると、東朱雀大路は、法成寺南端の近衛大路(荒神口通)では、寺町と河原町中間の鴨沂会館辺、今出川通では、寺町一筋東辺を通るかと思われるが、それ以上は不明である。この場合、堤小路は、今出川より南では御車通、北ではその延長の賀茂河原で、法成寺東大路から続く参詣道である。

加茂街道
上善寺
閑臥庵
出雲路橋（当時は橋無し）
下鴨社参詣Cルート
三井神社
下鴨西林町
下鴨神社
鞍馬口通
天寧寺門前町
西光寺
下鴨小
出雲路俵町
新御霊口町
西園寺
御霊神社
下鴨本通
下鴨宮崎町
下鴨松原町
長林寺
大歓喜寺
出雲寺
河合神社
大原路
下鴨社参詣（片平）ルート
光明寺
大原辻
阿弥陀寺前町
出雲路神楽町
上片原町
十念寺
藪之下町
大原辻
大原路
出雲路道祖神
出雲路↑（片平説）
毘沙門町
法輪寺
後藤町
上御輿町
玉龍院
下鴨社参詣Bルート（出雲路　経由）
下鴨社参詣Aルート（法成寺東堤道　経由）
二神町
道祖神（出雲路幸神社）
出雲橋（当時は橋無し）
出雲柳駅
同志社大
↓京極大路末
新北小路町
下御輿町
同志社女子高
同志社女子大
加茂大橋
京都御苑
真如堂前町

出雲路通行路推定試図

1. 御苑石薬師御門前より北方

2. つきあたり幸神社

参詣道といっても、常設の架橋があった訳でなく、現在で言えば、出町橋・葵橋と上流の出雲路橋と、いずれもが参詣経路であったと推測している。

次に、コラムの標題にした「出雲路」のことであるが、これは、高橋康夫氏によると、平安京北辺の南北路三本のうち、賀茂川岸に近い交通路で、東朱雀大路末を呼称するものであるとのことである。※2 それは分かるのであるが、現在のどの街路にあたるのかが、私には明瞭でない。東朱雀大路の街路を先にむりやりに推定したが、確定はしていないので、自信を持ってその延長路を指摘し難いのである。逆に言うと、出雲路が確定すれば、それから南下する東朱雀大路の経路が確定するということも言える。困り果てて、旧知でもあったので、同氏に無遠慮に質問してみたが、釈然とした解答は得られなかった。そこで仕方なく、再度地図をながめて苦慮したはてに、最近この地域の通行に関連する報告をされている片平博文氏に、これまた無遠慮に質問してみた。氏の見解を正確に紹介出来ているか心許なくもあるが、次のような返信であった。

①古代の賀茂川の河原は、現在の寺町付近まで及んでおり、東朱雀の北延長はすぐに賀茂川自然堤防にぶつかるので、出雲路という通行路を想定するのは無理である。

②史料から推理していくと、「出雲路」はむしろ東京極大路末の呼称である。東京極大路（写真1。現在の御苑東垣。寺町通ではない）の正北地点に位置する幸

3. 阿弥陀寺

4. 上出雲寺（御霊神社）

神社が「出雲道祖神」なので、その先が出雲路にあたる。

③出雲路と高野川東岸から西行する道との交点が「出雲路大原辻」で、この地点は、現在の阿弥陀寺境域にあたる。

氏の見解も理解しながら、私としては悩み果てている。糸はついに解けそうにないもどかしさのなかであるが、現地の状況も認知の上で、この続きを書き進めることにしたい。

ここまで書いた後に、期待できるかどうかはなはだおぼつかない現地探訪を行ってみたのであるが、結果は、予感したところに近く、ただ混沌をのみ増した状況なので、今回は割愛した。ただ、ほぼ確からしい点をいくつか述べると、まず、現在バス通りになつている「賀茂街道」と呼ばれている賀茂川堤道、これは、南からの堤道にも東朱雀延長道にも相当しない。堤の西側に多少の屈曲をしながら南北に通る路地のような南北道は、百年ほど前の地図にも記入がある。しかし、東朱雀延長路とするのは、どうであろうか。現在の寺町通は、コラム④で観察したように、もともと今出川（中川・京極川）の水路なので、秀吉以前にここに南北の大道は想定しにくい。現在、京極末に所在の幸神社という神社がある（写真2）。道祖神ということであるが、この神は、行路神・道の神として、峠・村堺・辻などに祀られて、疫病・悪霊の進入などを防ぐと説明されている（『国史大辞典』）。とすれば、ここが出雲郷との境界になるのであろうか。片平氏は、南からの京極末が途絶えて、ここ

5．出雲路橋

6．出雲路河原（前方、下鴨の森）

から出雲路と認識されているので、その限りでは理屈は合いそうなのであるが、『山城名勝志』（巻二・道祖神社）では、出雲路を北行し、道祖神前を東行して下社に至るという御幸経路を引いている。これによれば、出雲路の方が南であり、結論は逆になる。史料からは、道祖神はすでに下社近くが想定されるので（おそらくは賀茂川渡河点の西岸辺）、東朱雀大路末の出雲路説の方が有力のように思える。高橋氏の見解がそうである。

片平氏は、私信であるが、高野川東岸から河合社南を通って出雲路と交わる道路を、地形図から分析された。高野川東岸道は大原道なので、この交点が大原辻と呼ばれる地点、これは現在の阿弥陀寺（写真3）の寺域で、京極大路末の延長路にぴたりと重なる。従って、平安後期までの出雲路は、東京極を北に延長した地点の呼称であるとされた。興味深い指摘であるが、私は、一町東の三栄町・一真町を南北に通る道を出雲路と認め、それが同氏指摘の東西道と交わる賀茂川西岸辺を「大原辻」とした方が、よりふさわしいように思う。東京極大路末は、現在は幸神社にぶつかって、阿弥陀寺まで道路の痕跡を何も残していない。幸神社が道祖神らしく道の衢に所在しないだけでなく、史料が示す下鴨社近辺の性格も持たないのも弱点かと思う。問題はなお検討すべき課題を残しているが、今後の検証のために、おぼつかない想定図を示しておきたい。出雲路は通行路である以上に、出雲郷そのものを指している場合が多く（写真4。参考）、たとえば、片平氏がかなり決定的な史料とされた「至一条東行、至京極北行、至出雲路」（『庭槐抄』治承三年九月五日）の「出雲路」[※4]も、地点表示か、でなければ東西道と理解する方が自然ということがある（写真5・6、参考）。このいわくありげな地域についての研究が進んでいけば、通行路としての出雲路の姿も明らかになってくるように思っている。新進の考察を期待したい。

※1　瀧浪貞子『日本古代宮廷社会の研究』（思文閣出版、昭56）
2　高橋康夫『京都中世都市史研究』（思文閣出版、昭58）
3　片平博文「枕草子にみる郊外あそび」（立命館大学京都文化講座〝京都に学ぶ〟4「京の生活」、白川書院、平21）
4　〃　「枕草子にみる平安京郊外への道」（日下雅義編『地形環境と歴史景観』古今書院、平16）

あとがき

本編たる『源氏物語の舞台を訪ねて』の記述を進めているうちに気付いたり問題意識を持ったりした課題のうち、特に地名にかかわるものを集めて『源氏物語の平安京』と題する私家版としていましたが、これに、最近実践した踏査記録などを追加してまとめました。我が身を振り返って、いゆわる地理好きの部類かなと思います。最初に作ったのが『日本古代文学地名索引』という小冊で、いずれ文学地理的な報告をする資料として…という意味があったのですが、定年前後から始めた考察も、歴史地理・考古学・建築史などの関係文献に触れるにつれ、加えて熱心な郷土史家の活動に接し、井蛙の歎の感情をのみ深くして挫折しておりました。本編たる著書の刊行に合わせて、心残りのないように一書にしました。前著では、参考文献のうちに、『平安文学地理逍遙』と改題して刊行する旨を記しておりましたが、書名は旧に復しました。深くお詫び申し上げます。

19のコラムを追加しましたが、急遽思いついたものです。実は、東日本大震災の日に初校を受け取ったのですが、その時、関係の部分を歩いて報告するという発想が、天の啓示のように浮かびました。いや、天の啓示というのは大仰ですね。前著の終わり頃に、増田潔先生の『京の古道を歩く』（光村推古書院、平18）という書物に接し、八十八箇所を巡礼しているような清新な感傷に心打たれていましたので、同じように、各章関連の部分だけでも自分で素朴に歩く記述を添えたいと、突然に思い立ちました。それから二ヶ月、目前に進めていた作業はすべて中断して、思わぬ回り道をしました。最初は、デスクワークのみならずフイールドワークもなどと勝手な意味づけをしたりしましたが、正直なところは、私の八十八箇所巡りをしたというだけのことであります。これがどれほどの価値があるのか、自分でも計りかねています。青簡舎主の大貫祥子さんにも、突然の変更で、思わぬ迷惑をかけました。お詫びと感謝を述べさせていただきます。

今後は、残された時間の限り、自分の能力で出来ることを選んで、ほそぼそとした歩みを続けたいと思っています。本書の校正をしながら、今後は極力他人の迷惑にならないような仕事をしなければならないと、肝に銘じました。なにやら遺言めいたあとがきになってしまいました。不本意ながら、各章ほとんどが課題を残す形になっておりますので、俊秀なる後人の手で少しでも事実の形が見えてくるようなことがあればと、心より念願しています。

立夏も過ぎた陽光を窓外に見ながら、湖西寓居にて記す。

平成23年5月

加納重文（かのう　しげふみ）

一九四〇年　広島県福山市に生まれる。

一九七一年　東京教育大学大学院博士課程単位取得退学。

秋田大学・平安博物館を経て、一九七八年より京都女子大学。二〇〇六年に定年退職。京都女子大学名誉教授。

博士（文学）。

〔主要著書〕
『源氏物語の研究』（望稜舎）、『平安女流作家の心象』（和泉書院）、『歴史物語の思想』（京都女子大学）、『明月片雲無し―公家日記の世界―』（風間書房）、『松本清張作品研究』（和泉書院）、『砂漠の海―清張文学の世界―』（和泉書院）、『平安文学の環境』（和泉書院）、『源氏物語の舞台を訪ねて』（宮帯出版社）

源氏物語の平安京

二〇一一年九月一五日　初版第一刷発行

著　者　加納重文
発行者　大貫祥子
発行所　株式会社青簡舎
〒一〇一-〇〇五一
東京都千代田区神田神保町二-一四
電話　〇三-五二一三-四八八一
振替　〇〇一七〇-九-四六五四五二

印刷・製本　藤原印刷株式会社

ISBN978-4-903996-45-5　C1093